励耘
文库

文学｜Literature

李真瑜 著

吴兴骚雅，领袖江南

吴江沈氏家族四百年文学史（1480—1880）

北京师范大学出版集团
BEIJING NORMAL UNIVERSITY PUBLISHING GROUP
北京师范大学出版社

内容提要

本书研究的是我国明清时期一个家族四百年的文学史，这在中国学术史上具有创新性，其所研究的内容也具有特殊的文学史和文化史意义。

吴江沈氏家族是明清著名的文学世家，前后历经400年，有作家12代139人，在文坛上颇有影响力和代表性，堪称中国文化史上的一个传奇。朱彝尊赞其"文采风流，代各有集"，尤侗誉之"吴兴骚雅，领袖江南"。这一家族在文学上表现出很强的活力，在明清文学数百年发展史的各个时期都有自己在文学上的中心人物或代表人物，其中有的对当时文学的走向产生过较大的影响，如戏剧方面执曲坛牛耳的沈璟和沈自晋。这表明吴江沈氏家族的文学与明清文学是同步和互动的，并成为文学主潮之一部分。在这一家族文学的背后，不仅有"家族"的含义，还有整个时代文学发展的历史，家族文化融入了社会与时代的面貌及意义，故其一家之文学，在一定程度上就是一部文学史。这正如昔人所说"夫鸠家以成族，鸠族以成国。一家一族之文献，即一国之文献所由本。文章学术，私之则为吾祖吾宗精神之所萃，而公之则为一国儒先学说之所关"（清·陆明桓），"后世因以一家之事知其国。其为宝也不亦大乎"（明·汤显祖）。吴江沈氏世家文学史的特殊文化史意义在于从一个侧面揭示出文化史上的"中国特色"。

本书分为内编、外编两个部分，共 11 章。内编有"引言"部分，以吴江沈氏文学世家为中心总论中国封建时代的家族文学。内编 8 章，将吴江沈氏家族四百年文学史分为初兴、全盛、持续发展、余声四个阶段，论述了吴江沈氏家族四百年文学史各个阶段的发展特点和成就，并对其文学史定位和所具有的文化意蕴做出探讨。外编 3 章，为"沈氏家族十二代作家谱系述略""沈氏家族作家集外作品存目""沈氏家族作家传记"，主要是对吴江沈氏家族 139 位作家的家族谱系、生平和文学活动等的考证，以期较完整地呈现出吴江沈氏家族四百年文学史全貌。

篇　题

沈氏之以风雅著者，如虹台(沈位)、宏所(沈珣)两先生有《柔生斋》、《净华庵》二稿，词隐(沈璟)、鞠通(沈自晋)两先生有先后订正《南词九宫谱》，嗣是而君善(沈自继)、君庸(沈自征)、君晦(沈自炳)、君服(沈自然)诸子各极一时之盛，乃至掐粉搓酥之辈亦擅偷声减字之能，如《午梦堂集》(沈宜修等著)、《闲居词》(沈友琴著)、《空翠轩词》(沈御月著)，皆其尤者也。于是而吴兴骚雅遂已领袖江南矣。

——(清)尤侗《古今词选序》

沈氏多才，自词隐生璟订正《九宫谱》为审音者所宗，而君庸亦善填词，所撰《鞭歌伎》《灞亭秋》诸杂剧，慨当以慷，世有续《录鬼簿》者，当目之为第一流。

…………

门才之盛甲于平江，而子姓继之，文采风流，代各有集，则尤世禄之家所难矣。

——（清）朱彝尊《静志居诗话》

　　吴江家……汇其先世诗集镌诸梨枣，前后凡七十公附闺中廿一人，共一十二卷，名《沈氏诗集录》。所录始前明成化逮国朝乾隆，为时三百余年，阅十一世。人各有诗，诗各可传……阅者已叹吴江沈氏风雅之盛。兹集……以成一家之言。

——（清）沈德潜《吴江沈氏诗集录序》

序

半个世纪以来，我由于在学校从事教学工作，得以与一些学友交往。他们有的年长、有的年少，但我们似乎忘记了年龄，一起漫话学习遇到的问题，心情很愉悦。近二十余年，又得以与一些专业更接近的学友欢聚交谈，更是到了"忘乎所以"的地步，真正体会到袁中郎所说的人生快事。吾友李真瑜教授从事元明清文学的教学和研究，又专力对吴江沈氏家族文学进行了探究。他研究沈氏世家文学是从沈璟开始的。1983年，因写硕士论文而接触沈璟，因查阅沈璟资料而步入沈氏家族，从此一发而不可收，用了近二十年的时间翻阅有关资料，撰写了139位沈氏世家作家的考证文字，并结集成《明清吴江沈氏文学世家论考》（香港国际学术文化资讯出版公司出版，2003年4月第一版）。这部书的姊妹篇便是《吴兴骚雅，领袖江南——吴江沈氏家族四百年文学史》。两姊妹几乎同时诞生。但他并不急于让她面世，因为史论类的著作更需慎重。他把这部书放了一段时间，最近才邀我为之作序。

自 20 世纪 90 年代中期到现在，关于家族、家族文化、文学世家的研究，已有了令人瞩目的成果，历史学、人类学、社会学、文学等方面的学者从不同角度进行研究，也组织了多次国际、国内的学术会议，取得公认的成绩。但在 80 年代初期，一般认为家族作为婚姻和血缘关系结成的群体，曾被视为落后宗法制度的基石，在新时期宗法制度虽已被摧毁，而思想影响仍待清除。魏、晋、南北朝时期的世家、世族或高门，是一部分大官僚地主依靠政治和经济特权形成的大姓豪族，多论及其反动性；明清时期的世家被视作制约资本主义因素产生的绊脚石。文学世家的研究更是比较冷落。在这样的背景下，真瑜没有预先设定理论框架，也没有拘囿于通行的看法，他完全被吴江沈氏世家的史料吸引，被这一家族创作的文学作品所撩动，不觉进入这个房间。周绍良先生撰写的《吴江沈氏世家》（载《文学遗产》增刊十二辑，1963 年），又增加了推力，便一直走了下去。他逐渐认识到文学世家是一个值得关注的文化现象。开始从世家与文化的相互作用来考察他所研究的课题。先后将思考的问题写成文字，如《明代一个引人注目的文学世家》（载《光明日报》1986-01-28），《明清吴江沈氏文学世家略论》（载《文学遗产》1992 年第 2 期），《世家·文化·文学世家》（载《殷都学刊》1998 年第 4 期），《吴江沈氏文学世家与明清文坛之联系》（载《文学遗产》1999 年第 1 期），《文学世家：一种特殊的文学家群体》（载《文艺研究》2003 年第 6 期），《文学世家的文化意涵与中国特色》（载《社会科学辑刊》2004 年第 1 期），《沈氏文学世家的文学传承及文化指向》（载《中国社会科学院研究生院学报》2004 年第 1 期），《文学世家的联姻与文学的发展》（载《中州学刊》2004 年第 4

期)，《明清文学主潮中的吴江沈氏文学世家》(见《励耘学刊》第1辑，北京，学苑出版社，2005)等。他的这些思考，是随着他个人对文学世家问题了解的逐步深入而取得的认识；当然，这也得力于他对同时期学界对于相关问题研究的关注。20世纪末21世纪初，关于宋以后文学世家的研究也已逐渐兴起。把家族作为一种文化研究，也已在各相关学科开展。

　　当前科研评价强调理论创新，创新之途也有多个路径，像真瑜这样深入一个文学现象，用"竭泽而渔"的方法去收集资料，从宏观的角度思考问题，从实际出发，把遇到的问题梳理起来，一一去解决，应该说是值得提倡的方法。记得日本东京大学田仲一诚教授曾经和我说：中国的学者多研究宏观的大问题，日本的学者则多注意具体的小问题。这虽是我们朋友之间说的是一句带有调侃性的客气话，但也颇值得思考，我想也可以当作批评来看，我国学者似乎也应该注意多深入研究一些具体问题了。对许多问题进行深入研究，可能也有助于宏观研究的开展。太多的人只醉心于宏观研究，恐怕容易走入虚空。当然这只是我个人引发的想法，不足道也。是为序。

李修生

2009年5月5日于懋堂

目　录

内　编

外　编

内　　编

　中国封建时代的家族文学

一、 封建世家与文化的相互作用及文化上的 "家学" 特点

在中国封建社会，虽然世家大族的形成有多种途径，如或因军功封侯拜相、子孙袭其封爵禄位而成，或以经商致富跻身官僚而成为一方望门，但是最普遍的还是由读书进入仕途而遗泽后代以成者。

依读书而取仕，始于春秋战国，成于两汉。汉武帝尊崇儒术，设太学，置五经博士，招收弟子，为官吏之补，"自此以来，则公卿大夫士吏斌斌多文学之士矣"①。故汉代的夏侯胜说："士病不明经术；经术

---

① 　（汉）司马迁：《史记·儒林列传》，3119 页，北京，中华书局，1959。

苟明，其取青紫如俯拾地芥耳"。① 唐宋明清均以科举取士，读书与仕途有了更密切的联系。普通读书人通过科场也能"以一日之长决取终生之富贵"②，并成为名门望族。其情形大致如清代小说《醉醒石》中所言："大凡大家，出于祖父，以这枝笔取功名。子孙承他的这些荫籍，高堂大厦，衣轻食肥，美姬媚妾，这样的十之七。出于祖父，以这锄头柄博豪富，子孙承他这些基业，也良田腴地，丰衣足食，呼奴使婢，这样的十之三。"③这虽是小说家言，但是以社会实情为依据的。

　　在这个由读书到取仕的过程中，读书是一种文化积累，其中经济的因素也不可忽视。以本书研究的吴江沈氏世家为例，其成为世家大族经历了两个阶段。第一阶段是由乡村而城市，第二阶段是由读书而科举。吴江沈氏世家第一世祖沈文与其子沈浩、沈源二代，皆为布衣百姓。至第三代沈敬，家族的处境开始发生变化。据《吴江沈氏家传》（以下简称《家传》）记载，沈敬以"以勤俭理家，家日饶吴江，故质城中人"④。他的努力完成了这个家族由乡村到城市的转变，这对这个家族未来的发展意义深远。沈氏家族"由读书而科举"，始自第四代沈簧。沈簧是沈敬的第三子，《家传》中说沈簧"始业儒，每试辄在高等，成化戊子岁贡。虽不得一第以仕以终，而自此以来沈氏为诗书礼让之族矣"（沈始树《吴江

---

　　① （汉）班固：《汉书·夏侯胜传》，3159 页，北京，中华书局，1962。

　　② （宋）吕祖谦：《历代制度详说·举目详说》，转引自《中国古代地主阶级研究论集》，22 页，南京，南京大学出版社，1984。

　　③ （清）东鲁古狂生：《醉醒石》第八回，110 页，上海，上海古典文学出版社，1956。

　　④ （清）沈始树：《吴江沈氏家传·钝庵公传》，重刻本，清同治。以下引自此书不再注明版本。

沈氏家传·廷仪公传》)。这之后，沈䇓侄孙沈汉于正德十六年(1521)中
进士。官至户科给事中，隆庆间追赠中顺大夫太常寺少卿。沈汉子嘉
猷、嘉谟、嘉谋，皆有读书入仕的经历；其孙沈位，隆庆二年(1568)进
士，选庶吉士，授检讨。从沈䇓至沈位五代，吴江沈氏先后有两人中进
士，一人中举人，数人为官，最终使家族由一般耕读之家成为一方望
族。在吴江沈氏成为世家大族的第一阶段即由乡村到城市的过程中，经
济的因素起了不小的作用，但这经济积累并没有停留在经济的层面，所
谓"家日饶吴江，故质城中人"的结果是这个家族中有了"始业儒"的一
代。在这里，经济积累最终是以转化为一种文化积累的形式存在的。沈
氏依靠文化积累成为世家大族的事实，正印证了在封建社会广为流传的
这两句话："满朝赤紫贵，尽是读书人。"即文化在封建世家形成过程中
的至关重要的作用。

　　封建世家在形成之后，为保持长久不衰，一方面是兼并土地，广积
田产，如唐时张嘉贞所言"比见朝士，广占良田"[1]。明人谢肇淛也说其
时"郡多士大夫，其士大夫又多田产"[2]。但是，仅有田产，并不足以保
住富贵与名望。他们深知"缙绅家诽奕叶科第，富贵难于长守"[3]。如果
政治上衰落，财产随时都有被势家夺去的危险，所以，比财产更重要的
是要使后代子孙具有跻身官场、谋取显官要职的能力。为此，他们的主
要做法就是督子读书，尤其是那些由科场起家的世家大族，对文化尤为
看重。这样，以读书传家教子几乎成了封建世家共有的信条和家规，汉

---

[1]　(后晋)张昭远等：《旧唐书·张嘉贞传》，3093页，北京，中华书局，1975。

[2]　(明)谢肇淛：《五杂俎》卷四，日本刊本。

[3]　(明)王士性：《广志绎》卷四，刻本，清嘉庆。

代既已流行着"遗子黄金满籯，不如一经"的谚语就是明证①。世家子弟中若有以科举取仕者，则既可显耀祖先，又可添增家族的声望，甚至可以延缓其衰亡，达到振兴家族之目的。

如果说在封建社会中家庭是社会文化传播的媒介之一，那么，世家大族在这方面显然施展着比一般家庭更大的作用，即在相当程度上发挥着传递文化的职能，并形成这样的运行轨迹：文化—仕宦—世家（官僚兼文化）—文化。这就是封建世家与文化之间的因果联系和互动作用。

中国封建时代的家族制极其强固。历代统治者为鼓励孝悌友爱等人伦道德，对世代同居之家常有褒奖，使聚族而居的封建家族制度得到强化。在这方面，世家大族无疑是最具代表性的。那种三世同堂、九代同居、珍重门第与世系的特点，使家族由居住地域的稳定性形成一种超稳定形态。一个家族，就是一个稳定的人际团体，从而导致文化也像家族的延续一样，在一个稳定的群体内传递与延伸。

这样，在前面所说的文化运行轨迹中的后一个"文化"，也就具有了某种"家学"的特点。譬如，东汉时期统治者力倡经学，不少世家大族靠经学起家，竞相以经学传授后辈，于是，某一门经学便成了某个世家大族的"家学"。著名的有汝南袁氏、弘农杨氏，前者以《易经》为家学，后者以欧阳《尚书》为家学，世世相传，家门显耀数代。宋代，理学称盛。金溪陆象山（九渊），其八世祖陆希声是唐昭宗时的宰相，至陆象山辈历二百年，家道已衰。但陆象山一辈兄弟六人中，象山、梭山（陆九韶）、复斋（陆九龄）三人皆精研理学，演为一代家学之盛，家世也赖此得以

---

① （汉）班固：《汉书·韦贤传》，3107页，北京，中华书局，1962。

复兴。

　　这种现象，在明清时期的世家大族中更为多见，如声名卓著的苏州惠氏。惠氏自明末惠有声一代始以精研《左氏春秋》知名。惠有声子惠周惕继承家学，著有《易传》《春秋问》等。惠周惕子惠士奇，也是研究经学的大家。惠士奇子即惠栋，是清代吴派考据学最重要的代表人物。惠氏四代传经，经学为惠氏之家学，为世所公认。他如吴江沈氏的曲学、吴江叶氏的诗学等，都不同程度地具有家传之学的特点。

　　封建时代的这种家学，并非为世家大族所独有，从广义上说文献记述一般书香门第时的所谓"家风""家法""家声""父志"之类，也当作如是观，如《崇川书香录》记云：孙骧庄"夙承家学……肆力于诗古文辞"；李扶九"善治书史……之子亦有父风"；白敦临"勤学善文，子三人均有声家风"；李铨"实圻子，郡庠生，勤学攻苦，一日能成六七艺，承父志"。① 又如王鸣盛《耕砚斋遗稿序》记汪友岑，谓其能"承其尊甫峻堂家法，自少即以诗文擅场"②。这里说的家学，更多的含义是指家族在文化方面的一种传统或风范，说到底仍是一种文化传承，只是学术的色彩淡些而已。

　　由此看来，无论是封建世家，还是一般的书香门第，其在文化上表现出的家学特点，往往使之在一定范围内成为封建文化的代表。

---

① （清）袁景星、刘长华：《崇川书香录》，刊本，1916。
② 《［道光］平望志》卷十七，刻本，清光绪。以下引自此书不再注明版本。

二、 在文学上代有其人使封建世家成为文学世家

封建科举考试的内容，主要在《四书》《五经》和诗赋方面，至于农医百工之学很少问津（唐时科举，于进士科外，复置秀才、明法、明书、明算诸科，是为例外），所以，世家大族器重和传播的文化，主要是一种以经学和文学为主的人文文化。

经学，在敲开仕途之门后往往被束之高阁，而文学由于具有交谊、记事、言志、抒情、咏物、唱和等多种功能，自然就成了士大夫及其眷属、子弟们日常文化活动的主体。因此，士大夫之流大多也是文学天地里的骄子，至于一门风雅、代有才人的现象更是屡见诸史籍。清人沈德潜序《吴江沈氏诗集录》曾援举数例说："古人父子能诗者，如魏征西之有丕与植，庾肩吾之有信、苏，许公之有颋为最著。兄弟则如应玚、应璩，丁仪、丁廙，陆机、陆云；至唐之五窦，宋之四韩，称尤盛焉。而杜审言之有甫，则祖孙并著；王融前后四世有籍，则祖及孙曾，俱以诗名于时。"①此一类情况，在明清人文荟萃的江浙地区的世家大族中尤为多见，其中一些世家在文学上代有其人，成就斐然。从一定意义上说，封建世家大族以文学为主体的文化活动，一旦形成在文学上代有其人的局面，这一世家大族也就由一般状态中的世家大族发展成为"文学世

---

① （清）沈祖禹、沈彤辑：《吴江沈氏诗集录》（简称《沈氏诗录》）卷首，刻本，清乾隆。以下引自此书不再注明版本。

家"。这一点，从另一个角度上说就是世家大族并不一定是文学世家，一个世家大族要成为文学世家还必须在文学上代有其人，也就是在通过文化积累成为世家大族的同时还需要有文学上的传承。

在明清两代，文学世家已经成为文坛上一种较普遍存在的文学现象。这一方面是因为"无论都邑乡里，大率皆有世家名族"①，另一方面是因为在社会中普遍存在一种书香传家的文化传统，就像罗惇衍等在《崇川书香录序》和《崇川书香录凡例》中说的："矧士君子……皓首穷经，其贻厥子孙者，不在科名之显达，而在书香之绵延。""其传之益久者，五世十世，多多益善。"②这种情况在文化生态优越的江浙等地区尤为突出，因为这里"列肆繁盛，百货皆备"③，经济优势推动了整个地区文化的发展。因为就一般规律而言，文化形态取决于社会的经济状况。这一时期在江浙等地区的世家大族中，一门风雅，渐成气候，其中一些世家大族诗书之泽不衰，是名副其实的文学世家。譬如，潘光旦《明清两代嘉兴的望族》一书所列嘉兴地区九十一个世家大族，家世平均为八代，最长者达二十一代之久，其中可称为文学世家的不在少数。还有袁景星、刘长华在《崇川书香录》中著录的书香门第在三世以上者，仅崇川一地就数以百计。类似江戴氏和陆氏这种文献中记载"世传儒雅，代有闻

---

①　（清）金武祥：《新阳赵氏清芬录序》，见赵诒坤辑：《新阳赵氏清芬录》卷首，民国刊本。

②　（清）袁景星、刘长华辑：《崇川书香录》卷首，刊本，1916。

③　（清）屠胤：《平望县志序》，见《［光绪］平望志》卷首。

人"①"文藻词章之富……历世九传，阅年数百"②的文学世家，更是不胜枚举。如以本书所研究的沈氏世家所在的江苏吴江地区为例，世家大族中可以视为文学世家的至少就有叶、陆、赵、沈四家。

叶氏在文学上始自叶绅一辈，至其五世孙叶绍袁、六世孙叶燮两代达到鼎盛。叶绍袁字仲韶，别号天寥，天启进士，官工部主事，文才卓著，著作有《叶天寥四种》《秦斋怨》等。其妻子儿女亦能诗文。崇祯时，叶氏刻家著《午梦堂集》，收入叶绍袁及其家人的著述九种。清时，后人又补入五种。这一文学世家中著名的文学家除叶绍袁外，有其妻沈宜修，其子叶燮，其女叶小纨。叶小纨著有《鸳鸯梦》杂剧，她是著名戏曲家沈璟的孙媳，也是中国戏曲史上有作品传世的第一位女戏剧家。与叶氏同邑的陆、赵两大世家，亦多文章秀士。陆氏有《松陵陆氏丛著》传世，内收文集十四种。赵氏有《吴江赵氏诗存》传世，汇集了赵氏一门近十代诗人的作品。

较之叶、陆、赵三大世家，沈氏世家更是"世有文采"③。沈氏从第五代的沈奎至沈嘉谋，三代人中共有文学家十人。这种在文学上生生不息的态势，使沈氏世家逐渐成为一个以文学鸣世的世家大族。此后，这个家族在文学上生生不息的态势依旧不减。沈嘉谋之后的沈氏世家第八代有文学家十人，第九代有文学家二十八人，第十代有文学家三十三人，第十一代有文学家二十八人，第十二代有文学家十六人，第十三代

---

① （清）戴熙元：《瑞芝山房诗钞》，刻本，清光绪。

② （清）英翰：《陆氏传家集序》，见（清）陆乃谱辑：《陆氏传家集》卷首，刻本，清同治。

③ 《［乾隆］吴江县志》卷三十二，刻本，清乾隆。

有文学家八人，第十四代有文学家五人。至第十七代止，沈氏世家共有作家十二代近一百四十人。诗歌、戏剧、词曲，皆不乏名家，故论者赞云："风雅之盛，萃于一家，海内所希有也。"（《[光绪]平望志》卷一）

一个家族在文化活动中以文学为主体的特点，表现在其个人身上亦是如此。譬如，吴江沈氏世家中的沈倬，"为诸生，负重名而连不得举，乃寄情诗酒，到处皆为咏歌"（沈祖禹、沈彤《吴江沈氏诗集录》卷二）；沈瑾，"闻时政得失，乡党臧否，下至蔬果花石禽鸟，靡不因事寄慨，以情纬物，一发之于诗文"（沈始树《吴江沈氏家传·客庵公传》）；沈璟，"屏迹郊居，放情词曲，精心考索者垂三十年"①；沈瑄，"素不事生产，惟兀坐一小楼，肆力古学"（沈始树《吴江沈氏家传·容襟公传》）；沈珂，"既老，厌弃帖括，寄情声韵，兴之所至，时拈一二小词，欣然自喜"（沈始树《吴江沈氏家传·虚室公传》）；沈士哲，"盖欲为大儒，不仅以科名取世资也，晚年自坐一榻，吟咏不绝"（沈始树《吴江沈氏家传·若宇公传》）；沈自然，"家贫虽蔬食不给，闭门讽咏不辍"②；沈自南，"不矜门阀，以著述为事"③；沈自友，"以文学得佳公子称"（沈祖禹、沈彤《吴江沈氏诗集录》卷五）；沈自铤，"归隐吴家巷，与诸高士为诗社以终"（沈始树《吴江沈氏家传·南庄公传》）；沈自晋，"于书无所不览，而尤精通音律，锦囊彩笔"（沈始树《吴江沈氏家传·鞠通公传》）；沈永启，

---

① （明）王骥德：《曲律》卷四，见《中国古典戏曲论著集成》（四），164页，北京，中国戏剧出版社，1959。（以下《中国古典戏曲论著集成》简称"集成本"）

② 《[乾隆]苏州府志》卷六十五，刻本，清乾隆。

③ （清）袁景辂辑：《国朝松陵诗征》卷二，刻本，清乾隆。以下引自此书不再注明版本。

"一二子女皆工词藻，暇辄分题倡和"（沈祖禹、沈彤《吴江沈氏诗集录》卷五）；沈永义，曾"客游燕、齐、晋、楚，皆有吟咏"（袁景辂《国朝松陵诗征》卷四）；沈永禋，"以数奇不售，遂淡于进取，筑室湖干，啸歌自尚"①；沈永馨，"卜居邑之麻溪，寄情诗歌，日与四方高士相赠答"（沈始树《吴江沈氏家传·天选公传》）；沈永隆，"从父隐吴山，以吟咏自娱"（沈始树《吴江沈氏家传·冽泉公传》）；沈澍，"少工诗，连不得志于有司，遍游南北，莫不以诗纪之"（袁景辂《国朝松陵诗征》卷十）；沈克枀，"恂恂自好闭户读书，吟咏颇多"（袁景辂《国朝松陵诗征》卷十）；沈安，"尝游豫章、南粤间，多登临凭吊、羁旅无聊之作（袁景辂《国朝松陵诗征》卷八）；沈始熙，"自幼喜吟，奋志读书"②；沈祖禹，"喜为诗，无哀艳之篇"③；沈彤，"专至于著述，为文务造其极"④；沈凤鸣，"好博览，多所记述，尝客秦中，羁孤牢落之况一一寄之于诗"（袁景辂《国朝松陵诗征》卷十六）；沈斯盛，"沉酣韵学，为诗闲适达意"⑤；沈懿如，"课耕陇亩间，间为诗歌"（袁景辂《国朝松陵诗征》卷十七）；沈廷光，"年近七旬，手不释卷，口不绝吟"（沈始树《吴江沈氏家传·恬斋公传》）。一门之中，闺秀亦不逊须眉。譬如，沈自征妻张倩倩，"自工诗

①　（明）周安辑：《松陵诗乘》，见（清）袁景辂辑：《国朝松陵诗征》卷四引。

②　（明）周立川辑：《吴江诗粹》，见（清）袁景辂辑：《国朝松陵诗征》卷十一引。

③　（清）沈彤：《族兄怡亭诗集序》，见《沈果堂全集》卷十一，刻本，清乾隆。以下引自此书不再注明版本。

④　（清）沈廷芳：《沈彤墓志铭》，见（清）沈彤：《沈果堂全集》卷二。

⑤　《江镇人物续志》卷十一，刻本，清光绪。

词"①；沈宜修，"研精文史，词采玢璘"②；沈静专，"其才类眉山长公"③；沈媛，"好吟咏"④；沈宪英，"所著甚富，饶有家风"（周铭《林下词选》卷八）；沈华鬘，"幼而能诗，兼晓绘事"（沈祖禹、沈彤《吴江沈氏诗集录》卷十二）；沈少君，"工诗，生平极爱梨花，每以自况"⑤；沈永祯妻叶小纨，"自幼闺中唱和"⑥；沈蕙端，"能诗词，尤精曲律"（沈祖禹、沈彤《吴江沈氏诗集录》卷十二）；沈蕊纫，"十二三岁能吟咏"（沈祖禹、沈彤《吴江沈氏诗集录》卷十二）；沈友琴，"与妹御月俱工诗词"⑦；沈树荣，"承母教，工诗词"⑧；沈咏梅，"读书外无他嗜好。性好梅，当花时，辄与（夫）杏村联吟，一夕各得诗三十余首，时传为佳话"（袁景辂《国朝松陵诗征》卷二）；沈重熙妻金法筵，"纺绩之余，辄事吟咏"（沈祖禹、沈彤《吴江沈氏诗集录》卷十一）；沈绮，"著作甚伙，诗文之外兼通星纬夕桀之学"（袁景辂《国朝松陵诗征》卷七）。正是同一家族中这诸多个体在文化上所表现出的对文学的情有独钟，最终创造了整个家族在文学上的辉煌，被时人赞誉为"吴兴骚雅，领袖江南"⑨。

①　（明）沈宜修：《表妹张倩倩传》，见《午梦堂集》卷二，刻本，明崇祯。
②　陈去病辑：《松陵文集》初编，百尺楼丛书本，1922。
③　（清）周明辑：《林下词选》卷八，刻本，清康熙。以下引自此书不再注明版本。
④　（明）沈云：《盛湖杂录·名媛纪略》，铅印本，1918。
⑤　（明）叶绍袁：《天寥年谱别记》崇祯辛巳三月条，民国刊本。
⑥　（清）叶燮：《午梦堂诗钞述略》，刻本，清康熙。
⑦　[乾隆]震泽县志》卷二十四，重刻本，清光绪。
⑧　（清）王豫辑：《江苏诗征》卷一百七十四，刻本，清道光。
⑨　（清）尤侗：《古今词选序》，见（清）沈时栋辑：《古今词选》卷首，刻本，清康熙。以下引自此书不再注明版本。

三、 文学世家不同于文学流派的特殊性

文学世家具有其特殊性。从文学研究的角度看，文学世家与文学流派有明显不同，"它是由同属于一个家族的几代文人构成的文学家群体"①。这里，一个是"同属于一个家族"，一个是"几代文人"，这是构成一个文学世家的两个基本条件。这两个基本条件，也就是文学世家这种文学家群体不同于别种文学家群体的特殊性所在。因此，可以说文学世家是一种"特殊的文学家群体"。

作为特殊的文学家群体，文学世家是封建时代文学发展诸多形态之一，其特殊性和发展形态都呈现出家族性的特征，这主要有以下五点。

其一，中国封建时代的社会基本结构是以宗法制为基础的，因此也就决定了文学世家的形成与一个家族的历史密切关联，往往要历经一个家族中几代人的文化积累和文学传承。这种传承是一个家族中一代又一代的文化个体对文化和文学活动的积极参与，甚至犹如一种事业般的投入。这是文学世家的形成过程与文学流派的形成过程的根本不同之所在。从沈氏世家成为文学世家的过程，我们可以看到明清时期的文学世家形成的基本规律，即文学世家的形成要经过一个家族较长的文化积累和文学传承，非一、二代所能完成，正如明人文征明所说："诗书之泽，

---

① 参见拙文《明代一个引人注目的文学世家》，载《光明日报》，1986-01-28。

衣冠之望，非积之不可。"①这个积累和传承的过程是以整个家族为依托的。潘光旦在《明清两代嘉兴的望族》中说，家族"血缘网……是一个产生人才的集体"②。这话是有道理的，因为，家族的文脉是存在于家族的"血缘网"之中的。明清文学世家形成的基本规律，既揭示出其与文学流派的不同，也表明其与中古时期有着氏族门阀背景的文学世家明显有别。

其二，理论和创作上的家学特点。仍以吴江沈氏世家为例，其在理论和创作上的家学特点主要体现在戏曲方面。沈璟（自号词隐生）在万历三十年（1602）前后著成《南词全谱》一书，为新传奇构建了较完备的格律体系，被戏曲家奉为圭臬。他去世后约四十年，面对戏曲发展的新局面，其从侄沈自晋在《南词全谱》的基础上，详略补缺，著成《南词新谱》。曲学经沈璟、沈自晋两代，遂成为这一文学世家饮誉于世的家学。对这一点，当时曲坛是公认的。戏曲家冯梦龙就曾对沈自晋从兄沈自继说："词隐先生为海内填词祖，而君家学之渊源也"。③ 在创作方面，沈氏文学世家从沈璟一辈涉猎戏曲始，先后从事戏剧和散曲创作的有二十余人，而且其中不乏女戏剧家和女散曲家。正如近人陈去病所说："沈氏自词隐先生后，微特群从子姓精研律吕，即闺房之秀亦并擅倚声。"④这种家学特点，自然而然也就成为其在理论和创作上的一种优势。沈

---

① （明）文征明：《相城沈氏保堂记》，见《文征明集》卷十八，清刻本。

② 潘光旦：《明清两代嘉兴的望族》第五章，上海商务印书馆，铅印本，1936。

③ 参见沈自南：《重定南九宫新谱序》，见（清）沈自晋：《南词新谱》卷首，影印清顺治刻本，1936。以下引自此书不再注明版本。

④ 陈去病辑：《笠泽词征》卷二十二，铅印本，1914。

璟、沈自晋二人被尊为"南词宗匠"①，沈自征的杂剧被著名文学家朱彝尊誉为"目之为第一流"②，这些充分反映出沈氏文学世家在戏曲领域的优势。

其三，延续时间长，后辈往往有较强的继承先业的使命感。沈氏世家先后有文学家十二代，历四百余年，延续时间之长是任何一个文学流派不可能具有的。而且家族中代与代之间传承文学的意识很强。冯梦龙曾希望沈自晋继承沈璟的"先业"，修订《南词全谱》。沈自继对自晋也说："兄不早继词隐芳规，缵成一代乐府，复因循岁月何？"③沈自晋也早有修订曲谱之心，遂在沈自继、沈自南帮助下，著成《南词新谱》。沈璟、沈自晋、沈永隆三代，是沈氏在戏曲领域全盛时期。此后，其家学仍有传人，如沈自继孙辈的沈时栋（号焦音）、沈友琴（女）、沈御月（女）、沈蕊纫（女）、沈树荣（女）等，皆为词曲家。著名文学家尤侗序沈时栋《古今词选》说："今焦音烂熳天才，渊源家学。"（沈时栋《古今词选》卷首）对沈时栋的词学成就与家学渊源的关系是特别强调的。为《古今词选》作序的另一位著名词人顾贞观也说："至其家学之流传，则《九宫谱》（即《南词全谱》）诸书久矣。"（沈时栋《古今词选》卷首）从沈时栋一辈，不难看到其家学的深远影响和不断的延续。另一方面，先辈对后代也往往寄予厚望，如沈自晋在完成《南词新谱》之后嘱其子沈永隆云："今而后，

---

① （清）沈时栋：《瘦吟楼词》引毛奇龄语，饮虹簃刊本，1928。

② （清）朱彝尊：《静志居诗话》卷二十二，刻本，清嘉庆。以下引自此书不再注明版本。

③ （清）沈自晋：《重定南词全谱凡例续记》，见《南词新谱》卷首。

若姑从事此以足吾志。"①又如吴兴长桥沈氏四世沈家本在《吴兴长桥沈氏家集序》云："吾子孙读是集者，当念先人清德，勿坠家声。"②

其四，家族文学作品的编辑刊刻。以吴江诸世家为例，叶氏世家有收入叶绍袁及其家人十二种著述的《午梦堂集》。陆氏世家有汇集一门文集十二种的《松陵陆氏丛著》。赵氏世家有《吴江赵氏诗存》，汇集了赵氏一门近十代诗人的作品。沈氏世家有辑录沈氏一门九十一位诗人的近千首作品的《吴江沈氏诗集录》。显然，家族文学作品的编辑刊刻，已成为文学世家在文学上的一种标志性的建设。

其五，文学活动中的家族群体参与。譬如，吴江沈氏文学世家在明末至清乾隆年间编著刊刻的《吴江沈氏诗集录》（下文简称《沈氏诗录》）、《重定南九宫词谱》（下文简称《南词新谱》）等典籍，在某些方面就明显具有家族文化的一些特征。这两部典籍，或称两个文学工程，严格上说并不完全是某一位沈氏作家的个人行为，因为在编著上，它们都不同程度地表现出家族群体参与的特点。

先说《沈氏诗录》。《沈氏诗录》是沈氏家族一门近百位诗人的作品的选集。这部诗选刊于乾隆五年（1740），编辑者是沈祖禹和沈彤，严格说，此二人只是这部诗集的最后编定者。这部汇集了沈氏一门近百位诗人作品的著作，并非成于一时，是经过了沈氏世家的几代文人之手才完成。这在沈祖禹《吴江沈氏诗集录序》中有很明确记载：

---

① （清）沈永隆：《南词新谱后序》，见《南词新谱》卷末。
② （清）沈家本辑：《吴兴长桥沈氏家集》卷首，刻本，清宣统。

吾沈氏元末始居吴江，自半闲(奎)、水西(汉)二公以忠孝传家而文学亦开其先。厥后遂以诗赋文辞名者众，而诗为尤盛，至今垂三百年，代各有人，人各有集。……往者，冽泉公尝撰为总集，尚有所遗且自明寄而止……我大父晚香公，从父真崖公先后罔罗，复补其缺，篇什增多，而业俱未就，今又四十三年矣。旧所藏者，各有蠹蚀，而诸公别集转益残缺，每与从弟冠云语及而心伤之。己未夏五乃敢忘其固陋，发旧所藏，重加搜访……定录诗九百五十三首，析为十有二卷，名曰《吴江沈氏诗集录》。（沈祖禹、沈彤《吴江沈氏诗集录》卷首）

序中所提及的冽泉公、晚香公、真崖公，分别为沈永隆、沈永群、沈始树。沈永隆是沈自晋长子，沈永群是沈自征次子，均为沈氏十一世孙。沈始树是沈永智子，为沈氏十二世孙。沈祖禹是沈永群孙，沈彤是沈始树子，二人同为沈氏十三世孙。仅据沈祖禹《吴江沈氏诗集录序》的记述，人们就可以明了，这部书凝聚了沈氏三代五位作家的心血。其实，沈氏作家参与这个文化工程的还不止上述五人。《沈氏诗录》卷三标记："祖禹谨录；廷光谨校。"卷八标记："祖禹谨录；炯谨校。"沈廷光、沈炯，同为沈氏十三世孙。由此算来，参与《沈氏诗录》编辑的沈氏家族作家至少有七位。

《沈氏诗录》的初辑者沈永隆卒于清康熙六年（1667）。据此可知，《沈氏诗录》的编辑最晚在此前已开始，至乾隆五年"三稿而整齐之"①。

———————

① （清）沈祖禹：《吴江沈氏诗集录序》，见（清）沈祖禹、沈彤辑：《吴江沈氏诗集录》卷首。

此书历经康熙、雍正、乾隆三朝七十余年，并最终于乾隆五年由"诸族人相与资而刻之"①。迨至同治六年（1867），沈氏十七世孙沈桂芬有感于原刻板在战乱中"胥归乌有"，于是"觅得一册，即付枣梨……悉心雠校，一切遵循旧式，弗稍紊更"②，即重新校刻了《沈氏诗录》。这就意味着沈氏家族文人对这一文化工程的群体参与一直延续了二百多年。

较之《沈氏沈录》，《南词新谱》这一文化工程所具有的家族文化的特征更为突出。

首先，参与者阵容庞大。全书二十六卷，卷卷都有沈氏家族文人参与校阅。据卷下题记，一至二十六卷的校阅者依次为：卷一，"弟自继君善、自友君张"；卷二，"弟自继君善、自友君张"；卷三，"弟自继君善、自友君张"；卷四，"弟自友君张、自鋋文将"；卷五，"弟自南留侯、自东君山"；卷六，"弟自籍君嗣、自南留侯"；卷七，"弟自籍君嗣、肇开令贻"；卷八，"弟肇开云方、自南恒斋"；卷九，"弟自晓天膑、自东君山"；卷十，"弟自鋋文将"；卷十一，"侄祈思永"；卷十二上，"侄永启方思、永扬匪轻"；卷十二下，"侄永令指、永馨建芳"；卷十三，"侄永贺元吉、永法民式"；卷十四，"侄永馨篆水、永卿鸿章"；卷十五，"侄永龄寿臣、永荪左轮"；卷十六，"侄永龄虚舟、丁昌子言"；卷十七，"侄永瑞云襄、永捷迅如"；卷十八，"侄绣裳长文、永禋克将"；卷十九，"侄永瑞云襄、永仁方其"；卷二十，"侄绣裳素先、永乔友声"；卷二十一，"侄永先襄言"；卷二十四，"男永隆治佐，侄孙世

---

①　（清）沈祖禹：《吴江沈氏诗集录序》，见（清）沈祖禹、沈彤辑：《吴江沈氏诗集录》卷首。

②　（清）沈桂芬：《重刻〈诗录〉后记》，见（清）沈始树：《吴江沈氏家传》附录。

懋旂美"；卷二十五，"侄孙辛懋龙媒、宪懋西豹、欣懋兰荣"；卷二十六，"男永䰄君和、永当任者"。上述题记中记载的沈氏家族文人，与沈自晋同辈的有沈自继等八人，属于沈自晋子侄辈的有沈祈等二十一人，属于沈自晋孙辈的有沈世懋等四人，总共三十三位，占已知沈氏世家这三代作家六十九人（女作家除外）的半数左右，参与者阵容之庞大不言而喻。

其次，参与的工作至关重要。除作为《南词新谱》的一般校阅者外，上述文人中的沈自南作有《重定南九宫新谱序》、沈自继作有《重辑南九宫十三调词谱述》、沈自友作有《鞠通生小传》、沈永隆作有《南词新谱后序》。这些序文、传记或"聊述所由以志谱刻缘艰"（沈自晋《南词新谱》），或记沈自晋生平，皆为《南词新谱》不可缺少的组成部分。不仅如此，沈自继还是编著曲谱的倡导者之一。沈自晋《重定南词全谱凡例续记》记云："因忆乙酉（清顺治二年，1645）春，予承子犹委托，而从弟君善实怂恿焉……"（沈自晋《南词新谱》）由此可知，沈自继、沈自南等人在这一文化工程中扮演了举足轻重的角色。

同样的情况在其他文学世家中也存在着，如吴江叶氏文学世家。叶氏自家编辑的文集，既有叶绍袁的《午梦堂集》，内收作品集十二种，又有叶燮的《午梦堂诗抄》，内收作品集四种。再如吴江赵氏文学世家，其家族文集《吴江赵氏诗存》也是经多位赵氏文人之手完成的。

四、 文学世家在文学发展史上扮演了重要角色

文学世家在文学发展史上扮演了重要角色。这主要表现为一个文学世家在理论或创作上某一(几)方面的优势,既是对文学发展的巨大贡献,也往往成为某一文学一定时期内的代表。仍以吴江沈氏世家为例。

吴江沈氏世家文学在明清文坛上享有盛誉。朱彝尊称其"门才之盛,甲于平江,而子姓继之,文采风流,代各有集"(朱彝尊《静志居诗话》卷十六)。尤侗云:

> 沈氏之以风雅著者,如虹台(沈位)、宏所(沈珣)两先生有《柔生斋》《净华庵》二稿,词隐(沈璟)、鞠通(沈自晋)两先生有先后订正《南词九宫谱》,嗣是而君善(沈自继)、君庸(沈自征)、君晦(沈自炳)、君服(沈自然)诸子各极一时之盛,乃至掐粉搓酥之辈亦擅偷声减字之能,如《午梦堂集》(沈宜修等著)、《闲居词》(沈友琴著)、《空翠轩词》(沈御月著),皆其尤者也。于是而吴兴骚雅遂已领袖江南矣。[①]

尤侗在这段话里提到的沈氏家族文人,既有古文家、诗人、词人,也有戏曲家;既有男性作家,也有女性作家。这说明他所说的"吴兴骚雅,

---

① （清)尤侗:《古今词选序》,见(清)沈时栋:《古今词选》卷首。

遂已领袖江南"一句，并非针对某一人，而是对这个家族整体在明清文坛上所扮演的重要角色的概括。朱彝尊和尤侗是清初文坛上的代表人物，他们对吴江沈氏的称誉理应不是一人一时之见，可以视为文坛上一些名家的共识。

吴江沈氏文学世家在当时文坛上扮演的"领袖江南"的角色，主要体现在以下几个方面。

一是沈氏文学世家在戏曲理论和创作上具有明显优势，对戏曲的发展做出了很大贡献，并成为这一文学一定时期内的代表。沈璟（自号词隐生）在万历三十年（1602）前后著成的《南曲全谱》一书，为新传奇构建了较完备的格律体系，被戏曲家奉为圭臬。沈璟被公认为"词坛盟主"①。晚明著名戏曲理论家王骥德说："今之词家，吴郡词隐先生实称指南。"②吕天成则说："沈光禄……运斤成风，乐府之石匠，游刃余地，词坛之庖丁。此道赖以中兴，吾党甘为北面。"③张琦也说："至沈宁庵究心精微，羽翼谱法，后学之南车也。"④徐复祚亦谓："至其所著《南曲全谱》《唱曲当知》，订世人沿袭之非，铲俗师扭捏之腔，令作曲者知其所向往，皎然词林指南车也。"⑤与沈璟同邑的曲学家毛以燧更是不无几分自豪地称："吾邑词隐先生，为词坛盟主。"⑥沈璟在曲坛上的这种盟

---

① （明）毛以燧：《曲律跋》，见（明）王骥德：《曲律》卷末，集成本（四），184 页。

② （明）王骥德：《新校注古本西厢记·自序》，北平富晋书社影印明万历刻本，1930。

③ （明）吕天成：《曲品》卷上，集成本（六），212 页。

④ （明）张琦：《衡曲麈谭·作家偶评》，集成本（四），270 页。

⑤ （明）徐复祚：《曲论》，集成本（四），240 页。

⑥ （明）毛以燧：《曲律跋》，见王骥德：《曲律》卷末，集成本（四），180 页。

主地位，使他的曲学对明后期的戏曲发展产生了巨大的影响。

　　沈璟之后，沈氏戏曲家执曲坛牛耳者是沈璟从侄沈自晋。《沈氏家传·西来公（自晋）传》曾转引当时曲家的话，谓沈自晋"尝随其从伯词隐先生为东山之游，一时海内词家如范香令、卜大荒、袁幔亭、冯犹龙诸君子群相推服。卜与袁为作传奇序，冯所选《太霞新奏》推为压卷。范有'新推袁、沈擅词场'及'幸有钟期沈、袁在'之句，其心折何如"（沈始树《吴江沈氏家传·鞠通公传》）。沈自晋在沈璟去世后约四十年，面对戏曲发展的新局面，主持修订沈璟的《南词全谱》，著成《南词新谱》。这受到了众多戏曲家的关注。据《南词新谱·参阅姓氏》记载，列名"参阅姓氏"的竟有九十五位文学家之多。其中，江南戏曲家有二十余位，他们是：卜世臣（嘉兴）、冯梦龙（苏州）、吴伟业（太仓）、宋存标（华亭）、陆世廉（苏州）、杨弘（青浦）、袁于令（苏州）、毛奇龄（萧山）、卜不矜（嘉兴）、尤侗（长洲）、黄家舒（无锡）、孟称舜（绍兴）、叶奕包（昆山）、李玉（吴县）、尤本钦（吴江）、吴溢（吴江）、李渔（兰溪）、蒋麟征（吴兴）、朱英（上海）、叶时章（吴县）、范彤弧（上海）、冯焆（苏州）。晚明清初戏曲名家几乎悉数在内，足可见沈璟、沈自晋所代表的吴江沈氏在曲坛上的地位与声望。在戏曲理论之外，沈氏文学世家先后有沈璟、沈自晋、沈永令三代共八位戏曲家，还有沈自普等十几位散曲家。一门之内，曲家辈出，此足以领袖江南曲坛。清初著名戏曲家毛奇龄说："词隐、鞠通，素推南词宗匠；君庸（沈自征）《渔阳三弄》，尤为北词绝伦。"[①]可谓是对沈氏文学世家在戏曲方面"领袖江南"的准确诠释。

---

① （清）沈时栋：《瘦吟楼词》《疏烟淡月·金庭远眺》评语引，饮虹簃刊本，1928。

二是在沈氏文学世家中出现了一群女性作家，这也就是尤侗所说的"以风雅著"的"掐粉搓酥之辈"。沈氏文学世家中的女性文学创作，既是这个家族文学中最为耀眼的亮点之一，也是明清文学史上女性文学创作的重要组成部分和代表。

从时间上看，明清女性文学创作，崛起于晚明，而大盛于清康乾。因此，沈氏家族中女作家群体的出现并不是一个孤立的文学现象，类似者亦有之。譬如，《列朝诗集》所记"王氏凤娴""华亭张孺人王氏，名凤娴。女引元，字文殊；引庆，字媚珠；皆工翰藻。母子自相唱。有《焚余草》《双燕遗音》行于世"①。又如同书所记"黄恭人沈氏""沈氏，名纫兰，字闲靓。嘉兴人。参政黄承昊之妻。其诗有《效颦集》。仲女双蕙，字柔嘉……有诗云……参政从妹叔德，字柔卿……皆有集传世"②。如此类者，在清人袁枚《随园诗话》中也有多处记载："杭州汪秋御夫人程慰良，《咏秧针》云：'陌旁柳线穿难定，水面罗文刺不禁。'可谓巧而不纤……有二女，皆能诗。"③"近今夫妇能诗者，《新话》中已载数人。兹又得孙子潇妻席佩兰字韵芬者，《南归题上党官署》云：'一回头处一凄然……'"（袁枚《随园诗话》卷六）这些与沈氏文学世家中诸如叶小纨女"承母教，工诗词"④，沈永启"一子二女，皆娴诗词，暇辄命题分韵唱和"（沈祖禹、沈彤《吴江沈氏诗集录》卷七），及吴江叶氏文学世家中沈

---

① （清）钱谦益辑：《列朝诗集·闰集》，重刊本，清宣统。以下引自此书不再注明版本。

② 同上书。

③ （清）袁枚：《随园诗话》卷十二，清刻本。以下引自此书不再注明版本。

④ （清）王豫辑：《江苏诗征》卷一百七十四，刻本，清道光。

宜修母女"相与题花赋草，镂月裁云"(周铭辑《林下词选》卷十一)，确实有惊人的相似之处。这种相似告诉我们，女性作家文学创作在明清时期已是文坛上常见之事，特别是在人文氛围浓厚的吴中地区，女子能诗，尤称一时之盛。这正如袁枚在《随园诗话》中所记述的："近时闺秀之多，十倍于古，而吴门为尤盛。"(袁枚《随园诗话·补遗》卷八)丁绍仪《听秋馆词话》论及明清女作家时也说："吴越女子多读书识字，女工余暇，不乏篇章。近则到处皆然，故闺秀之盛度越千古。即以词论，王氏《词综》所采五十余家，已倍宋元二代。余辑《词补》复得一百七十余人。"①袁景辂《国朝松陵诗征·例言》亦称吴江"闺房之内弃刀尺而事篇章者代不乏人矣"。据此可知，吴中(尤其是吴江)女子能诗乃是不争的事实。这一点从《列朝诗集》也可得到印证。《列朝诗集·闺集》共记载闺秀一百二十三人，其中，属于吴中地区的竟有三十人。这三十人中吴江籍的又占了三分之一，有十人。仅从这些数字即可看到吴中地区女性文学创作的活跃状况。

　　沈氏文学世家中的女性文学创作，在时间上与明清女作家创作的兴盛是同步的。沈智瑶生于万历三十年(1602)前后，卒于崇祯十七年(1644)，为吴江沈氏十世；与之同辈的还有顾孺人、沈大荣、沈倩君、沈静专、沈媛等人。她之后，沈氏世家女作家还有沈静筠、沈友琴、沈咏梅三代，分别为吴江沈氏十一至十三世。沈静筠、沈友琴两代自不必说。沈咏梅，生卒年不详。其父沈澍生于清顺治五年(1648)，卒于雍正三年(1725)。据此推知，沈咏梅的活动年代当在康熙、雍正时期。与沈

---

① 　丁绍仪：《听秋馆词话》卷十九，上海医学书局铅印本，1937。

咏梅同辈的还有金法筵，她生于清顺治八年（1651），卒于康熙四十四年（1705），与沈咏梅的活动年代大致相同。沈氏女作家与明清女性文学创作的同步发展表明，她们不仅在吴中堪称翘楚，也是同期女性文学创作的重要组成部分和当之无愧的代表。

一方面，自晚明以来一些女子舞文弄墨，"弃刀尺而事篇章"。她们不仅写诗、写词，写曲如前面所列举的；还有的写作戏剧或小说，如马守贞作《三生传》传奇、梁孟昭作《相思砚》、阮丽珍作《梦虎缘》杂剧、汪端作《元明佚史》小说，及沈氏文学世家中的叶小纨作《鸳鸯梦》杂剧等。另一方面，一些文人倡言男女平等，赞扬女性的文才；编辑或品评女性的作品。二者的互动，最终书写出明清文学史上女性作家文学创作的灿烂一页。在约成书于乾隆年间的《红楼梦》小说中，有不少笔墨描写了贾府大观园里一些女性如林黛玉、薛宝钗、贾探春等人的文学才华，这实际上也可以看作对当时引人注目的女性作家文学创作的艺术写照。吴江沈氏家族虽然不能和《红楼梦》中的贾家相提并论，沈宜修、张倩倩、叶小纨、金法筵等人也不是大观园中的林黛玉、薛宝钗……但沈氏文学世家之女作家在文学方面表现出的才华的确与《红楼梦》中林黛玉、薛宝钗这一类女性有相同之处。她们的存在，成为明清女性作家创作崛起的冰山一角。物换星移，其人其作，才情不泯。

吴江沈氏文学世家在上述两个方面所扮演的"领袖江南"的角色，可以说是任何一个文学流派都不能替代的。所谓"吴兴骚雅，领袖江南"，这可不是个一般的角色，至少可以理解为沈氏文学世家在一定时期内担当了文坛的主角，如以沈璟、沈自晋为核心的沈氏两代曲家在一定时期内是明显影响了戏曲的发展的。陈寅恪先生曾说："学术文化与大族盛门不可分离。"①文学也是同样，因为，从根本上说，文化的背景是社会的形态。家族制是中国封建社会的结构基础。所以，像沈氏世家这样的文学含量极高的家族，在文学的发展中扮演了举足轻重的角色是理之必然。

五、 一个家族数百年的文学活动足以成为一部文学史

吴江沈氏世家文学有其特殊的文学史意义和特殊的文化史意义。其特殊的文学史意义在于：一个家族数百年的文学活动，就是一部文学史。沈氏世家在文学上表现出很强的活力，其在明清文学数百年发展史中，每个时期都有自己在文学上的中心人物或代表人物。譬如，在明中期诗文方面，有与唐宋派主张一致的古文家沈位；在晚明至清初戏剧方面，有曲学大师沈璟、沈自晋；在清初词坛方面，有以词学知名的沈时栋；在清中期经学和考据学方面，有桐城派古文家沈彤；在明末清初，有以沈宜修、叶小纨为代表的女性作家群体。这些中心人物或代表人物都处在当时文学发展的潮流之中，有的甚至对当时文学的走向产生过较大的影响，如戏剧方面执曲坛牛耳的沈璟、沈自晋。反之也是如此。清乾隆以后，在文学上，沈氏世家作家队伍萎缩，没有产生中心人物或代表人物，所以这个文学世家也就衰落了，并最终退出历史舞台。

这一切表明，吴江沈氏世家的文学与明清文学主潮是同步的、互动

---

① 陈寅恪：《金明馆丛稿初编》，329 页，上海，上海古籍出版社，1980。

的，并成为这一文学主潮之一部分。从这个意义上说，自明嘉靖、万历以来至清乾隆、嘉庆之数百年文学史，亦可从沈氏一门之文领略一二。这正如上文所引陈寅恪先生说的话："学术文化与大族盛门不可分离。"沈氏世家文学可谓是一个极好的个案证明。清代著名文学家尤侗称赞沈氏世家"吴兴骚雅，领袖江南"。从沈氏世家文学所具有的文学史意义看，尤侗所言并非溢美之词，因为沈氏世家在文学发展中扮演了重要的角色。在这个家族文学的背后，不仅有"家族"的含义，还有时代文学发展的历史。其一个家族的文学，就是一部文学史。

沈氏世家文学特殊的文化史意义在于，从一个侧面揭示出文化史上的"中国特色"。我们知道，家族制是中国封建社会结构的基础和特征之一。文化的背景是社会的形态。与欧洲中世纪的封建世家多为政治型集团有所不同，在中国封建社会，那些文化（也包括政治、经济等）含量较高的世家大族主要是在社会文化的积累和传播方面扮演着很重要的角色。这是中国古代社会文化的特色之一。故由一家之文化，可见可知一时一地一邦一国之文化。正如清人所说："夫鸠家以成族，鸠族以成国。一家一族之文献，即一国之文献所由本。文章学术，私之则为吾祖吾宗精神之所萃，而公之则为一国儒先学说之所关。"①在清人之前，明代大文学家汤显祖在其作《吉永丰家族文录序》中也有过类似之语，谓永丰之汤氏家族"几二十世……而其先后文雅彬发，与所为名贤交友，积文成林……故家流风所为与国几焉者也……后世或因以一人之事知其乡，因

---

① （清）陆明桓：《松陵陆氏丛著序》，见《松陵陆氏丛著》卷首，苏斋刻本，1927。

以一家之事知其国。其为宝也不亦大乎"①，很清楚地指出了家族文化蕴含的社会与时代的面貌及意义。因此，研究文化史上的这种"中国特色"，是解析和认识中国文化发展历程不可缺少的。文学世家则从一个侧面展示出文化史上的这种"中国特色"。

　　本书是对中国封建时代家族文学的个案研究，所论江苏吴江沈氏世家为明清著名的文学世家，其书香传家历四百余年，有文学家十二代近一百四十人，是文化史上的"中国特色"当之无愧的代表之一。借此个案研究，我们试图从别一途径解读与探知中国文学和文化的历史。

---

　　①　（明）汤显祖：《汤显祖诗文集》卷二十九，徐朔方笺校，1009～1010页，上海，上海古籍出版社，1982。

第一章 | 诗与文：沈氏家族文学之初兴
——明成化（1465—1487）至隆庆（1567—1572）

　　吴江沈氏家族（或称吴江沈氏世家）的文学是从诗歌开始的。沈氏家族的第一位有文学作品传世的作家沈奎是位诗人，沈氏文学世家在一定意义上也可以称之为一个"诗人世家"，因为在这个家族的近一百四十位作家中，有诗歌传世的竟有一百二十余人。故吴江沈氏后辈在清乾隆初年为这个家族编辑的唯一一部作品集就是诗集——《吴江沈氏诗集录》（简称《沈氏诗录》，图1-1），并在《自序》中颇为自豪地说："吾沈氏……以诗赋文辞名者众，而诗为尤盛，至今垂三百年，代各有人，人各有集。"①

---

① （清）沈祖禹：《吴江沈氏诗集录序》，见（清）沈祖禹、沈彤：《吴江沈氏诗集录》卷首。

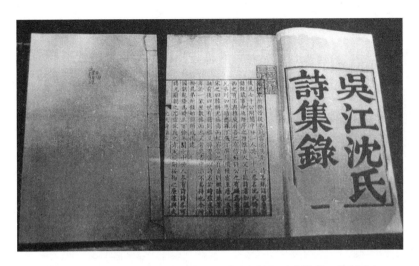

图 1-1 （清）沈祖禹、沈彤辑《吴江沈氏诗集录》（清乾隆五年刻本）

《吴江沈氏诗集录》将沈奎其人其作列在卷一首位，并称颂其"亦足开吾（沈）家文学之先欤"（沈祖禹、沈彤《吴江沈氏诗集录》卷一）。沈奎生于明景泰六年（1455），卒于正德六年（1511）。如果从一般常理上推测，沈奎在二十岁左右开始作诗有成，那么，他二十五岁这一年即明成化十六年，正好是公历 1480 年。本书就把这一年作为吴江沈氏世家文学史的元年。吴江沈氏世家的最后一位作家，可考知的是沈桂芬[1]，他卒于清光绪六年，即公历 1880 年。如此算来，吴江沈氏世家有文学的历史至少有四百年之久。

吴江沈氏世家四百年文学史，大致可以分为四个阶段：自明成化（1465—1487）至隆庆（1567—1572）为沈氏世家文学之初兴期，主要文学

---

[1] 沈桂芬之后，已知吴江沈氏作家还有沈兆奎（字无梦，号夔梅）。著有《无梦庵遗稿》。他是沈桂芬侄孙沈国均的堂兄，二人曾一起出版了沈桂芬的遗著《粤轺随笔》。沈兆奎世系详情待考，故暂未列入本书研究范围。

成就在诗和文方面；明万历（1573—1620）至清顺治（1644—1661）为沈氏世家文学之全盛期，主要文学成就在戏剧、散曲和诗方面；清康熙（1662—1722）至乾隆（1736—1795）中期为沈氏世家文学之持续发展期，主要文学成就在词和古文方面；乾隆（1736—1795）后期至光绪（1875—1908）初年为沈氏世家文学之衰落期，主要文学成就在文和诗方面。

在全面研究吴江沈氏世家四百年文学史之前，我们要首先从这个家族的历史谈起。

一、 吴江沈氏世家的形成过程

江苏吴江自宋以后人文环境优越。《〔道光〕震泽镇志》云："迨宋三贤设教于斯，而人习诗书，户闻弦诵，殆骎骎日上矣。"①陈去病《笠泽诗征凡例》亦云："吾乡为文学渊薮，人才辈出，诗文词曲彬彬之盛。"②风尚所趋，士人子弟尤早习文墨，其情形有如《〔乾隆〕吴江县志》卷三十八所述："士子闻风兴起，犹知以伦常为人品，经史为学问，诗赋古文先正制义为辞章，盖非得于师友之渊源，即得于家庭之传习。"后人称明清吴江"文采风流五百年"③，并非过誉之辞。吴江的人文环境，也是文化（文学）名门世家形成和发展所必需的。《〔嘉庆〕同里志》④说"里中自

① 《〔道光〕震泽镇志》，刻本，清道光。
② 陈去病：《笠泽诗征凡例》，铅印本，1914。
③ （清）沈云辑：《盛湖竹枝词》，铅印本，1918。
④ 按，同里为吴江五镇之一。

古遵朴素，尚文学，多诗礼之家"，非常明了不过地道出了人文环境与"多诗礼之家"的内在关联。当然，事物的发生和发展最根本的还是取决于其自身内在的因素，因为根植于同一土壤中的种子并不是都能发芽和结果的。本书研究的吴江沈氏之所以能成为一方望族并以文学鸣世达四百年，固然离不开外在的人文环境的孕育，但从内在主要原因上说则是家族中几代人持续不断地文化积累和文学传承的结果。

吴江沈氏世家的先祖是由元末移居吴江的。由吴江沈氏一世至吴江沈氏文学世家的形成，前后共历八世。从一世祖沈文至四世沈篡，是吴江沈氏世家的初始时期；从五世沈奎至八世沈位，是吴江沈氏世家的形成时期。

据《唐书·宰相世系表》称，周文王第十子聃叔季封于沈，汝南平舆（今河南平舆县北）沈亭即其地，子孙遂以国为氏。清乾隆间，沈彤撰《吴江沈氏姓考》，考源述流，以为聃叔季后裔子孙或居九江之寿春，或居会稽之乌程，故"江南浙江之沈，大都为寿春、乌程之苗而出于姬姓……"①。

吴江沈氏世家这一支，曾在明嘉靖至清乾隆间七次纂修家谱，清道光时后人曾有所补记。据《吴江沈氏家谱》（以下简称《家谱》）记载，吴江沈氏始祖（一世）名文，字子文，其后世尊称"南丹公"，元末由浙江乌程迁居江苏吴江。沈文一生颇为不幸。《吴江沈氏家传》（以下简称《家传》，图 1-2）中的《沈氏始祖南丹公传》云：

---

① （清）沈彤：《果堂集》卷二，吴江沈氏刻本，清乾隆。

南丹公讳文。当元之乱，张士诚据有三吴之地，发民为兵，而公独深自亡匿。其后，明太祖出，张氏平。人始见公徇木铎于路，盖隐士之徒也。而竟以弃灰坐戍，戍广西之南丹卫。人莫不怜之。

沈文的不幸，一直延续到他的第二代、第三代身上。文有子二：长子浩，"袭戍南丹"（沈始树《吴江沈氏家传·清心公传》），后又于建文间调集至真定；次子源，无子嗣。沈浩有子二：长子恭，次子敬。沈恭仍戍南丹。但沈敬终于依靠自己的努力，使这个家族的社会地位发生了初步变化。他"以勤俭理家，家日饶吴江，故质城中人"，并"构楼三楹，可以眺远，署曰'览胜楼'"（沈始树《吴江沈氏家传·钝庵公传》）。

图1-2 （清）沈始树《吴江沈氏家传》（清同治重刻本）书影

沈敬有子三：篦、簧、箆。其中，给这个家族的前途带来更深刻变化的，是沈敬的次子沈簧。沈簧生于明正统元年(1436)，卒于成化十一年(1475)。其后世尊称"廷仪公"。《家传·廷仪公传》云：

> 廷仪公讳簧，钝庵公(敬)第二子也。家世隶戍，无所知名。公始业儒，每试辄在高等，成化戊子岁贡。虽不得一第以仕以终，而自此以来沈氏为诗书礼让之族矣。

此事，《[弘治]吴江志》卷八"岁贡"亦有记载：

> 沈簧，字廷仪。县市人。成化四年贡。卒于家。

沈簧以读书成为成化戊子(1468)岁贡，在吴江沈氏世家的历史上是破天荒的，开启了吴江沈氏家族由一般耕读之家向"诗书礼让之族"转变的大门。在这个过程中，主要是文化在发挥着改变这个家族命运的关键作用。

以沈文为始祖的吴江沈氏这一支成为世家大族并以文鸣世，是在明成化(1465—1487)至隆庆(1567—1572)间，历经这一家族中沈奎、沈汉、沈嘉谟、沈位四代。

沈奎，字天祥，号半闲。沈文四世孙，沈簧长子。叔父即沈簧。生于明景泰六年(1455)，卒于正德六年(1511)。嘉靖初以子贵赠刑科给事中。

沈汉，字宗海，号水西。沈文五世孙，沈奎独子。生于成化十六年(1480)。正德十六年(1521)中进士。历官刑科给事中、户科给事中，后忤旨免官。卒于嘉靖二十六年(1547)。隆庆间追赠中顺大夫太常寺少卿。《家传》中称"太常公"。沈汉是吴江沈氏家族中步入仕途的第一人，毫无疑问，他成为沈氏世家形成的关键人物。

沈汉有子五人，其中长子嘉猷、次子嘉谟、第三子嘉谋，皆有读书求仕的经历。沈嘉猷，字惟良，号柏庵，生于弘治十六年（1503）。国子监生。嘉靖十三年（1534）中应天副榜。卒于嘉靖三十一年（1552）。沈嘉谟，字惟承，号祗庵。生于正德二年（1507）。国子监生。后以孙珣贵，赠通奉大夫。卒于嘉靖三十三年（1554）。沈嘉谋，字惟询，号守西。生于正德四年（1509）。国子监生。官上林苑署丞。卒于万历八年（1580）。

沈位，字道立，号虹台。沈文七世孙，沈嘉谟长子。生于嘉靖八年（1509）。嘉靖四十三年（1564）举乡试第一名。隆庆二年（1568）进士，选庶吉士，授检讨。隆庆五年（1571）册封肃藩，为副使。年四十四卒。

由沈奎至沈位四代，吴江沈氏家族先后有两人中进士，一人中举人，数人为官，继沈簧一代之后最终完成了沈氏家族由一般耕读之家向世家大族的转变。在这个转变中，沈氏家族走的是读书入仕、文化起家的路。如沈奎，"少而知学，为文辞不失矩度"，遂"教其子汉成业以见志"[1]；又如沈嘉谟，茅坤《太学沈君墓志铭》谓其"推诗书之泽，播之后裔"，数试不第后，遂弃去，"专意于教诸子，以究未卒之志。而其教诸子也，必本乎六经、闽洛之说。故长子位……自予曩读其文于金陵时，已崭然露奇气"[2]。

科第兴，家道兴。特别是被追赠太常寺少卿的沈汉，他不仅是沈氏

---

① （明）周用：《明故半闲沈君墓志铭》，见（清）沈始树：《吴江沈氏家传》卷首。
② （明）茅坤：《茅鹿门先生文集》卷四，刻本，清。以下引用此书不再注明版本。

家族成为世家大族的关键人物，而且为官时直言不阿，天下"称敢言户部"，为沈氏家族赢得了极高的社会声誉。沈德潜《吴江沈氏诗录序》说"宇内推吴江沈氏者，不独以诗，如太常公（汉）之直言谏诤颠跌不悔……"即指此而言。其人其事，《明史》卷二百零六、《明史稿》列传八十五均载之，后者记之较详，云：

> 改元，诏书蠲四方补税。汉以民间已纳者多饱吏橐，请已；征未解者，作来年正课。又言近籍没奸党赀数千万，请悉发以补岁入不足之数，并见采纳兴献。帝议加皇号，疏陈不可。嘉靖二年，以灾异指斥时政；尚书林浚去位，复抗章争之。天下翕然，称敢言户部……张寅狱起，法司皆下吏，汉言祖宗之法不可坏，权幸之渐不可长，大臣不可辱，妖贼不可赦。遂并汉收系，除其名。

沈氏家道的兴盛及能持续发展，除了科举的因素之外，经济原因也是之一。据茅坤《太学沈君墓志铭》记，沈汉罢官家居后，郁郁不得志，"于是托计然范蠡之业，与世相浮湛，权赢缩，盛田产，或累赀巨万"（茅坤《茅鹿门先生文集》卷四）。沈汉的"与世相浮湛"，或可以认为是时代使然，其在一定程度上体现出一种时代特点。家族有了经济基础，衣食无忧，有助于子孙们集中更多精力于读书取仕，这也是明清时期江浙地区的世家大族在文化竞争上优于其他地区的一个原因。早在吴江沈氏世家的初始时期，就已经表现出经济因素的作用。沈箕能以读书成为成化戊子（1468）岁贡，其中一个重要保证是他的上一代（沈敬）"以勤俭理家，家日饶吴江"，解决了温饱问题，这才有了家族中"始业儒"的沈箕一辈，从而使整个沈氏家族由一般耕读之家逐渐成为"诗书礼让之族"。

成了世家大族的沈氏，在当时已受到时人的关注，"闾里之间，望之者稍稍起矣"（茅坤《茅鹿门先生文集》卷四）。万历间，沈文七世孙沈储《续修家谱后序》中也说："吾族自太常公（汉）以来颇厕望之末，勾吴以为侈谈。"①嘉靖三十三年（1554）沈嘉谟卒，著名文学家茅坤为撰墓志铭。从这些不难看出此时的沈氏世家在社会上已有较高声望。

二、 沈氏世家文学初兴时期的诗人

吴江沈氏在借科举成为世家大族的同时，在文学上也不乏其人。沈奎至沈位四代共有文学家十人，即沈奎、沈汉、沈嘉谟、沈嘉谋、沈位、沈倬、沈侃、沈俊、沈化、沈储。这种在文学上代有传人、生生不息的态势，使吴江沈氏在成为世家大族的同时，也成为名副其实的"文学世家"，引人注目地出现在了明代文坛之上。

沈奎是这个沈氏世家的第一代诗人。沈奎收录在《沈氏诗录》中的诗是两首五言古诗，题为"述怀"。诗云：

> 要道无空言，日用民之质。广微戒游盘，子云知爱日。嗟余在田间，何者共子职。膳羞非洁馨，况能柔其色。俯挹湖流深，仰看岩树密。感兹本与源，中心怅如失。

---

① （清）沈光熙修：《吴江沈氏家谱》卷首，刻本，清乾隆。

徘徊草堂下，郁郁四株松。风吹响清奏，韵与埙篪通。松声既可听，松阴亦我蒙。黄鸡与白酒，群季欣相从。四海皆兄弟，矧兹根理同。远条夫如何，雨露惟苍穹。

诗不尚文采，简朴质实，风格淳古，有汉魏古诗遗风。

沈奎长子沈汉，有著作一种，即《水西谏疏》二卷。内收奏疏十二篇（图 1-3）。此外，有诗若干。《沈氏诗录》卷一辑诗三首。他"为人偊偊有志略"①，"平生志在国家，留心经济，不屑屑于诗文，有作多散去"（沈祖禹、沈彤《吴江沈氏诗集录》卷一）。又据茅坤《太学沈君墓志铭》记，沈汉罢归后，操范蠡之业，累赀巨万，又喜结宾客，游乐山水。

图 1-3 （明）沈汉《广圣德疏》（《松陵文集三编》，民国百尺楼丛书本）书影

---

① 《[乾隆]吴江县志》卷二十七，刻本，清乾隆。以下引用此书不再注明版本。

给事公（沈汉）少负气，魁岸自豪，既罢归，觖觖不得志。于是托计然范蠡之业，与世相浮湛，权赢缩，盛田宅，或累赀巨万，而间里之间，望之者稍稍起矣……给事公既以赀饶，绮纨给宾客……给事公数北出游洞庭、虎丘诸佳山水……往往解颐而罢。[①]

沈嘉谟著述未有集，《沈氏诗录》《松陵诗征前编》辑诗二首。其弟嘉谋著述亦未有集，《沈氏诗录》卷一等辑诗二首。

沈位有著作七种：《尚书笔记》、《都邑便览》、《柔生斋历代文选》二十卷、《名文品汇》、《柔生斋集》四卷、《论文二十六则》、《沈氏族谱》。《［康熙］吴江县志》卷二十二撰述表、《［乾隆］苏州府志》卷七十五艺文、《［乾隆］吴江县志》卷四十六书目等著录。《沈氏诗录》卷一辑诗四十四首。

沈倬，字道章，号涵台。诸生。著有《纪志稿》三卷，今存诗六十一首，见于《沈氏诗录》《明诗综》等。

沈侃，字道古，号瀛山。沈嘉谋长子。凌敬言《词隐先生年谱及其著述》谓"侃为嘉谋第三子"[②]，不确。《家传·瀛山公传》云："瀛山公，讳侃，上林公（嘉谋）之长子也。"据《家谱》卷二记：生于明嘉靖十二年（1533）二月。治《书》，补府庠生，入监。万历八年（1580）因子贵封承德郎礼部仪制司主事，十年（1582）加封奉直大夫吏部考功司员外郎，同年十月十五日卒。著述未有集。《沈氏诗录》卷二辑诗四首。

---

① （明）茅坤：《茅坤集·茅鹿门先生文集》卷二十二，杭州，浙江古籍出版社，1993。

② 凌敬言：《词隐先生年谱及其著述》，载《燕京大学文学年报》，第5期，1939。

沈俊，字道雅，号养复。沈嘉节子。据《家谱》卷二记，生于明嘉靖二十三年(1544)正月二十五日，卒于天启六年(1626)四月二十九日。有著作一种：《养复诗稿》一卷。《[乾隆]吴江县志》卷四十六书目等著录。《沈氏诗录》卷二辑诗五首。

沈化，字道中，号笠川。沈嘉猷长子。据《家谱》卷二记，生于明嘉靖六年(1527)九月七日。治《书》，国子监生。卒于万历二十八年(1600)正月五日。《沈氏诗录》未载作品。考《家传·笠川公传》，有著作三种——《古文汇钞》《儒宗正脉》《蒙训编》——均未见着录，未刻稿。

沈储，字道用，号冲台。沈嘉祐长子。据《家谱》卷二记，生于明嘉靖三十四年(1555)四月九日，卒于天启七年(1627)十二月二十日。《沈氏诗录》未载作品。考《家传·冲台公传》，有著作一种——《谱牒》——未见着著。《家谱》卷首有文一篇。

吴江沈氏世家文学初兴时期的诗人，最出色的是被朱彝尊赞为"与七子同时而不染其习"(沈祖禹、沈彤《吴江沈氏诗集录》卷二)的沈倬。著名思想家和诗文家耿定向也曾"誉与管志道、焦竑埒"[①]。沈倬是沈位的同父异母兄弟，"事亲及兄以孝友闻"(沈祖禹、沈彤《吴江沈氏诗集录》卷二)。少时学文于归安茅坤，学诗于金坛张祥鸢。为诸生，颇有文名，但屡试不举，遂寄怀诗酒。有诗集三卷，名《纪志稿》。《沈氏诗录》卷二录其诗六十一首，其中《松际月》《题张师清望楼》《送别》《月溪吟》《花溪客舍》五首见于《明诗综》卷五十(图1-4)。

---

① 《沈倬传》，见《[乾隆]吴江县志》卷三十二。

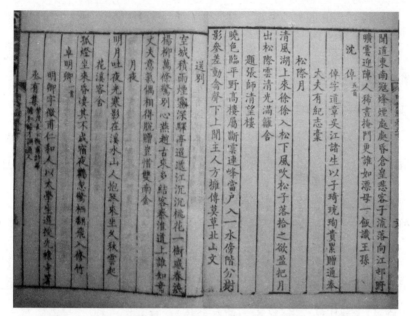

图 1-4　（清）朱彝尊编《明诗综》（清康熙刻本）所录沈偁诗书影

沈偁生当李梦阳"前七子"主宰文坛之时，但不为其左右。朱彝尊称赞他"与七子同时而不染其习"，指出了他个性自持的特点。这主要表现在以下几个方面。

其一，"前七子"倡言"诗必盛唐"，论诗以法为重，过于强调摹拟唐诗的语气和形式；沈偁作诗则重创造唐诗一样的意境，如《题张师清望楼》《白沙岭》二诗。

晓色临平野，高楼属断云。连峰当户入，一水傍阶分。树影参差动，禽声上下闻。主人方拥传，莫草北山文。

匹马崇冈山，关山绕翠微。野花多雪色，岸柳驻朝晖。涧落滩声起，山高石势围。人烟望不极，沙雁几时归。

意境清悠旷远，淡泊恬静，近于孟浩然诗派。更突出体现这种风格的是《月溪吟》。

明月吐夜光，寒影在溪水。山人抱琴来，坐久秋云起。

在清悠旷远的意境之中，有一种幽寂静谧的气氛，深得王维的辋川诗"深林人不知，明月来相照"①"涧户寂无人，纷纷开且落"②的韵致。

其二，"前七子"反对虚浮的"台阁体"，但感时抒怀之作也去气纤力弱不远；而沈㴶作诗则能得唐人风骨，具有一种爽健豪放的风格，如以下几首。

岷峨千尺涧，万里作江波。孤艇乘秋入，寒砧及暮多。壮心惊白鬓，客泪失青莎。回首关山月，中流起浩歌。（《江行》）

挥手西风日欲斜，又看帆影落平沙。长川一带染秋色，古木数株栖暮鸦。心惊野草为谁白，肠断碧山何处花。前路莫言知己在，浊醪还醉野人家。（《旅泊江上》）

---

① （唐）王维：《竹里馆》，见《王右丞集笺注》卷十三，上海，上海古籍出版社，1984。

② （唐）王维：《辛夷坞》，见《王右丞集笺注》卷十三，上海，上海古籍出版社，1984。

千峰万壑气阴森，玉殿峨峨照古今。松影乱翻参碧落，泉声杳
渺动瑶岑。五龙日月青天近，七泽风烟紫雾深。呼吸自应通帝座，
振衣端得快登临。（《登太和山》）

景致之开阔宏丽，胸襟之豪迈爽朗，显然受到李白诗风的深刻影响。诗
人所以能写出这样的作品，根本上乃是得之于对自然、社会、人生的深
切体验与领悟。在《放歌行》篇，诗人吐露了他的这种心态：

君不见，梧桐枝上风萧萧，昨日旖旒今日凋；又不见，四节更
玉去如流，朝为阳春暮为秋。始见朱华绿池上，旋闻黄叶下汀洲。
人生行乐慷以慨，莫教绿发朱颜改。对酒当歌只自宽，世事由来蜀
道难。一朝富贵水亦热，一朝贫贱火亦寒。纷纷都是魏其客，须臾
尽而武安宽。孟尝一脱齐相权，三千珠履无遗迹。乃知富贵徒为
耳，今来古往皆如此。

沈偁由自己"负重名而连不得举"（沈祖禹、沈彤《吴江沈氏诗集录》
卷二）的经历，看到了社会和人生的另一面，在遍历名山大川之中，胸
襟为之一开，忘却了功名得失，故发为歌咏自然有一种爽健豪放之气荡
溢其间。而"前七子"居官日久，常为利害冲突困扰，声厉气弱，故发为
歌咏必然"出之情寡而工之词多"①。在这种爽健豪放之中，有着诗人悲

---

① （明）李梦阳：《诗集自序》，见《李空同全集》卷五十，刻本，明万历。

壮的情怀和卓然独立的人格：

　　　　灼灼芙蓉花，江浦生幽芳。夫君渺何处，怅望云路长。路长不可极，凄怆徒悲伤。瑶琴托幽恨，冷冷发清商。（《杂诗》）

　　　　高斋适秋至，意惬成孤赏。白露霭余辉，微风动清响。披衣坐林间，明月在山上，何必簪组荣，即此堪偃仰。（《夜坐》）

香草美人，悲士不遇；朗月清风，君子卓立。沈倬的人格和诗品，在沈氏世家后代的诗品中不时回响着。

三、 沈氏世家文学初兴时期的古文家

　　吴江沈氏世家文学初兴时期的古文家，最出色的是受到唐宋派古文家茅坤大加称赞的沈位。茅坤称其为"世之文章家之巨工"[①]，《[乾隆]吴江县志》也说沈位，"论者推为吾邑古文家之首"（《[乾隆]吴江县志》卷三十三）。

　　沈位在古文上用力颇深，著有《柔生斋集》四卷、《柔生斋历代文选》二十卷、《论文二十六则》、《名文品汇》、《都邑便览》、《尚书笔记》等。今存古文八篇（图1-5），即《宗子说》《与茅鹿门》《与李仰洲》《与朱柱峰》

---

　　① 　（明）茅坤：《再与沈虹台太史书》，见《茅鹿门先生文集》卷四。

《与蒋生》《上徐存翁》《答陈静所》和《经筵赋》。观其文章，不务奇诡之词以骇世，意尽言止，明达晓畅，如《与蒋生》。

图 1-5　（明）沈位《宗子说》（《松陵文集三编》，民国百尺楼丛书本）书影

　　仆中吴之鄙人也。谬窃时声而足下不察，亦随声以为可与赐之礼而降其辞色，忘其不肖而虚其心以听问之，意亦勤矣。仆何敢当？仆往来茗雪之间，侧闻令先大夫之为人，诚汉世所谓长者，尝欲挹其余光而不可得。乃今得与足下交游而上下其议论，仆之幸也。虽然足下不以仆为鄙而甘心于弟子之列，仆亦不以足下贵游而傲然以为之师，是犹古之道也。古之道，其可行于今乎！足下如有

意于仆，莫若务实其气而精其思，其于古道不远矣。①

文章虽是写与门生的，但绝无居高轻傲之气，无论言人言己，皆出之肺腑，不假文饰。通篇寥寥二百字，文理清晰自然，且志向可见。著名古文家茅坤曾说沈位乃"刻志于古之道，而非特今人所好己也"②，由此文可知茅氏所言不妄。

沈位诗文并重，也是沈氏世家文学初兴时期著名的诗人之一。主要作品是《柔生斋稿》四卷。《沈氏诗录》卷二辑录他的诗四十四首。沈位为人孝友、重交谊，故其诗多为交游之作，现存四十余首中送寄友人的共二十三首。此外，主要是记游、写景、闲适、抒怀一类的作品。

隆庆二年(1568)，沈位中进士，选庶吉士，授检讨，写下了《初入翰林自述》一诗：

> 圣人宰元秘，育才开石渠。寒劣亦汇拔，自顾增烦纡。素心抱
> 葵藿，秾缛潜为锄。悠哉寡形役，惟览架上书。秋月在高树，庭宇
> 澹冲虚。清风左右来，一洒承明庐。岁月易去迈，所贵心不渝。

抒写了自己决意不负期望，一展才华的志向。其后，《中秋》进而写出那种功名未就，人生紧迫的情绪：

---

① 陈去病编：《松陵文集》三编卷三十二，百尺楼丛书本，1922。以下引自此书不再注明版本。

② （明）茅坤：《与沈虹台太史书》，见《茅鹿门先生文集》卷四。

秋光长与翠华连，况是中秋更可怜。城阙影高云里见，芙蓉露冷沼中妍。谁家笛弄江南曲，几处鸿飞塞北天。此夜清辉莫相负，人生能见几回圆。

《观竹》诗则更形象地展示出诗人的气质与品格：

掩扃究空理，见此一丛竹。道存神以超，虑澹心自足。幽寂四无声，晴光泛寒玉。

诗人追求的澹泊、清远的人格理趣，与思国忧民的情感是交融在一起的。

夏日多所欣，田家独凄恻。葵藿每不饱，胼胝徒自力。羸老竞荷锄，瘦妻饷田侧。牛羊已不来，畦者犹未息。桑麻景亦佳，劳役不暇识。所望黍苗熟，征徭免追迫。解劳有盆酒，还向邻家贷。粲粲者何人，安坐饶美食。（《悯农》）

不劳者居安食美，劳者却饥不饱腹，力役甚于牛马。这不公的世道引起诗人的感愤和思虑。诗之主旨与中唐新乐府诗一脉相承。

沈位的近体诗取法盛唐，如《哭李暮云》一首。

才是逢君又哭君，哀鸿落叶岂堪闻。黄金台上秋无色，惟有江天一片云。

沉郁苍凉，悲而不哀，颇有盛唐诗家的豪壮的胸襟。又如《送邵侍御》《寄朱柱峰》二诗。

> 与君三载同为客，何事都门又送君。帐外一天河朔雨，望中八月海东云。吟谐越调追庄舄，梦入兰亭忆右军。骢马新啼留不住，可无鱼雁慰离群。

> 昔年谈笑蓟门东，此日萧条叹转蓬。千里断猿啼夜月，万山芳草落春鸿。渔阳烟树吾偏老，江左文章尔独工。雄剑有神终遇合，好看奏赋未央宫。

尽管挚友离别，感伤不已，尽管仕途多艰，一怀愁绪，然而，不颓唐，不消沉，对前程依然充满希望。这正是盛唐诗歌的气度与怀抱。明人作诗多向唐人取法，但像这样的作品绝非模拟之手所能写出。

沈位五言古诗，则取意于晋宋，篇中不乏佳作，如《春半》。

> 客里春方半，冷风日渐长。陌头见柳色，忘却在渔阳。

师晋宋而不落其后，能出神理于自然朴质之中。同样风格韵致的还有《送叶左庵归四明》一诗。

> 君从府山来，还向府山去。燕石方为宝，楚璧岂能遇。我命非我为，奚必伤情素。月白落孤雁，江空淡烟树。长啸一分手，明朝在何处。

不独如此，一些诗篇还有融晋宋、盛唐两种风韵为一体之妙，譬如《登金山》。

> 平生好探奇，兴与江山会。翛然俯仰间，烟渚有余悲。江虚云欲浮，山怀翠如带。落霞照酣客，月出钟山外。

既有晋宋诗言志道情、不假绚饰的风致，又有盛唐诗的豪迈旷远，壮阔宏丽的气象，代表了沈位的诗歌创作的主要风格。《明诗综》卷五十一选录沈位的诗有《十二月二十一日献俘》《中秋》《渔阳春望》三首（图 1-6），这从一个方面说明了沈位在明中叶诗坛的地位。

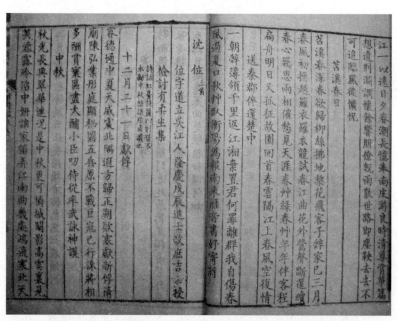

图 1-6 （清）朱彝尊编《明诗综》（清康熙刻本）所录沈位诗书影

　　沈位的文学活动主要在嘉靖、隆庆之际，时值明中期。明中期的文坛，理论和创作都很活跃，作为代表的是以王慎中、唐顺之、茅坤为首的唐宋派。唐宋派旗帜鲜明地反对前后七子的复古文学主张，提倡唐宋古文，并创作出一些言情叙事皆清新可读的文章，代表了明中期古文的变革。沈位与唐宋派代表的明中期古文变革的潮流是紧密相连的。其一，他在古文上与唐宋派有师承关系。《［乾隆］吴江县志》卷三十三《沈位传》记云：

　　　　始，位治举子业即攻古文，与唐顺之、茅坤游，得其指授。及读书中秘，肆放厥词，兼庐陵、眉山体法。（《［乾隆］吴江县志》卷三十三）

《沈氏诗录》卷一小传也有同样的记载：

　　　　公自少力学强识，长与荆川、茅鹿门二先生游，得其指授。

沈位自己在所作《与茅鹿门》一文中也谈到这一点：

　　　　某无似追忆前居门下时，年尚少，闻公上下古今，私心窃独喜。（陈去病《松陵文集》三编卷三十二）

　　步入仕途后，沈位与唐宋派作家仍有密切交往。他在隆庆三年（1569）曾致书茅坤，今所存文中《与茅鹿门》即是。茅坤也两次致书沈

位——《与沈虹台太史书》《再与沈虹台太史书》（图1-7）。这些文章成为
彼此交往的实录。沈位的弟弟沈倬，也曾师从茅坤。《沈氏诗录》卷二小
传记云：

> 公学文于归安茅副使坤……每有作，操笔立成。

倬早卒，没有留下与茅坤交往的文字。

其二，沈位在理论上坚决反对前后七子的复古主张，激烈抨击了复
古文风。他在《与茅鹿门》中说道：

> 今世谈文者，心曰《史记》；谈诗者，必曰杜少陵，至其案上所
> 置，则曰今之五子也。问其故，则又曰今之五子李、何之徒，而
> 李、何又《史记》、杜少陵之徒也。是犹指世俗之侩谓张无垢，而张
> 无垢为达摩转相，悖之宁有既哉！此无他，盖当为举业时则习为平
> 淡之语以幾有司，及其为古文，率又务反其向时所为而猎取夫言词
> 奇诡者以骇当世。此其务奇诡辩之心与夫习平淡之心一也，乌睹所
> 谓文章之奥者哉！

茅坤很赞同沈位的观点，在其后写给沈位的书信中表达了相同的看法，
说："明兴二百年，薄海内外雍熙累洽，独于文章之旨缺。而盛弘、正
迄嘉靖间多作者，然矫命者多由草窃，倡义者独属偏陲。"①他称赞沈位

---

① （明）茅坤：《与沈虹台太史书》，见《茅鹿门先生文集》卷四。

"刻志于古之道，而非特今人所好己也"，并引以为知己道："虹台，虹台，知我惟公耳。顷缘侄一龙以赀入太学，特遣过候门下，且令侍公署私录向来所著者。倘许之，仆虽老犹能摹画公之文章之深，如古之观公孙大娘舞剑器而战斗天地者也。如何，如何！"①沈位和茅坤关于古文的议论及对前后七子的复古主张的批评，切中时弊，对当时古文的发展有积极的意义。沈位和沈倬在一定程度上可以被视为唐宋派古文家，特别是沈位对明中期古文的变革也做出了一定贡献。

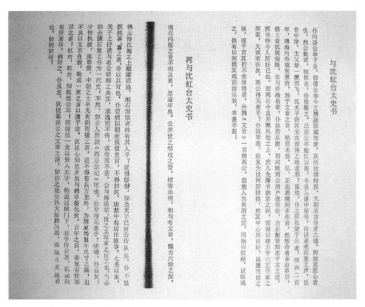

图1-7　（明）茅坤《与沈虹台太史书》《再与沈虹台太史书》（浙江古籍出版社排印本）书影

从茅坤、耿定向等对沈位、沈倬的称赞，以及沈位与唐宋派作家有关明中期复古文风的批评。我们可以看到吴江沈氏世家文学初兴时期的

---

①　（明）茅坤：《再与沈虹台太史书》，见《茅鹿门先生文集》卷四。

一些作家已经取得了较高的文学成就，为这个家族在文坛上赢得了很高的声誉。朱彝尊称赞吴江沈氏世家"门才之盛甲于平江，而子姓继之，文采风流，代各有集"（朱彝尊《静志居诗话》卷十六），无疑是包括了这个家族文学初兴时期的作家作品的。

第二章

传奇与杂剧：沈氏家族文学之全盛（上）

——明万历（1573—1620）至清顺治（1644—1661）

从明万历(1573—1620)至清顺治(1644—1661)这近百年间，伴随着沈文九世孙沈璟、十世孙沈自南两代在科场上的成功，吴江沈氏世家在文学上也进入了全盛时期。这主要表现在以下两个方面。

其一，作家辈出。文学的兴盛与否，通常都是与作家的数量成正比的。沈璟、沈自南分别属于沈氏世家第九、第十代子孙，若从这个家族的文学史说，则为第五、第六代作家。沈氏世家这两代究竟有多少位作家？根据《吴江沈氏诗集录》所记，有三十二位。其中，沈璟一辈七人，即沈化子沈瑾，沈侃子沈璟、沈瓒，沈倬子沈琦、沈琬、沈珣，沈修子沈珽。沈自南一辈二十五人，即沈瑾子沈士哲，沈琦子沈自昌、沈自籍，沈玩子沈自继、沈自征、沈自炳、沈自然、沈自炯、沈自晓、沈自南、沈自东，女沈宜修、沈智瑶，沈珣子沈自友，沈璟子沈自鋐、沈自铨、女沈大荣、沈倩君、沈静专，沈瓒女沈媛，沈璨子沈自铤，沈瑄子沈自晋，沈自征妻张倩倩、李玉照，沈自南妻顾孺人。除此之外，不见于《沈氏诗录》而可考知的作家还有沈瑄、沈珂、沈璘、沈皆自、沈肇开、沈自普等六位。总计沈氏世家第五、第六两代作家共有三十八位（其中女作家九位），人数上大大超过前几代，而且出现了像沈璟这样被尊为曲坛领袖的人物。

其二，著述丰富，各体兼备。沈氏世家第五、第六两代作家有著述达一百零四种之多。而且，不仅著述丰富，还各体兼备，计诗文类四十四种，杂著类二十种，戏曲类三十九种，小说类一种。特别是后两类作品，是此前沈氏作家所不曾有的。

沈璟、沈自南两代人才辈出，著述丰富，将自沈奎而始的吴江沈氏世家的文学推向了它的兴盛史的峰巅。其文学成就主要集中在戏剧、散曲和诗歌方面，尤其是她们的戏剧为沈氏文学世家奠定了文学史上的权威地位。

一、"命意皆主风世"——沈璟的传奇创作

就明清文学发展的主流而言，吴江沈氏世家在戏剧方面最为引人注目，其成就最著者，首推沈璟。继沈璟之后步入剧坛的有沈自晋、沈自征、沈自昌，及属于沈氏世家第七代作家的沈永令、沈永乔、沈永隆、叶小纨诸人。朱彝尊《静志居诗话》所云"沈氏多才，自词隐生璟订正《九

宫谱》，为审音者所宗；而君庸亦善填词曲……世有续《录鬼簿》者，当目之为第一流"（朱彝尊《静志居诗话》卷二十二），正是就此一方面而言。

沈璟（1553—1610），字伯英，晚字聃和，号宁庵，又自号词隐生。沈文八世孙，沈侃子。万历二年（1574）进士。官至光禄寺寺丞。万历十七年（1589）辞官居家。

在明代剧坛上，沈璟是同辈曲家中编撰传奇最多的人，共创作了十七个传奇剧本，即《红蕖记》、《埋剑记》、《十孝记》、《分钱记》（佚）、《双鱼记》、《合衫记》（佚）、《义侠记》、《鸳衾记》（佚）、《凿井记》（佚）、《珠串记》（佚）、《奇节记》（佚）、《结发记》（佚）、《坠钗记》（一名《一种情》）、《博笑记》，合称《属玉堂传奇十七种》（图 2-1）。这些剧本编写于万历十七年（1589）至三十六年（1608），正值戏剧中兴时期，在一定程度上反映了当时戏剧发展的面貌。

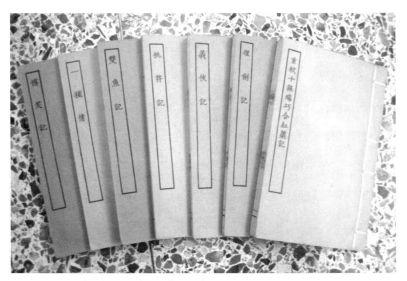

图 2-1　（明）沈璟《属玉堂传奇十七种》现存七种
（《古本戏曲丛刊初集》《古本戏曲丛刊三集》影印明刻/抄本）书影

沈璟的戏剧创作的一个基本特点是"命意皆主风世"①。他较早创作的《埋剑记》，以歌颂友谊为主题，抨击了见利忘义的世风。作品取材于唐代许裳的《吴保安传》，较原题材特意增加了"赠剑""埋剑"两个情节，以表现主人公生死不渝的友谊。在中国封建社会，人的关系是五伦，朋友相交之"义"被作为社会伦理道德的重要内容而得到肯定。自古以来以此为主题的文学作品屡见不鲜。沈璟为人孝义，而晚明世风却重利轻义，这就使主张以戏曲讽世的沈璟继承了文学中这一古老的主题。《埋剑记》开宗明义道："达道彝伦，终古常新，友朋中无几存。朝同兰蕙，暮变荆榛，又徒成波，翻作雨，覆为云，所以先贤着绝交文，畏人间轻薄纷纷。我思前事，作劝人群……"②讽世之意十分明确。

在《双鱼记》和《桃符记》中，沈璟对社会现实黑暗一面的揭露，对世风和道德堕落的讽刺，也很明显。《双鱼记》突出描写了春娘守贞不辱和刘皞与石若虚终生不渝的友情。刘皞的同窗石若虚感叹"门庭畏客频，世路知交尽"③而不负友情，后来刘皞得遇也惦念他的境况。剧中把二人友情比作范张鸡黍之谊。春娘途中患难，衣食无取，但宁可卖身而不忍当掉寄托着刘皞深情的白玉双鱼，轻身重情。这些都有讽刺重利忘义、偷生舍情的世态的意义。而春娘虽落烟花仍不肯辱身的反抗，是带血的挣扎，这是不能用所谓"节烈"的道德观念解释的。《桃符记》改变了青鸾的身世，使剧的内容具有社会性。青鸾一家遭遇异常，父亲病亡，

----

① （明）吕天成：《义侠记序》，见《义侠记》卷首，《古本戏曲丛刊初集》影印明继志斋刊本。以下引自此书不再注明版本。

② 《埋剑记》第一出《提纲》【行香子】。

③ 《双鱼记》第二出《过从》【中吕·玉芙蓉】，《古本戏曲丛刊初集》影印明继志斋刊本。

母女无依，离乱中青鸾又被强徒谋害，这实际是封建社会悲惨世界的一幕。这一幕，作者设置了"裴公寻亲""裴公染恙""媒妁说亲""夫人托庆""贾顺贿放""青鸾枉毙""寻女投宿""天仪遇鸾"八场，构成全剧的重场戏，将下层人民在弱肉强食的社会中任人摆布的遭遇表现得十分真切。这里，剧作者沈璟没有回避黑暗现实与人物悲剧命运的冲突，而是带着同情的心肠，流露着含泪的目光，因此剧本上演后"时所盛传"①。

　　作为沈璟代表作的《义侠记》，在《水浒传》的基础上突出了武松的忠义和侠烈，贬斥了社会政治和道德中的邪恶势力。明中后期，取材于《水浒传》的传奇有十几部，最早的是李开先的《宝剑记》，与《义侠记》同时或稍后的有陈与郊的《灵宝刀》、许自昌的《水浒记》、李素甫的《元宵闹》、张子贤的《聚星记》（佚，下同）、铁桥生的《花石纲》和无名氏的《青楼记》《鸾刀记》《高唐记》及范希哲的《偷甲记》。这些水浒戏反映了明代的社会政治矛盾，是明传奇写实潮流的重要体现。而《宝剑记》《水浒记》和沈璟的《义侠记》则是其中影响最大的三部作品，所演林冲、宋江、武松均是《水浒传》中主要人物。《宝剑记》将林冲形象士大夫化，突出了封建统治阶级内部忠奸两派的矛盾斗争，客观上反映了明中叶以来的政治现实。《水浒记》以表现宋江在社会矛盾激化下的不幸命运为主，写出了人物落草上山的社会原因。较之此二剧，《义侠记》着重在表现武松的忠义和侠烈，通过武松与西门庆、潘金莲、蒋门神、张督监一流恶党暴吏的对立冲突，贬斥了社会政治和道德中的邪恶势力。吕天成曾概括指出这部作品的社会意义说："今度曲登场，使奸夫淫妇、强徒暴吏种种之

---

① （明）吕天成：《曲品》卷下，集成本（六），224、229 页。

情形意态宛然毕陈；而热心烈胆之夫，必且号呼流涕，搔首瞋目，思得一当以自逞，即肝脑涂地而弗顾者。"①当然，作品在某些方面也过分渲染了主人公的忠义思想，表现了作者的思想局限。在艺术上，《义侠记》是成熟的。它的人物和舞台演唱有使观者"号呼流涕，骚首瞋目"的艺术感发力。著名戏曲批评家吕天成曾为之作序（图 2-1）。

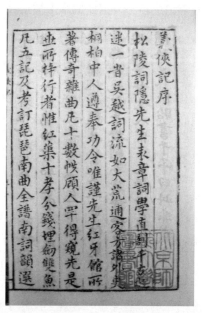

图 2-2 （明）吕天成：《义侠记序》（《古本戏曲丛刊》影印明刻本）书影

与《义侠记》同时或先后出现的水浒戏，除《宝剑记》《水浒记》外，艺术上成功的并不多。《聚星记》和《鸳刀记》"皆出庸手"②，时人评价不高；《青楼记》亦"止是顺文敷衍，犹稍胜于荒俚者"③，而《义侠记》一出"吴下

① （明）吕天成：《义侠记序》，见《义侠记》卷首。

② （明）祁彪佳：《远山堂曲品》，集成本（六），100 页。

③ （明）祁彪佳：《远山堂曲品》，集成本（六），87 页。

竞演之"①，由此可见它无论在内容还是在艺术方面都有震动社会的作用，并且对形成当时曲坛上"水浒戏"创作的热潮也起了一定作用。

沈璟的最后一部传奇《博笑记》，由十个小剧组成，是一组对世风进行辛辣讽刺的喜剧集。其中《逢义虎》和《乜县丞》是两个讽刺深刻的喜剧。前者以叙写主人公安处善忠信而逢义虎为主线，兼叙船盗杀人而被虎吃，表现了虎有仁义、人不如兽的主题。剧情怪诞，类似寓言，讽世之意很深。后者以类似漫画的手笔描写了一个愚蠢无能的县丞终日昏睡的故事。剧中的乡宦也是和县丞一样的人物，结果二人的一次约会，就因为此睡彼醒、彼睡此醒而未能实现。剧情滑稽，讽刺辛辣，使人一睹官场恶习。《博笑记》非为博取一笑而作，全剧最后的下场诗写道"旧迹于今总未湮，一番提起一番新"，点明了其中的讽刺意义。作品中，人情的冷酷和道德的沦丧、人心的叵测和社会的混乱，无不一一陈现。这是明后期社会现实的讽刺画，它诉之人们的是讽刺的笑。总之，对社会政治、道德方面堕落情态的揭露讽刺，是贯穿沈璟的戏剧创作的一条主线。

明后期的戏剧创作，就思想内容而言有两类。当时以汤显祖为代表的一些戏曲家受到思想领域中进步思潮的影响，以追求个性解放的"情"猛烈抨击扼杀人性的"理"，代表了这一时期戏曲创作的主要成就。与此同时，另有一些戏曲家也以干预生活的态度，对现实政治和道德、习俗中的种种劣迹给予了无情的揭露与讽刺。不过，他们用以批判现实的武器基本上是封建正统的思想和道德观念，因此其作品常流露出封建的说

---

① （明）吕天成：《义侠记序》，见《义侠记》卷首。

教，思想价值不是很高，以致遭到论者的贬斥。我们认为，指出这类戏曲家创作中的封建性糟粕是必要的，但若因此而全部否定这些戏曲家的创作的现实内容，也将失之片面。因为，这些戏曲家对现实生活中的腐败与丑恶是痛恶的，面对现实敢于揭露和讽刺，其创作虽然并不属于当时进步的思想潮流，但其中对现实的多侧面揭露与讽刺性描写，还是有一定社会意义。这些作品作为当时整个戏曲创作的一部分，有值得肯定之处。沈璟的戏曲创作，从整体上看属于这一类型，而且颇有代表性。他在评价吕天成的戏剧作品时，肯定其"扬厉世德""戒贪淫""令道学解嘲"①的意义，这也可以看作是他对自己的戏剧创作思想的阐述。

沈璟的戏剧创作的第二个特点是在题材方面的开拓，特别是与当时的小说创作的联系，使其具有新的价值。《属玉堂传奇十七种》，取材十分广泛。有取材先秦散文的，如《分柑记》，本于《韩非子·说难》中弥子瑕失宠于卫君的故事。有取材历代史传的，如《奇节记》《珠串记》，分别本于《新唐书·贾直言传》《新唐书·权皋传》和《唐宋遗史》；《十孝记》第一剧"徐庶孝义"，分别本于《东观汉记》《汉书·刑法志》《晋书·王祥传》和《三国志·徐庶传》。还有取材元杂剧的，如《合衫记》《桃符记》《双鱼记》，分别由元杂剧《合汗衫》《后庭花》《荐福碑》改编。当然，数量最多的是取材小说的传奇，共有七种，可分为两类。一类是从明以前的小说取材的，如《红蕖记》《埋剑记》《双鱼记》。《红蕖记》和《埋剑记》，分别本于唐传奇文《郑德璘传》和《吴保安传》，《双鱼记》杂取宋代王明清《摭青杂说》中的《夫妻复旧约》和元杂剧《荐福碑》。再一类是从明代小说取材，

---

① （明）沈璟：《词隐先生致郁蓝生书》，见（明）吕天成：《曲品》，抄本，清乾隆。

如《坠钗记》《四异记》《博笑记》和《义侠记》。《坠钗记》本于瞿佑的《剪灯新话·金凤钗记》。《四异记》本事出自《暇弋编》；《博笑记》内分十个小剧，本事多出自王同轨的笔记小说《耳谈》。《曲品》云："《博笑》，杂取《耳谈》中事谱之。"其第二剧《乜县丞》，本事见于浮白主人《雅谑》所收张东海《睡丞记》。《义侠记》则取自《水浒传》武松故事。

在沈璟以前及同代，还没有一位戏曲家的传奇表现出与当代小说如此广泛的联系。汤显祖、沈鲸、梅鼎祚、屠隆、陈与郊、顾大典、汪廷讷诸人的作品，在取材的广泛性和当代小说的联系方面都无法与沈璟相比。他们的一些传奇虽也有取材于小说的，但范围基本上还局限在明以前，而沈璟的许多作品则取材于当代小说，这是一种开拓。沈璟的戏曲创作直接从当代小说取材的特点，对明末清初"苏州派"戏曲家李玉、朱佐朝、朱素臣、张大复等人的创作有不小影响。他们的许多传奇也都直接取材于当时的小说，正是承沈璟戏曲创作所开的风气而来。从传奇由明后期到清初的发展脉络看，二者似有这种联系。

沈璟的戏曲创作在题材方面的开拓，或多或少也反映出明后期在市民文化思潮影响曲坛的情况下，一些戏曲家的创作的特点。受题材的影响，沈璟的绝大多数作品描写的都是一般的社会家庭生活、社会习俗及社会黑暗角落里的一些劣迹，因此出现在作品里的主要角色不是帝王将相、神仙释道，而是一群小人物。尤其是在《博笑记》（图 2-3）里，举凡书生、妓女、僧道、小贩、偷贼、船夫以及流氓、赌夫，无不登场主唱。沈璟的作品不仅写了众多小人物，而且很注重表现和刻画这些小人物的人情举态，如《义侠记》将"武松侠烈之慨、潘金莲淫奔之状，宛转写出"①，《双鱼记》"写书生沦落之状……令人神魂惨淡"②，《珠串记》"描写妇人反唇之状，非先生妙笔不能"③，《分柑记》"拈毫搬弄，备极谑浪之态"④。在明代曲坛上，像沈璟这样专做小人物戏的剧作家并不多。骈俪剧派自不必说，就是与他同时的戏曲家如张凤翼、许自昌、屠隆、汪廷讷、顾大典、徐复祚、周朝俊、胡文焕和卜世臣等，所写或为忠臣烈士，或为帝王将相，或为神仙释道。当然他们中也有人写了些以小人物为主要角色的传奇，但都不似沈璟专用力于此。因此，可以说沈璟是明代曲坛上一位注意为社会生活中的小人物群描摹传写的戏曲家。他的传奇常表现出浅俗的艺术风格，与其较多地描写小人物这一特点是有直接的联系。更值得一提的是，沈璟的个别传奇以赞赏的笔调描写了某类市民人物，如《博笑记》中的《卖脸人捉鬼》。此小剧描写的是一个卖"脸子"的小贩，途中借宿巧施计谋为主家捉鬼除妖、最后与主家女儿结姻的故事，表现了他的聪慧和热心。把一个市民人物作为歌颂的对象，这对曲坛是有影响的。历史的发展是在相互联系的环节中进行的，市民形象的刻画，是明末清初戏曲创作的一大特色和突出成就。从李玉的《占花魁》《万民安》《清忠谱》，到朱素臣的《十五贯》、朱佐朝的《莲花筏》等，市民形象是"苏州派"剧作家大力描写的对象。这种创作倾向的出现，一方面与当时市民阶层的崛起有关，另一方面也直接或间接从前辈的创作中获得启发。"苏州派"核心人物李玉及叶时章都曾参与过沈自晋

---

① （明）祁彪佳：《远山堂曲品》，集成本（六），127 页。

② （明）祁彪佳：《远山堂曲品》，集成本（六），126 页。

③ （明）祁彪佳：《远山堂曲品》，集成本（六），128 页。

④ （明）祁彪佳：《远山堂曲品》，集成本（六），127 页。

修订沈璟《南词全谱》的活动，他们在理论上与沈璟是有联系的。这种联系在一定程度沟通了他们在创作上与沈璟的联系。因此，应当注意到把有些市民人物作为正面形象歌颂的现象在沈璟的全部戏曲创作中的意义及其对曲坛的影响。

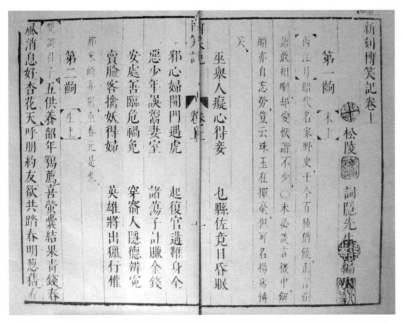

图 2-3　（明）沈璟《博笑记》（《古本戏曲丛刊初集》影印明天启刻本）书影

沈璟的戏剧创作的第三个特点是在艺术形式上具有一些创新之处。其一，净、丑戏的创作。沈璟的代表作《义侠记》，在舞台上先声夺人的是丑角武大郎的戏，并造就了以擅演武大郎而享名曲场的名优。李斗《扬州画舫录》记："黄班三黄顾天一，以武大郎擅场，通班因之演《义侠记》全本，人人争胜，遂得名。"①这说明此剧丑角戏的编写是成功的。

①　（清）李斗：《扬州画舫录》卷五，124 页，北京，中华书局，1960。

《四异记》中"净、丑、白用苏人乡语"①，也是沈璟在净、丑角戏方面进行探索的例证。尤其值得提出的是《博笑记》，净、丑角戏占了很大一部分。其中，《乜县丞》全剧都是丑角戏，由丑角登台主唱。《贼救人》全剧两出，第二出全为净、丑戏；《恶少年》全剧三出，第二出基本由净、丑主唱；《出猎治盗》全剧三出，第二出全为净、丑戏；《假妇人》全剧三出，第一出全为净、丑戏。这几剧中的净、丑戏，所占场面都在全剧三分之一或二分之一以上。《巫举人》全剧四出，第四出也全为净、丑戏。此外诸剧，净、丑戏也不少。在沈璟以前，用如此多的笔墨编创净、丑角戏的并不多见。戏曲是由戏曲家的剧本和演员的舞台演出共同完成的艺术。戏曲家的创作受舞台演出的影响是毫无疑问的，同样，戏曲家的创作也在一定程度上影响舞台演出。明清之际，舞台上净、丑角戏风靡一时，苏州地区的许多名优都以演净、丑戏擅场，如名优苏又占、陈明智、李文昭、彭天锡、丁继之等②。舞台上这种净、丑角戏精彩夺目的局面的出现有多种原因。除与市民阶层的审美心理和情趣有密切关系外，像沈璟这样的戏曲家大量编写净、丑角戏的创作实践，也是形成其局面的重要原因之一。沈璟的创作，也从一个侧面揭示了明后期传奇在艺术形式方面的某些发展趋向。

其二，短剧体传奇的创作。沈璟借鉴了前代杂剧家创作组剧的经验，在一部传奇中组合若干短剧。如《十孝记》和《博笑记》，每部传奇包括十个独立的小剧，每剧二至四出，形式活泼自由。《曲品》论《十孝记》

---

① （明）祁彪佳：《远山堂曲品》，集成本（六），9页。
② 陆萼庭：《昆剧演出史稿》，147～153页，上海，上海文艺出版社，1980。

云："每事以三出，似剧体，此自先生创之。"①又论《博笑记》云："体与
《十孝》类。"②所谓"剧体"，即杂剧体之意，也就是短剧的意思。从《十
孝记》和《博笑记》，可以看到沈璟对传奇的体制是做了有益探索的，反
映了舞台演出对剧本创作的要求。这些对晚明戏剧发展的走向皆有一定
程度的影响。

二、　"究心精微，羽翼谱法"——沈璟的戏曲理论

在明清曲家和后世论者的眼中，沈璟主要还是以戏曲理论家的形象
被理解和认识的。沈璟有关戏曲理论的著述主要有《【二郎神】论曲》套
曲、《南九宫十三调曲谱》二十一卷（简称《南词全谱》《南九宫曲谱》或《曲
谱》，图 2-4）等。

沈璟的戏曲理论主要是关于剧曲的理论，是中国戏曲理论（主要是
戏曲曲学的理论）发展的一个重要阶段。他的最大贡献在于第一次为以
昆曲为主体的新传奇建立了较为完备的格律体系，适应了自魏良辅改革
昆腔、蒋教编辑南曲旧谱以后建构新传奇的格律体系的时代要求，奠定
了明清两代新传奇发展繁荣的基础。

---

① （明）吕天成：《曲品》卷下，集成本（六），229 页。
② （明）吕天成：《曲品》卷下，集成本（六），230 页。

图 2-4 （明）沈璟《南九宫十三调曲谱》（明龙骧校刻本）书影

沈璟的戏曲格律理论，系统见之于他的《【二郎神】论曲》套曲和《曲谱》，前者提出了新传奇格律的一些原则，后者是它的具体化，是新传奇格律体系的实体。《曲谱》是一部昆曲格律谱，也是广义上的南曲谱，它本于蒋孝的旧谱。但旧谱可供沈璟直接摘取的果实并不多，因此《曲谱》无异于荒原上的开拓。沈璟以八十多部旧传奇和当代人的作品及部分唐宋词为依据，广采博收，考订了《南九宫》六百五十二支曲的来历，同时又在失传或将要失传的《十三调》五百零三支旧曲中增补了六十七支，使其复行于世。具体来说，《曲谱》为新传奇建立的格律体系包括四个方面。

（一）宫调曲牌

沈璟重新审定了各宫调曲牌的归属，并参补新调，对近六十支曲牌做了更易修正，调换了旧谱引证不恰当的曲文近百支[1]；一个曲牌而有两种以上句式的，皆以"又一调"的方式注出；未能考明本调和犯调来源的，则以存疑处理。

戏曲音乐中的宫调曲牌与曲子的基本曲调和风格有内在联系，它是戏曲格律的首要部分。沈璟于此慎加审定，极便于初学者学习。

（二）句式

句式是曲牌的句法格式，它主要包括以下四点。一支曲牌在结构上由几个句子组成；每一句中应包括几个"正字"及其结构划分，如五字句，是"上三下二"，还是"上二下三"，或其他样式；一句中哪个位置的字前可以加"衬字"；字格，即哪一句的句末要押韵、句中每个字位的四声要求，此一点又属于声律音韵范围。

南曲曲牌多承宋元词曲曲牌而来，可是二者在句式上并不相同。传奇家多只熟悉诗词格律而不谙曲律，以致盲目照曲牌名填词而使二者混乱。沈璟在《曲谱》中十分仔细地分别每支曲子的"正字"和"衬字"，指出规范的句法，并特别强调了曲律与诗词格律的区别。诸如，卷四【正宫·玉芙蓉】批注："第一句还该用韵"，宋词此词牌的第一句是不用韵的。同卷【正宫·喜迁莺】批注："与诗余同，但少换头。"卷一【仙吕·桂枝香】批语："第五、六句用韵亦可，第九句不用韵亦可，但第三句不可用韵。"卷八【中吕·菊花新】批注："第一句、第二句，与诗余不同。"沈

---

① 详见王古鲁：《蒋孝旧编南九宫谱与沈璟南九宫十三调曲谱》，载《金陵学报》第3卷，第2期，1934。

璟在《论曲》套曲也曾将"用律诗句法须审详，不可厮混词场"作为原则提出。此外，他对北曲混入南曲而造成句式方面的混乱也细加辨正，如卷十四【黄钟·点绛唇】批注："此调乃南引子，不可作北调唱。北调第四句'平仄平平'，南曲第四句'仄平平仄'。北无换头，南有换头，北第一、第二句用韵，南曲第三句方用韵……"这些对于初学者学习和掌握曲律，意义很大。

（三）声律、音韵

沈璟的《论曲》套曲概括了关于戏曲的声律、音韵的几项原则。第一，"平音窘处，须巧将入韵埋藏"。第二，"词中上声还细讲，比平声更觉微茫。去声正与分天壤，休混把仄声字填腔"。第三，"若是调飞扬，把去声儿填他几字相当"。第四，"《中州韵》分类详，《正韵》也因他为草创"。《曲谱》依这些原则标出了每支曲文的平仄四声、韵脚，而且限制得很严格。

沈璟的声律音韵理论中最值得注意的，是被他称为"词隐先生独秘方，与自古词人不爽"的所谓"入声可代平声"的理论。王骥德论四声时曾不满意此点，说："词隐谓'入可代平'为独泄造化之秘。又欲令作南曲者，悉遵《中原音韵》，入声亦止许代平，余以上、去相间。不知南曲与北曲正自不同，北则入无正音，故派入平、上、去之三声……无所不可。大抵词曲之有入声，正如药中甘草，一遇缺乏，或平、上、去三声字面不妥，无可奈何之际，得一入声，便可通融打诨过去。"① 王氏所论

---

① （明）王骥德：《曲律》卷二，集成本（四），105～106 页。

不无道理，但实是沈璟的理论的继续，由平声扩展到上去声而已。沈璟精于四声而不谙阴阳之别，可是，从南曲四声理论的发展过程看，他第一个提出入声可代平声，启示了后来者在这个领域的研究。沈宠绥、李渔、毛先舒正是在他之后丰富和完善了南曲入声代替其他三声的理论的。更有意义的还在于，入声可代平声的理论使沈璟的四声理论较前代有了特殊价值。周德清论作词十法，朱权论作乐府切忌有伤音律，皆就北曲而言，并且未及四声，徐渭讲到南曲，希望以宋人词曲为本，没有划出词与曲的界限。而沈璟所论的四声，已不再是宋人词曲的四声，因为所谓入声代平，是根据唱曲的原理提出的。明人沈伯时就这一点说得十分清楚：入声之所以可代平声，是因为"读则有入，唱即非入，如'一'字'六'字，读之入声也，唱之稍长，'一'即为'衣'，'六'即为'罗'矣，故入声为仄，反可代平"①。由此观之，沈璟提出的"入声可代平声"的声律理论，虽未能完全阐明南曲四声相互间的关系，但标志着南曲四声的理论已跳出诗词四声理论的范围，成为与唱曲直接联系的声律理论，这无疑是一个进步。沈璟自称此为独秘方，其秘密和价值就在这里。

（四）板眼

《曲谱》对板眼"必录声校定"，以期"一人唱，万人和……如出一辙"②。这一点意义更不可忽视，它可以使填词家在组织曲文时就考虑

---

① （明）沈宠绥：《度曲须知》，集成本（五），200 页。

② （明）李鸿：《南词全谱序》，见（清）沈自晋：《重定南九宫词谱》（简称《南词新谱》）卷首。

到演唱的要求，力求二者协调，体现了沈璟的曲学着眼"场上之曲"的思想。

上述四个方面，构成了以昆曲为主体的新传奇的格律体系，这在曲坛上是有创造意义的。如果把南曲曲谱和格律的发展分为三个阶段，蒋孝的旧谱每调各辑一曲，虽"功不可诬"，但不过是个萌芽阶段；清代沈自晋《南词新谱》和徐于室、纽少雅《九宫正始》是最后完善的阶段；而沈璟的《曲谱》则是创立体系规模的阶段，是承前启后的最重要阶段。昆曲，经沈璟《曲谱》创建格律体系后，地位得到承认和巩固。沈宠绥《度曲须知》论及此点云："幸词隐追踪《正韵》，直穷到底，奴经一切，昭然左证，而土音之嘲始解。"《曲谱》被时人奉为圭臬，至四十年后沈自晋重定《曲谱》时，当年沈璟认为不适当而暂时保留的曲文，几乎都被沈璟同时代戏曲家的作品替代。这说明《曲谱》为新兴的以昆曲为主体的新传奇提供了格律规范，这是它最大的历史贡献所在。

沈璟的戏曲理论所探讨的多是戏曲形式方面的问题，故在一些论者眼中一向有形式主义之嫌，这大可商榷。笔者认为，沈璟的理论有个突出的特点，就是强调了"场上之曲"的首要位置。他的两个基本主张："合律依腔"和"语言本色"。前者概括了格律理论的实质，后者体现了"场上之曲"对语言的要求；二者相互补充，旨在解决戏曲艺术两次创造即剧本编写（第一次创造）和舞台演唱（第二次创造）的统一问题。

从整体上看，沈璟戏曲格律的各个部分都统一于声律这个中心。《曲谱》"采摘新旧诸曲……凡合于四声、中于七始，虽俚必录"[1]。在

---

① （明）李鸿：《南词全谱序》，见沈自晋：《重定南九官词谱》卷首。

《论曲·套曲》中，沈璟特别强调"名为乐府，须教合律依腔"，这是他对戏曲的第一次创造提出的最高标准。沈璟认为，《琵琶记》声律上的优点就在于"用得变化，唱来和协"①，从"唱来和协"肯定其在声律上的变化。《曲谱》附录卷【巫山十二峰】注云："'上小楼'，'上'字用在'小'字上，若唱上声，不美听，只得唱去声矣。"较之前辈戏曲家，沈璟明确提出了"美听"的艺术审美要求。综观之，沈璟的"合律依腔"主张，旨在把戏曲的两次创造统一起来，使传奇家的剧本成为地地道道的"场上之曲"，取得"美听"的最佳舞台效果。沈璟的目光在此，《曲谱》关于格律其他部分与声律的关系，都是由此阐发的。

其一，字格与主腔的关系。字格是关于字句韵脚和四声要求的格式，《曲谱》规定甚严。论者多就此指责沈璟有拘泥之弊，其实沈璟完全是从曲牌的主腔考虑的。南曲的"曲调性格"，是通过主腔的旋律、节奏、音值表达出来的。填词谱曲，在原则上不允许因字格而破坏主腔，否则就要损害乐曲的完整性和系统性，因此，必须对主腔字位的四声，严格要求。以卷十七【商调·二郎神】《琵琶记》二曲为例：

[1]容潇洒，照孤鸾，叹菱花剖破。记翠钿罗襦当日嫁，谁知他去后，荆钗裙布无些。这金雀钗，双凤鞞，可不羞杀人，形孤影寡。说甚么簪花，捻牡丹教人怨着嫦娥。

[2]【换头】嗟呀，心忧貌若，真情怎假。你为着公婆，珠泪堕，我公婆自有不能够承奉杯茶。你比我没个公婆得承奉啊，不枉了教

---

① （明）吕天成：《曲品》卷下，集成本（六），229、224 页。

人做话靶，你公婆为甚的双双命掩黄沙。

沈璟批注："'剖破''你为'，上去声；'凤鞹''貌苦''自有''甚的''命掩'，去上声，俱妙。中间'剖破'二字、'影寡'二字、'话靶'二字，尤妙。"这些位于主腔字位的字词能严守平仄四声，与主腔保持一致，故得到沈璟的极力称赞。在上述批语后，沈璟进而以《明珠记》做对照，将字格与主腔的关系阐述得更为明确："如《明珠》之'睡来还觉'、'馀香犹袅'、'怎生能勾'、'问君知否'、'还'字、'犹'字、'能'字、'知'字，俱平声便索然无调矣。"调，即主腔。无调的原因，就在于这些和于主腔字位的字不符合平仄四声的要求，破坏了主腔的完整性。相同意思的批语在《曲谱》及其他有关戏曲的批注中很多。如《曲谱》卷二十【双调·侥侥令】批注云："此曲'岁岁年年'，用去去平平，妙甚；第二曲云'两山排闼'，则用仄平平仄，不发调矣。"卷十二【南吕·锁窗寒】批注云："末句用去声住，有调，妙甚。"这些批语皆从主腔着眼而论字格的平仄四声。沈璟《论曲·套曲》讲到四声的几条原则："倘平声窄处，须巧将入韵埋藏""去声正与分天壤，休混把仄声字填腔，析阴辨阳……细商量，阴与阳还须趁调低昂""若是调飞扬，把去声儿填它几字相当"。这些有哪一条不是与腔调联系在一起而又服从于腔调选择的呢？从"依腔"要求"合律"，在沈璟之前，还不曾有人对字格与主腔的关系有过如此清楚的认识和阐述。

其二，句法与"依腔"的关系。《曲谱》卷十二【南吕·红衲袄】批注云："此调及【青衲袄】，今人皆以其句法长短不定，遂妄改句法，多至不成音律，不知衬字只可用在每句上及句中间，至于每句末后三个字，其平仄断不可易，不然即不谐矣。"这里批评妄改句法的言外之意是主张遵循约定俗成的古句法。那么什么是古句法呢？卷十四【黄钟·降黄龙】批注云："三人词曲只是句法合调，其韵脚多不拘平仄。"由此得之，是从"合律依腔"要求句法的，强调的是句法的"合调"。

　　由于沈璟是从舞台演唱的艺术要求来阐述戏曲格律的，因此不同于当时许多传奇家的是他不仅是精通音律的戏曲理论家，也是熟悉演唱的"伶人教师"①。《曲谱》有大量关于如何唱曲的批语，它可以说在一定程度上也是为指导演唱而作的。如卷四【正宫·雁鱼锦】批语云："'厮'，本思必切，唱作平声耳"；卷一【仙吕·甘州歌】批语云："'望'字不可作去声唱。"这些是在声律方面的指导。还有在句式上的，如卷二十【双调·风入松慢】"东风巷陌暮寒骄……于鸾远信断难招"批注云："青鸾句，当于'远'字略断，勿唱作'青鸾远信'也。"同卷【仙吕入双调·水金令】批注云："此曲后，将前【金字令】中'金风冷飕飕'以下五句，合唱亦可。"此外，还有在腔调方面的，如卷十七【商调·集贤宾】批注云："今人唱'床头''头'字，或亦叹一板，'空房''房'字下作一转腔，而将'自'字带在'宋'字上唱者，皆非也。'自'字不做腔，止可唱，不善作词者所用平声耳，若用上声、去声而称为合调者，唱之必不可不做腔也。"从声律、句式、到腔调，沈璟抓住了唱曲的几个主要环节。

　　沈璟的另一主张是语言本色。无论研究者对其"本色"的内容作何种理解，都不能否认这是从戏曲语言与舞台演唱及艺术审美主体的关系角度，为纠正"案头之曲"的弊病而提出的，贯穿其中的仍是强调和注重

---

　　①　（明）凌濛初：《谭曲杂札》，集成本（四），254 页。

"场上之曲"的思想。因此，沈璟的"本色"主张，以通俗浅显为本旨，主要是指宋元戏曲博采常言俚语通俗不文的语言风格。沈璟评《西厢记》"谁想娇羞花解语"句云：古本有"谁想"二字，"有此二字反滞，不若从今本删去"①。王骥德评《西厢记》第十一折【折桂令】曲有"过为求文，非作者本色"之语。沈璟极表赞同，道："正尔，不必过为求文。"（王骥德《新校注古本西厢记》卷三）从这些都可以看到沈璟是从通畅上口、易于演唱来要求语言的。这种着眼舞台效果的考虑，与他在声律方面强调"场上之曲"是一致的，怪不得他"僻好本色"②。凌蒙初指责沈璟的"本色说"是"直以浅言俚句"③为之，恰恰忽视了它的舞台价值和意义。不从沈璟注重舞台演出，强调"场上之曲"这一角度思考，必然难以洞悉其"本色"主张之真谛。

　　沈璟从创作与演唱的统一来建立格律体系和提出"合律依腔"、语言本色两大主张，所以，在阐述这些理论时，选择了广泛流行舞台的宋元旧传奇曲文作例曲。在沈璟的时代，这些旧传奇多被改用昆腔演唱，一时新旧混杂，影响了舞台演唱的效果。沈璟从宋元旧传奇中择取例曲，本身就有整理推广的作用；以人们熟悉的曲文为范例，也利于戏曲的传播和理论的掌握。同时，更重要的是这些曲文，一合律依腔，二语言本色，正可以纠正创作中的时弊。从明末清初先后出现的几种《缀白裘》选本可以看到，沈璟力遵取法的宋元旧传奇，如《琵琶记》《荆钗记》《白兔

---

① （明）王骥德：《新校注古本西厢记》卷一沈璟评语，北平富晋书社影印明万历刻本，1930。以下引用此书不再注明版本。

② （明）沈璟：《词隐先生手札二通》，见（明）王骥德：《新校注古本西厢记》附录。

③ （明）凌濛初：《谭曲杂札》，集成本（四），254 页。

记》《拜月亭》等，一直在舞台上盛演不衰，证明沈璟的主张没有脱离戏曲生存的实际。

沈璟提倡取法宋元戏曲，对骈俪派也是个很大的冲击。在明代，最先大力提倡宋元戏曲传统以反对骈俪派的是徐渭，但从戏曲格律方面批评骈俪派的，恐怕要首推沈璟了。《曲谱》对骈俪派的代表作《香囊记》的批评，多至十几则。沈璟批评《香囊记》的根本原因，是因其破坏了宋元戏曲合律依腔的传统。从这个角度看，沈璟主张取法宋元戏曲，意义不仅仅限于学习曲律音韵，而在于指出了实现"场上之曲"的途径，也就是要求传奇家首先要学习"场上之曲"。任何新的创造，总是在学习和继承优良传统的基础上进行的。徐渭亲自校定《西厢记》，沈璟著《曲谱》广泛吸收宋元戏曲的精华，此外还校定《琵琶记》《拜月亭》等，目的都在于为新传奇树立"场上之曲"的范本。所不同的是，徐渭注重的是宋元戏曲抒写真情的传统，而沈璟从阐述格律的需要出发，着眼的是宋元戏曲"合律依腔"及语言本色的特点。不同的理论家，对遗产做不同的认识和择取，是很自然的。

总而言之，沈璟的"合律依腔"和语言本色两大主张，立足于"场上之曲"，基本上解决了戏曲艺术两次创造的统一问题。这些虽多限于"可唱"的范围，但"可唱"本身就是"可演"的主体部分。这就是沈璟的戏曲理论的主要特点。在沈璟的身上，体现出戏曲文学创作与戏曲舞台演唱的结合。这一点，作为一个时代的特点是在明末清初；但作为个人的特点，则在沈璟已经开始。

沈璟的戏曲理论，特别是他关于南曲格律的建树，为晚明戏剧的发展做出了巨大贡献。著名戏曲理论家王骥德说："今之词家，吴郡词隐先生实称指南。"①张琦也说："至沈宁庵究心精微，羽翼谱法，后学之南车也。"②这反映了当时的戏曲家们对沈璟的曲学观点的广泛认同和极高的评价。

---

① （明）王骥德：《新校注古本西厢记自序》，见《新校注古本西厢记》卷首。
② （明）张琦：《衡曲麈谭·作家偶评》，集成本（四），270 页。

第三章

传奇与杂剧：沈氏家族文学之全盛（中）

一、 "海内词家， 群相推服"的沈自晋

沈自晋(1583—1665)，字伯明，晚字长康，别号
鞠通生。弱冠时补诸生，"精举子业，颉于棘闱，每
不为意。间作诗歌，成即弃去"。[①] 他是沈璟的从侄，
科名不成，旋即从沈璟学习音律之学。明亡后，沈自
晋隐居吴山，唯以词曲自适，自号鞠通生。关于这个
自号，《沈氏诗录》卷五小传释云："鞠通者，古琴中
食桐蛀，有之能令弦自和曲者也。公善度曲，故以自

---

① （清）沈自南《鞠通乐府序》，见《鞠通乐府》卷首，饮虹簃刊本，1928。以下引自
此书不再注明版本。

况云。"沈自晋在戏剧方面的著述有《南词新谱》《南词谱余杂论》和传奇《耆英会》《望湖亭》《翠屏山》等。

《南词新谱》（图 3-1），全名《重定南九宫词谱》，又名《广辑词隐先生南九宫十三调词谱》《重定南词新谱》等。这部曲谱是沈自晋在沈璟的《南词全谱》的基础上删定增补而成的。《重定南词全谱凡例续纪》述其始末云：

图 3-1　（清）沈自晋《重定南九宫词谱》（清顺治沈氏不殊堂刊本）书影

重修词谱之役，昉于乙酉仲春。而烽火须臾，狂奔未有宁趾。丙戌夏，始得侨寓山居，犹然旦则摊书搜辑，夕则卷束置床头，以防宵遁也。渐而编次，乃成帙焉。

　　书编成后十年（顺治十二年，1655）刊刻，卷首有《南词旧谱序》（蒋孝）、《南词全谱原叙》（李鸿）、《重定南九宫新谱序》（沈自南）、《重辑南九宫十三调词谱述》（沈自继）、《重订南词新谱参阅姓氏》及沈自晋分别在顺治三年（1646）和四年（1647）写的《重定南词全谱凡例》《重定南词全谱凡例续纪》。卷末有《南词新谱后序》（沈永隆）。

　　沈自晋为沈璟从侄，《家传·西来公传》述其与沈璟的家学传承云：

　　　　（自晋）尝随其从伯词隐先生为东山之游，一时海内词家如范香令、卜大荒、袁幔亭、冯犹龙诸君子群相推服。卜与袁为作传奇序，冯所选《太霞新奏》推为压卷……其心折何如。

　　沈自晋之所以受到同时代曲家的推重，根本原因在于他得沈璟曲学之衣钵。他自己也以继承沈璟的曲学为己任，一再申明："先词隐三尺既悬，吾辈寻常足守。"①"先生既以作为述，予何不以述述之，所谓鲁男子善学柳下惠者也。"②"先词隐以精思妙裁，成一代之乐府，予则何能而妄增论注？"③在《重定南词全谱凡例》中，他规定了编辑《南词新谱》的十条原则，其中"遵旧式""禀先程""重原词""严律韵""慎更删"等原则，充分表现了《南词新谱》与沈璟《南词全谱》一脉相承的关系。

　　但传承并不等同于照搬，凡例中提出的另外几条原则——"采新声""稽作手""从诠次""俟补遗"等——表明，《南词新谱》在与沈璟的《南词

---

　　① （清）沈自晋：《重定南词全谱凡例》，见《南词新谱》卷首。
　　② 同上书。
　　③ 同上书。

全谱》的曲学理论保持一致的同时也有新的发展。

其一，删改旧本。这主要就是将《南词全谱》中"曲同而并载及冗而多讹者"①删去，同时将"律拗而尚存及韵杂而难法者"②更换掉，代之以先辈名词及沈璟《属玉堂传奇》的曲文。

其二，采录新声。从沈璟的《南词全谱》到《南词新谱》相距四十余年，其间"词人辈出，新调剧兴"③，南曲的音律和体式都有较大发展。沈自晋充分注意到这种现状，"肆情搜讨"④，增收了不少明末新创的曲体，使《南词新谱》增加到二十六卷，较沈璟的旧谱多出五卷，入谱作品增至二百五十余家。

其三，考明作者。词家作曲，而每讳之，或曰无名氏，或称别号某以当之。沈自晋不满意此，他认为"声音之道通乎微，一人有一人手笔，一时有一时风气"⑤，因此，入谱曲文应标明作者，这样可以"一览而知其人，论其世，非止浪传姓字已也"⑥。他以沈璟编辑的《南词韵选》和冯梦龙编辑的《太霞新奏》所录姓字为根据，"博访诸词家，实核其作手"⑦，纠正了一些关于作者的讹传。

其四，兼取律法与才情。《沈氏诗录》沈自晋小传中说："初，族父词隐先生，为乐府精于法律，临川汤若士先生，则尚意趣，两家相胜

---

① （清）沈自晋：《重定南词全谱凡例》，见《南词新谱》卷首。

② 同上书。

③ （清）沈自南：《重定南九宫新谱序》引冯梦龙语，见《南词新谱》卷首。

④ （清）沈自晋：《重定南词全谱凡例》，见《南词新谱》卷首。

⑤ 同上书。

⑥ 同上书。

⑦ 同上书。

也，而不相善。公谨守家法，而词旨加秀润，若士亦击赏无间言。一时词家如上海范香令、秀水卜大荒、吾吴冯犹龙、袁令昭诸君并推服之。"（沈祖禹、沈彤《吴江沈氏诗集录》卷五）沈自晋在《南词新谱》不拘门户之见的具体表现是，在"严律韵""重原词"的同时，也极看重以文采词情胜的作品。他论汤显祖、冯梦龙、袁于令诸家说："新词家诸名笔，如临川、云间、会稽诸家，古所未有，真似宝光陆离，奇彩腾跃；及吾苏同调，如剑啸（袁令）、墨憨（冯梦龙）以下，皆表表一时。"①他的这一思想，与吕天成、王骥德等人提出的"守词隐先生之矩镬，而运以清远道人之才情"②的主张是相通的。

　　总之，《南词新谱》弘扬了沈璟的曲学理论的精华。《[乾隆]吴江县志》上说它"较原本益精详，至今词曲家通行之"（《[乾隆]吴江县志》卷三十三），肯定了它的价值。沈自晋能继沈璟之后入主曲坛，深受袁于令等众多戏曲家的推重，可以说在很大程度上得之于这部《南词新谱》。

　　《南词新谱》的另一价值是保存了不少后来散佚不传的作品，如仅沈璟一人就有《珠串记》《鸳衾记》《凿井记》《同梦记》《四异记》《结发记》《分钱记》诸传奇和《曲海青冰》《情痴寱语》《词隐新词》诸散曲集中的若干曲词。

　　沈自晋的戏剧创作在明末清初也有一定的影响。范文若《勘皮靴》传奇末出收场诗所称"曲学年来久已荒，新推袁（于令）、沈（自晋）擅词场"③，很明了地指出了这一点。

---

① （清）沈自晋：《重定南词全谱凡例》，见《南词新谱》卷首。
② （明）吕天成：《曲品》卷上，集成本（六），213页。
③ （清）沈自晋：《重定南词全谱凡例续记》，见《南词新谱》卷首。

《今乐考证》著录沈自晋的传奇有四种——《一种情》《耆英会》《望湖亭记》《翠屏山》（图 3-2）——并说这四种"为沈伯明作，见其所著《南词新谱》中"。但细查《南词新谱》卷首"古今入谱词曲传剧总目"，沈自晋在《坠钗记》下明确注云："伯英作，俗名《一种情》。"据此可知，《一种情》不是沈自晋的作品。

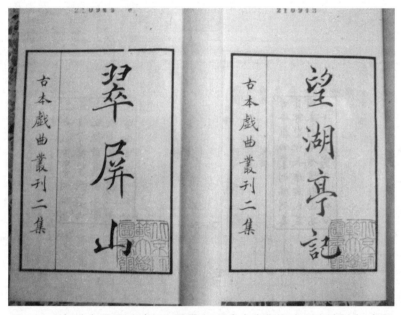

图 3-2　（清）沈自晋《望湖亭记》《翠屏山》（《古本戏曲丛刊》影印清刻本）书影

《望湖亭记》是沈自晋中年以前的作品，因为沈自南在《鞠通乐府序》中说到《望湖亭记》上演时，有其时沈自晋"家居著书，年故未艾"的话。此剧与冯梦龙《情史》中的"吴江钱生"和《醒世恒言》中的"钱秀才错占凤凰俦"题材相同，这大概是万历时吴中一个真实的故事。此剧内容演吴江富人颜生，闻洞庭西山高翁女美，遣媒请婚。高翁必欲亲见方允，颜生自惭形秽，乃请表弟钱生代往。及娶，高翁必欲亲迎，颜生复传表弟前往。至高家后，天气有变，高翁恐误吉期，欲权就其家成礼，钱生不肯。翌日，风雪不止。钱生难拒众宾之劝，不得已应允，乃私语颜生仆人：吾成汝主人之事，明神在上，誓不相负。仆人未信。颜生自表弟去后，伫立望湖亭边，以俟迎亲之船回，剧因之名《望湖亭记》。数日后，钱生携高女还，颜生奋拳捶之。高翁询得实情，讼之县官。钱生诉三宵同卧，未尝解衣。官令媪验女，果然如钱生所言。颜生大悔，愿婚，高翁不允，官乃断归钱，而责媒。

剧依奇闻敷衍，饶有趣味，搬之舞台，"时环者如堵，坐中击节"①。清以后，这本剧常上演的是第十出《自嗟》，又名《照镜》，演颜生因貌秽形丑，对镜妆扮，着"新裁的冰纱夹折"②，戴"新结的福云骏中"③，结果，越妆扮越丑态百出。【太师引犯】二曲，活画出他丑而不觉的龌龊心理。这出戏很有讽刺意味，舞台效果亦佳，基本体现了作者一再倡导的"只管当场词态好"④的艺术追求。

《翠屏山》也是沈自晋在明末编撰的。今仅存清初舞台演出本，共二十七出。内容演《水浒》中石秀、杨雄事，情节与小说无大异。演出本一定对沈自晋的原本作了较大的改动，因为：第一，全剧的二十七出的分配很不平衡，上卷十六出，下卷只有十一出，而且出数也较一般传奇少得多；第二，每出繁简轻重不一。二十七出戏只有十一出有标目，即

---

①　（清）沈自南：《鞠通乐府序》，见《鞠通乐府》卷首。
②　（清）沈自晋：《望湖亭记》第十出，《古本戏曲丛刊二集》，影印明刻本。以下引自此书不再注明版本。
③　同上书。
④　（清）沈自晋：《望湖亭记》末出下场诗。

一，家门；六，结义；八，戏叔；九，送礼；十二，看佛牙；十三，起兵；十九，知情；二十，酒楼；二一，反诳；二三，杀头陀；二六，杀山。其余十六出皆无标目。有标目的这十一出戏都是重场戏，内容精彩，皆可单折演出，而没有标目的场次，大概是只有在全本演出时才上演，实际成了一种衔接性的过场戏，所以省减到连标目也没有。这本传奇在后世舞台上常有演出，《缀白裘》选入六出。一些关目引人的场次，如"戏叔""反诳""杀山"，今犹有演者。

演出本反映出作家的剧本搬之舞台后的变化，但在基本内容与艺术风格上当然还保留了原本的面貌，从中依然可见作家指事道情长于简洁明快手法的特点。

入清后，沈自晋编写了《耆英会》传奇，时间大约在顺治四年（1647）前后，此据《南词新谱》"古今入谱词曲传剧总目"中《耆英会》"条下所写"鞠通生近稿"五字得知。另外，在沈自晋于顺治四年后写的《越溪新咏》散曲集中，有一首【南黄钟·画眉扶罗皂】，其序中也提到编写《耆英会》传奇一事："伯范长兄八十初度，诸昆弟约为捧觞。适词友虞君倩予作《耆英会》传奇，为其尊人称寿。传成且将泛往，归期可待，赋此以订。"（沈自晋《鞠通乐府》卷二）曲中又有句云："渔阳鼙鼓下江东，寂寞玄亭老鞠通。遥怜有客问雕虫，喜心见猎还能动……"（沈自晋《鞠通乐府》卷二）这些都说明《耆英会》为清代初年的作品无疑。这部传奇据司马光《洛中耆英会诗序》所叙宋文彦博老年与友为文酒之宴一事敷衍而成，纯为谀颂祝庆一类的作品，内容较为平淡，无甚可取。今无传本。

这一时期，沈自晋在文学创作方面的主要成就是写作了《黍离续奏》《越溪新咏》《不殊堂近草》三种散曲集。这些作品，将在本书的下一章中研究。

二、　"悲壮激越，　与之（徐渭）并驾"的沈自征

沈自征（1591—1641），字君庸。国子监生。自幼磊落自负以侠任，不视田产，好兵家言。天启末年入京师，"遂游历西北边塞，窥其形胜，还而亹亹谈不置，于山川陆原要害如视诸掌"（《［乾隆］吴江县志》卷三十二）。"居京十年，为诸大臣筹画兵事，皆中机宜"（《［乾隆］吴江县志》卷三十二）。崇祯六年（1632）前后，沈自征自京师还，"仍作媭人，隐于邑之西乡，茆屋躬耕"（《［乾隆］吴江县志》卷三十二）。后七年，人荐之于朝，以贤良方正辟，沈自征不就，喟然道："吾肆志已久，岂能带腰冠首受墨吏束缚耶！"（《［乾隆］吴江县志》卷三十二）翌年卒于家，年五十一。

沈自征为人倜傥豁如，不拘细行。邹漪《沈文学传》述其行状，言其居京十年："其寓月迁日改，友访之。或见其名媛丽姬数十，环侍极绮罗珍错；或见其独卧败席，灶上惟盐虀数茎；或见其峨冠大盖，三公就卿前席请教；又或见其呼卢唱筹，穷市井谚詈以为欢，终莫定其何如人。"①

观其诗文议论，亦有奇荡之气。诗如《题北平韩侍御钓台遗迹》：

---

① （清）邹漪：《启祯野乘》，故宫博物院图书馆铅印本，1936。以下引自此书不再注明版本。

桐江起清风，千载一丝悬。如何钓台矶，突兀绝寒垣。龍苁虎头石，摇漾溙渚烟。四山幻阴阳，灏景疑彩鲜……爽籁肃九秋，凝眺澄江边。哲人不可觌，长咏紫芝篇。①

思绪悠广，颇得西晋诗人左思怀古诗的风致。又如《送王子安赴袁少司马幕》：

榆关落日大旗赭，风吹髑髅腥满野。马渡浑河惨不骄……吁嗟袁公今颇牧，长城短兵风雨速。黑云覆城城不摧，残奴纷向辽水哭。十年国难谁投袂，看取横行十万骑。白石堪明侠烈心，黄云不压英雄气。五陵三辅奔车轮，幕中贤豪争自陈……②

豪气不减唐人边塞诗，而又多几分悲壮。文则如《黄履中冰草序》：

子长曰：诗三百篇，大抵皆风人发愤之所作也。韩子曰：物不得其平则鸣。信乎！夫未哀之涕不足以动人，而非衷之言不能以自致，故非情之至者不足以语于天下之至文也。今夫天地郁极而思泄，故昭而为日星，贲而为草木，宇宙之规烂焉。……然士也，屡不得已始以其文鸣。其胸中之可骇、可愕、可悲、可涕之事，呃之不可，吐之不能，夫是以披发逃虚，避人若仇。时于馋岩绝壁之

---

① （明）沈自征：《沈君庸先生集》卷二，民国北平国立图书馆抄本。以下引自此书不再注明版本。

② 同上书。

下，风雨晦明之时，拊膺恸哭，愤懑自书，吊无之湘水，叩既烂之白石，慕古道之不存，慨今人之发立，而文士之笔锋较之剑光更烈矣！此皆不平而鸣之大概也！……①

气动文行，如泣如歌，酣畅淋漓。作者胸襟之豪壮，情怀之悲慨，卓然可见。

沈自征的诗文作品有后人所辑《沈君庸先生集》，不过他以文学家为世所重并非因其诗文，而是在他的杂剧《渔阳三弄》。《渔阳三弄》是《霸亭秋》《鞭歌妓》《簪花髻》（图 3-3）三剧的合称。三部皆为单折北杂剧，写作的具体时间不详。

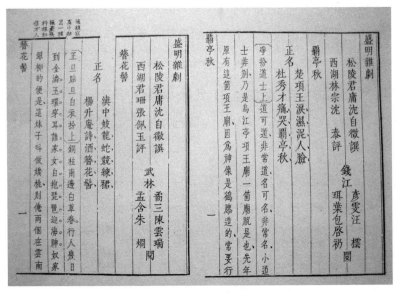

图 3-3　（明）沈自征《霸亭秋》《簪花髻》杂剧（明《盛明杂剧》影印本）书影

---

① （明）沈自征：《沈君庸先生集》卷二，民国北平国立图书馆抄本。

《霸亭秋》本事出自洪迈的《夷坚志》。内容叙宋人杜默自幼攻习儒业，学成满腹文章，但世道不振，累举不成名。因过乌江，入谒项王庙，炷香拜讫，进而据神颈，柎其首而大声叹曰："奈何以大王之英雄，不得为天子；以杜默之才学，不得作状元。"①语毕大恸，泪下如泉。庙祝怕其获罪，将其扶出，秉烛检视神像，亦垂泪未已。情节颇离奇。

《鞭歌妓》内容演唐人张建封空怀奇才，贫无自立，流落江湖。一日，尚书裴宽乘舟外出，路遇张，视其非一般之辈，乃以礼邀请，并将随行所乘船及歌妓尽与之。歌妓见张衣衫褴褛，乃肆意取笑，张建封大怒，令人鞭之，众妓遂惧。尔后，张尽弃裴尚书所予而去。张建封其人，《唐书》有传，但无赠船及妓事。此剧所写，或为沈氏杜撰。

《簪花髻》写明代文人杨慎行止，事本王世贞《艺苑卮言》。其略云：杨慎谪滇中，有东山之癖。诸夷酋欲得其诗翰不可，乃以精白绫作裓，遣诸妓服之，令酒间乞书。杨果欣然命笔，醉墨淋漓裾袖。夷酋遂重赏妓女，购归装潢成卷。尝醉，胡粉傅面，作双丫髻插花，门生界之，诸妓捧觞，游行城市，了不为怍。人谓此君故自污，非也，一措大裹赭衣，亦何所可忌，特自壮心不堪牢落，故耗磨之耳。剧情大致如王氏所记，然关目安排更为紧凑。

此三剧内容，离奇怪异，皆饱含愤世之情。其一，恨世道昏暗，贤愚颠倒。《霸亭秋》中杜默唱道："投至得文场比较，都不用贾生文，马卿赋，衡一味屈原骚。见如今鹓鹏掩翅，斥鷃摩霄，枭争鸾食，鹊让鸠

①　（明）沈泰编：《盛明杂剧》（影印诵芬室本）一集卷十二，北京，中国戏剧出版社，1958。以下引用此书不再注明版本。

巢，隋珠黯色，鱼目光摇，驽骀伏轭，老骥长号，捐弃周鼎，而宝糠瓢……"①《簪花髻》中杨慎也愤然语云："下官杨升庵是也，……官拜翰林之职，只为当今大礼一节，下官痛哭廷谏，圣人将我贬落金齿为军人，人道咱杨升庵的不是……""我道来举世皆醉，只俺杨升庵不醉也。"②

其二，悲英雄沉落，壮士不遇。杜默临江长歌："书剑蓬飘，洛阳归道秋声早，雁字风高，掩映愁多少。"③"如今总有那晋阮籍软兀刺醉死在步兵厨，汉相如眼迷厮盹倒在临邛道，一个个都屈首蓬蒿。"④《鞭歌妓》中张建封听裴尚书言"贤士有相如子长之才，天生其才，岂无其用也"后，也慨然道："有用也，有用也！见如今村社宰能量才拔去教马相如开店，用太史公收钱，楚宋玉看瓜，曹子建浇麻。则普乾坤有眼都教瞎，只落得大笑哈哈！"⑤

其三，怨之深而言不足以尽，遂继之以哭。杜默恨"如今男子汉白突突眼珠尚且不识才"，视庙中所塑项羽泥神为同命，为知己，不禁——

（叹介）正是我未成名君未嫁，可能俱是不如人，怎不去问道临期。我不去玉佩纾腰，一般的铩羽垂幖，来灭烟消。子向这古庙荒郊，眼冷相瞧，坐对着牧竖归樵，夜雨江湖，魈啸猿号，暮暮朝

---

① （明）沈泰编【混江龙】，见《盛明杂剧》一集卷十二。
② （明）沈泰编《盛明杂剧》一集卷十四。
③ （明）沈泰编【仙吕·点绛唇】，见《盛明杂剧》一集卷十二。
④ （明）沈泰编【那吒令】，见《盛明杂剧》一集卷十二。
⑤ （明）沈泰编《盛明杂剧》一集卷十三。

朝。（放声大哭介）（泥神亦长嘘流泪介）……

（末）泪雨濠淘，痛恨情苗，塞满烟霄，说向谁曹。（泥神嘘介）
（末）则咱两人心相晓。

……（末）我囊中带有鹿脯一片，不免取来供献，以杯水酹之，
聊当杯酒论文也……我索浇莫咱。

【金盏儿】藉兰椒，荐琼肴，可正是停车日晚陈频藻。（又哭介）
好教我泪不注点儿抛……

【醉中天】空对着一川烟草秋江道，望一抹远树郭边桥，寂寞黄
魂恨怎消！……①

古人云，长歌可以当哭，传奇取人笑易，取人哭难。此剧并写杜秀才之
哭和项王之泣，足令阅者唏嘘欲绝。

《簪花髻》也以淋漓悲壮之笔把全剧的终结尽写在英雄的一哭之中：

（旦）学士，你看连天风雨，又是春归也！（哭介）（旦）学士好没
来由。

（末）您不知春与俺最多情也！

【煞尾】春来没片无愁地，索向春前痛哭归。想着春识面，红英
芷；春老去，雨肥梅；春腰瘦，东风细；春眉翠，远山滴……春吁
气，鸠呼雨；春愀唧，人有恨；春无计，春不语；诗牵系，散春
愁；陈酒醉，酒醒后，春别离。则春山寂寂，春水弥弥，春草萋

---

① （明）沈泰编：《盛明杂剧》一集卷十二。

萎，都做了春恨菲菲……（同下）①

"曲白指东扯西，点点是英雄之泪"②。

《渔阳三弄》的意趣与风格，确有近于徐渭《四声猿》之处。王士正《古夫于亭杂录》称："吴江沈君庸自征作《霸亭秋》《鞭歌伎》二剧，流漓悲壮，其才不在徐文长下。"③另一位清代文学批评家也说"《渔阳三弄》与徐文长并传"④。读其曲辞，只觉气高空古，譬如：

> 被这社翁雨洗涤得吟情细，少女风撩倩将诗句催。趱逼得我浩荡襟怀，江山秀气，古昔悲愁，一刻儿都愤懑成堆。我欲借峰峦作笔，把大地为编，写不尽我寄慨淋漓！（《簪花髻》【三煞】）

如此剧曲，在明人手下是不多见的。《［乾隆］吴江县志》说沈自征此三剧是"仿元人"（《［乾隆］吴江县志》卷三十二）之笔，其实不是什么模仿，而是得元人北曲之真精神，堪称"北调之雄"⑤。邹漪《沈文学传》认为沈自征近于徐渭而又与之不同，说："徐文长《四声猿》称独步，读君庸公《渔阳三弄》，悲壮激越，与之并驾，而沉郁又过焉。"（邹漪《启祯野乘》）所言极当。

需要进一步指出的是，《渔阳三弄》与《四声猿》的不同更在于它的某

---

① （明）沈泰编：《盛明杂剧》一集卷十四。
② （明）祁彪佳：《远山堂剧品》，集成本（六），144 页。
③ （清）王旭楼：《松陵见闻录》卷五引，刻本，清道光。
④ （清）徐釚：《词苑丛谈》，刻本，清康熙。
⑤ （清）沈自南：《鞠通乐府序》，见《鞠通乐府》卷首。

种"自传"意味。祁彪佳论《霸亭秋》，说剧中"有杜秀才之哭""有沈居士之哭"①，已经注意到剧中的杜默实为作家自己。论《鞭歌妓》时更明确道："此其寄牢骚不平之意耳。"②试看剧中主人公的特点："幼喜文章，颇能辩论，说剑谈兵，自许以功名显，不事家人产业，贫无自立，流落江湖……"③其与《沈文学传》所叙"自征幼自负，好大言。父玩授以田五十亩，乃笑曰……一朝尽弃之，得二百金赒周亲飨宾客立尽。好兵家言"（邹漪《启祯野乘》）的行止何其相似。《簪花髻》中的杨慎，抑郁不得其志，在歌伎的白衣上浓墨挥洒，自着彩衣，结发簪花，并称三教圣人为妇之人辈，如此落拓不羁，惊骇世俗的举止言语，也不由地令人联想到沈自征在京师十年间，时而拥姬饭宴，时而衣衫褴褛，时而峨冠大盖，时而遭詈市井，皆不以为然的种种行为。所以，《［乾隆］吴江县志》和《沈氏诗录》小传也都说沈自征为《渔阳三弄》以"自寓"（《［乾隆］吴江县志》卷三十二）"自寄"（沈祖禹、沈彤《吴江沈氏诗集录》卷五）。但这不止"自寓"而已。虽然其事都有所本，然而却有着作家对具体生活事件的亲身经验，作品中的主人公杜默、张建封、杨慎身上留下了沈自征的影子。因之，《渔阳三弄》在某种程度上带有作家自传的色彩。

《渔阳三弄》在意趣与风格上和《四声猿》一样继承了元人杂剧的精神，而且，也都变革了杂剧一本四折的传统体式。早在明初，詹时雨的《围棋闯局》就以一折的形式出现，近代戏曲家卢前认为，此"不过尔偶命笔，非可视为常例"④。嘉靖以后，这种单折短剧，渐成风气，首先

---

① （明）祁彪佳：《远山堂剧品》，集成本（六），143 页。
② （明）祁彪佳：《远山堂剧品》，集成本（六），144 页。
③ （明）沈泰编：《盛明杂剧》一集卷十三。
④ 周妙中：《明清戏曲史》，上海商务印书馆铅印本，1935。

是徐渭《四声猿》中的《狂鼓史》，全剧就只一折。汪道昆的《高唐梦》《洛水悲》《远山戏》《五湖游》也皆为一剧一折体式。继之者还有陈与郊的《昭君出塞》等。《渔阳三弄》的出现，无异于推波助澜，终于使明人的单折杂剧成为杂剧发展的一种新体式。从中国杂剧发展史的角度看，这种变革是有意义的，究其原因，恐怕与明中叶以来戏曲舞台上流行"清唱"有某种内在的联系。若论沈自征和《渔阳三弄》在戏剧发展史上的地位与影响，此一点是不能忽略的。

沈自征在文学理论上也是有所建树的。辑本《沈君庸先生集》（图3-4）中有沈自征为朋友的诗（曲）集作的三篇序文，即《黄履中冰蘗草序》《严伯度诗序》《张都督词曲序》。沈自征在这三篇序文中较集中阐述了他的一些文学观。

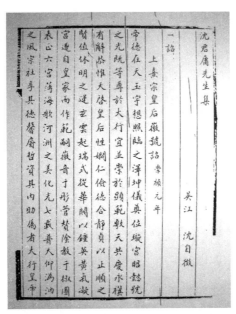

图3-4　辑本《沈君庸先生集》（民国北平国立图书馆抄本）书影

其一，"非情之至者不足以语于天下之至文"。沈自征主张文学要有真情感，非常赞同前人"发愤"著书和"不平则鸣"的观点。他在《黄履中冰蘖草序》中明确说道：

> 子长曰：诗三百篇，大抵皆风人发愤之所作也。韩子曰：物不得其平则鸣。信乎！夫未哀之涕不足以动人，而非衷之言不能以自致，故非情之至者不足以语于天下之至文也。今夫天地郁极而思泄，故昭而为日星，赍而为草木，宇宙之规烂焉。……然士也，屡不得已始以其文鸣。其胸中之可骇、可愕、可悲、可涕之事，呃之不可，吐之不能，夫是以披发逃虚，避人若仇。时于巉岩绝壁之下，风雨晦明之时，拊膺恸哭，愤懑自书，吊无情之湘水，叩既烂之白石，慕古道之不存，慨今人之发立，而文士之笔锋较之剑光更烈矣！此皆不平而鸣之大概也！"（沈自征《沈君庸先生集》卷二）

这种主张以真情感为文章即"非情之至者不足以语于天下之至文"的观点，与李贽、汤显祖等人的"情至"说为一同调。黄履中与沈自征同乡。工诗文，著有《冰蘖草》。自征与之有厚交，曾过访其斋；又有【新水令】套数一篇，题《黄履中燕都下第有掌珠之庆词以慰之》及《寄黄履中》五古长篇一首。沈自征作《黄履中冰蘖草序》，并非为文而文，乃是因"黄履中者从燕市落魄归，愤愤不平，多所感慨"，故"相与浮白，狂歌为变徵之声，而为之言如此"（沈自征《沈君庸先生集》卷二）。这篇序文本身就是一篇发于真情"拊膺恸哭，愤懑自书"的至文，如泣如歌。作者胸襟之磊落豪壮，卓然可见。

其二，"夫诗情画理，妙在可解不可解之间"。沈自征自谓"耽心禅宗"①，故其论诗受宋人严羽论诗的影响比较明显，主张妙悟。他在《严伯度诗序》中说："夫诗犹禅也……任你非心非佛，我只即心即佛，善哉！诗至今日，亦未法会也。"（沈自征《沈君庸先生集》卷二）并由此着眼，对当时文坛上的权威人物王（世贞）、李（攀龙）、袁（宏道）、钟（惺）进行了辛辣地批评：

> 王、李之扫前人，与袁、钟之扫王、李，各自向孤峰顶上讨一片坐席。多少英雄欺人在乃矮人观场不知古人鼻孔所向，争入鬼窟中作活计。（沈自征《沈君庸先生集》卷二）

他极不满意当时的诗歌创作，讥为"狐涎满世""向蜗角国中展旗立马"，强调指出诗"即如参学一事，非不阶级分明，及其到处正不可思议"（沈自征《沈君庸先生集》卷二）。这种观点和批评与严羽的诗论可谓一脉相承。

其三，"填词一道，雅俗并陈"。沈自征的堂伯父乃著名曲学大师沈璟。他的《张都督词曲序》，是一篇受到家学的深刻影响的曲论。在音律方面，沈自征是遵从沈璟的"和律依腔"主张的，故他盛赞张都督的词曲"论宫发调，俱臻词家三昧。试按之红牙，可助秦青雪儿，激楚绕梁，无拗折嗓子之病"（沈自征《沈君庸先生集》卷二）。这"无拗折嗓子之病"一语，似乎不无针对汤显祖所谓"笔懒韵落……正不妨拗折天下人嗓子"

---

① （明）沈自征：《张都督词曲序》，见《沈君庸先生集》卷二。

的意味。不过，沈自征对于律法过严也是不赞成的，所以他大胆批评周德清的《中原音韵》说："周德清论曲必支分宫调，字叶阴阳，部律甚严，孰能于桃花扇底得之？"（沈自征《沈君庸先生集》卷二）他虽然尊奉家学，但并不教条。在曲词方面，沈自征援引严羽《沧浪诗话》中"诗有别才，非关学也"一语，认为"词曲亦然"，并提出"填词一道，雅俗并陈"的主张说：

> 填词一道，雅俗并陈。自经子骚选，至稗官市语，靡不供点缀。取材博而用物宏，一字俊艳，令人色飞，一语滑稽，令人颐解。（沈自征《沈君庸先生集》卷二）

根据"雅俗并陈"的主张，沈自征对元以来的"填词一道"阐述了自己的看法。他对元曲家评价很高，称"元人关汉卿辈，抵掌优孟，躬自登场。张小山词，至品为瑶天笙鹤，擅长一代，良有由已"；对有明一代的作家则颇多微言，谓"明兴，杨升庵最称综博。然以务头为部头，为识者晒。他如王渼陂、康对山、常楼居，雄篇自赏，而南北未通，语多伧父。信乎，兼才实难"（沈自征《沈君庸先生集》卷二）。沈自征的"雅俗并陈"的曲论主张，表现出他对戏曲艺术的特征的深刻认识。

沈自征为人任侠负气，性格中自有一种倜傥豁如的豪气，因此，他的文学观也一如其人，具有尚真情、重写心、不拘泥于绳墨的特点。他曾在给好友陆启浤（字叔度）的书信中一针见血指出："八股味如鸡肋。"①这种对当时主流文化的主要承载形式之一"八股文"的批判意识，当是沈自征的文学观的思想基础之一。

三、 "补从来闺秀所未有"的叶小纨

叶小纨，字蕙绸。叶绍袁、沈宜修次女。著名戏曲家沈璟之孙沈永桢妻。她虽然属于沈氏世家第七代作家，但其生于明万历四十一年（1613），卒于清顺治十四年（1657）。关于其人，国内较少专门的研究，偶有言之，或语焉不详，或语之不确；日本学者八木泽元在所著《明代戏剧家研究》中虽有详论，但于其著述仍有疏漏。关于这些，笔者曾有专文考证②，此处不赘。叶小纨所作《鸳鸯梦》杂剧完成于崇祯间，故将其文学活动与沈氏第五、六两代作家视为同期。与叶小纨的情况相似的还有沈自晋子沈永隆（1606—1667）。

叶小纨自幼聪慧，习诗文，常与母亲沈宜修和姊妹昭齐、琼章以诗词相唱和。其弟叶燮《午梦堂集诗抄述略》云："余伯、仲、季三姊氏，自幼闺中唱和，迨伯、季两姊氏早亡，仲姊（蕙绸）终其身如失左右手。且频年哭母，哭诸弟，无日不郁郁悲伤，竟以忧卒焉。"③平生所著有《鸳鸯梦》杂剧一本和诗集《存余草》一卷。

《鸳鸯梦》的写作时间，未见明确记载。此剧有明崇祯九年（1636）

---

① （明）沈自征：《与陆叔度书》，见《沈君庸先生集》卷二。
② 见拙文《明代戏剧家叶小纨生卒年及作品考》，载《文学遗产》，1989(2)。
③ （清）叶燮辑：《午梦堂诗钞》卷首，刻本，清康熙。

《午梦堂集》原刻本存世（图3-5）。原刻本卷首有《鸳鸯梦小序》一篇，文末题属："崇祯丙子（九年）秋日，舅氏沈君庸甫识。"[①]另据沈彤在《〔乾隆〕吴江县志》卷三十四《叶小纨传》称，此前叶小纨姐昭齐、妹琼章相继夭殁，"小纨痛伤之，乃作《鸳鸯梦》杂剧寄意"。考叶绍袁《自撰年谱》，昭齐和琼章二人病亡的时间先后在崇祯五年（1632）十月和十二月。根据这些记载可以得出的结论是：《鸳鸯梦》的写作时间当在崇祯六年（1633）至九年之间。

图3-5　（明）叶小纨《鸳鸯梦》杂剧（明崇祯刻本）书影

《鸳鸯梦》的写作背景并不复杂，主要与叶小纨痛伤姊妹昭齐、琼章二人的病亡有关。但也许正是这并不复杂的背景给予了这部作品与众不

---

① （明）叶绍袁编：《午梦堂集》，刻本，明崇祯。以下引自此书不再注明版本。

同的自传性质。

《鸳鸯梦》杂剧的正名作："三仙子吟赏凤凰台，吕真人点破鸳鸯梦。"共四出一楔子。末本，末扮小生蕙茝香。剧写昭文琴、琼飞玖、蕙茝香三人一段悲欢离合的故事。三人原本是上界仙人的女侍者，因性情投合，凡心少动，而被西王母谪罚降生松陵地方。某日，蕙茝香、昭文琴、琼飞玖相遇于凤凰台，一见如故。时昭文琴年二十三，蕙茝香年二十，琼飞玖年十七，遂结为兄弟。次日正值中秋佳节，三人复聚于凤凰台，饮酒赋诗，评古论今，共恨世道不平，皆有归隐林泉之志。临别时，三人约定一年后再聚于此地。光阴荏苒，中秋又至，蕙茝香来到凤凰台，唯有秋风细雨，不见文琴、飞玖，心中十分焦虑。这时飞玖家仆人报说公子飞玖昨夜病亡，茝香大恸，直奔其家。不久，茝香得知文琴因飞玖病逝也一恸而亡，乃悲痛万分，始悟人生如梦、生死无常，遂至终南山访道寻真。吕洞宾将他前身点破，使之重返仙界，与文琴、飞玖相会，共到瑶台为西王母献寿。

此剧中的昭文琴、蕙茝香、琼飞玖三位主人公，虽是男身，实为叶氏三姐妹。昭文琴、琼飞玖隐指叶小纨姐昭齐和妹琼章，蕙茝香即叶小纨自己。如此下断，主要根据有下述五点。

第一，就作品的创作缘起而言，叶小纨是因痛伤姊妹昭齐、琼章二人病亡才有《鸳鸯梦》的创作的，主旨在"寄意"。这一点，沈自征在《鸳鸯梦小序》中也曾明确指出，云："《鸳鸯梦》，予甥蕙绸所作也……迨夫琼（章）摧昭（齐）折，人琴痛深，本苏子卿'昔为鸳与鸯'之句……故寓言匹鸟，托情梦幻，良可悲哉。"很明显作品的内容与作者的自身之事有直接关联。

第二，从作品中的人物形象看，三位主人公与叶氏三姐妹实有许多契合之处。其一是人物的名字。剧中三位主人公的姓氏——昭、蕙、琼，分别各取叶氏三姐妹名字中的一个字。其二是人物的年龄。叶氏三姐妹，昭齐为长，卒年二十三；小纨居次，小昭齐三岁；琼章为季，卒年十七，这与剧中三位主人公出场时的年龄和排序完全一致。

第三，剧中三位主人公生活的地点是"松陵地方，汾水湖滨"①，与叶氏家族世居松陵（又称吴江）汾湖的情况也完全一致。

第四，从作品中的情节方面看，飞玖病亡在前，不久，文琴因飞玖病逝也一恸而亡。此与叶绍袁《自撰年谱》崇祯五年所记："琼章年十七……十月琼章遂弃蕊宫之驾……昭齐哭妹归家，又成徂谢。"②也颇为相符。

第五，有关琼章的前身为仙人飞玖的奇闻异说。据沈宜修《季女琼章传》记，琼章死后七日，"面光犹雪，唇红如故"，令亲人以为其"岂凡骨，若非瑶岛玉女，必灵鹫之侍者。应是再来之人，岂能久居尘世耶？"③琼章的前身为仙人飞玖，此明确见于叶绍袁《年谱别记》"丙子"（崇祯九年）条所叙："八月，顾太冲来为琼章作《返驾广寒图》；点染精绝。余曰：'君善紫姑术，盍召仙来索诗以书其端乎？'太冲即樊符召之，须臾仙至，作四绝句云……寻去，又召一仙至，亦云仙女也，作诗云……余曰：'可传信否？'曰：'即日可传音耗，明日当与飞玖同来。'余

---

① （清）叶小纨：《鸳鸯梦》，见叶绍袁编：《午梦堂集》卷四。

② （清）叶绍袁：《叶天寥年谱》卷一，吴兴刘氏嘉业堂《叶天寥四种》刊本，1936。以下引自此书不再注明版本。

③ （明）沈宜修：《鹂吹》，见叶绍袁编：《午梦堂集》卷一。

曰：'飞玖何人？'云：'即令女琼章，前身是许飞琼妹飞玖耳。'"（叶绍袁《叶天寥年谱》卷三）由此看来，叶小纨以琼飞玖隐指琼章，并非凭空臆想。

据上述可知，《鸳鸯梦》中的昭文琴、蕙茝香、琼飞玖三位主人公实为叶氏三姐妹无疑，说明此作品是一部地地道道的作者叙自身之事的自传剧。

此剧虽是痛伤昭齐、琼章而作，但所寄之意绝非局限于此。第一出【鹊踏枝】、【寄生草】两曲道：

> 几遍欲问苍穹，未语价气填胸。满腹经纶，争奈荆棘成丛。谁敢指北极半天蟛蜞，只落得洒西风两袖龙钟。
>
> 看了些闹获铎，天也则是打冬烘。抵多少英雄火里消冰冻，繁华草上翻春梦。枉了蠹鱼简内将人送，从今后休题他腌臜两字浪功名，我呵，山林钟鼎多无用。①

将功名视如尘土，感叹英雄命蹇，这些显然是针对世态人情而发的。

《鸳鸯梦》在戏剧史上具有重要的意义。第一，《鸳鸯梦》的创作，使叶小纨成为中国文学史上第一位有剧作传世的女戏剧家。沈自征为《鸳鸯梦》作序有云："词曲盛于元，未闻擅能闺秀者。蕙绸出其俊才，补从来闺秀所未有。"并谓"其俊语韵脚，不让酸斋、梦符诸君。即其下里，尚犹是周宪王金梁桥下之声"。贯云石和乔吉均是元曲中的佼佼者，作

---

① （清）叶小纨：《鸳鸯梦》，见叶绍袁编：《午梦堂集》卷四。

曲以长于抒情、风格豪健称，《鸳鸯梦》的曲辞，确有可与之相垒者，如第二折【正宫·端正好】套：

> 今夜萧萧暮雨窗间逗，直恁的凄凄戚戚添僝愁，一弄儿人声寂寂秋声骤，猛忆的山林有约成虚负，又一年过了也么哥，又一年过了也么哥，可怜杀红尘滚滚还如旧。（【叨叨令】）
>
> 雨丝丝难系离愁，倩西风吹尽离愁，欲待诉知音何处有，诉青天怕天消瘦。（【脱布衫】）①

思致绵渺，辞语迫切，并融环境与情感为一体，令人有身临其境之感。同样如第三折［双调新水令］套：

> 洒西风血泪飘，更寒日惨荒郊，看满目凄凉枫叶凋，怎当他石尤风吼，我心急路偏遥。（【沽美酒】）
>
> 呀，你宗之潇洒俊丰标，风前张绪柳丝飘，今已后斜阳衰草卧荒郊，无分暮朝，这凄凉幽恨几时消。（【收江南】）②

悲情直泻而出，句句凄凉，但不失豪健之气。《鸳鸯梦》在情节结构上以第二、三出为重场戏，表现出蕙茝香对昭文琴、琼飞玖铭心刻骨般的挚情。第四出则是前两场戏的升华，三人仙界重会，表现了作者的一种期

---

① （清）叶小纨：《鸳鸯梦》，见叶绍袁编：《午梦堂集》卷四。
② 同上书。

望，带有浪漫的色彩。将此剧放在元曲大家的作品中确实是毫不逊色的。但如果说《鸳鸯梦》"补从来闺秀所未有"，还有待解释。因为，在叶小纨之前，曾有金陵女妓马湘兰写过传奇《三生传》，只是作品不传。或许是因为马湘兰身为女妓而算不得大家闺秀，所以沈自征认为闺秀作剧始自叶小纨。在某种意义上，这样说也是可以的。

第二，《鸳鸯梦》除了它是中国戏剧史上存世的第一部出自女性作家之手的作品，使叶小纨成为中国文学史上第一位有剧作传世的女戏剧家如沈自征所说的"补从来闺秀所未有"之外，更重要的还在于这部杂剧"补从来戏剧所未有"，即它也是中国戏剧史上第一部具有自传性的作品，《鸳鸯梦》的自传性在戏剧史上是有创新意义的。

我们知道，文学中的所谓自传体，是指作者以叙自我之事为主的作品。在中国文学中，散文之外的自传性作品，虽然说不上蔚为大观，但也时有出现。屈原的《离骚》《九章》，蔡琰的《悲愤诗》，杜甫的《咏怀五百字》和《壮游》，就是自传诗的代表作。至于小说，最知名的则有曹雪芹的《红楼梦》。那么，戏剧中有没有自传性作品？如果有，又始于何时，出自何人之手？这些是戏剧史研究中迄今一直未曾提出和探讨过的问题。

戏剧是具有语言文学和舞台表演的双重身份和功能的。自元以来，文人编剧，以曲写心，已成传统。但即使有再多的"寄托"，如马致远与《荐福碑》和《陈抟高卧》、郑光祖与《王粲登楼》、王九思与《沽酒游春》、李开先与《宝剑记》、屠隆与《彩毫记》等，充其量也不过是借古人之酒以浇自家胸中块垒而已。《鸳鸯梦》在以曲写心方面则有所不同，作者更主要的是将自己和亲人直接作为剧中的人物形象。这是"补从来戏剧所未有"，可谓是对戏剧文学功能的发展。这一点可以说是《鸳鸯梦》的独特价值和意义之所在。由《鸳鸯梦》杂剧，我们可以说在中国戏剧史上自传剧是有的，这始自叶小纨的《鸳鸯梦》杂剧。

叶小纨的杂剧创作是有文学传承的。她是戏剧家沈璟的孙媳。据叶绍袁《自撰年谱》"庚午"（崇祯三年）条记："次女蕙绸，初歌蕡实。"（叶绍袁《叶天寥年谱》卷三）蕡实，语出《诗经·周南·桃夭》，意谓结婚。据此可知，叶小纨是在崇祯三年（1630）嫁至沈家的，昭齐、琼章的去世在此两年之后。陈去病在《笠泽词征》中说："沈氏自词隐先生（沈璟）后，徽特群从子姓精研律吕，即闺房之秀亦并擅倚声。"[1]这一段话，也可以理解出这样的意思：沈氏"闺房之秀亦并擅倚声"，是得之于沈氏家族"群从子姓精研吕律"的文学环境的。所以，叶小纨选择以戏剧这种文学艺术样式写情寄怀，"补从来闺秀所未有"和"补从来戏剧所未有"，除了元以来戏剧的存在和诗歌中屈原、杜甫以来诗人以诗自传的传统的影响之外，与她是沈璟的孙媳而受到家风的濡染有更直接的关系。这是一种文化上的基因，是论《鸳鸯梦》的文学传承不可不首先看到的。

叶小纨嫁至沈家时，沈璟已去世二十年，但沈璟"群从子姓"中之"精研吕律"者都还在世，他们是沈自征、沈自晋、沈自昌、沈永令、沈永隆、沈永乔。这些人中，叶小纨在戏剧方面得其文学传承最大的，我以为莫过于沈自征。根据有三。

其一，叶小纨与沈自征的血缘关系最近。叶小纨的母亲沈宜修是沈自征的长姐，叶小纨与沈自征的关系为甥舅；同时，叶小纨之夫沈永桢

---

① 陈去病编：《笠泽词征》，铅印本，1914。

又是沈自征的从侄，故她与沈自征又有叔侄关系。叶小纨与沈自征一家的交往也较多，这可从今存诗《岁暮上六舅母李玉照》（李玉照乃沈自征侧室）一首得到印证。

其二，吴江沈氏从沈璟至沈永乔三代有戏剧家七人，但撰写过杂剧的只有沈自征一人，其他六人无一例外都是只作传奇不作杂剧的。《鸳鸯梦》是杂剧，沈自征的《渔阳三弄》也是杂剧，二者在文体上一致。

其三，也是最重要的一点，比较《鸳鸯梦》和《渔阳三弄》的内容，从二者的相似之处可以明显看到前后有一种传承关系。这表现为两个方面。

一方面是作品的思想和情感的基调。《渔阳三弄》是《霸亭秋》《鞭歌妓》《簪花髻》三剧的合称。三剧皆为单折北杂剧，写作时间大约在万历至天启间。三剧分别叙写宋人杜默、唐人张建封、明代文人杨慎空怀奇才或牢落不羁之状。作品恨世道不公，悲英雄沉落，饱含愤世之情。叶小纨的《鸳鸯梦》虽是痛伤昭齐、琼章而作，但也同《渔阳三弄》一样感叹英雄命蹇，视功名如尘土，颇多愤世之语。这些都是针对贤愚颠倒的世道而发的，与《渔阳三弄》的愤世情绪如出一辙。

另一方面是作品的自传意味。《渔阳三弄》有"自寓"（《[乾隆]吴江县志》卷三十二）"自寄"（沈祖禹、沈彤《吴江沈氏诗集录》卷五）的特点，作品中的主人公杜默、张建封、杨慎身上都留下了沈自征的影子，因之，《渔阳三弄》在某种程度上带有作者自传的色彩。在叶小纨的《鸳鸯梦》中，《渔阳三弄》的"自寓""自寄"在一定程度上所具有的自传意味，已经传承为一种作者写自身之事的真正意义上的自传。以叶小纨与沈自征及沈氏家族的密切关系，可以说这种一门之内两代间之文学传承是自然而然合情合理的，而且，在上述分析中由沈自征《渔阳三弄》的"自寓""自寄"，到叶小纨的《鸳鸯梦》的自传，其文化基因即文学传承的轨迹是历历可见、一目了然的。

叶小纨的诗在沈氏闺秀中也是很突出的，今尚存八十五首，其中不少是悼亡亲人之作，如有《哭昭齐姊挽歌》七首、《哭琼章妹》十首、《哭威期弟》十首、《哭声期弟》八首、《哭母》一首、《四弟开期、七弟弓期……同殇，惊惨之余作此哭之》三首等。这些诗带有浓郁的感伤色彩，读之使人黯然神伤，如《哭琼章妹》：

> 妆台静锁向清晨，满架琴出日霞尘。一自疏香人去后，可怜花鸟不知春。

> 生别那知死别难，长眠长似夜漫漫。春来燕子穿帘入，可认雕阑锁昼寒。（沈祖禹、沈彤《吴江沈氏诗集录》卷十一）

这种悲伤之情也感染了她的词，【踏莎行】《过芳草轩忆昭齐先姊》写道：

> 芳草雨干，垂杨烟结，鹃声又过清明节。空梁燕子不归来，梨花零落如残雪。　　春事阑珊，春愁重叠，篆烟一缕销金鸭。凭栏寂寂对东风，十年离恨和天说。（沈祖禹、沈彤《吴江沈氏诗集录》卷十一）

叶小纨晚年有一首写给女儿树荣（字素嘉）的诗，云："伤离哭死贫兼病，写尽凄凉二十年。付汝将归供一泪，莫教彤管姓名传。"[1]此诗既道出了

---

① （清）周铭辑：《林下词选》卷七，刻本，清康熙。

她后半生常遭亲人亡故的生活境遇，也概括了她全部文学创作内容的基本特点。

四、　沈自昌和沈永隆

沈自昌（1576—1637），字君克。国子监生。所作传奇，今知有《紫牡丹记》一种，《传奇汇考标目》别本附录据《海澄楼书目》著录。这部传奇没有流传下来，本事和人物皆未可知。沈自昌也是一位诗人，《明诗综》存其诗一首（图 3-6），并见于《沈氏诗录》和《松陵诗征前编》。

图 3-6　（清）朱彝尊编《明诗综》（清康熙刻本）所录沈自昌诗书影

沈永隆（1606—1667），是戏曲家沈自晋之长子，曾参与沈自晋修订《南词新谱》。著有《不殊集》和续范香令传奇一种。《不殊集》，未见著录，后焚于火。《家传·洌泉公传》云："遗书悉为煨烬，所存者惟《焚于草》一卷而已。"《焚于草》，当是《不殊集》焚后残稿的名称。今佚。沈永隆的戏曲创作，《家传·洌泉公传》《国朝松陵诗征》和《江苏诗征》等都有记载。袁景辂《国朝松陵诗征》卷一云："鞠通生以词名家，洌泉（永隆号）克嗣音，尝续范香令传奇，识者谓可与《望湖亭》并传。"惜此作未有传本，详情不得而知，但沈永隆曾写过传奇是毋庸置疑的。近又考得一条资料，可以帮助我们进一步了解沈永隆的戏曲创作。沈永隆的诗友赵耘在一首题为《过沈治佐山居，阅新诗及传奇本，率以五十韵赠》的五言长律中较详细描述了沈永隆在戏曲方面的活动：

> 风尘难托足，小隐卜岩栖。蒋径埋荒草，陶门借薄篱。……韵谱休文轶，罇开持正醨。清狂传妙剧，艳异写心期。曲误周郎顾，声残蔡椽讥。逢场调傀儡，信笔走珠玑。优孟真儒者，伶工伪简兮。唤云欺白鹤，转景压黄鹂。壮激鳌翻浪，雄高马脱羁。商歌非怨鹄，胡舞似闻鸡。非扇能清暑，如餐可疗饥。凉飙凝绀雪，烁日蔼青缇。郢曲宜巴和，吴歈称越姬……①

从赵诗的描述中，不仅可以知道沈永隆精通曲律声韵之学，而且他写作传奇一事也得到进一步证实，同时对其传奇作品的风格也多少有了些较

---

① 《吴江赵氏诗存》卷八，刻本，清道光。

具体的认识。

　　在明末清初半个多世纪的时间里，吴江沈氏世家一门连续出了沈璟、沈自晋、沈永隆等三代共八位（另两位是沈永令和沈永乔）戏剧家，这无疑成为当时曲坛上的一个文化奇观，是中国戏剧史上绝无仅有的，这也奠定了沈氏世家在文学史上的权威地位。

第四章 ｜ 散曲与诗：沈氏家族文学之全盛（下）

　　词为诗余，曲为词余，皆诗也。吴江沈氏世家文学全盛时期在散曲与诗歌方面亦成就斐然，令世人瞩目。沈氏世家作家的散曲创作多得力于家传之学，在沈氏世家第五、第六两代的 38 位（女作家 9 位）作家中，有散曲传世的作家有 8 位，作品见于《南词新谱》等曲著或文集中。而 38 位作家皆有诗歌传世。今可考之的诗文集共有 24 种，即《天香馆坎蛙吟》（沈瑾），《珠树轩稿》（沈琦），《净华庵诗稿》二卷（沈珣），《属玉堂稿》二卷（沈璟），《静晖堂集》六卷（沈瓒），《泼翠轩稿》（沈士哲），《啸阮集》（沈自籍），《平圻集》（沈自继），《沈君庸先生集》（沈自征），《丹棘堂集》（沈自炳），《来思集》《闲情集》（沈自然），《恒斋诗稿》《酬赠草》《集陶》（沈自南），《孤山竹阁集》《湖滨步月集》（沈自东），《鹛吹集》二卷、《梅花诗》一卷（沈宜修），《绮云斋稿》（沈自友），《适适草》、《郁华楼》（沈静专），《南庄杂咏》、《钓闲集》（沈自铤）。一门诗歌之盛，史所罕有，其中著名的散曲家、诗人有沈璟、沈自晋、沈珣、沈瓒、沈自然、沈自炳、沈宜修、沈静专、沈自友等。

一、　《南词新谱》中的沈氏散曲家

沈自晋在清初编定《南词新谱》时，对沈氏一门曲家的散曲作品，基本上都有选录。这些是：

沈璟，作品集：《曲海青冰》《情痴瘾语》《词隐新词》。入选套数和小令共八篇：【南吕·绣带引】《题情》；【仙吕·醉归花月度】《代友赠人》；【南吕·梁沙泼大香】《九日》；【南吕·宜春乐】"银筝按象板敲"；【南吕·浣溪刘月莲】"丹桂枝嫦娥面"；【商调·山坡羊】《思情》；【仙吕入双调·松下乐】"佳人玉腕枕香腮"；【商调·莺啼序】"緤来旅思难禁"。

沈瓒，作品集：《沈子勺散曲》。入选小令一篇：【南黄钟·啄木鹂】"休回首"。

沈珂，作品集：《沈巢逸散曲》。入选小令一篇：【南南吕·太师接学士】"禅窟中藏其用"。

沈昌，作品集：《沈圣勷散曲》。入选套数一篇：【南南吕·太师解绣带】《乙酉秋尽舟行》。

沈自继，作品集：《沈君善散曲》。入选套数二篇，小令一篇：【南南吕·宜春令《自题祝发小像》；【南正宫·芙蓉满江】"鱼肠死建文"；
【南正宫·太平小醉】"朝槿"。

沈自征，作品集：《沈君庸散曲》。入选小令一篇：【杂调·新样四
时花】《燕都上元赠妓》。

沈自晋，作品集：《赌墅余音》《黍离续奏》《越溪吟》《不殊堂近稿》。
入选作品八篇：【仙吕·桂子著罗袍】《晓发句曲道中》；【羽调·四时花】
《题情》；【正宫·三仙序】《翻北咏柳忆别》；【南中宫·琐窗花】；【仙吕
入双调·风入三松】"娇娥一捻粉团香"；【商调·金衣插宫花】"词隐昔年
心"；【商调·字字啼春色】《甲申三月作》。

沈静专，作品集：《沈曼君散曲》。入选小令一篇：【南吕过曲·懒
莺儿】《舟次题秋》。

沈永隆，作品集：《沈治佐散曲》。入选小令和套数共四篇：【南仙
吕·妆台解罗袍】《咏新枕》；【南正宫·双红玉】《甲申除夕咏》；【南南
吕·画眉溪月琐寒郎】《寄答来屏》；【南越调·小桃下山】《赋乙酉近事》。

沈永启，作品集：《沈方思散曲》。入选小令一篇：【南仙吕·春溪
刘月莲】《美人坐月》。

沈永馨，作品集：《沈建芳散曲》。入选小令一篇：【南仙吕入双
调·桂花遍南枝】《感怀岩桂堂作》。

沈永令，作品集：《沈一指散曲》。入选小令一篇：【南仙吕入双
调·月上古江儿】《月夜渡江》。

沈永瑞，作品集：《沈云襄散曲》。入选小令一篇：【南仙吕入双调】
《游燕作》。

沈绣裳，作品集：《沈长文散曲》。入选小令一篇：【南仙吕入双调】

《泣咏近事》。

沈宪㭊，作品集：《沈西豹散曲》。入选小令一篇：【南中吕·驻云听】《偶咏》。

沈世㭊，作品集：《沈旃美散曲》。入选小令一篇：【南黄钟·恨更长】"梦未成"。

沈辛㭊，作品集：《沈龙媒散曲》。入选小令一篇：【南仙吕入双调】《遇艳即事》。

沈蕙端，作品集：《沈幽芳散曲》。入选小令二篇：【南商调·金梧桐】《咏佛手柑》；【南仙吕入双调过曲·封书寄姐姐】"他娘在锦机"。

从某种意义上说，《南词新谱》也算是吴江沈氏世家的一部"曲选"。当然，它不像《沈氏诗录》那样仅为"一家之言"。

上述十八位散曲家，有近半数为沈氏家族的第五、第六两代的作家，他们中除沈璟以外，谓之一代作手的是沈自晋。

二、沈自晋与《鞠通乐府》

《南词新谱》"古今入谱词曲传剧总目"所列《鞠通生散曲》，包括《赌墅余音》《黍离续奏》《越溪吟》《不殊堂近稿》四个子集，集下注云："俱未刻。"其后，《赌墅余音》散佚；《黍离续奏》《越溪吟》《不殊堂近稿》三种各为一卷，合称《鞠通乐府》（图4-1）。今有《饮虹簃丛书》本，吴梅辑。

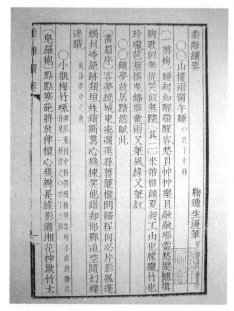

图4-1 （清）沈自晋《鞠通乐府·黍离续奏》（民国《饮虹簃丛书》本）书影

沈自晋虽名噪词场，但不以为意。明亡后，隐吴山，结青溪词社。
沈自南《鞠通乐府序》云：

伯兄家居著书，年故未艾也。则咸骇叹，如此才思，不驰骋五陵，使红红下豆，绛树飞声，而兀兀穷年，捻髭斗室，顾不嗟哉！虽然人贵适意，或笔墨缘深，仰屋梁著书，酒酣微吟，梦后与王敬夫、康德涵辈相角逐。且令白叟黄童，口碑所著于不朽，以此较彼，孰得而孰失耶？归之告之兄，兄曰："吾以寄兴耳，何暇为久远计。吾故有《赌野余音》及《越溪诸咏》，散诸箧笥久矣。吾岂计久远者！"

事亦见于《［乾隆］吴江县志》卷三十三《沈自晋传》："乙酉后，隐吴山。"
《吴江沈氏诗录》卷五沈自晋小传："乙酉弃去，隐吴山。"《沈氏家传·鞠通公传》："晚年隐吴山。"

　　按，"乙酉"，乃清顺治二年（1645）。"吴山"，《中国古今地名大辞典》云："吴山，在江苏吴县西南尧峰山东。"乙酉后沈自晋避乱隐吴山事，又见其《癸巳闰六月二十四游荷荡》散套自注，云："乙酉五月，予避乱于乡。至闰六月，兵入江城，掠过同川。是日，又仓皇东走……"沈自晋与友人结青溪词社事，未见文献记载。青溪，江苏江宁县东北。沈自晋《不殊堂近草》散曲集中有四篇与青溪词社相关联的作品，即【南仙吕·醉归花月渡】《赋得醉归花月渡》，题目下注云："青溪词社"；【南正宫·玉芙蓉】《题半身美人图》，题目下注云："青溪社稿"；【南越调犯商·忆莺儿】《咏落花》，题目下注云："青溪分韵"；【南仙吕·八声甘州】《癸巳闰六月二十四游荷荡》，题目下注云："青溪词社"。据此可知沈自晋结青溪词社是实有其事的。《不殊堂近草》，作者自注云"壬辰八月以后作"。壬辰，乃清顺治九年（1652）。

　　散曲集《黍离续奏》《赵溪新咏》《不殊堂近草》，曲著《南词新谱》均完成于明亡后隐居时期。

　　《黍离续奏》是沈自晋在崇祯十七年（1644）至清顺治三年（1646）期间写作的，包括小令二十二篇、套数五篇。时值风云突变，清兵入主中原。在颠沛流离之中，亡国之痛萦绕着沈自晋的心灵，【南仙吕·皂罗袍】《寓中苦雨》细细抒写出这隐隐悲愁：

　　　　风雨当凄其忒甚，奈百端陡集泪洒沾襟。败叶纷飞下寒林，愁看一带苍黄锦。岭云欲断，烟消翠阴。溪泉如咽，松悲响沉。逼得我萧条隐几难安枕。

另一篇【南商调·黄莺学画眉】《寓中九日值雨》套曲，抒发的也是这种情感：

> 【黄莺儿】风雨到重阳，猛惊雷闪电忙，老天故阻游人况。菊花苦未黄，竹叶愁未香，怎当兀坐添惆怅！【画眉序】望中咫尺登高处，茶磨似排天上。

在诗人眼中，山河变色，草木含悲：

> 眼底云山皆愁绪，惨淡花深处，春光有似无。入夜狂飚，雨又朝和暮。怎般雨雨更风风，天还不惜离人苦。（【南仙吕入双调·步步娇】《旅中雨况》）

而更使他魂牵梦绕，不可割舍的是故乡的山水、家园、亲人。他先后写下了【南仙吕·二犯月儿高】《新居频梦故里》、【南黄钟·画眉序】《频梦故居黯然赋此》、【南南吕·红衲袄】《山中久雨有怀城居诸兄弟》诸曲，倾述衷肠。

沈自晋甲申以前的散曲传世较少，就入选明天启以前的曲集《吴骚合编》和《太霞新奏》中的作品而言，《咏美人红裙》《题美人画竹扇面》《题情》《赠月来》一类的闲词艳曲居多。甲申世变，"蓦然间塞鼓烽烟，顷刻来飘蓬断梗，博得个孤贫病"①，使其创作随之起了很大变化。赵景深先生说：在明季"真能感到亡国的痛苦和民族意识的散曲家，似乎不能不首推明末的沈自晋"②，从《黍离续奏》中的多数作品看，确实如此。

自清顺治四年（1647）至九年（1652）初，沈自晋写作的散曲均收在《越溪吟》（《鞠通乐府》作《越溪新咏》）集里，共有小令十八篇、套数七篇。此时，战乱初定，沈自晋筑室吴山笠顶峰下，过着隐居生活，但几年来身系飘蓬的情景，仍不时在他的记忆中泛起："兵刀，闪得我东窜又西逃。飞过了一叶惊帆，溪山幽悄。"③"须信离怀难罄，好会多磨，被寇警遥相闹……我岂忘故园迷芳草。"④在【南正宫·普天乐】《拟昭君梦返旧皇宫》散套中，他写道："雁南秋，云平暮，极目断离魂路。久抛残环佩音疏，早拨断琵琶调苦。穹庐月冷倚徙黄昏步，暮向枕畔关河随踪去……【尾声】魂沉乱，思恍惚，忘却在貂窝氍曲。怎禁得霜月凄清一管芦！"慷慨悲凉，寄托了深沉的亡国之思。

《越溪吟》的多数作品则是表现沈自晋的隐居生活及情趣的。【南正宫·玉芙蓉】《雨窗小咏》写出他清闲自适的心境：

疏梅带雨开，瘦竹随风摆。雨和风着意，好为我安排。临风自惜残香洒，冒雨谁从滴翠来？清虚界，任风敲雨筛。掩柴扉谢他梅

---

①　【南羽调·胜如花】《避乱思归》，见（清）沈自晋：《鞠通乐府》卷一。

②　赵景深：《明末曲家沈自晋》，见《明清曲谈》，107页，北京，古典文学出版社，1957。

③　【南中吕·古轮台】《乱后山居咏怀陈孝翁妹丈》，见（清）沈自晋：《鞠通乐府》卷二。

④　【南南吕·梁州新郎】《新正即事》，见（清）沈自晋：《鞠通乐府》卷二。

竹伴我冷书斋。

他一再说要"撇却闲愁付酒卮，别甚妍媸？争甚雄雌？""一枕羲皇睡起时，巧亦何施，拙亦安之！日长浑似小年儿……"①但闲适之中，也不时地觉得有几分孤寂，尤其是在深夜到来之时：

【傍妆台头】屏迹入桃源，桃花流尽早绝问津船，梨去梦断姑苏远，寒山寺已钟传。

【八声甘州】俄闻剥啄惊犬吠，教我颠倒衣裳不夜眠。【皂罗袍】自来深隐，久疏客缘。【傍妆台尾】怎得个山漫宿雾水迷烟！（【南仙吕·二犯傍妆台】《山中夜半即事》）

不过，他也未孤独到"空山不见人"的程度。这一时期，他同曲场词友结社山中，不废词曲之兴，《耆英会》传奇即作于此时，还写了不少游戏打趣的文字，如【南商调·金络索】《偶阅正吴篇嘲客有误书河字者》、同调《戏效宝威弟作句法》、《述怀戏作》、【南双调·锁南枝】《戏咏野蔷薇》等。其中，因"偶见友人案头，将《九宫词谱》研朱圈点，如批阅时艺然，为之失笑"②而作的【南仙吕·解醒乐】《偶作》表现出一些有价值的艺术观点。

其一，沈自晋认为填词度曲要守格律，但成就高低乃得之于自然之

---

① 【南南吕·一剪梅】《夏日写怀》，见（清）沈自晋：《鞠通乐府》卷二。
② 【南仙吕·解醒乐】《偶作》序，见（清）沈自晋：《鞠通乐府》卷二。

力："但填词将谱儿作样，不鼷人任意铺张。只索其中字句皆停当，依律吕辨宫商。这是阴阳高下从天籁，岂文士寻常足忖量？"

其二，他指出散曲小令的创作受客观不利因素的制约："论散曲是传奇余响，怪刊行亥豕荒唐。镌成又恐非时尚，将掩卷案头藏。只得把连篇套数供丝竹，撇下清歌小令腔。"用今天的观点分析，可以说沈自晋注意到了文学创作的发展与传播媒介的关系，不独就文学而论文学。

其三，激烈批评了那些"门外曲谈"及坊间欺世盗名的拙劣行为："觑传奇喜巧镌图像，最堪憎妄肆评量。""那得胡圈乱点涂人目，漫假批评玉茗堂。坊间伎俩，更莫辨词中衬字，曲白同行。"

上述观点，显示了沈自晋作为曲坛一代作手对创作和批评的严肃思考。

《不殊堂近稿》（《鞠通乐府》作《不殊堂近草》）结集于清顺治九年（1652）八月至康熙二年（1663）其间。从集下小注"壬辰八月以后作"，集内《南仙吕皂罗袍·八十自慰》题下注"壬寅（康熙元年，1662）岁旦咏"，和刊刻于顺治十二年（1655）的《南词新谱》在"古今入谱词曲传剧总目"中已提到此集的情况看，《不殊堂近稿》是陆续结集的，最后定名为《不殊堂近草》。

《不殊堂近稿》共有小令二十四篇、套数七篇。作品大多为闲适笔墨，如仅为生日而作的就有【南仙吕·皂罗袍】《七十自慰》、同调《八十自慰》、《诞日复自省》三首。另有一些是因词社活动写作的，如【南仙吕·醉归花月渡】《赋得醉归花月渡》、【南正宫·玉芙蓉】《题半身美人图》、【南仙吕·八声甘州】《癸巳闰六月二十四游荷荡》，均题云"清溪社稿"或"清溪词社"。

这一时期，沈自晋的散曲创作的风格，已从《黍离续奏》中的苍凉悲壮，转向淡泊敦厚，试比较观之：

【梁州序】西山薇苦，东陵瓜隽，孤竹千秋难践。青门非旧，萧条故园依然。【浣溪沙】雪径迁，云根变，望虹亭驿路谁传！

【针线箱】愁的我寒烟宿雨残兵燹，愁的我衰草斜阳欲暮天！【皂罗袍】江山千古，波萦翠镶。兴亡一旦，歌狂酒颠。挥毫写不尽登楼怨！【排歌】梅含韵，柳待妍，羁人应想旧家园。【桂枝香】好倩东风便乘帆，早放船。（【南杂调·六犯清音】《旅次怀归》）①

这是"乙酉冬"即清顺治二年（1645）所写，悲凉愁怨中不减豪放，如词中之东坡、稼轩。而十余年后的作品则是另一番面目了：

自分虚生天壤，信无期一点感穹苍。虽无隐德及家邦，自怜清节无凋丧。存仁处厚，亲传义方。循忠履信，趋庭未忘。因此兢兢到老难疏放。（《南仙吕皂罗袍·诞日复自省》）

感情的波涛已经平息，一切成为过去，诗人唯一感到自慰的是养性修身、节操如故。他在【南南吕·刘泼帽】《雪后醉吟》中甚至写道："敢妄想非吾有。浅斟低唱且优游，乐此更何求！""马和牛，老头皮不索向儿孙守。人之寿，岂千年可当？落得个喜孜孜，带三分痴傻过春秋。"这种

———————

① 《黍离续奏》，见（清）沈自晋：《鞠通乐府》卷一。

心态是沈自晋晚年散曲创作风格转变的内在原因。

明中叶以后，文人作南散曲，屡有用集曲形式的。沈自晋万历、天启间作的南曲小令存八篇，其中三篇采用集曲形式。《鞠通乐府》有小令六十四篇，采用集曲形式的有十篇。这些作品从艺术形式方面反映了南散曲的发展变化。

沈自晋在明清之际被一些曲家推重，在某种程度上也是与他的散曲创作分不开的。冯梦龙编《太霞新奏》，推为压卷，在一定程度上可以说明其作品的成就和影响。

三、"自成一家之言"的沈珫

沈珫（1565—1634），字幼玉，号宏所。沈倬第三子。著有《按黔抚齐二疏稿》《净华庵诗稿》等。《吴江沈氏诗集录》录诗一百二十二首；另有诗三首见清人殷增编辑的《松陵诗征前编》。陈去病《松陵文集》辑其文《粲花馆诗集序》等五篇。

沈珫的文学活动在万历时期。他是沈氏世家第五代诗人的代表之一。沈珫论诗，主张有所学而能自成风格。他在为毛以燧《粲花馆诗集》所作的序中称："允燧之学靡所不窥，故发为诗歌皆雍容博大，不事小家叮饳。如临金马石渠，佩玉玲玲，望者识为贵品。间肆其纤丽如时花美女，粲然一笑，姿态欲绝。洵极才人之致。""见允燧诗，如见汉官威仪，令人惊喜其骨格风裁靡法不臻……洵堪不朽。"

沈珫言诗也以盛唐为荣，故肯定毛以燧的诗"远可齐辔高、岑"，但反对模拟，认为诗反映着一定时代的风貌。他说："夫诗歌以文明一代，故盛世之诗典雅浑厚，即如郊寒岛瘦，已在中晚之会。"并由此出发激烈地批评了明中叶以来诗歌创作的弊端，说："近日时流，以谲诡为深奇，以陋薄为超脱。之乎助语，撅拾成韵；论为创获，味同嚼蜡。"所言深中肯綮，非同俗论。

万历时期，诗坛活跃，各家之说纷纭竞出，其中以"后七子""公安派""竟陵派"的声势最大。沈珣"少之时，王、李持世；壮而袁、徐得位；老而钟、谭执政"①，但由于他"不徇人，不附时"②，坚持转益多师以成自己风格的诗论主张，所以"始终自成其一家之言"③。

沈珣诗的特点之一是"抒孝友之情，展燕媚之谊"④，"语必率真"⑤。例如，《送孙圣蒙同年归吴》：

> 大河日夜声，燕山露初白。萧条异乡人，忽送故乡客。故乡三千里，去去马蹄疾。客子恋乡人，况我故所昵。津亭一杯酒，悲啸长安陌。仰视云中鸟，矫吭啼何戚。秋风南北翔，安得长并翼。中怀难尽言，前途烟树夕。

异地送友，地阔天长，平添几多愁绪，此时此刻，一杯别酒，数声悲

---

① （清）周永年：《净华斋诗稿序》，转引自（清）沈祖禹、沈彤：《吴江沈氏诗集录》卷四。
② 同上书。
③ 同上书。
④ 同上书。
⑤ 同上书。

啸，但依然难尽中怀。诗的一字一句，皆可谓自肺腑中细细流出。又如《春日怀长兄三首》：

相别端阳月，春风又满林。几看南下雁，不见北来音。芳草天涯路，浮云客子心。莺花方上苑，日望报泥金。

去去人知里，飞飞花满篱。每当携酒处，偏忆对床时。岁月淹离恨，山川空梦思。归期竟何日，春色自江湄。

闻道幽燕地，萧条异故乡。沙昏天欲黑，春半草犹黄。马足冲霜冷，鸿声听夜长。今宵千里月，飞梦旧池塘。

融融春夜，芳草天涯。想到亲人身在北国异地，诗人一次又一次梦返与兄长嬉笑玩耍的少年时代。"欢则字与笑并，戚则声共泣偕"①，一种真率之味盈于楮墨。

在沈珣现存的一百多首诗中，寄怀亲人和朋友的在半数之上，其中仅寄怀兄弟的就有《次兄止静天平奉寄二首》《秋夜寄怀长兄》《春日怀长兄三首》《送长兄赴淄川任二首》《送王任吾……因东家长兄大令三首》《哭长兄四首》《奉寄长兄三首》《季英兄官塞外分手十二年矣……因赋长句以叙阔惊》《之金陵与两兄留别二首》《定庵兄起金粤宪奉寄》《长兄衙斋留别》等二十二首，足见其人爱心之广。《明诗综》卷五十九虽只选录了《春日怀长兄三首》中的一篇（图4-2），但可以说对沈珣诗的内容特点把握还

---

① （清）周永年：《净华斋诗稿序》，转引自（清）沈祖禹、沈彤：《吴江沈氏诗集录》卷四。

是很准确的。

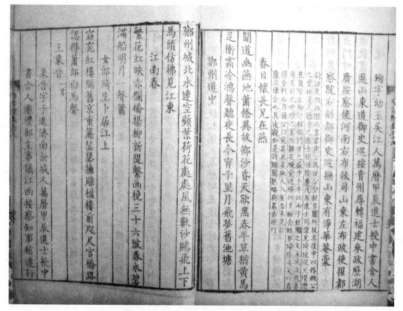

图 4-2　（清）朱彝尊编《明诗综》（清康熙刻本）所录沈珣诗书影

沈珣诗的特点之二是风格和手法的多样。有的如他评毛以燧的诗时所说的"如时花美女，粲然一笑"：

> 雨雨风风作态，莺莺燕燕呼俦，好山好水缱绻，一觞一咏淹留。（《三月三日效外踏青二首》其二）

> 日落远帆明，烟横乱峰峭。楼阁白云中，隐隐出清啸。（《题画二乎》其一）

有的则如壮夫长啸，苍凉之中透出豪放：

汀雁纷纷白，离花寂寂黄。又看残岁短，何事别家长。有梦吟春草，无缘对夜床。五湖秋色里，落日飞苍茫。（《次兄止静天平奉寄二首》其二）

这种风格的形成，从艺术的传统看，既得之于盛唐诗的雄浑豪壮，又习染了中晚唐诗的清丽隽永。

不徇人附时，不弃传统，化前人之长。这大概就是沈珣诗能"始终成其一家之言"的原因吧。

沈珣的两位兄长沈琦（1558—1606）和沈玭（1562—1629），也皆以诗称。《明诗综》卷五十八选沈琦诗二首（图4-3）。其一是《别家次诸兄弟韵》：

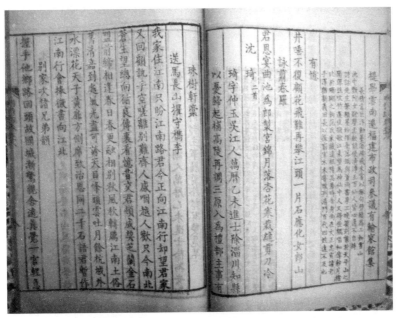

图4-3　（清）朱彝尊编《明诗综》（清康熙刻本）所录沈琦诗书影

> 分手吴中地，回头江上城。渐看亲舍远，转觉一官轻。去棹随云影，鸣茄杂雁声。无情东逝水，相对益凄清。

诗中抒发了离别故乡亲人的万千愁绪和凄楚情怀，不假绚饰，真切感人，同时，流露出为官作吏的冷漠。这种情绪在《偶成》一诗中表现得更为突出：

> 慵着凉衫懒着冠，尽他礼法自教宽。生来骨相原疏放，翻讶三年耐一官。

沈琦存世的诗有五首，除《偶成》外，均见于《吴江沈氏诗集录》卷三，其中《送马长山擢守檇李》和上面引述的一首复见于《明诗综》卷五十八。另有《重兴敕建殊胜寺殿宇碑记》《华阳顾君像赞》《见鲁顾君像赞》三篇文，载《松陵文集》卷四十二。

沈玩存世的诗也是五首，《明诗综》卷五十八录《漂母》一首（图 4-4）。他在出任东昌府前写的《拜东昌之命，幼玉弟以诗见赠，赋答》，与沈琦的《偶成》《别家次诸兄弟韵》可谓同调：

> 流水行云寄此身，一麾宁异旧时人。自怜素分非持禄，谁计官阶到佩银。地近鲁邹风是古，欲沿山海化宜新。更张敢说能胜任，琴鹤聊期托后尘。

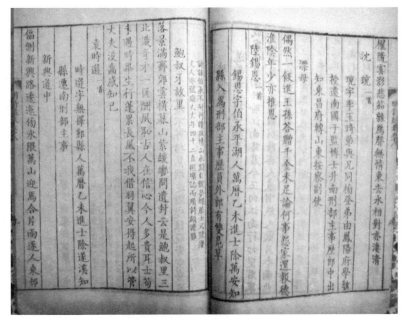

图 4-4　（清）朱彝尊编《明诗综》（清康熙刻本）所录沈玧诗书影

所不同的是，诗中对即将来临的生活还没有完全失去信心。所以，他在东昌府能以施政以宽，"不事刑罚"（《［乾隆］吴江县志》卷三十七）闻名一时。

在艺术传统上，沈玧更靠近以理趣胜的宋诗。这主要也是由于他"少好禅理。致仕归，屏居吴山，益潜心内典"（《吴江沈氏诗集录》卷三）所致。其代表性作品是《涧上草庵即事》：

> 山门寻白足，涤涧有青牛。客到何曾近，禅参了不酬。天空云鸟适，山回月林幽。笑别松萝去，鸣泉绕屐流。

好一个"天空云鸟适，山回月林幽"。这是"意中之静""意中之远"①。心境的澄澈空灵与视觉景象融合为一体，此中既有禅学的宁静空灵，又有儒家士大夫的闲适惬意。

　　参禅而不弃人世，这是宋以后士大夫精神生活和物质生活的一个特点。沈玩同样未免。他的诗作也充满了眷恋亲友的人伦之情，如：

　　　　细柳含烟密，疏枝映水斜。自驱东国马，谁问北山花，落日人千里，浮云天一涯。当年手移树，一一已藏鸦。（《春日过大兄池亭》）

语谈言浅，情谊如涓涓溪泉，由肺腑中细细流出。这种人情之美，实际上也成为沈玩三兄弟的诗歌共有的特点。

四、　"气空笔健，得少陵一体"的沈瓒

　　沈瓒（1558—1612），字孝通，一字子勺。沈侃次子，其兄即戏剧家沈璟。也是在沈氏世家的第五代诗人中的代表人物之一。著有《静晖堂集》六卷。《吴江沈氏诗录》录诗九十七首，其中《游元旸洞》《立秋日送行》《山中雨行夜宿民家》三首载《明诗综》卷五十五（图4-5）。另有《勘灾歌》《芙蓉驿雨望》二首不见于《吴江沈氏诗录》，载于《松陵诗征前编》卷六。

---

　　①　（唐）皎然：《诗式》卷一，刻本，清。

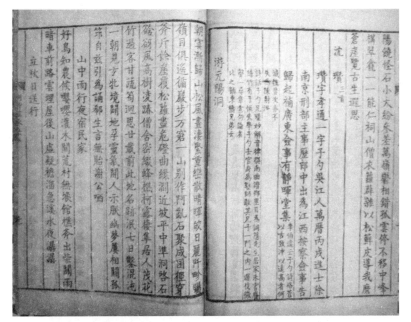

图 4-5 （清）朱彝尊编《明诗综》（清康熙刻本）所录沈瓒诗书影

沈瓒为人醇古淡泊，敬事长兄。当沈璟潜心戏曲，子皆失学时，沈瓒便"身为塾师教其兄子""论者比之顾东桥兄弟"（朱彝尊《静志居诗话》）。其亲友之情，屡屡见于诗中，如：

三载相逢各怆神，雁行零落履霜晨。君攀陇树声为咽，我抱床琴泪满巾。鸡黍西郊如旅舍，骖騑北上及王春。郎中资望今无两，长孺何须叹积薪。（《季玉弟考绩北上暂还里中小集书怀兼赠》）

"我抱床琴泪满巾"句下自注云："祠部弟甫除丧，光禄兄又卒。"又如《广陵别季英弟》：

> 百年能几别，况复此深秋。及壮多家计，劳生是远游。倚门烦
> 母念，献赋待君收。且贳兰陵酒，临江为缓愁。

语意绵绵，意切词长，正所谓：逢秋伤往事，情深重别离。

沈瓒赠答亲友的作品极多，几乎占了现存作品的二分之一。万历十九年（1591），汤显祖因参劾首相申时行，被贬为广东徐闻县典史，沈瓒写了一首长诗给他：

> 天子拊髀思备边，诏许文武皆推贤。君才故是筹边者，阃
> 外谁授专征权。一朝上书触禁忌，谪向边城为小吏。圣朝谴举皆至公，
> 夫彼得此抑何异。直道无忧行路难，古来虚语徒相宽。羊肠在前翻
> 叱驭，烈士悲心敢自安。河梁黯淡愁行色，身在天南望天此。何处
> 相期觅远音，云中鸣雁多归翼。（《汤祠部义仍上书被谴，长句送之》）

诗中谴责了时政的黑暗，对汤显祖忠而被谤的遭遇深感不平。词语激烈，取意甚高。

王世贞去朝归吴时，沈瓒亦有诗相赠：

> 一代文章伯，三朝执法臣。乍随优诏起，翻讶乞归频。轻轺从
> 东路，闲身脱要津。白门杨柳色，愁杀望尘人。（《送大司寇弇州王
> 公还吴》）

诗肯定了王世贞的政绩与文章，抒发了自己的悠悠思绪，同时字句间也

传达出诗人豁达的胸襟。

他的《有女篇》，实际是诗人自己的人格的写照：

> 有女幽且贞，冰霜励高洁。廿载处闲房，芳名一何烈。自信铁石心，同车猥相悦。既逐桃李颜，谁识岁寒节。逝将申微尚，宁辞迹孤孑。脉脉含远情，难为彼姝说。

人品决定着诗品，人格就是诗的风格。明人评沈瓒的诗"格苍以古，致冲以远"①，正是对他的这种人格所决定的诗格的概括。

沈瓒诗的风格特点之一，是气高意远。如《平陵即事》：

> 长风谡谡日冥冥，古松柏株千尺青。日落半壁云雾湿，风回满座鱼龙腥。涛声漱石疑过雨，山影障空如列屏。眼中何处问南北，且放酒杯容独醒。

意象壮伟，凛凛然有一股荡溢于天地宇宙间的浩然之气。又如《钱塘送别者》：

> 碧山红树可怜秋，更向天涯作远游。霜落西湖初过雁，月明吴岭独登楼。情深醉里难为别，兴到诗成暂遣愁。双鲤定从何处觅，滕王阁畔大江头。

---

① （清）朱彝尊：《静志居诗话》卷十六引李伯远语。

虽是送别，虽是孤独，但无丝毫儿女沾巾之态；天长地阔，月涌江流，悲哀融化在自然的怀抱中，意境十分高远。同样气势和意境的诗，还有《发留都江行寄怀署中诸公》：

> 五载浮沉建业城，一朝拥节赋西征。亦知蠖不谙兵事，况复秋能减更情。画省几回同入直，吟坛何日更寻盟。都亭别后无新句，漫倚中流击楫声。

此外，长诗《春夜篇》，绝句《自宁州下武宁》，皆气空笔健，取意不凡。

沈瓒诗的风格特点之二，是工于起句。古之诗人，起句高者并不多见。六朝人称谢朓工于发端，如"大江流日夜，客心悲未央"①，明人杨慎评其"雄压千古"，并说："惟柳浑'汀洲采白苹，日落江南春'，吴均'咸阳春草芳，秦帝卷衣裳'……晋陶潜'结庐在人境，而无车马喧'……王维'风劲角弓鸣，将军猎渭城'又'积水不可极，安知沧海东'，杜子美'将军胆气雄，臂悬两角弓'，孟浩然'八月湖水平，涵虚混太清'，可并谢作。"②文以气胜。气高，起句才能先势夺人。沈瓒的一些诗即如是，如：

> 冰合关河雪正飞，天高鸿影入云微。（《冬日送乞讨书弟还朝》）

---

① （南朝·齐）谢朓：《暂使下都夜发新林至京邑赠西府同僚》，见《谢宣城诗集》，《四部丛刊》（初编集部）影印本，上海，上海书店，1989。

② （明）李开先：《词谑》引，集成本（三），356页。

九派江流九叠山，风光并在署楼间。（《盛伯丰署中俯江楼有题》）

放棹澄江东复东，海去回合雨蒙蒙。（《自山阴还复渡江至重阳庵访朱鍊师》）

春城残雪照，长堤高馆明。（《人日集廷尉陈公种德堂得题字》）

云散西城雨，帆飞北渚风。（《北行述怀》）

《吴江沈氏诗集录》称沈瓒的诗"气空笔健，得少陵一体"，从上述诗句的笔力、气势、词意看，这个评价是公允的。

沈瓒存世的作品，还有文三篇（陈去病辑《松陵文集》卷四十一），及记笔记小说《近世丛残》二卷（图 4-6）。小说多记明季吴江及邻近地区的异事传闻、风俗人情，以及一些文人的逸事。文笔朴质简约，叙事长于记人。1928 年，北京广业书社曾将此书列入《明清珍本小说》印行。

沈瓒一辈的诗人，还有沈瑾（1552—1604）、沈珽（1630—1689）。沈瑾的诗存世不多，较知名的一首是《送别》：

此日河梁别，故人空复情。行藏余短褐，身世恋微名。有恨轻杯酒，无家重友生。吟鞭休寂寞，前路足秋声。

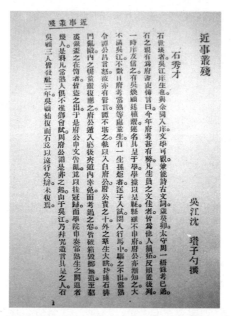

图 4-6 （明）沈瓒《近世丛残》（民国《明清珍本小说》本）书影

诗的内容不出离别伤情，劝慰友人一类，但颇具章法，工稳妥帖，自然有致。他的另一首诗《初夏》，也有这个特点。

沈琏的诗，《吴江沈氏诗集录》录三首。《老婢泣》叙写一位"双髻老去无颜色"的老婢年老被弃的苦痛，充满了诗人的同情。而《中秋旅夜》则抒写了诗人自己的孤独：

> 凭栏还独坐，月上暮烟收。寂寞真吾事，清光亦满楼。客怀无令节，人意自中秋。桂叶多含露，蚕声助薄愁。

不过这只是诗人生活和情感的一个侧面，在《早起》一诗里，情形就完全不同了：

花含香露柳拖烟，曙色盈盈上素笺。检得新题将觅句，一声啼鸟画楼前。

花香、鸟鸣、嫩柳、轻烟，一片融融春色，一派笑语欢歌。若与沈瓒的诗相比，这些作品则不免显得词意平浅，豪气不足。

五、 "孤峭绝俗， 方驾义山家"的沈自然

在沈氏世家的第六代诗人中，沈自然是最有代表性的诗人。沈自然（1605—1642），字君服。卒后友人私谥"孝介先生"。沈琬第七子。著有《来思集》《闲情集》。诗存一百一十五首，其中，《吴江沈氏诗集录》录九十四首，余者见于《明诗综》（图 4-7）《本事诗》《午梦堂集》《闲情集》《松陵诗征前编》等。

沈自然生性"孤峭绝俗"，"于世所称贤豪长者一语不合，辄漫骂去"（《[乾隆]吴江县志》卷三十二）。这种性格气质，在其诗中不难看到：

少小抱明识，贞一情难感。化作冬青树，凌霜不改色。空山花自春，此意长恻恻。（《贞女操》）

孤高不入俗，仍照寒冰开。空山积雪夜，时有暗香来。（《梅坡》）

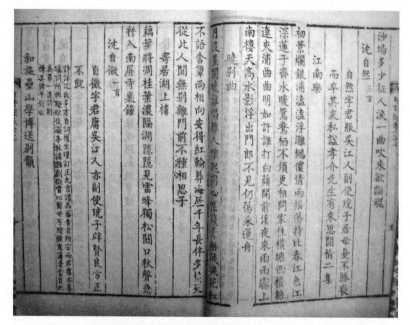

图 4-7　（清）朱彝尊编《明诗综》（清康熙刻本）所录沈自然诗书影

在《同王绾西湖怀古》中又写道：

> 逢人慷慨歌莫哀，天生我辈本蒿莱。但须置酒日高会，南山云气空徘徊。

这种孤高傲世、寄情诗酒，成为他一生性格与为人的特点。

他奇才自负，不肯折节于人，故常有怀才不遇、志付东流的感慨：

> 暮景零星晓更催，寸心何日顿成灰。亦知庾信空垂泪，不道江淹尚有才。好梦断时难再续，夕阳西去岂重回。燕昭灵气销亡尽，骏骨真堪付草莱。（《无计》）

他的不平并非为个人遭遇而发，也推之于古人，如：

> 汉室东封未有期，洛阳年少总堪疑。自从一到长沙后，不着新
> 书着楚辞。（《贾生》）

诗人感慨汉时的贾谊，空负治世安邦之才，徒于诗赋歌词中了却一生。
他愤恨贤愚颠倒、泥沙混珠的世道：

> 黄金空自筑高台，谁辨龙驹是俊才。多少人间朱紫辈，却从红
> 粉乞怜来。

诗中对以媚取仕的平庸之徒表示出极大的蔑视。

如此这般的傲峭、愤世、绝俗，使诗人强烈地感到孤独与寂寞。
《独客》《独醉》二诗传写出他的这种心境：

> 残灯无焰此宵清，一片霜华共月明。独客自来无稳梦，不劳荷
> 叶更秋声。

> 樽前未足遣无聊，记得谁家碧玉箫。斜倚屏山成独醉，映帘微
> 雨湿芭蕉。

前一诗，不出"清冷"二字；后一首，道尽"孤寂"之意。心境如是，故发
为吟咏多有苍凉之气，如《春日杂怀》二首：

江城临眺水迢遥，漠漠晴烟万柳条。宿雨初收分岛屿，故人相忆问渔樵。陌头云树空凝望，蓟北音书久寂寥。芳草迷离遍春渚，楚魂哀怨不堪招。

千年王气秣陵城，佳丽由来是帝京。日映江楼联曲槛，云低宫树暗飞甍。东山子弟今何在，南国佳人旧有名。一自龙舆归北极，禁庭春露石苔生。

沈自然孤峭绝俗，不轻与人交，但也并非与世隔绝，当时著名曲家祁彪佳和他的来往就很密切。这有诗可证：一是《送祁侍御巡历还朝暂归山阴兼述鄙怀三十韵》，一是《题祁侍御山庄四首》。在前一首诗中，他写道：

投迹云霄近，论交宇宙宽。一言鸣得意，片晷惜余欢……

诗人为生逢知己感到欢欣，觉得天地宇宙也不同以往，这是因为他的人格才智受到了尊重。《［乾隆］吴江县志》上说："山阴祁彪佳官于吴，深知自然才。每造宴饮，虚己商推。自然亦为之尽。"

沈自然于诗用力甚多，以"苦吟"称，又与潘一桂、史元、徐白、俞南史齐名，号"松陵五才子"。（《［乾隆］吴江县志》卷三十二）他的五言古诗、七言近体、七言歌行，皆自成风格。如《古别离》：

莵莵杨柳垂，蒙蒙杂花里。河桥起暗尘，轻车逐流水。美人立春岸，泪落香露滋。望君君不见，此情空自持。

婉转凄切，深得六朝庾信诗的风神韵致而又不失自家孤寂清冷的风格。
与此同调的还有《北地晓征》：

> 寒鸡唱未绝，门外驮装发。落月照行人，马蹄声特特。气暖逆
> 北风，影日见微雪。遥思掩闺卧，宁识此时节。

七言歌行，如《从军行》《少年行》，文笔纵横恣肆，气势豪放：

> 天兵日下驱勾陈，赤羽星驰催武臣。虎头少年不得意，生投采
> 笔如流尘。草店闻鸡中夜起，男儿会向沙场死。宝刀出匣神鬼愁，
> 誓取长鲸报天子。乡纛龙旗去一簇，沉沉鼍鼓填空谷。捷书夜至甘
> 泉宫，即日封侯光九族。东方千骑青连钱，御前宣赐声喧阗。珠帘
> 一片垂杨影，知是楼头望锦旋。

> 少年意气生扬扬，白马黄衫骄路傍。自小不知立家室，有酒但
> 近邯郸倡。春明下直晨光浅，长揖公卿不抬眼。春昼甘泉射猎归，
> 丛铃散入桃花晚。酒家何惜囊中钱，脱落宝刀抵十千。调笑声中作
> 蛮语，街头遗却珊瑚鞭。人生且莫学年少，一入少年那得老。客死
> 野田人不收，岂知今日能美好。

前一首风格酷似唐边塞诗，但多几分清丽。后一首手法近于韩愈的歌行
体，而多几分委婉。

沈自然诗的这种风格，在五七言近体诗中体现的也很突出，如《思

故人》《昭君怨》二诗：

> 小苑莺声早，林花昨夜开。故人今已去，春鸟为谁来。

> 绝域伤心青草堆，至今图画使人猜。谁知妙选深宫里，只得临行一盼来。

前人说他的近体诗"方驾义山家"（沈祖禹、沈彤《吴江沈氏诗集录》卷六）"摹李义山入堂奥"①。从一些作品来看，的确如此，但是，他的诗能于清丽婉转中见出几分豪俊，则是李商隐诗较缺少的。《明诗综》卷八十一选录沈自然的诗有《江南乐》《晓别曲》《寄居湖上楼》三首，给予他在明代诗坛上一定的地位。

六、"有志操，博学工文词"的沈自炳

在沈自然一辈，诗歌成就较高的还有沈自炳，其作品见于《明诗综》（图4-8）、《闲情集》《今词初集》《古今词选》《松陵诗征前编》《启祯遗诗》《午梦堂集》《吴江沈氏诗录》等多种诗词选集。

---

① 《[乾隆]吴江县志》卷三十二引叶燮语。

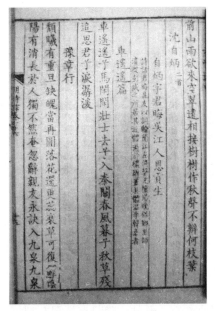

图 4-8 （清）朱彝尊编《明诗综》（清康熙刻本）所录沈自炳诗书影

沈自炳（1602—1645），字君晦，号闻华。沈玧第五子。"少有志操，及长，博学工文词"（《［乾隆］吴江县志》卷三十一），后为复社成员。其时天下多事，但志不得展，《招隐》一诗淋漓尽致地抒发出他的这种惆怅：

> 居卑自免辱，居贫自免忧。忧辱既不至，于世复何求。高蹈尘氛外，心与浮云游。冥灵多岁月，蟪蛄无春秋。荣名竟何如，岩谷其可谋。

表面上看，诗人似乎不涉尘事，心寄浮云，与林壑为友，其实不然，忧愁荣辱之念每时每刻都在他的内心沉积，所以，后来国难当头之际，他毅然投身于抗清复明的事业。

蕴于内必发之于外。多事的时代和个人的特殊经历，使沈自炳的诗歌荡溢着一股悲凉苍浑的意绪，如《七哀》：

> 暮云归远岫，暮鸟飞参差。参差向山树，落日见茅茨。秋声来远近，飒飒入东篱。草木哀秋至，男儿惜壮时。慷慨挥涕下，怅怅何所之。古道多荒冢，萧萧惟崔苇。念彼泉下子，喟然有余思。红粉佳人意，山河壮士悲。生为秋风老，死为秋风吹。白首余千载，哀哉空为谁。

诗从秋日暮云落笔，暮云、暮鸟、落日、秋声，构成一派苍凉雄浑的景象。景触情生，诗人不禁慷慨涕下，怅望不已。无奈"古道多荒冢"，徒使"山河壮士悲"。诗人虽"喟然有余思"，但终不知"哀哉空为谁"。这是多么深沉悠长的悲哀！又如《车遥遥》《残春》：

> 车遥遥兮马闲闲，壮士去兮入秦关。春风暮兮秋草残，追思君兮泪潺潺。（《车遥遥》）

> 春到将穷处，谁能玩物华。五云徒拱日，三树乱啼鸦。着意怜幽草，无端叹落花。东风不可问，江上有悲笳。（《残春》）

无论怀古伤时，都有一股"山河壮士悲""哀哉空为谁"的苍浑悲凉的意绪。

朱彝尊在《静志居诗话》中曾批评沈自炳的诗"近体过于浓缛"（朱彝尊《静志居诗话》卷二十一），接近温庭筠、李商隐一流。这种看法显然有些片面。不过，沈自炳的诗在苍浑悲凉的风格之外，确也有纤秾艳丽的一面，如：

> 柳枝飞雪桃吐霞，珠勒金鞭玳瑁车。锦茵列坐调琵琶，朝朝暮暮拥如花。

> 海榴灼灼照新妆，锦浪风吹菡萏花。湘帘冰簟清且凉，美人高枕酣琼浆。（《四时白苎歌》其一、其二）

这种诗与他的词风有一致处，如《玉楼春》词："盼尽玉郎离别处，空剩紫骝芳草路，年年同嫁与东风，只有小楼红杏树……"前人谓此"最工香奁……零膏剩粉，座间犹留三日香者也"①。这类作品极可能是作者早年的笔墨。若论全人，这一面自然也应看到。

七、 "通经史， 尤娴风雅"的沈宜修

沈宜修（1590—1635），字宛君。沈珫长女。生卒年未见于《家谱》记载。沈自征《鹂吹集序》云："呜呼！余安忍序吾姊哉！姊长余一岁……

---

① （清）沈雄：《古今词话》引《兰皋集》，刻本，清康熙。以下引用此书不再注明版本。

十六而归仲韶。"叶绍袁《亡室沈安人传》云："沈氏名宜修，字宛君……
十六岁归于余。"据《家谱》卷五记，沈自征生于明万历十九年（1591）；又
据沈宜修《表妹张倩倩传》："乙巳，余于归。"乙巳，即万历三十三年
（1605），由此推知，沈宜修生于万历十八年庚寅（1590）。此与叶绍袁
《叶天寥年谱》万历二十六条所记"沈宛君……宪副懋所公女也，庚寅二
月十六日生"相吻合。卒年，据叶绍袁《亡室沈安人传》记："乙亥秋。书
《楞严经》，资太宜人冥福，适遂遘疾，疾竟不起也……九月四日，犹与
余对谈，但稍气弱耳。至子夜，息如睡者，须臾侧卧而逝。"乙亥，即崇
祯八年（1635）。周绍良《吴江沈氏世家》考之，但未详其生卒年及著述；
又云"沈玧的最长的似乎是女儿，名宜修"，不确，考《家谱》，沈宜修有
兄长自凤、自继二人。

沈宜修自幼"通经史，尤娴风雅"（沈祖禹、沈彤《吴江沈氏诗集录》
卷十二）。万历三十三年（1650），年十六，与同邑叶绍袁成婚。生三
女——叶纨纨、叶小纨、叶小鸾，皆多才，人"尽称令晖、道蕴萃于一
门"（沈雄《古今词话·词话》卷下）。宜修时常"与三女相与题花赋草，镂
月裁云"（周铭《林下词选》卷十一），所著有《鹂吹集》二卷（一名《午梦堂
集》，图4-9）、《梅花诗一百绝》，并辑《伊人思》一卷。

《鹂吹集》分上、下卷，上卷有诗五百一十四首，下卷有词及文赋一
百余篇。观其吟咏，多悲怆凄楚之音，盖皆亲人多罹不幸之故，尤其是
崇祯五年（1632）她的两女昭齐、琼章皆芳年早逝，使之悲痛欲绝，所作
悼亡诗篇，血泪交织，令人肝肠摧折。如《壬申除夜悼两女》和《哭长女
昭齐》：

图 4-9　（明）沈宜修《鹂吹集》（明崇祯本《午梦堂集》）书影

　　恶风吹断鬟，寂寞岁穷天。落日照新鬼，伤心送旧年。室连双穗帐，肠断一诗篇。腊酒浇难醒，寒花泪纸钱。

　　帘外霏微香满院，床头凄切泪千行。百花尽逐年华转，双玉偏埋春夜长。地下应无新岁月，人间空自老星霜。絮吟椒颂俱何在？泣向灵帏酹一觞。

沈宜修的《梅花诗一百绝》，论者以为清丽淡雅，有"清润冰玉之姿，潇洒林下之气"①。这些诗或写梅花"高情不与众芳同"的品质，或写其"衔

_____

① （明）沈自炳：《梅花诗序》，见（明）叶绍袁：《午梦堂集》卷一《梅花诗一百绝》。

霜初发奈寒何"的气骨，皆有新的意趣。在咏物诗"香草美人，君子风范"的传统的表现意蕴之外，沈宜修的咏梅诗更多也描写了梅花的种种情绪，譬如：

> 望春春到越江头，笛里关山人倚楼。会诉江南无限意，满天明月一庭幽。

> 胧胧幽色睡时容，香梦悠悠帘影重。枝染霜花垂玉筋，试将幽意问寒松。

> 舞罢霓裳乱羽衣，回风一曲落斜晖。玉容倒影凭流水，依约东风不忍飞。

这是写梅花的多情多义。又如：

> 白羽纷纷拂砌香，朝来已上汉宫妆。冰心不似杨花意，独向青山别恨长。

> 云绡垂露指寒轻，玉羽凌空向晓横。莫问春风自来去，春风吹尽不关情。

> 疏香疏影向闲窗，疏风疏雨照晓缸。为问三湘花发日，烟波流恨满春江。

这是写梅花的离恨别愁。梅花即人，梅花的种种情绪，正是诗人内心的写照，所以，诗人笔下的梅花，分明也载负着夫妻分离的苦痛：

> 吹落天风玉袖轻，夜深龙管作边声，芙蓉苑北愁多少，凄断金闺万里情。

> 怜君一种最风流，卫玉荀香是一俦。梦到江南寒雨夜，尽将幽恨上眉头。

诗人自信她的感情被梅花理解了：

> 一枝折向画屏前，消释春风是偶然，憔悴对花花笑我，不关春色着谁怜。

沈宜修亦善填词，《鹂吹集》下卷有词一百余首。词风较近宋代婉约一派，论者谓之"娟丽高雅"①。如【菩萨蛮】《春闺》：

> 紫骝嘶遍垂杨晓，绿窗人正腰肢小。红袖拂琼箫，含情注小桃。　　春归人去远，春去人归晚。莫把杏花吹，夜深啼子规。

---

① （清）刘沁晋：《读叶仲韶〈午梦堂集〉感赋》，见（明）叶绍袁：《午梦堂集》卷八《秦斋怨》，民国叶德辉重辑本。

　　清人徐乃昌曾将《鹂吹集》中的词作编为一卷，收入《百家闺秀词》，可见后世对其作品的重视。

　　沈宜修还编辑有一部诗选，名《伊人思》（图 4-10），一卷。《[乾隆]吴江县志》卷四十六书目、《[光绪]苏州府志》卷一百三十八艺文三及《汇刻书目》等著录。今存崇祯九年绣垂馆刻本、同年《午梦堂集》原刊本、日本内阁文库茂明刊《午梦堂十种》本、清顺治刻本、民国二年叶德辉《午梦堂全集》重刻本、民国五年吴江唐氏宁俭堂排印本、《中国文学珍本丛书》第一辑本、《郋园先生全书》本。卷首及卷末有叶绍袁《伊人思小引》《跋语》各一篇。集内博搜诸家，辑得四十六位闺秀诗人的作品并"唐宋遗事"数则。女作家编辑同代女诗人作品，沈宜修为文学史上第一人。

图 4-10 （明）沈宜修辑《伊人思》（明崇祯本《午梦堂集》）书影

八、"缘景绘心，萧然自适"的沈静专

沈静专，字曼君，自号上慰道人。生年无考，卒于崇祯十五年（1642）以后。沈璟幼女。沈璟"尝称其才类眉山长公（苏轼）"（《［乾隆］吴江县志》卷三十七），一生坎壈困厄，亦好学佛。著有诗集《适适草》。《吴江沈氏诗集录》《松陵女子诗征》等存诗三十三首。《松陵女子诗征》谓之"葱菁郁蔚，居然风雅，其字句局法非闺中人所知"。

《适适草》有自序，实为一篇诗论。闺秀能诗，自古有之，但有诗论留世的则如凤毛麟角。沈静专在文中阐述了她的诗歌创作的基本观点。其一主张自然，反对雕琢，云："窃以诗之为道，不劳而获者，虽曰浅率，似有性存。而雕琢愈工，则形神俱困，欲适反劳矣。昔人云：风行水上，自成至文。"其二主张自适，抒写性情，云："东坡言诗以无意为佳。则吾辈旨浆是任，笔墨之业，固非望于闺阁，又焉敢作绮语以落驴胎马腹。但抚孤影之空寂，志先人之瘝歌，缘景绘心，借情入事，殊有萧然自适之趣。"这些同"文以载道"的传统诗教观大相径庭，而与晚明公安竟陵诸家的观点有相通之处。

观其诗作，多为感慨系之，颇见几分豪气。如《秋怀》《小窗秋感》二首：

长松起空翠，落日影霏微。寒沙明远洲，玉虹云中渐。人生贵自适，青紫非所期。悲思感秋风，千古知己谁。美人一何渺，嗟哉

山九嶷。

　　风归寒独树，山起乱云收。径僻苔因老，窗闲花欲留。有怀谁梦谅，无力却人谋。慷慨悲生剑，年年孟浪酬。

她的诗能哭能歌，能悲能喜，性情自适，一如其言。譬如：

　　一生落魄误灵芬，知己欣逢是细君。残夜一庭霜月冷，泪眸犹自简遗文。（《哭君庸兄》）
　　翼翼桃花雨，飞飞柳叶风。黄莺啼不尽，分寄小窗中。（《小窗口占》）

　　妾信横塘小有天，数枝垂柳绿于烟。深池浅地俱种藕，要使郎君多见莲。（《竹枝词》）

前一首是为沈自征（字君庸）而作。沈自征一生奇才空负，知之者皆叹其不遇。静专为之哭，不作闺阁中泣涕状，而发言为凄激之音，令人感愤。后二诗，或缘景绘心，或借情入事，皆不假雕饰，真率自然。

　　沈静专作词亦工。小词《长相思》："春未盈，蝶睡轻，柳外东风吹恨生，日长花气清。　　瘦魂惊，一声莺，羁住愁魔不放行，遥山翠半醒。"[1]轻歌曼舞，清新可爱。又如《南乡子·闻笛》："残月下回廊，阵阵飞来叶打窗。小婢背灯偏睡称，凄凉，欲睡还倚乡枕旁。　　何处笛

---

[1]　（清）徐树敏辑：《众香词·乐集》，上海，大东书局影印清刻本，1934。以下引用此书不再注明版本。

声长，宝鸭频添隔夜香。那管愁人听不得，商量，黑甜何处破愁肠。”①语意真率，一任真情自然流出，而又雅趣自得。

九、“以文学得佳公子称”的沈自友

沈氏世家第六代中较知名的诗人还有沈自友和沈自东。沈自友（1594—1654），字君张。沈珣子。国子监生。“以文学得佳公子称”（沈祖禹、沈彤《吴江沈氏诗集录》卷五）。《明诗综》卷八十一选其《平沙滩》一首（图 4-11）。

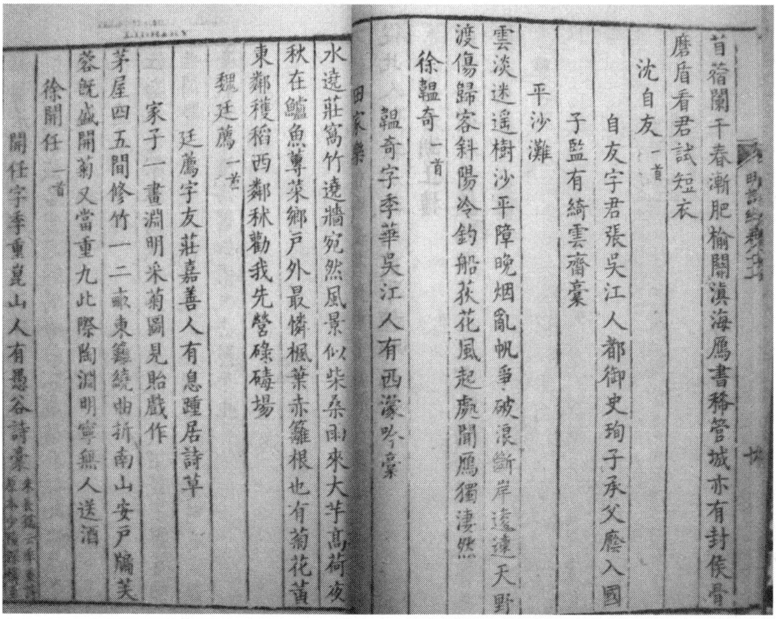
苜蓿闌干春漸肥榆關滇海鴈書稀管城亦有封侯骨
磨盾看君試短衣
沈自友 一首
自友字君張吳江人都御史珣子承父廕入國
子監有綺雲齋稾
平沙灘
雲淡迷遥樹沙平障晚烟亂帆爭破浪斷岸遠連天野
渡傷歸客斜陽冷釣船荻花風起處鬧鴈獨淒然
徐韞奇 一首
韞奇字季華吳江人有西濛吟稾
水遶莊窩竹遶牆宛然風景似柴桑雨來大芋高荷夜
秋在鱸魚蓴菜鄉戶外最憐楓葉赤籬根也有菊花黃
東鄰穫稻西鄰秫勸我先營碌碡場
魏廷薦 一首
廷薦字友莊嘉善人有息踵居詩草
家子一晝淵明采菊圖見貽戲作
茅屋四五間修竹一二畝東籬繞曲折南山安戶牖芙
蓉既盛開菊又當重九此際陶淵明寧無人送酒
徐開任 一首
開任字季重崑山人有愚谷詩稾

图 4-11　（清）朱彝尊编《明诗综》（清康熙刻本）所录沈自友诗书影

---

① （清）徐树敏辑：《众香词・乐集》，上海，大东书局影印清刻本，1934。

云淡迷遥树，沙平障晚烟。乱帆争破浪，断岸远连天。野渡伤归客，斜阳冷钓船。荻花风起处，闻雁独凄然。

诗的意境很开阔，虽然抒写羁旅之人的思乡愁绪和心境，但不作悲泣之语，颇有魏晋诗的豪俊风格。又如：

酒尽寒宵一剑横，唾壶击罢便前行。霜威亦避冲霄气，炎海妖氛莫浪惊。（《送六兄入粤四首》其二）

如勇士长啸，慷慨豪壮，令人振奋。他的另一首诗《暮秋同友人过天宁寺感赋》，在意境和风格上也体现出这个特点：

骏马千群白玉槽，健儿十队锦为袍。豪华销歇身如赘，那不雄心对宝刀。

诗人欲搏沙场，志在报国。他在《南归途次口占二首》中写道："狼烟西望急，雁阵北来惊。漫有终军志，蹉跎愧请缨。"并以之勉励兄长："鹧鸪纵向尊前唱，壮志何曾恋故乡。"正是这样一种怀抱使之发为吟咏，语壮气豪，胸襟毕现。

沈自友的诗，另有清丽工稳的一面，如：

阊庐城外水边楼，落日湘帘尽上钩。香雪满前人未睡，嫩凉先放玉马头。（《茉莉》）

这类作品，从词意、手法到风格，都有意摹仿唐大历诸家，较少新意。

　　沈自东（1612—1688），字君山。沈玧第十一子。沈自友的堂兄。他少有才名，"好读儒家书，赋诗着文不辍"（沈祖禹、沈彤《吴江沈氏诗集录》卷七）。诗存四首，其中《孙供奉》一首，被沈德潜选入《清诗别载集》卷三十五。此诗以猴之忠义，讥刺人世，"其觥觥岳岳之概，可于纸上遇之"（袁景辂《国朝松陵诗征》卷二）。《读朱子文集》一诗，则可见诗人对朱氏及儒学的推重：

　　　　大义书中见，微言象外寻。诸儒都简别，希圣及高深。白雪平生长，梅花一片心。遗编人宛在，瞻望卓瑶岑。

诗中以白雪喻其人品德行，由书见人，倾慕之情溢于言表。他的《闲居书怀拟陶彭泽》，又表达了诗人的另一种志趣：

　　　　幽人有微尚，屏迹在林泉。好鸟弄迟日，闲云养晴天。爱兹云鸟静，忘彼利名牵。无名逸我后，有酒娱我前。醉乡乃乐土，尘网安足贤。羲皇不可再，此意谁能传。

语淡言浅，取意陶诗，不过风格与陶诗明显可辨，有陶诗的恬静悠闲，但缺乏"采菊东篱下，悠然见南山"的超脱情致。

十、 沈氏世家文学全盛时期的其他诗人

在沈氏世家第五、第六两代的三十八位作家中，以诗知名的还有张倩倩（沈自征妻）、李玉照（沈自征继室），作品分别见于朱彝尊《明诗综》（图 4-12）和钱谦益《列朝诗集》中，足可见其在诗坛上的声望。

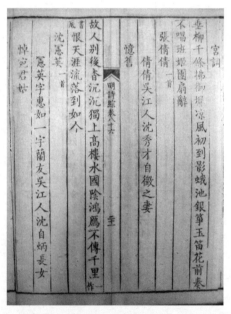

图 4-12 （清）朱彝尊编《明诗综》（清康熙刻本）所录张倩倩诗书影

此外，这两代作家中勤于诗歌创作的还有多人。譬如以下几位。

沈瑾（1552—1604），字忍之，号客庵。《家传·客庵公传》记其生平云："客庵公……十岁能文，十二能赋，为制举义及古文辞，倏忽千言，汪洋厉，不属草而立就。小试累不得志，年逾三十始于苕城占籍为弟子

员。每出期其奇，为雄文豪吟石画以自表见于当路，当路者亦屡称赏焉，然终不遇也。……不与流俗为伍，不与声势相依，不斤斤细务而识量过人。议论风起，淹塞蓬门，陶然自得也。故自号曰'客庵'，盖以所居为过客之庵云。"喜为诗古文词，《家传·客庵公传》云："闻时政得失，乡党臧否，下至蔬果花石禽鸟，靡不因事寄慨以情纬物，一发之于诗文。长者连幅，短者寥寥数语，咸可诵可思，要以吐其中之不平，其体裁之乖合不暇计也。"

沈士哲（1575—1645），字若生，号若宇。少有才名，豪迈不羁，壮乃折节自励，好理学及各类内典方书，《家传·若宇公传》云："公执经袁了凡先生之门，究心理学，凡朱、陆以下诸异同，及近代姚江、白沙、庄渠诸家，无不折衷参伍，根究宗旨。帖括之暇，旁及人官物曲、星纬图记，以逮五花八门之属。公盖欲为大儒，不仅以科名取世资也。……晚年自坐一榻，研朱涂碧，凡左国诸史及百家稗官、内典方书，无不博鉴标识……吟咏不置。"

沈自南（1612—1667），字留侯，号恒斋。少孤，以苦学自立。《［康熙］吴江县志》卷三十五云："沈自南……少孤，刻苦力学。崇祯丙子举于乡，益闭户读书，不问生产，知县叶翼云以真孝廉目之。甲申、乙酉间，隐居同里湖滨，绝迹城市，为《律陶诗》四十首以见志成。"能诗，勤于著书，有文名：《家传·恒斋公传》云："公为人风流潇洒，词令韶秀，有晋人风度。虽捷南宫而淡于宦情，兀坐著书，不与世务。每当良朋聚会，饮酒赋诗，清言娓娓，彻夜不倦。"《［乾隆］苏州府志》卷六十五记："自南与诸兄皆以文学有盛名，乡里以为美谈。"清袁景辂《国朝松陵诗征》卷二载："明府不矜门阀，以著述为事。所撰《艺林汇考》，牧斋序而

行之，推为经籍之禁脔，文章之圃田。其昆季并擅才子，而滋蓄深厚无
出明府右者。于古人诗最爱陶公，其所作古今体，又独抒情性，不袭柴
桑面月，可谓善学古人。"所作诗集有《恒斋诗稿》四卷，《酬赠草》一卷，
《集陶》（一名《律陶》）一卷，《吴江竹枝词》一卷（与蒋自远同撰）。沈德潜
《清诗别裁集》录沈自南诗一首（图4-13）。

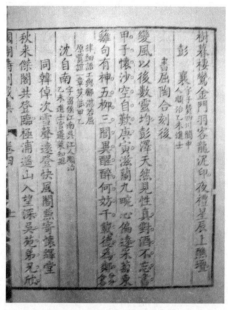

图4-13　（清）沈德潜编《清诗别裁集》（清乾隆刻本）所录沈自南诗书影

沈自錝（1618—1680），字公捍，一字闻将，号南庄。有才略，晚岁
结社吴中，有诗名。《国朝松陵诗征》卷三引周安《松陵诗乘》云："闻将
少精敏，有才略，思为世用。遭乱未展厥志。屏居邑之南村，种松莳
秋，啸咏自娱，以终其身。"《家传·南庄公传》云："少精敏，有才略，
颇怀经世之志，后游浙东，以荐举为鲁五行人。吴易之封长兴伯，公实
奉命以来。后鲁王败，遂走归隐吴家港，种松莳秋，与诸高士为诗社以

终。"《吴江沈氏诗集录》卷七小传亦云："少颖悟，与僚婿徐瞿庵崧同学，为诗，安自谓不及。"袁景辂《国朝松陵诗征》评其诗"如初秋杨柳，风情婀娜中时带萧疏之气"（袁景辂辑《国朝松陵诗征》卷三）。著有诗集《钓闲集》和《南庄杂咏》二种。

沈媛，字文殊，一作文淑。诗人沈瓒女。同邑诸生周邦鼎妻。生卒年无考。《吴江沈氏诗集录》卷十二小传记其生平云："硕人名媛，金事公（沈瓒）长女。适诸生周君邦鼎。"沈云《盛湖杂录·名媛纪略》称其"好吟咏"。著述未有集。作品今存诗六首，见于《午梦堂集·彤奁续些》《吴江沈氏诗集录》《盛湖诗粹》等；钱谦益《列朝诗集·闰集》录诗一首（图 4-14）。

图 4-14　（清）钱谦益编《列朝诗集·闰集》（清宣统重刻本）所录沈媛诗书影

晚明至清初，诗歌创作是颇为活跃的。沈氏世家中这众多诗人的创作，将毫无愧色地作为这个时期的诗歌创作的一翼载入文学史。对这一点，沈氏作家似乎是很自信的，编辑《吴江沈氏诗集录》的沈祖禹在自序中明确认为，《吴江沈氏诗集录》的刊刻"庶几前哲之风流悉以不泯，而后之志是者亦得广所准法焉"。

第五章 ｜ 词与文： 沈氏家族文学之持续发展
——清康熙（1662—1722）至乾隆（1736—1795）中期

从康熙（1662—1722）到乾隆（1736—1795）中期的一百年间，沈氏世家有科名的虽然只有沈文十一世孙沈永令和沈丁昌、十二世孙沈时懋、十三世孙沈廷光、沈光熙等数人[1]，但有着几百年书香传家之传统的沈氏家族在文学上仍表现出持续发展的态势，其担当主要角色的是第七、第八、第九这三代作家[2]。

沈氏世家这三代作家究竟有多少位？《吴江沈氏诗录》记载有五十位。其中，第七代二十三位，即沈

---

[1] 按，沈永鑫为清顺治十二年（1655）进士（见《家谱》卷四）。沈丁昌为顺治五年（1648）浙江副榜（见《家谱》卷七）。沈时懋为康熙五十二年（1713）举人（见《家谱》卷五）。沈廷光为乾隆元年（1736）进士。沈光熙为乾隆十八年（1753）江宁副榜。

[2] 除此之外，第十、第十一代有个别作家卒于乾隆三十年以前，也当归属于这个时期。

士哲子沈永令，沈自籍子沈永达，沈自凤子沈世俸，沈自继子沈永启、女沈关关，沈自征子沈永群，沈自炳女沈宪英、沈华鬘，沈自南子沈永义、沈永礼、沈永智、沈永信，沈自东子沈永孝，沈自友子沈永禋、女沈少君，沈自鋐子沈永祯妻叶小纨，沈肇开子沈世潢、沈永馨、沈永溢，沈自曜子沈丁昌、沈自晋子沈永隆，沈自旭女沈蕙端，沈自禄子沈永济；第八代二十位，即沈永令子沈澍、女范纫，沈永骥子沈廷扬，沈永迪子沈世懋，沈永启子沈时栋、女沈御月、沈友琴，沈永卿子沈时懋，沈永群子沈俞暇，沈永莋子沈三楸，沈永智子沈始树、沈士楷，沈永祯和叶小纨女沈树荣，沈绣裳子沈宜懋，沈世潢子沈俊，沈永溢子沈枋，沈大昌子沈岳懋、沈松懋、沈岩懋；第九代七位，即沈澍女沈咏梅，沈世懋子沈重熙、沈重熙妻金法筵，沈师懋子沈始熙，沈俞暇子沈祖尹，沈机子沈熊，沈松懋子沈道熙。[1]

上述五十位作家在人数上已超过第五、第六代作家之和，但这还不是沈氏世家第七、第八、第九代作家的全部。根据《家传》《家谱》《吴江县志》《吴江县续志》《震泽县志》《苏州府志》《同里志》《平望志》《国朝松陵诗征》《江苏诗征》《众香词》《笠泽词征》《今乐考证》《传奇汇考标目》《江震人物续志》等文献，可考知的作家还有二十七位。其中，属于第七代的作家有十位：沈永导、沈永弼、沈静筠、沈永迪、沈绣裳、沈永寡、沈永瑞、沈永乔、沈良友、沈永；属于第八代的作家有八位：沈辛懋、沈宪懋、沈克懋、沈丹懋、沈廷懋、沈安、沈曰枚、沈曰霖；属于第九代

---

① 按，其中沈永隆、叶小纨因创作活动的年代在康熙之前已归入沈氏第六代作家，详见上一章。

的作家有九位：沈祖禹、沈彤、沈凤鸣、沈凤翔、沈光熙、沈懿如、沈期盛、沈炯、沈廷光。

以上总计，沈氏世家第七、第八、第九这三代共有作家七十七位（女作家十三位），除此之外，第十代作家中的沈培福①，第十一代作家中的沈君平②，其文学活动也与第九代作家同期。就作家人数而言，这一百年是超过了沈氏文学全盛时期的，其中，沈永令，沈永启、沈永裎、沈时栋、沈彤等都是知名的文学家。而且，这三代作家也同样著述丰富，共有著作九十三种，计诗文类五十一种，词曲类十七种，戏剧类五种，杂著类二十种，并不逊于全盛时期的创作。这些都显示出沈氏世家在文学方面持续发展的态势。

词与文是吴江沈氏世家这一时期文学的亮点，戏剧与诗则为其文学之余续。康熙三十六年(1787)，沈时栋编成《古今词选》十二卷，著名文学家沈德潜为之序，称"今焦音(沈时栋号)烂熳天才，渊源家学……然后知沈子非特富于文，又复精于律也。合綦组以成文，列锦绣而为质，沈子其将以此被服天下矣乎！"由此可知，此一时期沈氏文学世家在文坛上仍有极高的声望。

---

① 沈培福，字符景，号东溪，沈文十四世孙，沈重熙第三子。据《家谱》卷五记：生于清康熙二十一年(1682)八月七日。国子监生，列授儒林郎。卒于乾隆三年(1738)五月十日。著有《东溪诗稿》。《吴江沈氏诗集录》《国朝松陵诗征》《江苏诗征》等存诗二十一首。

② 沈君平，字明安。沈文十五世孙，沈培礼长子。据《家谱》卷七记：生于清雍正七年，治《书》，补震泽邑庠生。卒于乾隆二十一年(1756)九月一日。著述未有集。《沈氏诗录》未载。考《家谱》，有文一篇。

一、《古今词选》中的沈氏词人

清康熙五十四年（1715），吴江沈氏世家的第八代文学家沈时栋编选了一部词集，即《古今词选》。今有康熙五十五年（1716）瘦吟楼原刻本。尤侗为之序。沈时栋在卷首《选略八则》中声明："是集既不因人而滥选，亦不以人而废词，若章法不乱情致动人者，即非作手，概录不遗。"然而，集中对沈氏一门词人似乎不无偏爱，选入者较多。这些作品是：

1. 沈自继，作品集：《平圻集》。入选作品二篇：【西江月】《赠杨长倩》；【临江仙】《哭僚婿张原章》。

2. 沈自征，入选作品一篇：【凤凰台上忆吹箫】《阅古今名媛诗集》。

3. 沈自炳，入选作品一篇：【兰陵王】《秋日书怀》。

4. 沈宜修，作品集：《鹂吹集》。入选作品一篇：【霜叶飞】《题君善兄祝发图》。

5. 叶小纨，入选作品二篇：【菩萨蛮】《暮春倒句》；【蝶恋花】《杨柳迎风丝万缕》。

6. 沈自南，入选作品一篇：【鹧鸪天】《茗战》。

7. 沈永令，作品集：《嘆霞阁词》。入选作品一篇：【酷相思】《不寐》。

8. 沈永启，作品集：《选友斋词》。入选作品十八篇：【忆秦娥】《酒阑对月》；【玉楼春】《仲秋晦夜效温飞卿体》；【玉楼春】《漫言》；【虞美人】《雨阻莲泾》；【临江仙】《独坐偶成》；【天仙子】《孤灯独坐》；【满江红】《文将叔归隐南庄》；【贺新郎】《送春次韵》；【贺新郎】《壬戌夏五月张焕文道兄邮寄〈四愁全集〉，冬暮余遄归故里不获一晤，谱此代别》；【贺新郎】《归懃故园用南庄叔投赠原韵》；【贺新郎】《秋日闻退密师抱恙都中，谱此志怀》；【雨中花慢】《哭醒公弟》；【木兰花慢】《将归平圻留别孙商声道兄》；【水龙吟】《遣怀》；【尉迟杯】《书闷》；【摸鱼儿】《来止兄凿池既毕草庐落成属咏》；【浪淘沙慢】《中秋月夜》；【惜馀春慢】《重阅叶蕙绸表姊遗稿》。

9. 沈永襸，作品集：《聆缶词》。入选作品十一篇：【忆江南】《江村好》；【眼儿媚】《秋夜不寐》；【南歌子】《闺情》；【鹧鸪天】《闺怨》；【虞美人】《春尽》；【南乡子】《咏紫藤花》；【踏莎行】《春恨》；【满江红】《秋感》；【木兰花慢】《冬日谐赏园感旧》；【望湘人】《茉莉》；【贺新郎】《感忆》。

10. 沈树荣、作品集：《希谢词》。入选作品一篇：【临江仙】《病起》。

11. 沈友琴，作品集：《静闲居词》。入选作品二篇：【浪淘沙】《月下桃花》；【减字木兰花】《风前杨柳》。

12. 沈御月，作品集：《空翠轩词》。入选作品一篇：【南歌子】《画扇赠女伴》。

13. 沈关关，入选作品一篇：【临江仙】《春暮》。

14. 沈时栋，作品集：《瘦吟楼词》。入选作品四十篇：【南歌子】《姑苏好》；【菩萨蛮】《山游归咏》；【减字木兰花】《风前杨柳》；【减字木兰花】《题美人便面傍有梅花水月》；【减字木兰花】《题东楼壁》；【巫山一段云】《浈江道中》；【谒金门】《咏愁》；【山花子】《晓妆》；【柳梢青】《前题原韵》；【西江月】《别怨》；【鹧鸪天】《记忆》；【春去也】《本意，叠冬呈原韵》；【踏莎行】《斗草得笑字》；【苏幕遮】《绮窗私语声》；【隔帘听】《深闺闻百舌》；【最高楼】《缥缈晴峦》；【拂霓裳】《却扇》；【洞仙歌】《和东坡摩词池夏夜原韵》；【步月】《书斋坐月》；【意难忘】《赋得千树桃花万年……》；【东风齐着力】《愿在竹而为扇，叠华媚词原韵》；【满江红】《慰友悼亡》；【满庭芳】《遗兴》；【水调歌头】《金庭探梅》；【凤凰台上忆吹箫】《月中闲步影》；【八声甘州】《柬柯亭弟》；【庆清原慢】《咏绣西施》；【高阳台】《咏高唐神女》；【解语花】《对瓶中花》；【念奴娇】《秋怀》；【东风第一枝】《月夜探梅用史梅溪春雪韵》；【换巢鸾凤】《寄忆用梅溪词韵》；【月华清】《前题原韵》；【木兰花慢】《秋夜纳凉》；【风流子】《春艳叠韵》；【疏影】《芭蕉，叠江湖载酒集原韵》；【沁园春】《慰友》；【贺新郎】《讯陈亦然翁时年八十》；【摸鱼儿】《题张太史雪霁南辕图，叠新定毛鹤舫先生原韵》；【多丽】《赋得书幌谁怜夜独行》。

15. 沈廷扬，入选作品一篇：【念奴娇】《对影》。

16. 沈彤，入选作品一篇：【月中行】《夜雨不寐》。

入选沈氏词人共十六位，作品八十五篇。这种情况颇似沈自晋编定的《南词新谱》，从某种意义上也可以说它是沈氏世家的一部"词选"，不过，沈氏世家中有词传世的作家并非都有作品入选。已知有作品而未入选的沈氏词人有沈璟，词4首；沈瓒，词3首；沈自籍，词3首；张倩倩，词3首；李玉照，词4首；沈自炯，词1首；顾孺人，词1首；沈自友，词2首；沈静专，词8首；沈肇开，词1首；沈静筠，词2首；沈宪英，词6首；沈华鬘，词2首；沈世潢，词2首；沈世楙，词1首；沈三楙，词1首；沈曰霖，词8首；见《林下词选》《松陵绝妙词选》《众香词》《笠泽词征》等。

上述沈氏词人，饮誉一时且传世作品较多的，基本上都集中在康熙到乾隆中期这一百年间，有沈永令、沈永启、沈永祺、沈时栋、沈宪英、沈树荣、沈友琴诸人。

二、 沈永令、 沈永启、 沈永禋

沈永令（1614—1698），字闻人，号一枝，自号一指。沈瑾孙。庄一
拂《古典戏曲存目汇考》下编传奇二云："约明崇祯十七年前后在世"，不
确。考《家谱》卷四，沈永令生于明万历四十二年（1614）九月十九日。卒
于康熙三十七年（1698）正月十五日，年八十五岁。清顺治五年（1648）中
浙江副榜，官至高陵县令。诗文、词曲、书画、皆有名。作有《桃花寨》
传奇，但为他在文坛上赢得更大声誉的还是他的词集《噀霞阁词》。清聂
先编辑《百名家词钞一百卷》，即收《噀霞阁词》一卷。此外，作品还入选
王旭的《国朝词综》（图 5-1）等 。

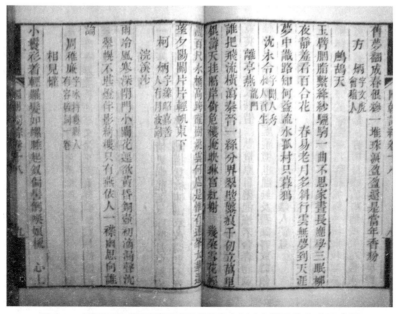

图 5-1 （清）王旭编《国朝词综》（清嘉庆刻本）所录沈永令词书影

沈永令的词，雄奇与秀丽并见，如【离亭燕】《龙门》：

> 谁把飞流横泻，秦晋一丝分界。翠壁凿痕千仞立，万里银涛天挂。隔岸倚危楼，掩映琳宫红树。　　几朵雪花轻洒，百尺冰桥高跨。陇树洮云何处是，惟有蓬峰太华。遥望夕阳关，片片轻帆东下。①

起句发语突兀奇异，三、四两句传声绘色，气势雄壮；结尾处却将笔轻轻拓开，目随景去，饶有情致。

其闺情词，精于构思，立意往往能出人意表：

> 自别河梁成永诀，十年梦绕辽西。梦中牵袂数归期。刀环真浪约，何日照双栖。　　蓦地归来真是梦，偏逢日日分离。不如依旧在天涯。梦回鸡塞远，犹得到深闺。（【临江仙】《金释弓从辽归代闺怨》）②

词中叙写一个女子盼望亲人归来，题材是为词家常道的。上阕写女子久思亲人不至，梦绕魂牵，想起当年分别时的誓约，盼望与亲人早日团聚。立意与表现手法，在前人词中已屡见不鲜。但下阕却写出亲人一旦归来，女子反倒觉得不如从前彼此分离的时候，因为，亲人归后仍"日

---

① （清）王旭编：《国朝词综》卷十八，刻本，清嘉庆。以下引用此书不再注明版本。
② （清）沈永令：《嘆霞阁词》，（清）聂先编：《百名家词一百卷》本，刻本，清康熙。

日分离"，使她欲见不能，欲梦不能，故思念之苦更甚于往昔。下阕对于闺愁的表现，可以说有新的开拓。

他的另一首恋词【酷相思】《不寐》，写得也颇细腻动人：

> 只隔疏棂窗一纸，各空半床鸳被。听秋雨芭蕉心滴碎，伊觉也难成寐，侬觉也难成寐。　一样明朝衣上泪，各向心中记。暂借得行来梦里，侬梦也和伊会，伊梦也和侬会。①

词中描写一双热恋的情人，相隔咫尺却不得欢爱，唯有相思泪和着秋雨，彼此在梦中相会。在表现手法上，两次使用排比兼重叠的修辞艺术："伊觉也难成寐，侬觉也难成寐。""侬梦也和伊会，伊梦也和侬会。"节奏明快，抒情性强，带有民间情歌的韵味。

清人称沈永令的诗"卓然成一家言"（袁景辂《国朝松陵诗征》卷一），《清诗别裁集》录其诗六首，其词亦可作如是观。

沈永启（1621—1699），字方思。沈珫孙。子时栋，二女友琴、御月，皆有诗名。一生不事举业，唯以词曲自娱。《古今词选》选其作品十九篇。另有散曲和诗传世，见于《南词新谱》和《吴江沈氏诗集录》。

沈永启的词抒写个人孤独心境的很多，如【水龙吟】《遣怀》道："梦回四野蛙声，曙光隐隐愁弥极。猛追身计，如何狼狈，流光驹隙。说甚男儿，酸齑瓮里，泪珠偷滴。向天涯一望，沉迷半晌，惹动风雨萧瑟……"（沈时栋《古今词选》卷八）这种孤独的人生，有时使他觉得身外

① （清）周铭编：《松陵绝妙词选》卷三，刻本，清。以下引用此书不再注明版本。

世界一片凄冷：

> 今宵月，凄清万里情难灭，情难灭，醉乡潦倒，怎飞瑶阙。
>
> 半生辜负莺花节，唾馀浪有人吟绝。人吟绝，天涯梦冷，琼楼声咽。（【忆秦娥】《酒阑对月》）（沈时栋《古今词选》卷二）

在这凄冷的世界里，他认为只有天性中的一点情是无法了却的。【天仙子】《孤灯独坐》二词写道：

> 如梦如痴不自晓，却笑此身愁内老。暗云残雨度长宵，魂渺渺，风悄悄，惨淡生涯何处好。

> 懒逐尘途争热闹，静里无端闲着恼。支离对影向谁怜，情不了，三生报，细语灯花憔悴倒。（沈时栋《古今词选》卷四）

一任它"暗云残雨""惨淡生涯"，衔住一点"情"，"如梦如痴不自晓"，虽然是"支离对影"，但诗人的心灵最终得到了宁静。

沈永启的词，与清初的浙派词风不同。他有二首《玉楼春》，题云"仲秋晦夜，效温飞卿体"（沈时栋《古今词选》卷三），从风格和手法看，其词实则也不同于温词，而是比较接近北宋柳永的词。譬如【虞美人】《莲泾阴雨》：

> 廉纤细雨莲泾口，何处沽尊酒。天公也似太多情，拼得柳昏花

暝滞人行。年来浪迹真无谓，历尽愁滋味。一灯篷底听模糊，知道
小楼梦醒一般无。(沈时栋《古今词选》卷三)

以富有特征的景物构成艺术境界，清丽凄苦，如柳永的【雨霖铃】"寒蝉
凄切"；不事雕琢，用语流畅自然，又如柳永的【忆帝京】"薄衾小枕凉天
气"一类。

沈永禩(1637—1677)，字克将，一字醒公，号渔庄。沈自友次子。
"少工举子业，有声场屋。以数奇不售，遂淡于进取，筑室湖干，啸歌
自尚以终"(袁景辂《国朝松陵诗征》卷四)。他的词，今存十一篇，就题
材内容言，主要有两类：一类是闺情词，另一类是咏物伤时词。前
者如：

甲帐温炉鸭，心香熨枕鸯。春风只在玉窗前。却是小桃枝上，
占芳年。　　剔烛频宵起，停针事午眠，养娘相唤绣帷褰。懊恼一
床花梦，又难圆。(【南歌子】《闺情》)(王旭《国朝词综》卷十三)

情态、意绪、手法，都与温庭筠的【南歌子】"懒拂鸳鸯枕，休缝翡翠裙，
罗帐罢炉熏。近来心更切，不思君"相去无二。这类作品还有【鹧鸪天】
《闺怨》等。

咏物词有两篇：【南乡子】《咏紫藤花》、【望乡人】《茉莉》。前一首，
通篇不足道，唯结句"几度欲扶扶不起，浑疑，压架葡萄万颗低"(沈时
栋《古今词选》卷三)，楚楚动人。后一首堪称佳构，意在物外，耐人
寻味：

渐黄昏近也，淡月帘栊，香膏百斛无价。宝合分酥，琼瓯护粉，不放等闲开谢。指印尖纤，汗潮融溜，薄纱厨下。正寂寥簟展湘纹，冷侵一帘冰麝。　　堪掬清芬盈把，想斜簪晚髻，玉钗光亚。洗瘴雨蛮烟，占断嫩凉亭榭。因记旧约，题封巾帕，多少剪灯低话。但晓来枕畔端相，莫忘昨宵娇姹。（周铭《松陵绝妙词选》卷四）

时人评其诗有"风度流洒，情致缠绵。与之相接者如对灵和殿前柳。诗尚韵致，而性情因之以出"（袁景辂《国朝松陵诗征》卷四）之语。这用以评价他的这首咏物词也极妥帖。

沈永禋词中深于寄托的是那些伤时一类的作品，代表作有【满江红】《秋感》：

摇落年华，惊心处频看青镜。借一段渔樵闲话，解嘲钟鼎。志岂在乎温共饱，士之常耳贫非病。料嵇狂阮哭总徒然，无人省。

登临约，成空订，阑干曲，聊孤凭。正愁来时也，思量耿耿。少不如人今过庄，醉应难遣何堪醒。把襟期飞落楚天遥，随鸿影。

（周铭《松陵绝妙词选》卷四）

联想到作者少有文名而"以数奇不售"的遭际，词中嵇阮式的悲哀、辛稼轩般的感愤，是不难理解的。这首词代表了沈永禋词的豪放的一面。他的另外两首伤时词：【虞美人】《春尽》以"也应无计可当春，独自冷拈愁字，祭花魂"（周铭《松陵绝妙词选》卷四）结句，【踏莎行】《春恨》以"直须酹酒向花前，飘零一样休相妒"(沈时栋《古今词选》卷三)终篇，皆多悲慨，但不作愁苦怨泣之语，而字字豪壮，可见其人"啸歌自尚"之志。

三、 沈时栋与《瘦吟楼词》

沈时栋(1656—1722)，字成厦，好焦音。又号瘦吟词客。他是沈永启之子，其在词学与创作方面可谓青出蓝而胜于蓝。沈时栋著有《瘦吟楼词》(图5-2)，尤侗、顾贞观序。今存本非全帙，有词九十八首，吴梅辑，1928年饮虹簃刊。吴梅《瘦吟楼词跋 》云："《瘦吟楼词》初集一卷，则未完本也，而版式参差，似撮拾而成，非原帙矣……《松陵词征》著录有《瘦吟词稿》，未记卷数，然不仅初集一卷似可断言，盖所采多有不见于初集者，可为一证。"吴梅所言甚是。而且，不仅《松陵词征》所采有不见于今存本者，考《昭代词选》《古今词选》《国朝词综》《笠泽词征》等，所采不见于今存本的至少也有二十多首。这些作品是：

【减字木花】《题美人便面傍有梅花水月》；【减字木兰花】《题东楼壁》；【巫山一段云】《浈江道中》；【山花子】《晓妆》；【柳梢春】《前题原韵》；【鹧鸪天】《记忆》；【春去也】《本意，叠冬呈原韵》；【踏莎行】《斗草得笑字》；【拂霓裳】《却扇》；【满江红】《慰友悼亡》；【满庭芳】《遣兴》；【贺新郎】《讯陈亦然翁时年八十》；【摸鱼儿】《题张太史雪霁南辕图，叠新定毛鹤舫先生原韵》；【八声甘州】《柬柯亭弟》；

图 5-2　（清）沈时栋《瘦吟楼词》（民国饮虹簃刊本）书影

【东风第一枝】《月夜探梅用史梅溪春雪韵》；【月华清】《前题原韵》；
【浣溪沙】《柬家威音》；【水调歌头】《渌水署中闻促织》；【八声甘州】
《登灵岩追和吴梦窗原韵》；【八声甘州】《追和柳屯田韵》；【木兰花
慢】《送春》。

沈时栋自谓"生耽词癖，雅负情痴……早岁依人，频年做客。弹铗
登楼之暇，拨雄心于滴粉搓酥；砑琴击筑之余，耗壮气于裁红晕碧"①。
由其词多见其牢落之慨，如【壶中天】《秋怀》：

----

① （清）沈时栋：《古今词选自序》，见《古今词选》卷首。

　　姮娥何处，放秋光一片，澄清无际。自是多情人易老，莫怨花
天月地。而尽蛩吟，看残桐影，恍惚心如寄。灵均何在，行吟枉采
湘芷。　　吾欲结伴刘伶，东篱浮白，潦倒舆里。今古难穷，谁为
我打破愁城旗帜。蓬岛烟深，瑶台月暗，且稳鳌鱼睡。五陵裘马，
任他自炫青紫。

肮脏牢骚，系于一词，故清人吴茵次谓之："真是咄咄书空矣，安得起
渐离击筑，为君倚声而和之！"①在所作【木兰花慢】《秋夜纳凉》中，沈时
栋又写道："一枕松风袭袭，数声残涧冷冷。"亦足令人想见其"志士悲
秋……嵚崎牢落之慨"②。

　　沈时栋痴于情，故笔中世界，花花草草莫不有情有意，如【解语花】
《对瓶中花》写道：

　　话言谁共，惟汝瓶花，日伴予清昼。予将前叩，甚情重对我目
成相候。满怀偢愁，凝觑处卿能知否？纸窗灯火惨如秋，谁向灯前
瘦。　　奚不去随歌酒，向月风场底，把艳姿斗。云何迟逗，来从
我听彻闹蛙残漏。感卿意厚，无言熟视双眉皱。恰冷冷一缕风来，
只见花颠首。

其情之重，正如朱彝尊评此词所云："碾日为年，镂尘作界，此文人斫

---

① 【壶中天】《秋怀》评语，见（清）沈时栋：《瘦吟楼词》，饮虹簃刊本，1928。以下
引用此书不再注明版本。
② （清）沈时栋：《瘦吟楼词》引计希深评语。

月斧也。触绪牵丝，恐大地俱成情国，当奈之何！"（《瘦吟楼词》引）不过，诗人虽感花卿意深情重，但在"纸窗灯火惨如秋"的情境之中，也难掩心中一缕孤愁。

沈时栋的词，于缠绵清丽之中每见雄迈之气，【疏烟淡月】《金庭远眺》可推为这类作品的代表。词云：

> 水天万倾生涯，奔涛怒涌层峦嶂。翠峰孤峙，苍崖伫立，岭云高驾。瀑布千寻，渔罾万叠，半空晴挂。乍扁舟飞渡，奔雷汹汹，浑一似无羁马。　　浊浪排空激打，闪巉岩势同雄霸。苕溪南注，吴山北枕，望中如画。怒虎凝威，神蛟吐沫，乍看还假。蓦回头，恰是五湖春浪，鼓风西下。

著名词家毛奇龄谓"此词雄迈，亦足步沈自征《渔阳三弄》之后尘"（《瘦吟楼词》引）。

沈时栋的作品在清初很有些名气，尤侗《古今词选序》曾云："松陵沈子焦音，工于诗古文词，而于长短句尤号专家。忆卯辰（康熙二十六年）间，予假归梓里，尝序沈子所著《瘦吟楼词》……而其昔彭十羡门亦自都城邮寄一序，有'花繁兴庆，何年捧砚辱肥环。枫冷吴江，此时挥毫矜瘦沈。'之句。夫羡门，词之雄也，其击赏沈子之词犹若是，而况予乎！向日《瘦吟》小刻，虽属全豹一斑，而其中如《美人十声》词，摹神追魂，蕴藉风流，直欲比肩唐宋，故同人有'前有张三影，后有沈十声'之誉。"张三影，即宋代词人张先，与柳永齐名，因善以"影"字入词，故以之自称。沈时栋的《美人十声》词，调寄【鬓云松令】，依次为：《花下弹棋声》《月底品箫声》《绣帏唤婢声》《绮窗私语声》《隔帘微笑声》《倚阑长叹声》《席上猜枚声》《筵间度曲声》《妆阁坠钗声》《回廊步屧声》。这些作品与张先的词追求含蓄隽永的意境确有相似之处，但朦胧之趣略逊于张词。倒是他的【宴桃源】《潜窥》一词，反而使人觉得比《美人十声》写得更细腻动人，词云：

> 一捻蛮腰如线，两点星眸娇倩。徙倚翠梧荫，偷觑东墙东畔。惊颤，惊颤，陡被落红瞧见。

于东墙窥宋一段旧话，平添"落红"入中，状物摹情，新巧细微。此外，如【疏影】《芭蕉》一词，造句构意，皆能"沉思刻入，不袭人唾馀"，堪称"词家白描手也"[①]。

四、 沈宪英、 沈树荣、 沈友琴

这是三位女词人，分别为沈文十一、十二世女孙，是沈氏世家女词人中的佼佼者。

沈宪英（1621—1685），字惠思，一字兰友。沈自炳长女。叶绍袁、沈宜修儿媳。能诗词，时人称其"所著甚富，饶有家风"（周铭《林下词选》卷十一）。著有《惠思遗集》。朱彝尊《明诗综》录诗一首（图5-3）。

---

① （清）沈时栋：《瘦吟楼词》引毛鹤舫评语。

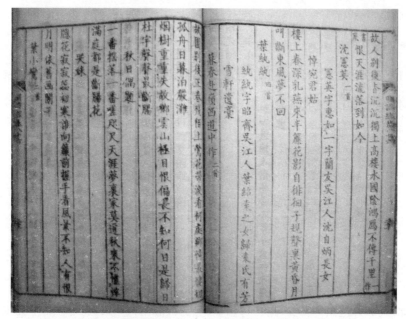

图 5-3　（清）朱彝尊编《明诗综》（清康熙刻本）所录沈宪英诗书影

其词作，多见于《众香词》《昭代词选》《林下词选》等名家词选收录。所作【水龙吟】《胥江竞渡》一首颇见功力，词云：

> 熏风池馆新篁，片红飞尽惊梅雨。纨扇初裁，罗衣乍试，又逢重午。万户千门，游人争出，俱悬艾虎。看碧蒲萦恨，朱榴沾醉，似续《离骚》旧谱。　　惆怅韶华易换，最关心画般箫鼓。当年沉水，今朝寒食，依然荆楚。抉目城边，捧心台畔，恨重千古。霎时间惟见，清江一曲，绿蓑渔父。（周铭《林下词选》卷十一）

上阕状"竞渡"之景，井然有序，历历在目；下阕言观舟之情，哀思深沉。宪英父自炳曾举义兵抗清，事败投水死，故前人以为此词有悲父死难之意。①

沈宪英作词，长篇尤见气势，如【满庭芳】《中秋坐月同素嘉甥女》：

> 莹火流空，蛩吟向夕，冰轮碾破瑶天。香飘云外，桂子静娟娟。对月几人无恙，多半隔远树苍烟。难逢是，一庭联袂，把盏看重圆。　　无限凄凉况，含毫欲写，累纸盈笺。任金风拂面，玉露侵肩。还惜良宵景促，无绳系皓魄长悬。应飞去，广寒宫里，清影共愁眠。（周铭《林下词选》卷十一）

通篇于漫空处落笔，似无边无际。结句将夜空之寥廓与愁绪之深广融作一体，境界开阔，毫无闺阁纤弱之气。此处，为人称道的佳篇还有【水龙吟】《哭少君姑姑以沉水死》、【点绛唇】《忆琼章姊》等。

沈树荣，字素嘉。生卒年无考。沈永桢女，母即叶小纨。自幼承母教，习诗词，又与同邑女诗人庞蕙纕（字小畹）交善，常以诗词唱和，"为时所称"②。词集有《希谢词》《月波词》二种，惜散佚不传。《昭代词选》录【临江仙】《病起》一首（图5-4）。

---

① 陈去病：《笠泽词征序》，见《笠泽词征》卷首，铅印本，1914。以下引用此书不再注明版本。
② （清）王豫编：《江苏诗征》卷一百七十四，刻本，清道光。以下引用此书不再注明版本。

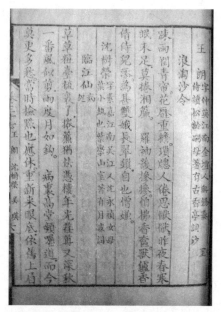

图 5-4　（清）蒋重光编《昭代词选》（清乾隆刻本）所录沈树荣词书影

　　据周铭《林下词选》卷十三记载，沈树荣的词以"家庭酬唱居多"，这是封建社会里闺阁生活决定的。从存世的若干作品看，沈树荣的词颇能细腻曲致地写出闺阁女子的心态，如【如梦令】《秋日》和【临江仙】《病起》：

　　　　小院西风初透，一霎凉生双袖，几日怕关情，犹道芳菲时候，是否，是否，添得镜中销瘦。（周铭编《林下词选》卷十三）

　　　　草草妆台梳裹了，曲阑干外凝眸。年光荏苒又深秋，一番风似剪，两度月如钩。　　病里高堂频嘱咐，而今莫要多愁。当时检点也应休，从新来眼底，依旧上眉头。（周铭《林下词选》卷十三）

两首词写的都是秋天里的情思，既写出了女子由西风初透时的特殊感受所产生的心理变化"几日怕关情"，也写出了情思萦绕胸中不能割舍的心理特点"从新来眼底，依旧上眉头"。这里较多地借鉴了宋人闺阁词的表现手法，由细微处着笔，在情绪的变化上落墨。

沈友琴，字参苓。生卒年无考。沈永启女。著有《静闲居词》。自幼攻习诗词，后"以和长洲汪琬《姑苏杨柳枝词》得名"①，"歌词往往有能传诵于人者"（周铭《林下词选》卷十三）。其词以富于情趣称，如【少年游】《春闺》：

> 绿波初涨雨初晴，淡月照窗明。芳草青青。莺声呖呖，人逐落花行。昨宵梦里东风至，春色遍江城，点点杨花，双双蛱蝶，来去最多情。（周铭《林下词选》卷十三）

通篇由一幅幅动态的画面构成，鸟语花香，春意融融，将踏花人被春天撩起的情思化为来去飞舞的蛱蝶，情趣盎然。《国朝词综》所收【浪淘沙】《月下桃花》（图 5-5）一词也有这个特点：

> 清露酿花烟，皓魄无边，数枝低亚笑嫣然。一自天台迷路后，辜负年年。　蟾影罩霞鲜，似共流连，茅斋相对恍疑仙。赚得东风今日好，莫为愁牵。（周铭《林下词选》卷十三）

---

① 《[乾隆]震泽县志》卷二十四，重刻本，清光绪。以下引用此书不再注明版本。

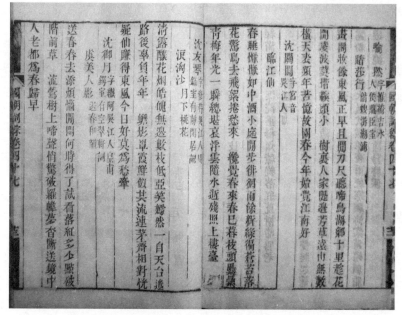

图 5-5 （清）王旭编《国朝词综》（清嘉庆刻本）所录沈友琴、沈御月词书影

桃花并不因年光空负而哀叹，依旧嫣然而笑，表现了诗人不为愁牵的乐观情致。

沈友琴妹御月（生卒年无考），也擅词曲，"时称连壁"（《[乾隆]震泽县志》卷二十四）。著有词集《空翠轩稿》。《国朝词综》收入【虞美人影】《送春和韵》一首。词云：

> 送春春去添烦恼，闲闷何时得了，试问落红多少，点破阶前草。　　流莺树上啼声悄，惊破罗帏梦杳，断送镜中人老，都为春归早。

词中流露出伤春的情绪，与沈友琴的【浪淘沙】《月下桃花》相比别有一种情调。

友琴和御月父沈永启、弟沈时栋俱是当时知名词家，一门之内，常分题唱和，时人目之为谢庭咏絮。(袁景辂《国朝松陵诗征》卷三)故二人所作词，句法与声韵都称当行。

清代吴江著名诗论家袁景辂曾云：赖沈氏诗人之力，才使"吾邑诗派不堕蛙声"(袁景辂《国朝松陵诗征》卷一)。若借此语论沈氏世家词人，亦无不可。

五、沈彤的古文

在吴江沈氏世家康熙至乾隆中期的文学史上，其古文方面的代表作家是沈彤。沈彤(1688—1752)，字冠云，号果堂。沈自南孙。属于吴江沈氏世家的第九代作家。沈彤的主要著述有：《周官禄田考》三卷、《尚书小疏》一卷、《仪礼小疏》一卷、《春秋左氏传小疏》一卷和《果堂集》十二卷(图 5-6)。

沈彤的古文，以经学为根基。他以考据学的方法治经，所撰《周官禄田考》等经学著述，皆以博究古籍，精于考据而为世人瞩目。譬如《周官禄田考》，自宋人欧阳修有周礼官多田少、禄且不给之疑，后人多从其说，既有辨者，不过以摄官为词。而沈彤不然，于周制细加探究，分别撰成《官爵数》《公田数》《禄田数》三篇。凡田、爵、禄之数不见于经者，或求诸注；不见于注者，则据经起例，推阐旁通；补经所无，乃适

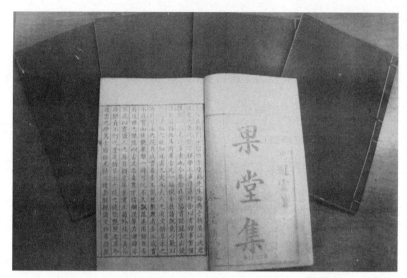

图 5-6 （清）沈彤《果堂集》（清乾隆吴江沈氏刻本）书影

如经之所有。故《四库全书总目提要》称此书"其说精密淹通，于郑、贾注疏以后，可云特出"①。清人陈格亦云："是考阐经传之义法，与补其所未备，闳深精密，超前绝后。洵周礼之大功臣也。"②同人还有"同家一类大典，因类阐发几于无遗，则经之精蕴亦略尽于是已"③之评。

沈彤的《仪礼小疏》，《春秋左氏传小疏》也颇受好评。前者取仪礼、士冠礼、士礼、公食大夫礼、丧服士丧礼五篇，为之疏笺，各数十条。每篇后各为蓝本刊误。卷末附《左右异尚考》一篇。"其说皆具有典据，是订旧义之伪"，"考证颇为精核"（《四库全书总目提要》卷二十）。后者对顾炎武所补《左传杜注》多有订正，"于读《左传》者亦有所裨"（《四库全

---

① 《四库全书总目提要》卷十九，中华书局影印本，北京，中华书局，1965。以下引用此书不再注明版本。

② 《周官禄田考题词》，见《周官禄田考》卷首，清乾隆《沈果堂全集》本。

③ （清）吴廷华：《周官禄田考题词》，见《周官禄田考》卷首。

书总目提要》卷二十九）。

沈彤不仅是在经学方面表现出与考据学的结合，其古文同样与经学和考据学有密切联系。他的《果堂集》十二卷，有不少是订正经学的文字，故《四库全书总目提要》称之"尤足补汉、宋以来注释所未备……颇足羽翼经传，其实学有足取者，与文章家又别论矣"（《四库全书总目提要》卷一百七十三）。清代著名文学家沈德潜曾将沈彤比之于明代古文大家归有光，云："有明季年，娄东王弇州文名天下，归震川以庸妄子目之。及震川没，弇州比以韩、欧阳，而自悔己作。惟震川之文根本六籍而不尚词华也。果堂（沈彤号）之文，一归淳朴，尚世有弇州，必有推为可续震川者。"①王世贞推重归有光的原因在于其文"根本六籍而不尚词华"，沈德潜认为沈彤"可续震川"，可以说也是由此着眼的。考据学家惠栋也称赞沈彤的文章"凡有所发正，咸有义据"②。桐城派领袖方苞的弟子王峻则比较全面地概括了沈彤之文的特点：

> 今冠云之学，笃古穷经，尤精《三礼》。其解经诸文，于群经聚讼之处疏通证明，一句一字必获其指归而后已。其记、序、碑、铭诸作，亦皆具古人之法。立义醇悫，盖凡在兹篇无不有用而可久。③

沈彤的文学活动主要在雍正至乾隆初期，其经学（包括古文）与考据

---

① （清）沈德潜：《沈彤传》，见（清）沈彤：《沈果堂全集》卷首。
② （清）惠栋：《沈彤墓志铭》，见（清）沈彤：《沈果堂全集》附录。
③ （清）王峻：《果堂集序》，见（清）沈彤：《沈果堂全集》卷首。

学结合的特点，带有鲜明的时代色彩。其时考据学和桐城派古文日盛一日。沈彤与当时考据学派中的吴派代表人物惠栋交往颇深，相互引为同道。惠栋在所撰《沈彤墓志铭》（图 5-7）中述云：

图 5-7 （清）惠栋《沈彤墓志铭》（《沈果堂集》，清乾隆吴江沈氏刻本）书影

数年以来，以道义相勖，学业相证。知余者莫若君，知君者亦莫余若也……余行不逮君而才亦诎，然好古所得往往与君同，如《尚书》后出古文通人皆知其伪，独无以郑氏二十四篇为真古文者，余撰《尚书考》力排梅赜而扶郑氏，君见之称为卓识。又《易》为王、韩所乱，汉法已亡。余学《易》二十年，集荀、郑、虞诸家之说作《周易述》，先以数卷就正于君，君曰："此书成，《易》道明矣，惜吾不及见也。"曩以君言戏耳，孰谓竟成谶耶！悲哉，悲哉！君之成

《禄田考》也，读者疑信分焉，余为序而辨之。君笑谓余曰："子吾之桓谭也。"①

惠栋对沈彤在古文、经学、考据学诸方面并长之才评价极高，称："自古理学之儒滞于禀而文不昌，经术之士泪于利而行不笃。君能去两短，集两长，非纯儒之行欤！"②

沈彤的经学和考据学不仅受到惠栋的影响，而且更直接得之于著名经学家何焯。何焯字屺瞻，号义门。博通经史，"自十三经注疏、二十一史、诸子、《离骚》、《文选》，俱一一订伪勾贯"③，堪称一代大家。着有《义门先生集》十二卷、《何义门读书记》五十八卷、《困学纪闻补笺》二十卷等。何氏为沈彤业师。沈廷芳《皇清征士文孝沈先生墓志铭》云："……彤字冠云，吴江人也。少补诸生，从何义门学士游，且久。"④沈德潜《沈彤传》云："（彤）少请业何侍读义门学制义，取法先正。"⑤惠栋《沈彤墓志铭》云："君少方古举止若成人，弱冠从学士何公焯游，始邃于理学。"⑥沈彤《果堂集》卷十一《韩林院编修赠侍读学士义门何先生行状》自云："彤游先生门五年，承其学行，颇有所记忆。"沈彤将经学与考据学结合，显然与少时从学何焯之门有直接的关系。

在古文方面，沈彤与桐城派古文家的关系很密切。他雍正间至京

---

① 见（清）沈彤：《沈果堂全集》附录。

② （清）惠栋：《沈彤墓志铭》，见（清）沈彤：《沈果堂全集》附录。

③ （清）王豫编：《江苏诗征》卷三十三引《国朝别裁集》。

④ （清）沈彤：《果堂全集》附录。

⑤ （清）沈德潜：《沈彤传》，见（清）沈彤：《沈果堂全集》卷首。

⑥ （清）沈彤：《沈果堂全集》附录。

师，后参修三礼，为文深得方苞器重。方苞之弟子沈廷芳《皇清征士文孝沈先生墓志铭》载其事云："（彤）雍正间至京师，望溪方公见其所疏三经，谓得圣人精奥；读其文，又谓气格直似韩子。乾隆初，方辑三礼义疏，遂荐入馆，名动辇下。"①沈德潜《沈彤传》亦云："（彤）中岁善方阁学望溪，商订三礼，书疏往复，辩论精核。"②沈彤亦以师事之，曾上书方苞云："彤于先生，虽未具师弟之礼，而实以师事。"③有《屡闻望溪先生论古有作》五古一首（沈彤《沈果堂全集》卷十二），道：

> 问古知何处，桐城路不迷。穷山开石磴，障水筑金堤。马洁班应逊，韩醇柳岂齐。一朝心颇豁，数月耳从提。

又有《秋日呈灵皋先生》七律一首，云：

> 壮岁儒衣愁削迹，今朝彩笔喜通神。浩歌京邑谁知己，惟有宗工许卜邻。④

从中可知沈彤对方苞的仰重和对桐城派文章的追攀。沈彤还有致方苞的多封书札：《与望溪先生书》《与方望溪先生书》《与礼部方侍郎书》《上内

---

① （清）沈彤：《沈果堂全集》附录。
② （清）沈德潜：《沈彤传》，见（清）沈彤：《沈果堂全集》卷首。
③ （清）沈彤：《与望溪先生书》，见《沈果堂全集》卷四。
④ 同上书。

阁方学士书》等。① 方苞亦曾致书沈彤，此见于沈彤《与望溪先生书》所记：“彤顿首望溪先生阁下。甲子之秋，尝奉书谨候起居，蒙先生报以手札。”惜今传本《方望溪先生全集》及《望溪先生集外集文补遗》均未存此札。沈彤居京时，方苞曾至其寓所论学。沈彤《与方望溪先生书》自注云：“望溪先生得书有日来寓斋，甚是余说。”

沈彤结交的桐城派人物还有沈廷芳、王峻等。沈廷芳，字椒园。浙江仁和人。乾隆元年（1736）应博学鸿词试得官。著有《隐拙斋集》五十卷、《盥蒙杂着》四卷、《古文指授》四卷、《续经义考》四十卷、《鉴古录》十六卷等。沈廷芳自言与沈彤“同族，同举，用学行相切劘者垂二十载”②。沈彤去世后，他为作《皇清征士文孝沈先生墓志铭》。王峻，字次山，江苏常熟人。著有《艮斋集》十四卷、《汉书正误》四卷、《水经广注》等。与沈彤相交，切磋文章，见所作《果堂集序》，云：“余往左者门，少宗伯方望溪先生每为余称吴江沈君冠云之著述能守朴学，不事浮藻……今年余在紫阳书院，冠云亦授徒郡城，因出其所著古文一篇视余，展读既意，乃叹曰：甚矣，望溪之能知冠云之文也。”③王峻还有《周官禄田考题词》一篇，称是书“真揭千古未发之覆，经解中创获之书也”④。

桐城派为文，在注重词章之外兼重经义和考据。这一派后期代表人物姚鼐曾明确提出义理、考证、文章三者并重的理论。他在《述庵文钞

① （清）沈彤：《沈果堂全集》卷四。
② （清）沈廷芳《隐拙斋集》卷四十八，刻本，清乾隆。
③ （清）王峻：《果堂集序》，见（清）沈彤：《沈果堂全集》卷首。
④ 《周官禄田考》卷首，见（清）沈彤：《沈果堂全集》卷二。

序》中说："余尝论学问之事，有三端焉，曰：义理也，考证也，文章
也。是三者苟善用之，则皆足以相济；苟不善用之，则或至于相害。"沈
彤为文"根本六籍而不尚词华"，并兼重考据，应该说与桐城派的主张有
相通之处，其为文的特点与桐城派不无一些联系。当然桐城派比较侧重
文章，而沈彤比较侧重经学和考据学，尽管如此，二者在与当时考据学
盛行的文化背景有密不可分的关系这一点上是相同的。沈彤愿师事方
苞，方苞也称赞沈彤的著作"能守朴学，不事浮藻"[1]，并荐修《大清一
统志》。从某种意义上说，沈彤也可视为桐城派作家。

六、 戏剧与诗之余续

康熙至乾隆中期，吴江沈氏世家文学之成就虽然主要在词与文两个
方面，但在戏剧与诗歌上仍有一些知名作家，其创作可谓之沈氏世家明
末清初戏曲与诗创作盛况之"余续"。

在戏曲方面，有沈永令、沈永乔两位。沈永令生平见上文。所作传
奇，今知有《桃花寨》一种，《今乐考证》等著录。这部传奇无存本，内容
为何事，无从考知。

沈永乔（1629—1680），字树人，一字友声，号冷庵。著有传奇两
种：一是《玉带城》，《传奇汇考标目》别本附录据《海澄楼书目》著录。作
品今佚，本事未详。二是《鹠鸟媒》，《南词新谱》《今乐考证》等著录。

---

① （清）王峻：《果堂集续》，见（清）沈彤：《沈果堂全集》卷首。

《南词新谱》注明为"未刻稿"，内容不详。

在诗歌方面，比较出色的诗人有沈永义、沈永智、沈永馨、沈永信、沈昌、沈世楙、金法筵、沈曰霖、沈彤、沈祖禹诸位。

沈永义（1638—1701），字二闻。沈自南次子。《吴江沈氏诗录》辑诗二十六首。作品主要包括记游、赠友、怀古、闺情四类。记游诗大多作于客游燕、齐、晋、楚之时，抒发了诗人的林泉之兴：

> 东风澹荡海山寒，不厌登临尽日欢。天净层楼屏上见，潮平诸岛镜中看。鱼竿四月生涯好，酒盏三春客抱宽。坐久都忘归路晚，暮烟缕缕出林端。（《游丹崖山》）

山川美景，使之乐而忘返。但一想到客游异地，诗人有时也不免望月思乡，对景长叹，如《星沙中秋》所写：

> 飘蓬无定落长沙，一半秋光又复赊。数载天涯频作客，孤楼明月倍思家。风情江上流莼菜，露冷山中老桂花。景物既殊乡更异，独看岳麓起长嗟。

"飘蓬""数载""天涯""孤楼""露冷""景殊""乡异""独看"，在这些语词的背后，人们不难看出诗人备受痛苦折磨的心情。他的怀古诗现存三首，其中，《漂母》一首是读过钱谦益的诗后写的：

> 谁识英雄淮水阴，可知一饭是恩深。千金莫道王孙薄，老母初

无望报心。

钱诗有句云："可是王孙轻一饭，他时报母只千金。"①沈诗的立意则在赞颂漂母的眼识和心胸上，较钱诗的旨趣不同。

在当时，沈永义最使人称道的是言情诗，论者有"其诗工于言情，浅浅语说来自能动人"（袁影辂编《国朝松陵诗征》卷四）之评。《闺情次李觐侯韵》一首颇能体现这个特点：

独眼慵起着罗衣，好梦寻思觉又非。试卷香帘敧枕看，梁间燕子一双飞。

以双燕反衬闺中女性的孤独，手法虽无新意，但于闺中人的神态、举止、情思却能细细道来，委婉细腻，平淡中出情致。

沈永义的弟弟沈永智（1641—1702），字四明。据说少时好为艳调，"以轻脱见疑于人"，一次，"夜独宿，有美婢入房挑之"，他"坚卧不应，人始服其操"（《［乾隆］吴江县志》卷三十七）。他现存的十首诗，主要是赠友和写景之作。《国朝松陵诗征》选入四首，其一为《送鲁节君》：

相送归帆望已迷，低徊犹自倚长堤。流莺亦解离情苦，飞去垂杨不忍啼。

---

① （清）沈祖禹、沈彤编：《吴江沈氏诗集录》卷九引。

诗的前二句写人，后二句写物，也是进一层写人：采用了反衬递进的手法，使感情的表现含蓄深沉。他的写景代表作是《山行》：

> 古寺依清涧，枯藤挂薜萝。夕阳千障落，飞鸟傍人过。

静中有动，动中有静；景致开阔，意境清幽。

沈永义的另一兄弟沈永信（1643—1699），字五玉。以五古擅长，著名的作品有《三高寺怀古》（其一）：

> 勾践栖会稽，左右种与蠡。安危异时势，明达晓生死。扁舟泛五湖，自号鸱夷子。美人复何恨，计然策偶尔。违君以全荣，弃爵乃远耻。至今芳洲上，清风动兰芷。

清人说他的诗"气清词达，妙在绝不模仿前人"（袁景辂《国朝松陵诗征》卷五），此诗多少代表了这一特色。

沈世潢（1629—1691）也长于五言古诗，《拟古三首》深得六朝风致，如其三：

> 松柏生高陵，亭亭不凋落。见兹悟深理，贞心思远托。抗迹在青云，岂恋人世乐。大化若循环，众万杂醇薄。聊同赤松游，俯仰自寥廓。

他的七言近体，风格则近晚唐：

黄鹂啼彻锦园空，柳暗烟迷二月中。独有绛桃荒径外，数枝花
发向春风。（《西园杂感二首》其二）

用语明快，讲究色彩，营造出一种春去未晚、柳暗花明的意境。

沈世潢的兄弟沈永馨（1632—1680），不求闻达，歌啸自得。明亡
后，坚隐不仕。与吴中诗人多有交往，为惊隐诗社成员。《吴江沈氏诗
集录》录诗三十二首。《幽居》一诗，可谓他的性格与气质的写照：

贵贱各所尚，出处皆有托。谁谓无荣华，深知世情薄。林花满
紫门，幽径多鸟雀。青山雨后看，浊酒闲时酌。不识巢许意，但觉
渔樵乐。云霞畅怀抱，吟啸放丘壑。高卧依清溪，无营自寥廓。

诗格朴老，"无粉饰炫耀之习"（袁景辂《国朝松陵诗征》卷五），风格和手
法皆近陶诗，唯词意显得直露。

沈丁昌（1621—1667），其"诗文词曲与族兄永令齐名"（沈祖禹、沈
彤《吴江沈氏诗集录》卷七）。时人评其诗"工稳静细……于诗律如法吏之
慎守三章，未尝稍出入也"（袁景辂《国朝松陵诗征》卷一）。但未必尽然，
如《渔父词》：

一江春水一扁舟，一片飞霞一钓钩。酒罢绿蓑明月卧，不知身
在蓼花洲。

不见丝毫的"工稳静细"，但觉飘逸清丽，不知律法为何物。又如《扬州》：

舞裙歌扇自年年，不断红楼映画船。二十四桥明月夜，从来一梦艳神仙。

承晚唐遗风，而较杜牧的诗更艳丽，把扬州歌舞繁华、纸醉金迷的特点描写得淋漓尽致。除诗外，沈丁昌还写有散曲。

沈世枡(1619—1684)，字初授。少孤力学。明亡后，绝意进取，与顾樵水、周安节诸诗人交厚。作诗取法唐人，以意取胜，如《杂诗二首》：

莫道春光好，愁随春草生。春草有时尽，春愁何日平。

夜来风雨恶，吹落枝头花。落花如浪子，飘去不还家。

前一首写春草生愁，并以春草的短暂反衬愁绪的无时无了；后一首，以落花比喻浪子飘去不归的人生遭遇。手法虽未出新，但皆能于平浅中蕴深意，以朴质无华的语言道出人生的某种体验，且韵律和美，读来朗朗上口。他的七言近体，亦以词浅意深见长，如：

荒村秋夜雨丝丝，千里怀君正此时。战伐十年同避世，江山两地各题诗。故园松菊无人问，客路风尘只自知。遥计归期应腊尽，蓬门深闭共栖迟。(《方思叔客秦将归，赋此志喜》)

诗的第三、四两联，指事道情，出语浅而含意深；对仗工稳，造语自然。

沈彤，诗文并长，所著《果堂集》中有诗四十五首。沈彤性情仁厚，心诚如赤子，为诗不乏忧民之作：

> 闻说江乡雨，浸淫湖海间。雷轰缠十日，蛟怒裂三山。是屋愁风破，经秋恐食艰。旅人归未得，垂白那开颜（《闻说》）

> 江乡民苦饥，帝与饥民食。饥民一染指，有司多菜色。（《即事》）

这种富于同情心的作品，反映了诗人对现实与民生的关切。他的怀古之作，格高气豪，也很有特色。如《金陵怀古》：

> 金陵王气郁千秋，濠上龙兴比帝丘。每忆六朝成割据，忽看四海辑共球。江山拱抱真天造，城阙巍峨足庙谋。怪煞英灵来往路，风微燕子上皇州。

诗人身临龙盘虎踞的金陵胜地，遥想千年往事，思绪悠长，写景抒怀皆具雄浑之气。

金法筵（1651—1705），沈文十二世孙沈重熙妻。金圣叹季女。《吴江沈氏诗录》卷十一小传记其生平云：

> 硕人名法筵……七岁能诗，圣叹爱之，为赋"左家娇女惜余春"之句。于归后，遂以"惜春"名其轩。纺绩之余，辄事吟咏，有《惜

春轩稿》一卷。词意老成，时有道气。惜零落仅存十一。

《江苏诗征》卷一百七十一引《名媛绣针》云："法筵七岁即能诗，父爱之，比于左家娇女。"《竹净轩诗话》亦有小传。金圣叹所作"左家娇女惜余春"一诗，见金圣叹《沉吟楼诗选》"七言律"，原题"暮春早坐小女折花劝簪谢之"，全诗如下：

> 左家娇女惜余春，剩碧残红采折新。数朵轻身赵皇后，一枝善病李夫人。老夫早起虽乘兴，白发斜簪已不伦。珍重他年临此日，见爷满腹是车轮。

金圣叹集中另有《病中见诸女玩月便呼推窗一望有怀贯华》一首，云：

> 当时五鼓月明中，孰省繁霜与北风？今夜一庭如积水，关窗塞户两衰翁。

不知诗中所言玩月"诸女"内有法筵否。

沈始树（1658—1737），字景冯，号贞崖，别号雨壑。勤于读书，淡于名利，工诗古文，为时人推重。《吴江沈氏诗集录》卷十小传云：

> 公……好读经史九流百家之书。自少至老，非清淡啜茗，听鸟观花，览山水之胜无一时辍。尝与竹垞先生纵谈今古，竹垞极以博

治推之。长洲陈君景云称公诗古文格律并高。然平生不多作，作亦辄自毁弃，存者仅若干篇。木莺朱君云公诗寄托遥深，自是高人风致。

沈德潜有诗誉之云："吾兄缀道论，奋焉扫浮辞。成败昭史笔，微妙涵圣涯。边笥无不有，一任群儿讥。群儿尚华缛，用为青紫梯。青紫非不好，朝荣夕已萎。"①著作二种：《真崖古今杂录》，《雨壑遗稿》一卷。

沈祖禹（1682—1751），字所揆，号怡亭。喜为诗，宗法少陵，词达笔健，有名于吴中。沈彤《族兄怡亭诗集序》云：

> 怡亭兄……喜为诗，但学少陵，其笔健词达，无哀艳之篇……其志之正，品之高，而不同于流俗也。（沈彤《沈果堂全集》）

著作两种：《吴江沈氏诗集录》十二卷，与沈彤合编，沈德潜序；未收录自己的作品。《怡亭诗集》，未见著录，据沈彤《族兄怡亭诗集序》考知。

沈曰霖（1695—1762），字骥展，一作既霶，号纫芳。《［道光］苏州府志》卷一百〇二《文苑传》有传，称其文名，并惜其不遇，云：

> 曰霖工愁善病，长于骈体，惊才绝艳，无语不新。于新其年、吴菌次、章岂绩外，另树一帜。尝客游桂林……生前处境独恶，竟以无嗣终。同邑杨进士复吉采其《粤西琐记》及《晋人麈》入《昭代丛书》。

---

① （清）沈德潜：《赠真崖大兄三章》，见《［乾隆］吴江县志》卷五十"集诗"，刻本，清乾隆。

袁景辂《国朝松陵诗征》卷十亦云：

> 纫芳工愁善病，长于骈体……予友陈易门怀之，有诗曰："鼓
> 瑟湘江韵孰聆，美人迟暮惜娉婷。秋风万里南征客，木落霜寒过洞
> 庭。"亦可知其牢落不偶矣。

陈去病《笠泽词征》卷十引杨复吉语盛称其文学云："先生工于诗余，入粤时曾有《粤游词》二册，铿锵幽渺，苍古悲凉，直可衔官辛、柳。此外，嘈嘈细响，更当重唾涕弃之矣。文憎命达，沉没巾箱，剑气珠光，日就消歇，又安得顾曲周郎岂诸梨枣，令词坛另建一帜耶！"著作有《粤西琐记》、《晋人麈》(图 5-8)、《粤游词》二卷、《小潇湘诗抄》(一作《小潇湘诗萃》)、《小潇湘四六》、《纫芳词》六种。

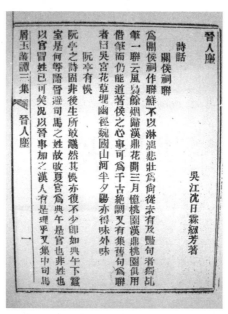

图 5-8 （清）沈曰霖《晋人麈》（清道光《昭代丛书》本）书影

总体来看，沈氏世家活动于康熙（1662—1722）到乾隆（1736—1795）中期百年间的第七、第八、第九这三代作家延续了沈氏家族在文学上的成就，词与文成为吴江沈氏世家这一时期文学的亮点，戏剧与诗则为其文学之余续。这正如清代著名文学家尤侗所说的："若吴江沈氏，固词人之渊薮也。词隐（沈璟）开疆，鞠通（沈自晋）继之……诸子相与鼓吹，缔绣蔚然可观，乃至香闺彤管亦题黄绢幼妇。何吴江之多才也。"①同时期著名文学家沈德潜为沈时栋《古今词选》作序中称赞沈时栋时说的"今焦音（沈时栋号）烂熳天才，渊源家学……然后知沈子非特富于文，又复精于律也。合綦组以成文，列锦绣而为质，沈子其将以此被服天下矣乎！"一段话，也正可以由此一点解读。

---

① （清）尤侗：《艮斋倦稿》，转引自（清）袁景辂编：《国朝松陵诗征》卷二十三。

第六章 | 文与诗：沈氏家族文学之余声
——乾隆后期至光绪（1875—1908）初年

从乾隆后期到光绪（1875—1908）初年的百年间，沈氏世家在文学上步入了衰落期。载录沈氏一门诗人及作品的《吴江沈氏诗集录》辑刻于乾隆五年（1740），故创作活动在乾隆后期至光绪初年的沈氏作家均未载入此诗集。根据文献资料考知，这百年间沈氏尚有三代作家，即第十代、第十一代、第十二代。

第十代作家除沈培福、沈君平外，属于这个时期的有六位。沈吐玉，字一士，号逸墅。沈文十四世孙，沈之炳次子。沈培生，字骏天，一作峻天，号逸溪。沈勋长子。沈英，初名培本，字海毂。沈凤鸣次子，出为沈彤后。沈培玉，字季芳，一作继芳。沈斯盛第四子。沈宗德，字翊立，号庚亭。沈焯长子。沈墀，字庚伯，号寄庐。沈文灿长子。

第十一代作家除沈君平外属于这个时期的有四位。沈叔度，字履中，号云洲。沈文十五世孙，沈培锦长子。沈钦道，字右文。沈均长子。沈钦复，字见出，号酉山。沈宗德长子。沈钦霖，原名钦临，字仲亨，号芝堂，别号织帘居士。沈宗德次子。

沈文十六世孙无作家可考。所谓第十二代作家乃沈文十七世孙，可考知的只有沈桂芬一人。沈桂芬字经笙。祖父即沈钦霖，父，不详。

沈氏世家还有位叫沈绮的女作家，谱系不详。据费庆善《松陵女子诗征》小传记，"绮字素群。自征裔孙女。居尚湖"。生卒年无考。年二十六卒。姑且归入此一时期。

与其情况相似的还有沈南一。据陈去病《笠泽词征》卷二十一《沈彤传》记，沈南一为沈彤之后裔。具体辈分不详。姑且也归入此一时期。

综上所述，沈氏第十至十二代作家可考知的仅有十三位，著述共十六种，计诗文集类九种，词集类一种，杂著类六种，无论是作家还是作品，在数量上都远不能与此前的文学全盛时期或持续发展时期相比。曾被沈德潜惊叹"史书中亦不易得"①的有四百余年历史的吴江沈氏文学世家，最终失去往昔姹紫嫣红的盛况，"无可奈何花落去"了。

一、 沈氏世家的末代诗人

吴江沈氏世家文学衰落时期的诗人共有八位。他们是沈氏世家第十

---

① （清）沈德潜：《吴江沈氏诗录序》，见（清）沈祖禹、沈彤编：《吴江沈氏诗集录》卷首。

代作家中的沈英、沈培玉、沈宗德、沈墀，第十一代作家中的沈叔度、沈钦道、沈钦复、沈欣霖，以及女诗人沈绮（其世系不能确定，暂列入此辈，以俟博识者考之）。

沈英（1724—1797 以后），初名培本，字海縠。沈文十三世孙，沈凤鸣次子，出为沈彤后。能诗善画，又精禅理。《[道光]苏州府志》卷九十五《沈彤传》记其生平云：

> 嗣子英，字海縠。邑诸生。硁硁自好，颇精禅学。著有《诵芬楼诗稿》。

江铁君《沈先生惜甫》云：

> （沈英）奉道精诚不懈。善画，必勤修行者乃与之，否则求之不得也。[1]

《吴江沈氏诗集录》未收录其作品。考《[光绪]苏州府志》等，有著作二种，《诵芬楼集》与《慈心宝鉴》。《诵芬楼集》。《[光绪]苏州府志》卷一百三十八艺文三著录。《[道光]苏州府志》卷九十五《沈彤传》谓之"诵芬楼诗稿"。今佚。《慈心宝鉴》四卷。未见著录。江铁君《沈先生惜甫》："先生初名培本，后名英。吴江诸生，果堂先生子也。集《慈心宝鉴》一书，劝戒杀放生，苦心恳挚，读者怦然。"今存民国十二年（1923）重刊清乾隆刻本。

---

① （清）江铁君：《沈先生惜甫》，见（清）沈英：《慈心宝鉴》卷四附，民国重刊本。

沈培玉（1740—1787 以后），字季芳，一作继芳。沈文十三世孙，沈斯盛第四子。

赵兰佩《江震人物续志·补遗》记其生平事迹云：

> 培玉，诸生。为诗归真反朴，恬愉冲淡，雅近归季思一流。

《吴江沈氏诗集录》未收录其作品。考《江震人物续志》，有著作一种：《息叹草》。未见著录。《江震人物续志·补遗》："沈培玉……著有《息叹草》。"今佚。

沈宗德（1740—1803），字翊立，号庚亭。沈文十三世孙，沈焯长子。国子监生。考授州吏目。乾隆五十四年(1789)，乡试中第八十五名举人。嘉庆六年(1801)，任上海靖江教谕。卒于嘉庆八年(1803)十一月二十六日，年六十四岁。子五，女一；长子钦复、次子钦临，有文名。

有诗名。沈桂芬《庚亭公诗后记》云：

> 庚亭公笃学不倦，时文用力最深，惜稿皆散佚。古今体诗不多作，作亦随手弃去。晚年自辑诗二卷，篇什无几。桂芬复于简断编残中随时搜录，共得一百七十四首。

《吴江沈氏诗集录》未收录其作品。考《[光绪]苏州府志》等，有著作一种：《勤补书庄诗钞》二卷。《[光绪]苏州府志》卷一百三十八艺文著录。今存道光刻本。

沈墀(1720—1784)，字庚伯，号寄庐。沈文十三孙，沈文灿长子。治《书》，补吴江邑庠生。乾隆十五年(1750)，举江宁乡试三十九名，例授儒林郎直隶州同知，借补广西奉议州掌印、州判。再任福建长泰县知县，借补南平县峡阳丞。《家传·寄庐公传》记其生平事迹云：

> 公……姿致清癯，风神峻整。早岁遵祖父母训，笃志力学，书声达户外……壮举于乡……（为政）勤课农桑，增设小学，疏沟渠百余里……去任之日，一肩行李，宦况萧然。神衿及山谷小民争醵钱以送，公悉不受。附客舟航海而归。公一生虽无大节奇名足以惊世骇俗，然亦可谓笃行君子矣。

《吴江沈氏诗集录》未收录其作品。考《家传》，有著作一种：《合颐语》八卷。未见著录。《家传·寄庐公传》："公……所著诗古，有《合颐语》八卷，未梓。前太子詹事桐城张公讳曾敞为之序。"未刻稿。

沈叔度（1723—1783），字履中，号云洲。沈文十四世孙，沈培锦长子。治《书》。补震泽邑庠生。《江震人物续志》卷十《沈叔度传》记其生平事迹云：

> 沈叔度，字云洲。明太常卿汉裔孙。诸生。性淡定不与世务。工行楷，并善墨梅。著有《学庸显秘》《云洲诗集》。

《吴江沈氏诗集录》未收录其作品。考《［光绪］苏州府志》，有著作二种。《学庸显秘》，《［光绪］苏州府志》卷一百三十八艺文三著录。今佚。《云洲诗集》，《［光绪］苏州府志》卷一百三十八艺文三著录。今佚。

沈钦道（1751—1787以后），字右文。沈文十四世孙，沈均长子。治《书》，补吴江邑庠生。生平事迹较少记载。工诗文。

《吴江沈氏诗集录》未收录其作品。考《［光绪］苏州府志》，有著作一种。《买山楼诗稿》，《［光绪］苏州府志》卷一百三十八艺文三著录。今佚。

沈钦复（1765—1804），字见出，号酉山。沈文十四世孙，沈宗德长子。国子监生。生平事迹较少记载。工诗文。

《吴江沈氏诗集录》未收录其作品。据沈桂芬《庚亭公诗后记》，有《酉山公诗抄》一种，沈桂芬辑，存诗四十四首，与沈宗德、沈钦霖的诗合集付刻。有道光间刻本。

沈钦霖（1769—1832 以后），原名钦临，字仲亨，号芝堂，别号织帘居士。沈文十四世孙，沈宗德次子。治《易》，补吴江邑庠生。乾隆五十四年（1789）中举。嘉庆六年（1801）中进士，授内阁中书。卒年，据《［光绪］苏州府志》卷一百七小传记，在道光十二年（1832）以后。生平事迹载《［光绪］苏州府志》卷一百七人物三十四：

> 沈钦霖，原名钦临，字仲亨。弱冠与父宗德同举于乡。嘉庆辛酉成进士，授内阁中书。道光十年转福建平章同知，邑多盗，钦霖选捕役，设巡船，盗为敛迹。又于沿海隙地，喻民垦种杂粮数百顷，邑以大治。委署兴化府知府，督办木兰坡工程，未几，调署台湾海防同知。时台运内地兵谷积压二十万石，钦霖设法疏通之。十二年，嘉义逆匪张丙倡乱，股匪林海犯郡，钦霖率众击走之。以城守功赏戴花翎，授安徽卢府知府，留台总办军需报销。以积劳卒于官。

《［光绪］吴江县志》卷十七，人物二"治绩"，亦载其平生事迹。

《吴江沈氏诗集录》未收录其作品。考《[光绪]苏州府志》等，有著作一种：《织帘居士诗钞》。《[光绪]苏州府志》卷一百三十八艺文三著录。有清刻本。此外存文二篇：《迮卍川君家传》(图 6-1)，载《松陵文录》卷十八；《吴江赵氏诗存序》，载《吴江赵氏诗存》卷首，又见于《[光绪]吴江县续志》卷三十七艺文。

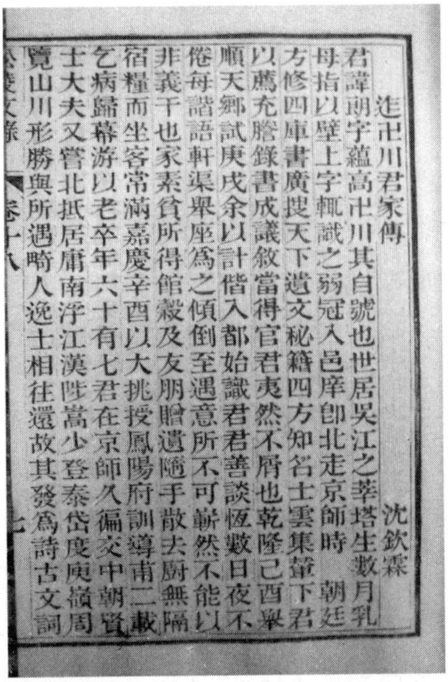
迮卍川君家傳　沈欽霖

君諱朗字藴高卍川其自號也世居吳江之莘塔生數月乳母指以壁上字輒識之弱冠入邑庠卽北走京師時　朝廷方修四庫書廣搜天下遺文秘籍四方知名士雲集輦下君以薦充謄録書成議敘當得官君夷然不屑也乾隆己酉舉順天鄉試庚戌余以計偕入都始識君君善談恆數日夜不倦每諧語軒渠畢座爲之傾倒至遇意所不可齗然不能以非義干也家素貧所得館穀及友朋贈遺隨手散去廚無隔宿糧而坐客常滿嘉慶辛酉以大挑授鳳陽府訓導甫二載乞病歸幕游以老卒年六十有七君在京師久徧交中朝賢士大夫又嘗北抵居庸南浮江漢陟嵩少登泰岱度庾嶺周覽山川形勝與所遇畸人逸士相往還故其發爲詩古文詞

松陵文録　卷十八　七

图 6-1　(清)沈钦霖《迮卍川君家传》(凌淦编《松陵文录》，清同治刻本)书影

沈绮，字素君。沈文九世孙自征之裔孙女。《家谱》未载。费庆善《松陵女子诗征》卷七云："沈绮，字素君。自征裔孙女，居尚湖。"[①]江苏江阴殷墉妻。生卒年无考。年二十六卒。一说年二十一卒。

生平事迹较少记载。工诗善文，博通经史。所作《寄女兄》诗道：

① 费庆善编：《松陵女子诗征》卷七，民国铅印本。以下引自此书不再注明版本。

"腕底多情笔底知，阿兄工画我能诗。题诗与订黄花约，画取秋风欲起时。"（费庆善《松陵女子诗征》卷七）《松陵女子诗征》卷七引郭麟语云：

> 澄江殷耐甫墫老，诗人也。以其亡室沈夫人绮《环碧轩图》属题……夫人少孤，夙慧，塾师训之识字，一过辄不忘。生时著作甚伙。诗文外兼通星纬夕桀之学。年二十六而卒。

同卷又引恽珠语云："素君读书，数行并下，博通经史律历之学……"

《吴江沈氏诗集录》未收录其作品。考《松陵女子诗征》等，有著作五种。《环碧轩诗集》四卷（图6-2）。未见著录。今存清蔡殿齐辑《国朝闺阁诗钞》本，但仅有诗十首，并非全帙。《四六》二卷。未见著录。《松陵女子诗征》引恽珠言："素君……所著有……《四六》二卷。"未见。《唾花词》一卷。未见著录。《松陵女子诗征》引恽珠言："素君……所著有……《唾花词》一卷。"未见。《管窥一得》十二卷。未见著录。《松陵女子诗征》引恽珠言："素君……所著有……《管窥一得》十二卷。"未见。《徐庾补注》四卷。未见著录。《松陵女子诗征》引恽珠言："素君……所著有……《徐庾补注》四卷。"未见。

集外今存诗十二首。《录别》五古一首；《大风泊舟包山》五古一首；《喜山阴潘氏表姊月下见过》五律一首；《寄外》五律一首；《家居即事》七绝一首；《寄女兄》七绝二首；《送外》七绝二首；《赠侍婢云娃》七绝一首。（以上均载费庆善辑《松陵女子诗征》卷七）此外两首，均不见于《环碧轩诗集》和《松陵女子诗征》，姑录之如下：

图 6-2 （清）沈绮《环碧轩诗集》（蔡殿齐编《国朝闺阁诗钞》本，清道光刻本）

暑随三伏尽，秋入五更知。潮到疑吞岸，云飞欲动山。秋雨秋风夜，思君思我时。

绮树每愁花落去，登楼又见燕归来。青山半向云边出，黄鸟多从雨后啼。

诗风清丽，语词凝练。《松陵女子诗征》卷七所引郭麟语云："夫人时因展墓，并游洞庭，皆有诗纪之。惜未见其稿，他如五言云：'暑随……'七言云'倚树……'皆清丽可诵。"清蔡殿齐辑《国朝闺阁诗钞》选其诗十首，在一定程度上可以说明其在清代诗坛上的地位。

二、 沈氏世家的末代古文家

吴江沈氏世家的文学是以文结束的。其文学衰落时期的古文家共有三位。他们是沈氏世家第十代作家中的沈吐玉、沈培生，以及第十二代作家中的沈桂芬。

沈吐玉（1723—1884），字一士，号逸墅。沈文十三世孙，沈之炳次子。治《书》，补吴江邑庠廪膳生。乾隆三十五年（1770）岁贡。生平事迹较少记载。通诗文。曾助袁景辂辑《国朝松陵诗征》卷十六。

著述未有集。《吴江沈氏诗集录》未收录其作品。考《家谱》，有文一篇：《重修族谱系图说》，载《家谱》卷首。

沈培生（1721—1787 以后），字骏天，一作峻天，号逸溪。沈文十三世孙，沈勋长子。治《诗》，补吴江邑庠生。生平事迹较少记载。能诗文。据袁景辂《国朝松陵诗征》卷十四题记，曾参与该卷的编辑。著述未有集，皆散佚不传。《吴江沈氏诗集录》未收录其作品。

沈桂芬（1818—1880）（图 6-3），字经笙，沈文十六世孙。祖父即诗文家沈欣霖，父，不详。子文涛，孙锡珪，无文名。

生平事迹见《清史稿》卷四百三十六《沈桂芬传》：

沈桂芬，字经笙，顺天宛平人，本籍江苏吴江。道光二十七年进士，选庶吉士，授编修。咸丰二年，大考一等，擢庶子。累迁内阁学士。先后典浙江、广东乡试，督陕甘学政，充会试副总裁。八

图 6-3　清同治光绪间总理衙门三位大臣的合影，左一为沈桂芬

年，丁父忧。服阕，补原官。晋礼部左侍郎。同治二年，出署山西巡抚，明年实授。连上移屯、练兵诸疏，并称旨。桂芬以山西民食不敷，自洋药弛禁，栽种罂粟，粮价跃增。于是刊发条约，饬属严禁。疏陈现办情形，上韪之，颁行各省，着为令。旋丁母忧。六年，起礼部右侍郎，充经筵讲官，命为军机大臣。历户部、吏部，擢都察院左都御史，兼总理各国事务大臣。迁兵部尚书，加太子少保。光绪元年，以本官协办大学士。京畿旱，编修何金寿援汉代天灾策免三公为言，请责斥枢臣，喻交部议。桂芬坐革职，特旨改为革职留任。旋复原官，充翰林院掌院学士，晋太子太保。

桂芬遇事持重，自文祥逝后，以谙究外情称。日本之灭琉球也，廷论多主战，桂芬独言劳师海上，易损国威，力持不可。及与俄人议还伊犁，崇厚擅订约，朝议纷然；桂芬委曲斡旋，易使往议，改约始定，而言者犹激论不已。桂芬久卧病，六年，卒，年六十有四，赠太子太傅，谥文定。

桂芬躬行谨伤，为军机大臣十余年，自奉若寒素，所处极湫隘，而未尝以清节自矜，人以为难云。

《［光绪］吴江县续志》卷十四"选举·道光二十八"亦载其人云：

沈桂芬，顺天宛平籍。现协办大学士军机大臣。

沈桂芬是吴江沈氏世家五百余年间在仕途上最显达者，同时又是已知吴江沈氏世家四百年文学史的最后一位文学家，于文亦有所成就，曾将曾祖沈宗德、祖父沈钦霖、伯祖父沈钦复的诗合集刊刻。《吴江沈氏诗集》未收录其作品。有著作两种：《大清穆宗皇帝实录》三百七十四卷，与宝鋆等共同修纂，今存内府抄本；《粤轺随笔》，内容为沈桂芬咸丰十一年（1861）出任广东乡试主考由京城至广东一路见闻的笔记，今存民国刊本。

另有文四篇：《重刻〈水西谏疏〉后记》《重刻〈家传〉后记》《重刻〈诗录〉后记》《庚亭公诗后记》（载《家谱》卷末及《家传》卷末等）。其文简约，不尚词华，如《重刻〈家传〉后记》：

吾族自子文公始迁吴江，六传至太常公以谏议起家，距今三百六十余年，诗礼相传，科名不绝，盖先人贻泽长矣。旧有祠在城中

图 6-4 （清）沈桂芬《粤轺随笔》（民国刊本）书影

铁局巷，谱版庋祠内。咸丰十年毁于兵火，同治四年祠始复旧。而谱牒自乾隆五十二年续修后又阅八十余载，重修之役盖不可缓矣。先刊谱中《水西谏疏》及《家传》，以志诵芬述德之私云。

"述德"之心，见于言表，拳拳之意，托于言辞，而无一虚华之字，其人由其文可见。

沈桂芬是吴江沈氏世家四百年文学史上的最后一位作家，他卒于光绪六年（1880），故我们将这一年作为吴江沈氏世家文学史的最后一年。沈桂芬未见有文章以外的其他文学作品传世或著录，因此，我们说吴江沈氏世家的文学是以文结束的。

盛衰之变，本是事物发展的必然规律，但衰亡自有原因。自清乾隆中期以后，沈氏世家在文学上逐渐衰落之因，就社会文化等外部原因来看，小而言之，是受清中叶以后北方学术胜于江南文学的这种文化变迁的作用；大而言之，是自此以后的清代文学诸如诗文词曲等呈现出整体衰落的状态。大势所趋，沈氏世家在文学上的衰落也就在所难免了。尽管如此，沈氏世家在文学方面文脉绵延历四百年之久已属难得，令人惊之，叹之，并值得我们对其文学创作活动的各个方面及背后的文化内涵和意义进行探讨。

第七章 | 吴兴骚雅，领袖江南：沈氏家族
文学之文学史定位

　　　　　吴江沈氏世家有文学四百年，这的确是中国文学
史上的一个传奇。那么，沈氏世家四百年文学作为一
种文学和文化存在之意义究竟何在？首先最为重要的
一点是其在明清文学发展史上具有独领风骚的地位。
　　　　　在明清两代，吴江沈氏世家文学曾赢得了文坛上
一些名家的很大关注和很高评价。吕天成云："沈光
禄(璟)金、张世裔，王谢家风。"①朱彝尊云："门才
之盛，甲于平江，而子姓继之，文采风流，代各有
集。"(朱彝尊《静志居诗话》卷十六)袁景辂云："风雅
之盛，萃于一家，海内所希有也。"(袁景辂《国朝松陵

────────────

① （明）吕天成：《曲品》卷上，集成本（六），212 页。

诗征》卷一）周铭云：“家世清华，一门鼎盛，父子兄弟皆擅词藻。”（周铭编《松陵绝妙词选》卷二）就连《［乾隆］苏州府志》也称“沈氏世有文采”①。在时人的诸多评价中，清初文坛名家尤侗的论说最具影响力，云：

> 　　沈氏之以风雅著者，如虹台（沈位）、宏所（沈珣）两先生有《柔生斋》《净华庵》二稿，词隐（沈璟）、鞠通（沈自晋）两先生有先后订正《南词九宫谱》，嗣是而君善（沈自继）、君庸（沈自征）、君晦（沈自炳）、君服（沈自然）诸子各极一时之盛，乃至掐粉搓酥之辈亦擅偷声减字之能，如《午梦堂集》（沈宜修等著）、《闲居词》（沈友琴著）、《空翠轩词》（沈御月著），皆其尤者也。于是而吴兴骚雅遂已领袖江南矣。②

这里的“吴兴”一词，意指吴江沈氏③。这段话恰如其分地指出了吴江沈氏世家文学在明清江南文坛上的地位。

---

① 《［乾隆］苏州府志》卷六十五，刻本，清乾隆。
② （清）尤侗：《古今词选序》，见《古今词选》卷首。
③ （清）沈彤：《吴江沈氏姓考》（《果堂集》卷二）云：“今江南浙江之沈，大都为寿春、乌程之苗裔而出于姬姓明矣。吴江之地属江南而邻浙江，则吾沈之聚族于斯也，虽旧谱遗亡，莫知所祖，而自出之始不尚可由其地以考而知之乎！”据沈彤所考，吴江沈氏家族为浙江乌程之苗裔。乌程，在三国时为吴兴郡治所所在地，所以，后世习惯上常以“吴兴”指称乌程。沈德潜《沈彤传》云：“君讳彤，字冠云，别字果堂。先世自吴兴迁江城。”惠栋《沈彤墓志铭》云：“君讳彤，字冠云，别字果堂。系出吴兴，自元季迁吴。”沈廷芳《皇清征士文孝沈先生（彤）墓志铭》云：“君之先自吴兴迁，枫江著望历有年。”袁景辂《国朝松陵诗征》论沈永义时亦云：“蓬莱（沈自南）昆仲六人，并以才藻知名，二闻（沈永义）与诸弟又能嗣响。吴兴多才，副使（沈琬）之后尤独盛云。”由此可知，尤侗和袁景辂所言之“吴兴”，在句中盖指吴江沈氏世家无疑。

一、　"词隐、鞠通，素推南词宗匠"

沈氏世家文学"领袖江南"的，首先是在戏曲方面。在这方面，沈氏世家文学最具理论和创作上的优势，特别是沈璟，被公认为"词坛盟主"①。晚明著名戏曲理论家王骥德说："今之词家，吴郡词隐先生实称指南。"②吕天成则说："沈光禄……运斤成风，乐府之石匠，游刃余地，词坛之庖丁。此道赖以中兴，吾党甘为北面。"③张琦也说："至沈宁庵究心精微，羽翼谱法，后学之南车也。"④徐复祚亦谓："至其所著《南曲全谱》《唱曲当知》，订世人沿袭之非，铲俗师扭捏之腔，令作曲者知其所向往，皎然词林指南车也。"⑤与沈璟同邑的曲学家毛以燧更是不无几分自豪地称："吾邑词隐先生，为词坛盟主。"⑥

沈璟在曲坛上的这种盟主地位，使他的曲学对明后期的戏曲发展产生了巨大的影响。

首先是吴江派的形成和这一派对戏曲发展的贡献。吴江派以沈璟为首，主要成员有吕天成、卜世臣、王骥德、冯梦龙、沈自晋等。吕天

---

① （明）毛以燧：《曲律跋》《曲律》附录，集成本（四），184 页。

② （明）王骥德：《新校注古本西厢记自序》，见《新校注古本西厢记》卷首，北平富晋书社影印明万历刻本，1930。

③ （明）吕天成：《曲品》卷上，集成本（六），212 页。

④ （明）张琦：《衡曲麈谭·作家偶评》，集成本（四），270 页。

⑤ （明）徐复祚：《曲论》，集成本（四），240 页。

⑥ （明）毛以燧：《曲律跋》，《曲律》卷末，集成本（四），184 页。

成、王骥德等人与沈璟关系极密切（图 7-1），有的并师事沈璟。① 王骥德的《曲律》，卜世臣《冬青记》附录《谈词》，吕天成《曲品》，毛以燧《方诸馆曲律序》，冯梦龙《太霞新奏》，均在理论上表现出与沈璟曲学的基本的一致性，这就是强调格律在戏曲艺术中的突出位置，强调"场上之曲"的第一性。如王骥德说："词藻工，句意妙，如不谐里耳，为案头之书，已落第二义。"② 又如冯梦龙提出的"词家三法"即"曰调、曰韵、曰词"③，也都是从"场上之曲"立论的。这一派以多种理论批评著述及创作，提高了新传奇的地位。沈璟著有《曲谱》等多种曲著，王骥德、吕天

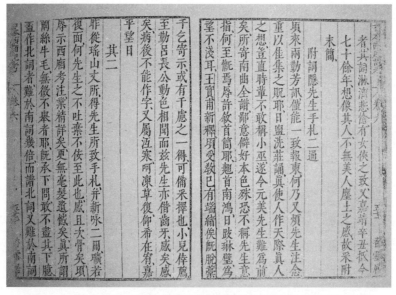

图 7-1 （明）沈璟致王骥德书札（民国富晋书社影写明万历刻本）书影

---

① 详见沈璟《致郁蓝生书》《词隐先生手札二通》、王骥德《新校注古本西厢记自序》《曲律》卷四等。

② （明）王骥德：《曲律》卷三，集成本（四），137 页。

③ （明）冯梦龙：《太霞新奏·凡例》，民国影印清刻本。

成著有《曲律》《曲品》，沈自晋复位《曲谱》，冯梦龙著有《墨憨斋曲谱》（未定稿），其中，《曲谱》《曲品》《曲律》是明代戏曲学最重要的收获。与之同时，他们还积极从事戏曲创作，沈璟、吕天成、王骥德、卜世臣、冯梦龙、沈自晋六人共编著传奇四十七种。文学的繁荣是与一定的创作量成正比的。此外，他们还广泛从事戏曲批评活动，沈璟评定过《琵琶记》《幽闺记》《西厢记》三部旧传奇，王骥德校注过《西厢记》《琵琶记》；冯梦龙编定《墨憨斋传奇十五种》。王骥德说吕天成《曲品》于戏曲家多美词，是因为"勤之雅欲奖饰此道，夸炫一时，故多和光之论"。① 这实际上也是他们共有的愿望。传奇一道，经沈璟吴江派从理论上大加探讨，摇旗呐喊，声誉日渐高涨；而他们在理论和批评上的多方建树，基本解决了传奇发展面临的主要问题。沈璟《曲谱》一出，"海内蜚然向风"②，竟使"俚儒之稍通音律者，伶人之稍习文墨者，动辄编一传奇"③，这在一定意义上解放了传奇，扩大了传奇的创作队伍。兼之他们与曲坛上的人物多有交流，譬如，沈璟与吕玉绳、孙鑛、孙如法、顾大典、凌濛初，或共同研讨曲学，如与孙鑛探讨南曲的音律四声问题，此一节详见于孙鑛写的《与沈伯英论韵学书》④，又如与凌濛初一同考订《拜月亭》⑤；或相与游于乡中戏场，如与顾大典"并蓄声伎，为香山、洛社之游"⑥。沈璟以外，王骥德与顾大典、屠隆、毛以燧……吕天成与孙如法……冯

---

① （明）王骥德：《曲律》卷四，集成本（四），164、165、173 页。
② （明）王骥德：《曲律》卷四，集成本（四），164、165、173 页。
③ （清）姚燮：《今乐考证》著录六引沈德符语，集成本（十），207 页。
④ （明）孙鑛：《居业次编》卷三，刻本，清。
⑤ （清）凌延喜：《拜月亭传奇跋》，见《拜月亭记》卷首，凌延喜校刊本，明。
⑥ （明）王骥德：《曲律》卷四，集成本（四），164、165、173 页。

梦龙与袁于令、范文若，叶宪祖……这些交游直接影响于曲坛，无意中形成一个以吴江派为中心的戏曲创作与研究的热潮。

其次是除吴江派以外，在苏浙地区还有相当数量的戏曲家遵奉着沈璟的曲学主张，其中，较有代表性的人物是沈宠绥、徐复祚、叶宪祖、范文若、汪廷讷、袁于令等人。沈宠绥与沈璟同乡，年辈晚于沈璟。他精研音律之学，十分推崇沈璟，说："《九宫谱》爰定章程，良一代宗工哉！"①他忧虑时人于《曲谱》知其然而不知其所以然，于是著《度曲须知》，"凡南北曲之源流格调、字母方音、吐声收韵诸法，皆辨析其故，指示无遗"，并说这是"仿词隐先生《正吴编》遗意"②。徐复祚为江苏常熟人，所作《曲论》，观点多从沈璟，称沈为"词家宗匠"③，评论作品多重音律，如批评屠隆《昙花》《彩毫》二记说"惜未守沈先生三尺耳"④。他把《曲谱》奉为"词林指南车"，表明了自己对沈璟的理论的赞同。叶宪祖，浙江余姚人。吕天成在《义侠记序》里称他为沈璟的追随者，论其《双卿记》时又说他是"词隐高足"⑤。从叶氏的整个创作看，虽与沈璟的风格不同，但他在一定程度上确实是遵从沈璟的格律编著传奇的。范文若，松江人。作有《博山堂传奇》十五种及《博山堂北曲谱》。范氏守律极严，《花筵赚》凡例云："韵悉本周德清《中原》，不旁借一字……"⑥曲韵本《中原音韵》是沈璟一再主张的，由此看来，沈自晋把他列为沈璟追随

---

① （明）沈宠绥：《弦索辨讹序》，见《弦索辨讹》卷首，集成本（五），19页。
② （明）沈宠绥：《度曲须知·北曲正讹考》，集成本（五），270页。
③ （明）徐复祚：《曲论》，集成本（四），240页。
④ （明）徐复祚：《曲论》，集成本（四），240页。
⑤ （明）吕天成：《曲品》卷下，集成本（六），234页。
⑥ （明）范文若：《花筵赚》卷首，见《古本戏曲丛刊二集》影印明崇祯原刻本。

者，也多少有些依据。袁于令，吴县人，作有《剑啸阁传奇》九种。袁氏师从叶宪祖，范文若将他与沈自晋并称，沈自晋又将他列在沈璟旗帜下，张琦也说他"奉《谱》严整"①，是《曲谱》的有力实施者，说他受到沈璟的影响并不是凭空之词。汪廷讷，休宁（今属安徽）人。他守律甚严，人称"词隐高足"②，其主张与沈璟一脉相承，所作《广陵月》第二出【二郎神】曲云："重斟量，我曾向词源费审详。天地元声开宝藏，名虽小技，须教协律依腔。欲度新声休走样，忌的是挠喉捩嗓。纵才长，论此中规模不易低昂。"③观点与沈璟毫无二致。

继沈璟之后，沈氏戏曲家执曲坛牛耳者是沈自晋。《家传·西来公（沈自晋）传》曾转引当时曲家的话谓沈自晋："尝随其从伯词隐先生为东山之游，一时海内词家如范香令、卜大荒、袁幔亭、冯犹龙诸君子群相推服。卜与袁为作传奇序，冯所选《太霞新奏》推为压卷。范有'新推袁、沈擅词场'及'幸有钟期沈、袁在'之句，其心折何如。"清顺治初年，沈自晋主持修订沈璟的《南词全谱》，受到众多戏曲家的关注。据《南词新谱·参阅姓氏》记载（图7-2），列名"参阅姓氏"的竟有九十五位文学家之多，其中，江南戏曲家有二十余位。他们是：

卜世臣（嘉兴）　冯梦龙（苏州）　吴伟业（太仓）　宋存标（华亭）

陆世廉（苏州）　杨　弘（青浦）　袁于令（苏州）　毛奇龄（萧山）

---

① （明）张琦：《衡曲麈谭·作家偶评》，集成本（四），270页。
② （明）祁彪佳：《远山堂曲品》"能品"，集成本（六），35页。
③ （明）沈泰编《盛明杂剧》一集卷二十五，影印诵芬室翻刻本，北京，中国戏剧出版社，1985。

黄家舒（无锡）　孟称舜（绍兴）　卜不稃（嘉兴）　尤　侗（长洲）

尤本钦（吴江）　吴　溢（吴江）　叶奕包（昆山）　李　玉（吴县）

朱　英（上海）　叶时章（吴县）　李　渔（兰溪）　蒋麟征（吴兴）

范彤弧（上海）　冯　焗（苏州）

清初戏曲名家几乎悉数在内，足可见沈璟、沈自晋所代表的吴江沈氏在曲坛上的地位与声望。

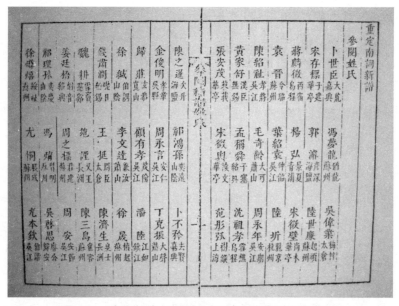

图7-2　《南词新谱·参阅姓氏》（清顺治吴江沈氏刻本）

戏曲理论家李渔在谈到音律与才情时认为："词家绳墨，只在谱、韵二书，合谱合韵，方可言才。否则，八斗难克升合，五车不敌片纸，虽多虽富，亦奚以为！"①这与沈璟一再坚持的"名为乐府，须教合律依

① （清）李渔：《闲情偶寄》卷二《词曲部》，集成本（七），38页。

腔……说不得才长，越有才越当着意斟量"①的观点如出一辙。李渔的
理论主张比较有代表性地说明活跃于清初曲坛的这些戏曲家在理论和创
作方面仍继续受到沈璟曲学的影响。

　　在戏曲理论之外，沈氏世家先后有沈璟、沈自晋、沈永令三代共八
位戏曲家，还有沈自普等十几位散曲家，一门之内，曲家辈出，此亦足
以引领江南曲坛。清初著名戏曲家毛奇龄说："词隐、鞠通，素推南词
宗匠；君庸(沈自征)《渔阳三弄》，尤为北词绝伦。"②可谓是对沈氏世家
领袖江南曲坛的准确概括。

二、 沈氏世家诸子、 闺秀 "各极一时之盛"

　　在尤侗看来，吴江沈氏世家能够领袖江南还得之于"各极一时之盛"
的"诸子"和"掐粉搓酥之辈"。所谓"诸子"，尤侗例举出的有沈位、沈
珣、沈自继、沈自炳、沈自然等人，主要是些诗文家；所谓"掐粉搓酥
之辈"，是指沈氏闺秀即这个家族中的一群女作家，尤侗例举出的有沈
宜修、沈友琴、沈御月等人。

　　先谈尤侗所说"沈氏之以风雅著"的诸子。"各极一时之盛"的不仅有
尤侗例举的沈位等人，还有沈永令、沈永裡、沈彤等一些诗文家。袁景
辂《国朝松陵诗征》论沈永令说："一指(沈永令)古诗……直追中盛唐，

---

　　①　(明)沈璟：【二郎神】《论曲》套曲，《博笑记》卷首，见《古本戏曲丛刊三集》影印
明刻本。

　　②　(清)沈时栋：词【疏烟淡月】《金庭远眺》评语，《瘦吟楼词》。

无一字一句落元和以后。尔时钟、谭盛行，而吾邑诗派不堕蛙声，皆先生砥柱之力也。"（袁景辂《国朝松陵诗征》卷一）《吴江沈氏诗集录》卷九称沈永裎"著《聆缶词》一卷，一时推为吾郡词人之冠"。沈廷芳《皇清征士文孝沈先生墓志铭》论沈彤说："盖其行修于家，文重于艺林，江南之人群宗之。"（《沈果堂全集》卷首）可以肯定地说，沈永令、沈永裎、沈彤都是各极一时之盛的诗文家。

再谈"沈氏之以风雅著"的"掐粉搓酥之辈"，除沈宜修、沈友琴、沈御月外，还有戏剧家叶小纨、散曲家沈蕙端、词人沈宪英、沈华鬘、沈咏梅，以及诗人张倩倩、李玉照、沈关关、沈大荣、沈倩君、沈静专、沈静筠、沈少君、沈菡纫、沈媛、沈绮、金法筵等。叶绍袁为之云："沈氏一门之内，同时闺秀遂有十八，可谓盛矣。"①

由此论之，"吴兴骚雅"完全是由上述"各极一时之盛"的诸子和"掐粉搓酥之辈"与"素推南词宗匠"的沈璟、沈自晋共同创造出的，也就是说，"领袖江南"的不是沈氏世家中的某一位或几位名家，而是整个沈氏文学世家。清人袁景辂说："《吴江沈氏诗集录》所载自太常（汉）以后十世中工诗者七十人闺秀又二十一人。风雅之盛，萃于一家，海内所希有也。"（袁景辂《国朝松陵诗征》卷一）沈德潜序《吴江沈氏诗集录》（图 7-3）也说："前后凡七十公附闺中廿一人，共十二卷，名《沈氏诗集录》……然求其萃于一家历数传而未艾者，史书中亦不易得也。"②使袁、沈二公推重和惊叹的是沈氏世家"为时之百余年，阅十一世，人各有诗，诗各

---

① （明）叶绍袁：《年谱别记》，见《叶天寥四种》，上海杂志公司铅印本，1936。

② （清）沈德潜：《吴江沈氏诗集录序》，见（清）沈祖禹、沈彤编：《吴江沈氏诗集录》卷首。

可传"。^① 这的确是"海内所希有也"，这的确是"史书中亦不易得也"，所以，尤侗再次论吴江沈氏世家时说：

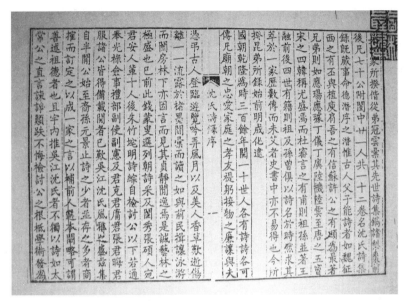

图 7-3 （清）沈德潜《吴江沈氏诗集录序》（清乾隆刻本）书影

遥遥华胄，吾不论已。若吴江沈氏固词人之渊薮也。词隐开疆，鞠通继之……而君庸、君善、君晦诸子相与鼓吹，缔绣蔚然可观，乃至香闺彤管亦题黄绢幼妇，何吴江之多才也。后来出人又有成厦，其长短句同人交口称之。^②

---

① （清）沈德潜：《吴江沈氏诗集录序》，见（清）沈祖禹、沈彤编：《吴江沈氏诗集录》卷首。

② （清）尤侗：《艮斋倦稿》，转引自（清）王旭楼：《松陵见闻录》卷四，刊本，清道光。

　　这些文坛名家都是从沈氏世家文学在诗文，戏剧、词曲等方面整体具有的成就来认识其领袖江南的地位和影响的。试思之，从明中叶至清后期，在将近四百年的时间里，沈氏世家书香传家文脉不绝，代各有人，人各有集。不仅拥有沈璟、沈自晋这样的"南词宗匠"，而且还有被称为"吾邑古文家之首"（《［乾隆］吴江县志》卷三十二）的沈位、"吾郡词人之冠"的沈永禋、"江南之人群宗之"的沈彤等一批"各极一时之盛"的诗文家；不仅先后有十二代文学家共一百三十九人，而且其中还有女作家二十三人。这在文学世家屡见不鲜的江南也是罕见的。以吴江为例，其他三大文学世家，如陆氏有《松陵陆氏丛著》传世，内收文集十六种；叶氏有《午梦堂集》，内收文集十二种；赵氏有《吴江赵氏诗存》，汇集了赵氏一门九代诗人的作品，皆可谓门才之盛，但无一家可与历四百年有十二代一百三十九位文学家的沈氏世家相比。沈氏文学世家的确是可以雄傲江南的。所谓"领袖"者，领导是也，领先是也，雄居众上亦是也，能堪当此者，在明清江南有出吴江沈氏之右者乎？回答是否定的。

　　因此，尤侗独于沈氏称"吴兴骚雅，遂已领袖江南矣"，这应当不是他的一人一时之见，而是文坛一些名家的共识。"吴兴骚雅，领袖江南"的确切解读就是：吴江沈氏文学世家在江南文坛上独领风骚。

第八章 | 吴兴骚雅，领袖江南：沈氏家族文学之文化意涵

"吴兴骚雅，领袖江南"，不仅仅是概括出了吴江沈氏世家文学在明清文学发展史上独领风骚的地位，也同时包括了沈氏世家文学作为一种文学和文化存在所具有的文化意蕴。这种文化意涵既表现出文学世家不同于文学流派的特殊之处，也揭示出文化史上的"中国特色"。

一、 科第兴， 家道兴， 文学兴

沈氏世家文学绵延数百年不绝，与沈氏世家在科举上的持续不断有密切关系。沈氏世家四百年文学所

分为初兴、全盛、持续发展和衰落四个时期，基本上与这个家族在科举上的盛衰相关联。从明弘治（1488—1505）至隆庆（1567—1572），约百年，是沈氏世家文学的初兴时期，历经沈奎（1455—1511）、沈汉（1480—1547）、沈嘉谟（1507—1554）、沈位（1529—1572）四代，有文学家十人。这十人中，两人（沈汉、沈位）中进士，一人（沈嘉猷）中举，五人（沈嘉猷、沈嘉谟、沈嘉谋、沈侃、沈化）为国子监生。

从万历（1573—1620）至清顺治（1644—1661）这八十几年间，是沈氏世家文学的全盛时期，历经沈璟（1553—1610）、沈自晋（1583—1665）两代，有文学家三十八人，其中女作家九人。在诗文、词曲、戏剧、小说等方面共著有作品集八十余部。这三十八人中，六人（沈璟、沈瓒、沈琦、沈玩、沈珣、沈自南）中进士，二人（沈自铨、沈士哲）中举，二人（沈自籍、沈自炳）成岁贡，五人（沈自昌、沈自继、沈肇开、沈自征、沈自友）为国子监生。

从康熙（1662—1722）至乾隆（1736—1795）中期，约百年，是沈氏世家文学的持续发展时期，历经沈永令（1614—1698）、沈时栋（1656—1722）、沈彤（1688—1752）三代，有文学家七十七人，共中女作家十三人。这三代作家也同样著述丰富，共有著作九十三种，计诗文类五十一种，词曲类十七种，戏剧类五种、杂著类二十种。这七十七人中，二人（沈永令、沈廷光）中进士，三人（沈丁昌、沈时懋、沈光熙）中举，二人（沈永、沈三楙）成岁贡，六人（沈永迪、沈永溢、沈枋、沈澍、沈安、沈祖禹）为国子监生。

从乾隆后期至同治（1862—1874）这百年间，沈氏世家文学步入衰落时期，历经沈宗德（1740—1803）、沈钦霖（1769—1832）、沈桂芬（1817—1880）三代，有文学家十五人，著有诗文集九种。这十五人中，进士二人（沈钦霖、沈桂芬），举人二人（沈宗德、沈墀），国子监生二人（沈培福、沈钦复）。

从沈氏世家文学四百年的历史可以看到，沈氏世家在科场称名之时，文学的发展也呈现兴盛态势，反之则呈衰落状况，此中揭示出科第兴、家道兴，则文学兴的一般发展规律。沈氏世家文学能历时四百年，与这一家族在科场延续不断无疑有密切关系。这个家族文学上的辉煌时期也正是其在科场上称名的时期。若就作家个人而言，科举的成功与否并不与其文学的成就成正比。但是，对一个家族整体文化水平的提升而言，科举的成功确有重要意义，因为，科第兴，有助于提高家族的社会地位和声望，从而引起世人关注。清乾隆初年沈祖禹、沈彤编辑《吴江沈氏诗集录》，参阅者有不少都是文坛名家如朱彝尊、朱鹤龄、叶燮、沈德潜等（图 8-1），其中不能排除他们有对沈氏世家门第声望仰慕的原因在内。

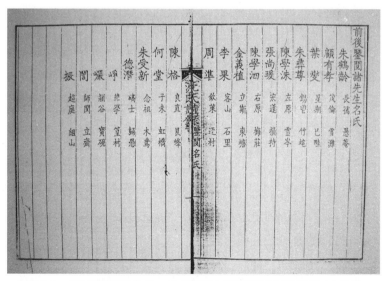

图 8-1　《吴江沈氏诗集录·参阅姓氏》（清乾隆吴江沈氏刻本）书影

在时人论沈氏作家时，也明显流露出有重其家世的因素。譬如，朱彝尊论沈珣，有云："公之曾祖汉，正德辛巳进士；伯位，隆庆戊辰进士；同怀兄琦、玩、从兄璟、瓒，先后皆衣柳汁释褐。"（朱彝尊《静志居诗话》卷十六）沈德潜论沈彤时亦云："君……七世祖汉，正德庚辰进士，刑科给事中……六世祖嘉谟，五世祖倬，并赠通奉大夫；高祖玩，万历乙未进士，山东按察使副使，与兄春曹琦、弟中丞珣、称'枫江三凤'；曾祖自南，顺治乙未进士，山东蓬莱知县；祖永智，诸生；考始树，肆力古学，为时闻人。"[1]吕天成论沈璟则以"金张世裔，王谢家风"[2]称之。这些都或多或少表现出论者在论其人其文时对其家世的推重。而女作家的出现与家族的文化背景尤其密不可分。

二、 家族文化具有很强的凝聚力作用

文学世家本身就是一种文化积累。"吴兴骚雅，领袖江南"，不是靠一、两代人就能做到的，在这方面它与文学流派是不同的，而且其延续时间之长，如沈氏文学世家历四百年，更是文学流派望尘莫及的。究其原因，家族文化的凝聚力作用不容忽视。

家族文化基本上是以血缘纽带为基础的。这就使得在文学世家这种"由同属于一个家族的几代文人构成的文学家群体"中，除了文脉的因素

---

① （清）沈德潜：《沈彤传》，见《沈果堂全集》卷首。
② （明）吕天成：《曲品》卷上，集成本（六），212页。

外，还多了一层血脉的因素。家族文化正是基于这种血脉因素之上的。就沈氏文学世家而论，它主要表现为家谱的修撰和家族文集的刊刻。

《吴江沈氏家谱》的修撰前后共七次。据家谱卷首《述修纂人目》记，修撰人如下：

> 初撰：八世孙沈位；
>
> 重修：八世孙储九世孙瓒、珣；
>
> 三修：九世孙璘、十世孙自晋；
>
> 四修：十世孙自友、肇开、自南，十一世孙永隆、永龄；
>
> 五修：十三世孙始熙（未刻）；
>
> 六修：十一世孙永宥，十二世孙柱、藻、裕、植、松，十三世孙重熙、绩熙、彤，十四世孙培福；
>
> 七修：十三世孙光熙、叔煌、慕熙，十四世孙培丰、吐玉，十五世孙君平、廷钦，十六世孙步湘、步潢。

沈位首修家谱，并撰《宗子说》，谓"予欲天子重海内之宗子，一族之宗得以治一族之事……天下昭然知本朝之所贵，礼让之风兴，狱讼之患息，而治可几矣"①，强调了宗法的治世与教化作用，而修谱则是宗法意识的体现。沈位在《吴江沈氏家谱后序》中进一步说："夫谱不立则人各异心，纷纷忽散乱而不相亲属，乃有视兄弟如路人，而路人反亲于兄弟者，有厚施于左道方技之流，而族反硁硁然无所与者，此悖乱之民

---

① 陈去病辑：《松陵文集三编》卷三十二，百尺楼丛书本，1922。

也，岂族之所宜有哉！"①将修谱所具有的凝聚家族人际关系的作用说得非常透彻。沈氏后继修谱者也都意识到家谱的家族凝聚力作用。譬如，三修家谱的沈璘说："谱，家之史也……亲亲之道在焉。"②并对修撰家谱表现出很强的责任意识，四修家谱的沈永隆说："今弟寿臣，故太史公（位）曾孙也，奋然以修举自任……"③六修家谱的沈永宥在《重修家谱后序》中说："去秋冠云（彤）忿恚，余奋然曰：是余之责也……时元直公倚欣然助资。"（《吴江沈氏家谱》卷首）沈氏家谱的最后一次续修是在乾隆五十二年（1787），从沈位于明嘉靖三十八年（1559）首次修撰家谱至此历时约二百三十年。这二百多年间也是沈氏世家在文学上的昌盛时期，应当说不断地修撰家谱对这个家族的成员特别是文人起了凝聚的作用，因为家谱作为一种家族文化强化了家族的血缘纽带关系。例如，七修家谱的沈光熙、沈吐玉、沈君平，分别属于沈嘉谟、沈嘉猷、沈嘉绩三个不同支派，上距沈氏"嘉"字辈已有七、八世之遥，但同修家谱，无疑加强了彼此间的亲缘关系。这一点，从七次参与修撰家谱的成员大多数都是这个家族中的文学家这一事实已得到了最好的说明。

沈氏文学世家于乾隆后期至道光、同治间衰落，多少也与家谱失修有关，十七世孙沈桂芬在同治间曾有续修之想，但终未能实施，致使我们对此后沈氏世家的情况知之甚少。

乾隆初年，沈氏家族的文集《吴江沈氏诗集录》刊刻问世。这本诗集

---

① （明）沈位：《宗子说》，见（清）沈光熙修：《吴江沈氏家谱》卷首，1931 年国立北平图书馆传抄清乾隆刻本。以下引自此书不再注明版本。

② （清）沈璘：《续修家谱后序》，见（清）沈光熙修：《吴江沈氏家谱》卷首。

③ （清）沈永隆：《续修家谱后序》，见（清）沈光熙修：《吴江沈氏家谱》卷首。

汇辑了沈氏世家九十一人的作品，让世人领略了"沈氏族大，诗人尤多"①的风采。从一定意义上说，《吴江沈氏诗集录》这部由沈氏世家作家群体参与的作品，正是在家族文化的凝聚力作用下诞生的。这在本书引论中已经论述过。《吴江沈氏诗集录》的编辑刊刻将沈氏世家作家以一个整个形象呈现在世人面前，使人们了解和认识了沈氏文学世家，也增强了沈氏作家的自豪感和家族在文化上的凝聚。在这里，文学作品背后蕴含的家族文化因素明显可见。沈彤在《吴江沈氏诗集录后序》中说："凡子孙于祖宗无远近，皆当有以知其性情。盖性情固见诸行事，而尤显于诗歌，故祖宗之诗皆祖宗性情之所存。然必会粹其篇什，乃可以并考而有得……纂就刊刻，以昭示后人。从兄所撰（祖禹）……次为十二卷，而属彤为之校雠。校既卒业，而统观之，直如列祖之环会于前，而承其笑语声咳，莫不各识其性情……兄之为亦善矣。"（《吴江沈氏诗集录》卷首）从沈彤所言，可以清楚知道建立在血缘纽带基础上的家族文化意识是编辑刊刻《吴江沈氏诗集录》的主要指导思想之一。

　　除了家谱的修撰和家族文集的刊刻之外，家族文化具有很强的凝聚力作用还表现为在家族中的文化核心人物的组织下，家族成员对家族中某一文学活动的群体参与。譬如，在本书第一、三、四、五章中曾论及过的《吴江沈氏诗集录》《南词新谱》《古今词选》，是沈氏世家作家在明末至清乾隆间所进行的三个较大且有一定影响的文学工程。这三大文学工程，严格上说都不完全是某一位沈氏作家的个人行为，在编著上都不同程度地表现出家族群体参与的特点。

---

① （清）沈基亭：《赵氏诗存序》，见赵作舟：《吴江赵氏诗存》卷首，刻本，清道光。

先说《吴江沈氏诗集录》。这部诗选刊于乾隆五年（1740），编辑者是沈祖禹和沈彤。严格说，此二人只是这部诗集的最后编定者，这部汇集了沈氏一门近百位诗人作品的著作，并非成于一时，是经过了沈氏世家的几代文人之手才完成。这在沈祖禹《吴江沈氏诗集录序》中有很明确记载：

> 吾沈氏元末始居吴江，自半闲（奎）、水西（汉）二公以忠孝传家而文学亦开其先。厥后遂以诗赋文辞名者众，而诗为尤盛，至今垂三百年，代各有人，人各有集……往者，冽泉公尝撰为总集，尚有所遗且自明季而止……我大父晚香公，从父真崖公先后罔罗，复补其缺，篇什增多，而业俱未就，今又四十三年矣。旧所藏者，各有蠹蚀，而诸公别集转益残缺，每与从弟冠云语及而心伤之。己未夏五乃敢忘其固陋，发旧所藏，重加搜访……定录诗九百五十三首，析为十有二卷，名曰《吴江沈氏诗集录》。

序中所提及的冽泉公、晚香公、真崖公，分别为沈永隆、沈永群、沈始树。沈永隆是沈自晋长子，为沈氏十一世孙，隶属于沈嘉绩支派。沈永群是沈自征次子，为沈氏十一世孙，隶属于沈嘉谟支派。沈始树是沈永智子，为沈氏十二世孙，隶属于沈嘉谟支派。沈祖禹是沈永群孙，沈彤是沈始树子，二人同为沈氏十三世孙，属沈嘉谟支派。仅据沈祖禹《吴江沈氏诗集录序》的记述，人们就可以明了，这部书凝聚了沈氏三代五位作家的心血。其实，沈氏作家参与这个文化工程的还不止上述五人，《吴江沈氏诗集录》卷三标记：

祖禹谨录；廷光谨校。

卷八标记：

祖禹谨录；炯谨校。

沈廷光、沈炯，同为沈氏十三世孙，属沈嘉谋支派。由此算来，参与《吴江沈氏诗集录》编辑的沈氏家族作家至少有七位。

　　《吴江沈氏诗集录》的初辑者沈永隆卒于清康熙六年（1667）。据此可知，《吴江沈氏诗集录》的编辑最晚在此前已开始，至乾隆五年"三稿而整齐之"①，历经康熙、雍正、乾隆三朝七十余年，并最终于乾隆五年由"诸族人相与资而刻之"②。

　　迨至同治六年（1867），沈氏十七世孙沈桂芬有感于原刻板在战乱中"胥归乌有"，于是"觅得一册，即付枣梨……悉心雠校，一切遵循旧式，弗稍紊更"③，即重新校刻了《吴江沈氏诗集录》。这就意味着沈氏家族文人对这一文化工程的群体参与一直延续了一百年。

　　《古今词选》是沈时栋在康熙五十五年（1716）刊刻的，同《吴江沈氏诗集录》一样，沈氏家族也有若干作家参与了这项文化工程。此见于《古今词选》总目题记：

---

①　（清）沈祖禹：《吴江沈氏诗集录序》，见《吴江沈氏诗集录》卷首。
②　同上书。
③　（清）沈桂芬：《重刻〈诗录〉后记》，见《吴江沈氏家传》卷末。

侄：彤冠云、廷光兼历同校。

较之《吴江沈氏诗集录》和《古今词选》，《南词新谱》这一文化工程的家族文化的特征更为突出。首先，参与者阵容庞大。全书二十六卷，卷卷都有沈氏家族文人参与校阅。据卷下题记，一至二十六卷的校阅者有沈氏家族文人共三十三位，其中沈自继、沈自友、沈自铤、沈自南、沈自籍、沈肇开、沈自晓、沈自东八人与沈自晋同为沈氏十世孙，沈祈、沈永启、沈永令、沈永扬、沈永馨、沈永贺、沈永法、沈永卿、沈永龄、沈永荪、沈丁昌、沈永瑞、沈永捷、沈绣裳、沈永禋、沈永仁、沈永乔、沈永先、沈永隆、沈永飂、沈永当二十一人为沈自晋子侄辈即沈氏十一世孙，沈世梂、沈辛梂、沈宪梂、沈欣梂四人为沈自晋侄辈即沈氏十二世孙。卷十所记沈君谟，卷十一所记沈雄、卷二十一、卷二十二、卷二十三所记顾来屏等，或为本邑同宗，或为沈自晋甥，皆非沈氏家族文人，故不计在内。上述三十三人占已知沈氏世家这三代作家六十九人（女作家除外）的半数左右，参与者阵容之庞大不言而喻。

其次，参与的工作至关重要。除作为《南词新谱》的一般校阅者外，上述文人中的沈自南作有《重定南九宫谱新序》（图 8-2）、沈自继作有《重辑南九宫十三调词谱述》、沈自友作有《鞠通生小传》、沈永隆作有《南词新谱后序》。这些序文（传记）或"聊述所由以志谱刻缘艰"[1]，或记沈自晋生平，皆为《南词新谱》不可缺少的组成部分。不仅如此，沈自继还是编著曲谱的倡导者之一。沈自晋《复位南词全谱凡例续记》记云：

---

① （清）沈自南：《重定南九官新谱序》，见（清）沈自晋：《南词新谱》卷首。

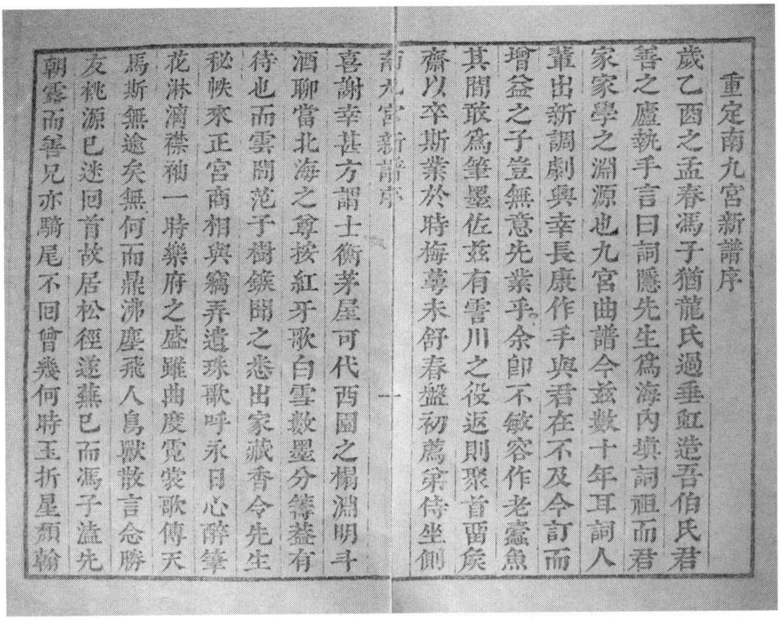

图 8-2 （清）沈自南《重定南九宫新谱序》（清顺治吴江沈氏刻本）书影

　　因忆乙酉（清顺治二年，1645）春，予承子犹委托，而从弟君善实怂恿焉……

由此可知，沈自继、沈自南等人在这一文化工程中扮演了举足轻重的角色。

　　最后，沈自晋在《南词新谱》中著录作家作品时，明显有意突出沈氏作家的家族血缘关系。例如，曲谱卷首《古今入谱词曲传剧总目》记云：

　　沈西来《望湖亭》：自晋字伯明，一字长康，别号鞠通生。词隐先生从子。

《沈治佐散曲》：名永隆，伯明子。

《沈君善散曲》：名自继，别号碍影生。词隐先生从子。

《沈巢逸散曲》：讳珂，字祥止。词隐先生从弟。

《沈曼君散曲》：名静莼。伯英季女。

《沈方思散曲》：名永启，号旋轮。君善子。

《沈圣勤散曲》：名昌。拱辰子。

《沈子勺散曲》：讳瓒，号定庵。词隐先生仲弟。

《沈斿美散曲》：名世枡，号初授。伯明侄孙。

《沈幽芳散曲》：名蕙端。沈巢逸孙女，伯明侄。

《沈建芳散曲》：名永馨，别号篆水。词隐先生侄孙。

《沈一指散曲》：名永令，一字文人。若宇子。

《沈龙媒散曲》：名辛枡。伯明侄孙。

《沈云襄散曲》：名永瑞。伯明侄。

《沈长文散曲》：名绣裳，一字素先。词隐先生孙。

《沈君庸散曲》：名自征。词隐先生从子。

《丽乌媒》：传奇，未刻稿。沈友声作，名永乔。伯明侄。

　　这种对沈氏作家的家族血缘关系的突出，自然而然地赋予这部曲著一些家族文化的色彩。从一定程度上说家族文化的凝聚力是与一个家族中在文化上的核心人物的号召力分不开的。

三、 文学世家的家学传承—— 一种文化基因

吴江沈氏世家在文学上自有其家学传承。前人论沈氏作家时于此已有所注意。尤侗《古今词选序》论沈时栋云：

> 松陵沈子焦音工于诗古文词，而于长短句尤号专家……因思沈氏之以风雅著者……各极一时之盛……今焦音烂熳天才，渊源家学。①

周铭《松陵绝妙词选》卷四论沈三楸云：

> 沈词婉折遒丽，足继家声。

袁景辂《国朝松陵诗征》卷八引陈行之语论沈安云：

> (安)诗律工整雄秀，克绍其家学云。

沈氏作家自己也持有此见，如沈自友《鞠通生小传》论沈自晋、沈永隆父子云：

---

① （清）尤侗：《古今词选序》，见（清）沈时栋编：《古今词选》卷首。

　　（自晋）生有子而才能，世其家学。①

　　那么，沈氏世家文学上的家学表现在哪方面呢？晚明著名戏曲家冯梦龙曾与沈自晋从兄沈自继语云：

　　　　词隐先生为海内填词祖，而君家学之渊源也。②

清初著名浙派词人顾贞观为沈时栋《古今词选》作序时云：

　　　　至其家学之流传，则《九宫谱》诸书久矣。③

近人陈去病在论及沈彤时亦云：

　　　　先生覃精经术，为世鸿儒而亦兼工倚声，洵自有宋时斋以来一
　　　　人而已，亦见词隐先生遗泽之长。④

据此可知，沈氏世家文学上的家学是沈璟《南词全谱》所代表的曲学理论。这种家学可以说是一种文化基因。

　　《南词全谱》作为明清时期重要的曲学理论，由沈璟完成，并经沈自

---

① （清）沈自友：《鞠通生小传》，见（清）沈自晋：《南词新谱》卷末。
② （清）沈自南：《重定南九宫新谱序》，见（清）沈自晋：《南词新谱》卷首。
③ （清）顾贞观：《古今词选序》，见（清）沈时栋编：《古今词选》卷首。
④ 陈去病编：《笠泽词征》卷二十七。

晋发扬光大，被公认为沈氏的家学，其传承可分为两个阶段。第一阶段以沈自晋所修订的《南词新谱》为代表。

沈自晋为沈璟从侄，《家传·西来公传》述其与沈璟的家学传承云：

> （自晋）尝随其从伯词隐先生为东山之游，一时海内词家如范香令、卜大荒、袁幔亭、冯犹龙诸君子群相推服。卜与袁为作传奇序，冯所选《太霞新奏》推为压卷……其心折何如。

沈自晋之所以受到同时代曲家的推重，根本原因在于他得沈璟曲学之衣钵。他自己也以继承沈璟的曲学为己任，一再申明："先词隐三尺既悬，吾辈寻常足守。"[①]"先生既以作为述，予何不以述述之，所谓鲁男子善学柳下惠者也。"[②]"先词隐以精思妙裁，成一代之乐府，予则何能而妄增论注？"[③]在《重定南词全谱凡例》中，他规定了编辑《南词新谱》的十条原则，其中"遵旧式"，"禀先程""重原词""严律韵""慎更删"等原则，充分表现了《南词新谱》与沈璟《南词全谱》一脉相承的关系。但传承并不等同于照搬，凡例中提出的另外几条原则："采新声""稽作手""从诠次""俟补遗"等表明，《南词新谱》在与沈璟的《南词全谱》的曲学理论保持一致的同时也有新的发展。这主要是：删改旧本；采录新声；考明作者；兼取律法与才情。这些在本书第四章中已有专门论述，不赘。从《南词全谱》到《南词新谱》，正是有了这种传承，沈氏在曲学理论上的家学特

---

① （清）沈自晋《重定南词全谱凡例》，见《南词新谱》卷首。

② 同上书。

③ 同上书。

点才更为显著地显现在世人面前。

　　沈氏在曲学理论方面的家学传承的第二个阶段的代表是沈时栋的《古今词选》及其词学。由曲学到词学，传承的轨迹有了变化，但并不存在根本的区别，因为沈璟、沈自晋的曲学理论，主要在曲律声韵方面。词与曲同源，均为填词之技，所以沈时栋的词学与沈氏前辈的曲学仍属一脉相承。沈时栋在《古今词选》卷首列有"选略八则"，阐述了他的词学理论。他批评"今人填词恒拘字数而不严句法音律"，强调"词谱惟取调体兼备，虽本调必无佳构亦须采入一首以备调"，这些很明显与沈璟和沈自晋严于律而宽于词，体与调兼备的曲学思想是一致的。在沈时栋之后，传承曲学的还有沈时栋从侄沈斯盛。《江震人物续志》卷十记云："沈斯盛……少有文名，屡试乡闱不售。沉酣韵学。"

　　显然，从沈自晋到沈时栋等，沈氏家族中的后代文人有一种传承先辈的潜在意识。或可认为这种意识是自觉的。沈永隆在《南词新谱后序》中于此曾有清楚地表述：

　　……顾集未半而烽烟飚起，鼠窜狼奔，从叔君善冒锋镝走书家君以促令卒业……夫子反鲁正乐其在迹熄诗亡之后乎！家君亦犹是志也。谱既成，乃呼隆而命之曰："向者若肆举子业时是谱也，吾不若见妄意。若之异日隶太常诏雅乐当进而洞析黄钟肇明律历，庶几煌煌炜炜以勿坠我十五帝风，安用此游人冶女之什唱和花间邪！……今而后若姑从事此以卒我志。"言未既泪且交下，隆亦不敢仰视。①

---

① （清）沈永隆：《南词新谱后序》，见（清）沈自晋：《南词新谱》卷末。

沈自晋继承了沈璟的曲学，又明确希望沈永隆能将这一家学传承下去。西方当代文学理论家博尔赫斯认为作家与他的先驱者之间的关系并非通常意义上的借鉴或经验、方法上的继承，而是一种更为神秘、隐晦的相类性。① 我们对由《南词全谱》到《南词新谱》，再到《古今词选》及其词学，也可作如此理解。尤侗谓"词隐、鞠通两先生有先后订正《南词九宫谱》"②，又谓沈时栋"烂熳天才，渊源家学"；顾贞观说"至其家学之流传，则《九宫谱》诸书久矣"，也都非常清楚地看到了沈自晋和沈时栋的词曲之学与沈氏前辈的曲学在理论本质上的相类性或相同性。

　　沈氏世家的家学传承，除了表现在曲学理论方面的继承与延伸外，还表现为一种明显的文化指向，即由曲学理论扩展到戏曲创作方面。自沈璟以后，沈氏家族中有戏剧家沈自晋、沈自征、沈自昌、沈永隆、沈永令、沈永乔、叶小纨，共七位，有散曲家沈瓒等十七位。一门之内，三代之中，有如此多的作家染指戏曲，绝非偶然，这与沈璟作为一代曲学大师所开创的家学的文化指向是密切相关的。沈自友谓沈永隆"世其家学"，其实也并非指其在曲学理论上有什么建树。王豫《江苏诗征》卷一百一十七称"永隆父鞠通生，以词名家。冽泉（永隆）克嗣音，尝续范香令传奇，识者谓可与《望湖亭》并传"。《望湖亭记》是沈自晋作的一部传奇。由此可知，沈自友谓沈永隆能"世其家学"是包括戏曲创作在内的。沈自征序叶小纨《鸳鸯梦》杂剧，谓"词曲盛于元，未闻擅能闺秀者。蕙绸（小纨）出其俊才，补从来闺秀所未有"③。叶小纨是沈璟的孙媳，

---

① 参见格非：《格非散文》，166 页，杭州，浙江文艺出版社，2001。
② （清）尤侗：《古今词选序》，见（清）沈时栋：《古今词选》卷首。
③ （明）沈自征：《鸳鸯梦小序》，见（清）叶绍袁编：《午梦堂集》卷四。

她选择戏剧这种文学形式写心抒情，也使人不能不隐约感觉到此中沈氏家学的文化指向的作用。特别是叶小纨所作《鸳鸯梦》的自传性与与沈自征《渔阳三弄》杂剧"自寓""自寄"的自传意味之间所表现出的文化基因即文学传承的轨迹更是历历可见、一目了然。陈去病《笠泽词征》称："沈氏自词隐先生后，微特群从子姓精研律吕，即闺房之秀，亦并擅倚声。"（陈去病《笠泽词征》卷二十二）也就是说沈氏家学的文化指向一直扩展到沈氏作家的词曲创作之中。

四、 女性文学创作与家族文化因素密切相关

沈氏世家文学中最为耀眼的一个亮点是一群女性作家的出现，仅见于《吴江沈氏诗集录》的就有沈宜修等二十一位之多，此外，可考知的还有诗人沈绮和散曲家沈静筠。一门彤管之盛，使与沈氏同邑的大文学家叶绍袁由衷惊叹道："沈氏一门之内同时闺秀遂有十八，可谓盛矣。"①在中国封建社会，较之男性作家，女性作家背后的家族文化的因素起着更为明显的作用，换句话说，在一个缺少文化素养的家庭，较少接触到社会文化影响的女性成为一个诗人的可能几乎是不存在的。因此，从这个意义上说，女性作家的出现本身就是家族文化的产物。清人袁枚说："闺秀能文，终竟出于大家。"②不是没有道理的。吴江沈氏世家不仅仅

---

① （明）叶绍袁：《年谱别记》，见《叶天寥四种》本。
② （清）袁枚：《随园诗话》卷三，刻本，清。

有一二位女性作家，而是出现了一个女性作家群体，其所体现出的家族
文化因素无疑最能说明女性作家体现的家族文化意味。具体论之，主要
有两点。

第一，女性作家揭示出家庭（族）较高的文化含量。具体看《吴江沈
氏诗集录》载录的二十一位女作家，可分为两类。一类是沈姓女作家，
有沈宜修、沈智瑶、沈大荣、沈倩君、沈静专、沈媛、沈静筠、沈关
关、沈宪英、沈华鬘、沈少君、沈蕙端、沈蔄纫、沈御月、沈友琴、沈
树荣、沈绮、沈咏梅，共十八位。另一类是嫁入沈氏家族的女作家，有
沈自南妻顾孺人、沈自征妻张倩倩和李玉照、沈永桢妻叶小纨、沈重熙
妻金法筵，共五位。

先谈沈姓女作家。从这十六女作家的世系，我们发现她们几乎无一
例外都生活在一个诗人之家。沈宜修、沈智瑶为姊妹，是诗人沈玞之
女。沈大荣、沈倩君、沈静专为姊妹，是戏剧家沈璟之女。沈媛是诗人
沈瓒之女。沈关关是诗人沈自继之女，沈宪英、沈华鬘是诗人沈自炳之
女，著名戏剧家沈自征是她们的伯（叔）父，沈宜修和沈智瑶是她们的姑
母。沈少君是诗人沈自友之女。沈蕙端是诗人沈珂的孙女，从伯父即著
名戏曲家沈自晋。沈蔄纫是诗人沈永令之女。沈御月、沈友琴为姊妹，
是诗人沈永启之女，兄弟即著名词家沈时栋。沈树荣是沈璟的曾孙女，
其母即戏剧家叶小纨。沈咏梅是诗人沈澍之女，祖父即沈永令。这样的
家庭均有着较高的文化含量，文学氛围自然较之一般家庭更为浓厚。
《吴江沈氏诗集录》卷七沈永启小传记载：

> （沈永启）一子二女，皆娴诗词，暇辄命题分韵相唱和，子女有
> 名句，则回环歌讽，以为欢笑。

袁景辂《国朝松陵诗征》卷三在引述《吴江沈氏诗集录》的上述记载后称：

> （沈永启）子即成厦（沈时栋），女即参苻（沈御月）、纤阿（沈友琴）也。谢庭咏絮，千古夸为韵事。吾乡前有《午梦堂》，后有《逊友斋》（沈永启诗集），呜呼盛哉！

考《林下词选》《笠泽词征》《瘦吟楼词》《众香词》等，沈友琴、沈御月与父兄的唱和之作有以下数首：

> 沈友琴：【南乡子】《元旦和百末词二阕》二首；【减字栏花】《池塘楼外》《清露酿花烟》二首。
>
> 沈御月：【南乡子】《元夜和百末词》一首；【南乡子】《爆竹破塞烟》《晓起动梳奁》二首；【虞美人影】《送春和韵》一首。

沈璟三女皆工诗文，也绝非偶然。沈静专自序所作诗集《适适草》云：

> 先大人（沈璟）曰：以若所言，是庄生所云适人之适，而不自适其适也。余分舞雪，耳闻是语。嗣后每思先大人自适之旨……窃以诗之为道，不劳而获者，虽曰浅率，似有性存。而雕琢愈工，则形神俱困，欲适反劳矣。昔人云：风行水上，自成至文。又东坡言诗以无意为佳。则吾辈旨桨是任，笔墨之业，固非望于闺阁，又焉敢作绮语以落驴胎马腹。但抚孤影之空寂，志先人之痼歌，缘景绘心，借情入事，殊有萧然自适之趣。回念吾家词隐先生，清风师

世，所言庄生自适，或亦质之余而有合乎。①

从这段话可知沈静专的诗论诗作受其父沈璟的影响是显著的。沈璟也极称赏幼女沈静专，谓"其才类眉山长公（苏轼）"（周铭《林下词选》卷八）。《吴江沈氏诗集录》卷十二谓沈静专"好学佛，自号上慰道人。撰《颂古》一卷"，又谓其伯姐沈大荣"晚年学佛，自号一行道人……兼善草书"，联系《吴江县志》沈璟小传"（沈璟）晚乃习为和光忍辱……因改字聃和以自况……工诗文及行草书"和《沈氏家传·宁庵公传》"（沈璟）晚则屏居深念，与世缘渐疏"，"行楷久珍于世"等记载，可以很清楚地看到沈大荣、沈静专心仪佛道和身怀的诸般才艺，皆是禀承其父之风而来。

沈自炳长女宪英、幼女华鬘均有作品入选钱谦益《列朝诗集》（图8-3），堪称一代才女。《吴江沈氏诗集录》卷十二沈华鬘小传说她"幼而能诗，兼晓绘事"。周铭《林下词选》卷十一称沈宪英"所著甚富，饶有家风"。沈自炳是明末复社人士，有诗名，陈济生《启祯两朝遗诗》存其诗十四首。沈宪英、沈华鬘的文学才能无疑是由家庭的文化环境造就的，所谓"幼而能诗""饶有家风"，都清楚地指明了这样一个基本事实。

沈璟曾孙女沈树荣，母叶小纨。《江苏诗征》称其"承母教，工诗词"。上述沈氏四个家庭中的八位女作家与家庭文化环境的关系，比较典型地说明了女性作家背后的家族文化因素的作用。

---

① 转引自胡文楷：《历代妇女著作考》卷五，上海，上海古籍出版社，1985。

图 8-3 （清）钱谦益编《列朝诗集·闰集》（清宣统二年重刊本）所录沈华鬘诗书影

再谈另外五位非沈姓女作家。这五人，除李玉照家世不详外，均成长于书香之家。张倩倩的曾祖父张基是嘉靖十九年（1540）举人。有文名，于书无所不窥，而尤精于经术，多所笺纂。《姑苏名贤小纪》和《国朝献征录》有传。前者记张倩倩的座右铭曰："勿展无益身心之书，勿吐无益身心之语，勿近无益身心之人，勿涉无益身心之境。"[①]张倩倩父张世学，亦为文人。

顾孺人是诗人顾有孝姐。顾氏乃吴江书香之家。顾有孝为诸生，明亡不仕。著有《雪滩钓叟集》《乐府英华》《松陵文起》《纪事诗抄》等。

叶小纨的父亲是著名诗人叶绍袁，母亲是沈宜修，姐妹兄弟亦多有

① （明）文震孟：《张孝廉先生》，见《姑苏名贤小纪》，刻本，清。

能诗者。在吴江，叶氏家族是唯一能在文学上与沈氏世家齐名的文学名门世家。叶小纨自幼即受到家庭中文学艺术的熏陶。小纨弟叶燮《午梦堂诗钞述略》云：

> 余伯、仲、季三姊氏，自幼闺中唱和……

同样的记载亦见于《[乾隆]吴江县志》卷三十四《叶小纨传》：

> 叶小纨，字蕙绸……幼端惠，与昭齐、琼章以诗词相唱和。

今存叶小纨《存馀草》中有《四时歌和母韵》《秋夜和琼章妹》诸诗，略可见其"闺中唱和"之一斑。

金法筵是明清之季的大文学家金圣叹的女儿。金家也是文学名门之家，故法筵成为诗人的客观环境是得天独厚的。据《吴江沈氏诗集录》卷十一小传记载，她"七岁能诗，圣叹爱之，为赋'左家娇女惜余春'之句"①。《名媛绣缄》也记载说"法筵七岁即能诗，父爱之，比于左家娇女"②。

无论是张倩倩、顾孺人，还是叶小纨、金法筵，她们虽成长于各自的家庭，但在成为诗人这一点上是有着惊人相似之处的。在她们的身上

---

① 金诗见《沉吟楼诗选》"七言律"，原题《暮春早坐小女折花劝簪谢之》，全诗为："左家娇女惜余春，剩碧残红采折新。数朵轻身赵皇后，一枝善病李夫人。老夫早起虽乘兴，白发斜簪已不伦。珍重他年临此日，见爷满腹是车轮。"

② （清）王豫编《江苏诗征》卷一百七十一引。

或隐或显地体现了家庭（族）良好文学环境对女性成为作家有至关重要的作用。

第二，沈氏女性作家群在更深的层面上还揭示了家族与家族间的门当户对所蕴含的文化意义。从沈姓女作家方面看，沈宜修夫叶绍袁是天启进士，著名文学家。沈媛夫周邦鼎是康熙进士。沈大荣夫王士禄是万历举人，其伯父即著名文学家王世贞。沈宪英夫叶世偁，是叶绍袁之子。沈树荣夫叶舒胤为康熙举人，是叶绍袁从孙。沈蕙端夫顾来屏与沈永隆为表兄弟，是著名戏剧家。他如沈智瑶夫陈国珽、沈倩君夫范信臣、沈静专夫吴昌逢、沈关关夫王君珽、沈华鬘夫丁彤、沈菡纫夫吴梅、沈友琴夫周钰、沈御月夫皇甫锷、沈咏梅夫钱楷、也多为吴中文人。从文化的角度看，这种家族间的门当户对有利于女性作家出嫁后继续进行文学创作活动。

以沈氏出嫁到叶氏家族的三位女作家沈宜修、沈宪英、沈树荣为例。沈宜修万历三十三年（1605）嫁与叶绍袁为妻，时年十六，至崇祯八年（1635）去世，在叶氏家族生活了三十年。她是诗人沈珫之女，虽自幼"通经史，尤娴风雅"，但其文学活动的主要部分还是在嫁与叶绍袁后的三十年间。正如邹漪《启祯野乘》卷十五《女仙传》所云："工部擅雕龙誉，宛君亦班蔡齐驱。"叶绍袁《亡室沈安人传》于沈宜修婚后的文学活动叙之更详：

> 沈氏名宜修，字宛君……十六岁归于余……喜作诗，溯古型今，几欲追步道蕴、令娴矣……戊午（万历四十六年，1618）以后，儿女累多……四五岁，君即口授《毛诗》《楚辞》《长恨歌》《琵琶行》，

教辄成诵……诸子大者与论文，小者读杜少陵诗，琅琅可听……吟咏余暇，或共琼章飘姚药径，恒有履迹焉……疾时作诗《呈泐师》云："一灵若向三生石，无叶堂中愿永随。"……君诗多悲凉凄惋之音。①

此类记载，又见于叶绍袁《愁言序》："余内人（宜修）解诗并教诸女，文彩斐亹，皆有可观览焉。"②叶氏一门风雅之盛，钱谦益《列朝诗集·闺集》《沈宜修传》赞赏有加："宛君与三女相与题花赋草，镂月裁云。中庭之咏，不逊谢家；娇女之篇，有逾左氏。"可以毫不怀疑地说，叶氏家族良好的文学氛围使沈宜修的文学才华得到了充分发展。

沈宪英夫叶世偁是叶绍袁和沈宜修的第三子。宪英年十七出嫁，后二年世偁卒。作品今存诗词二十余首，多作于嫁与叶世偁以后。周铭《林下词选》称其"所著甚富"，当与家庭的文化环境有直接关系。

沈树荣夫叶舒胤是叶绍袁从孙。树荣与夫居家多有吟咏。周铭《林下词选》卷十三小传记云：

> 沈树荣，字素嘉。吴江沈永桢女，叶蕙绸其母氏也。适同邑诸生叶舒胤即仲绍先生从孙。其所制家庭酬唱居多，可想见渭阳之韵事矣。

---

① （明）叶绍袁：《亡室沈安人传》，见《午梦堂集》卷二。
② 同上书。

再从非沈姓女作家方面看。她们的文学创作也都与沈氏家族的文化氛围密切相关。上文所引陈去病在《笠泽词征》中说的"沈氏自词隐先生后，征特群从子姓精研律吕，即闺房之秀亦并擅倚声"一段话，也可以理解出这样的意思："闺房之秀亦并擅倚声"，是得之于沈氏家族"群从子姓精研吕律"的文学环境的。

张倩倩和李玉照同为沈自征妻，并工诗词。《吴江沈氏诗集录》卷十二李玉照小传云："（玉照）诗词秀整，并嗣美张硕人（倩倩）。"沈宜修《表妹张倩倩传》记张倩倩归沈后生平云：

> 倩倩姿性颖慧……以余季女琼章为女。……倩倩亦自工诗词，作即弃去，琼章生时所能记忆者止一二耳。余不忍忘，今并录之。有《咏风》云……又《忆旧》云……又《过行春桥》云……又《春日》云……词则有《忆秦娥》云……《浣溪沙》云……《蝶恋花》云……其才情如此，岂出李清照下乎！①

传中所记诗词，皆为张倩倩归沈后所作。李玉照存世诗词十九首，也均为归沈后作。

叶小纨为沈璟孙永桢妻，生于沈璟去世后一年。其《鸳鸯梦》杂剧作于崇祯五年（1632）琼章、照齐相继去世之后，时已归沈多年。

金法筵是诗人沉重熙妻。《吴江沈氏诗集录》卷十一小传说她"于归后……纺绩之余，辄事吟咏。有《惜春轩稿》一卷。词意老成，时有道

---

① （明）沈宜修：《表妹张倩倩传》，见（明）叶绍袁编：《午梦堂集》卷二。

气"。作为一个女性在纺绩之余能"辄事吟咏"，家庭的文学氛围之浓厚是不难想见的。

　　上述无论是沈姓女作家，还是非沈姓女作家，她们婚后能继续进行文学创作无不得之于家庭（族）的文化环境。从这个层面上看，家族与家族间在文化上的门当户对于沈氏世家女性作家群体的出现是有积极意义或必不可少的。尤其是文学名门世家的联姻，实际上也是一种文化上的优势组合，如沈氏与吴江叶氏文学名门之家，沈氏与太仓王氏文学名门之家，沈氏与昆山顾氏文学名门之家，沈氏与吴县金氏文学名门之家，等等。其中，最有代表性的是沈、叶两大文学名门的联姻。

　　沈、叶两大家族的联姻，可考知的有三代，涉及女作家四人。第一代为沈珫之女沈宜修与叶绍袁；第二代为沈珫之孙、沈自炳之女沈宪英与叶绍袁、沈宜修第三子叶世偁，叶绍袁、沈宜修次子叶小纨与沈璟之孙、沈自铉之子沈永桢；第三代为沈永桢、叶小纨之女沈树荣与叶绍袁从孙叶舒胤。这种联姻密切了两大家族间的关系，也在一定程度上与文学创作活动发生着联系，如崇祯五年，叶绍袁、沈宜修的长女叶纨纨（字昭齐）、叶小鸾（字琼章）相继病亡，沈氏世家中有多人作诗哀悼：

　　　　沈智瑶：《忆昭齐、琼章两甥女》一首。

　　　　沈倩君：《悼甥女昭齐》三首；《悼甥女琼章》三首。

　　　　沈静专：《悼甥女昭齐》五首；《悼甥女琼章》五首。

　　　　沈　媛：《挽叶昭齐甥女》三首；《挽叶琼章甥女》三首。

　　　　沈宪英：《哭昭齐姊》一首；《花下忆琼章姊》一首；【点绛唇】《忆琼章姊》一首。

沈华鬘：《春夜忆昭齐姊》一首；《春日忆琼章姊》一首。

沈蕙端：【仙吕入双调·醉扶归】《挽昭齐、琼章》套曲一篇。

沈自征：《祭甥女琼章文》一篇。

沈自炳：《甥女叶琼章哀词》一篇。

再如叶绍袁崇祯间辑其一门诗文为《午梦堂集》，为世人瞩目。而沈氏世家也有多位作家参与了这部诗集的成书工作。其中，沈自征作有《鹂吹集序》和《鸳鸯梦小序》；沈自炳作有《伯姊叶安人宛君遗集序》和《梅花诗序》；沈大荣作有《叶夫人遗集序》（图 8-4）；沈自炳作有《返生香序》。这些文学创作活动都直接反映出沈、叶两大家族的文化交往中的家族意味。

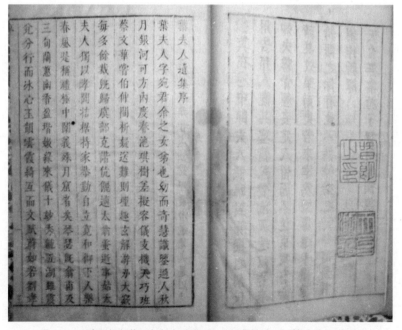

图 8-4 （清）沈大荣《叶夫人遗集序》（明崇祯本《午梦堂集》）书影

沈、叶两大文学名门的联姻，在沈氏女性作家群体上还表现出由此带来的一种文化上的优势组合。明末清初的吴江沈、叶两大文学世家在文学上各有千秋。沈氏以曲学称雄，这已在上文说过。叶氏则以诗知名，其家学之长也在此。著名诗论家沈德潜《午梦堂集八种序》于此曾明确言之：

> 吴江之擅诗文者固多，而莫盛于叶氏。其最著者，如虞部、廷尉、横山（叶燮）、莱亭诸先生……师门群从类长吟咏，虽闺阁中亦工风雅，郡志所载《午梦堂集》，妇姑姊妹，更唱迭和，久脍炙人口……而横山家学之不坠……①

沈氏之曲，叶氏之诗，一诗一曲，优势互补。这种优势组合最终成就了诗人沈宜修和戏剧家叶小纨。沈宜修不仅能诗，而且论诗，还编辑了同时代女诗人的作品选集《伊人思》，成为吴江极知名的女诗人。《列朝诗集》和《明诗综》等都选有她的作品，其诗歌成就显然得之于叶氏家族在诗学上的优势。同样，叶小纨以戏剧这种文学艺术样式写情寄怀，所作《鸳鸯梦》杂剧"补从来闺秀所未有"，"其俊语韵脚，不让酸斋、梦符诸君"②。这与她是沈璟的孙媳而受到家风的影响有一定关系。

正是这种家族间文化上的门当户对所形成的优势组合造就了沈宜修、叶小纨这类女性作家，因此，沈氏世家中的女性作家群体在一定程

---

① 见《午梦堂集八种》卷首，重刻本，清乾隆。
② （明）沈自征：《鸳鸯梦小序》，见（明）叶绍袁：《午梦堂集》卷四。

度上蕴含着家族文化的意味。

五、 人与时进， 文与时进； 一门之文， 百年之史

吴江沈氏世家文学有其特殊的文学史意义和文化史意义。其特殊的文学史意义在于：一个家族的文学，就是一部文学的历史。沈氏世家在文学上表现出很强的活力，其在明清文学数百年发展史中，每个时期都有自己在文学上的中心人物或代表人物。譬如，在明中期诗文方面，有与唐宋派主张一致的古文家沈位；在晚明至清初戏剧方面，有曲学大师沈璟、沈自晋；在清初词坛方面，有以词学知名的沈时栋；在清中期经学和考据学方面，有桐城派古文家沈彤；以及明末清初以沈宜修、叶小纨为代表的女性作家群体。这些中心人物或代表人物都处在当时文学发展的潮流之中，有的甚至对当时文学的走向产生过较大的影响，如戏剧方面执曲坛牛耳的沈璟、沈自晋。反之也是如此，如清乾隆以后，沈氏世家在文学上作家队伍萎缩，产生不出中心人物或代表人物，所以这个文学世家也就衰落了，并最终退出历史舞台。

这一切表明，吴江沈氏世家的文学与明清文学主潮是同步的、互动的，并成为这一文学主潮之一部分。从这个意义上说，自明嘉、万至清乾、嘉之数百年文学史，亦可从沈氏一门之文领略一二。这正如上文所引陈寅恪先生说的话："学术文化与大族盛门不可分离。"沈氏世家文学可谓是一个极好的个案证明。清代著名文学家尤侗称赞沈氏世家"吴兴骚雅，领袖江南"，从沈氏世家文学所具有的文学史意义看，尤侗所言

并非溢美之词。因为沈氏世家在文学发展中扮演了重要的角色，在这个家族文学的背后，不仅有"家族"的含义，还有时代文学发展的历史。其一个家族的文学，就是一部文学史。

　　沈氏世家文学特殊的文化史意义在于从一个侧面揭示出文化史上的"中国特色"。我们知道，家族制是中国封建社会结构的基础和特征之一。文化的背景是社会的形态。与欧洲中世纪的封建世家多为政治型集团有所不同，在中国封建社会，那些文化（也包括政治、经济等）含量较高的世家大族主要是在社会文化的积累和传播方面扮演着很重要的角色，这是中国古代社会文化的特色之一。故由一家之文化，可见可知一时一地一邦一国之文化。正如清人所说："夫鸠家以成族，鸠族以成国。一家一族之文献，即一国之文献所由本。文章学术，私之则为吾祖吾宗精神之所萃，而公之则为一国儒先学说之所关。"[①]在清人之前，明代大文学家汤显祖在所作《吉永丰家族文录序》中也有过类似之语，谓永丰之汤氏家族"几二十世……而其先后文雅彬发，与所为名贤交友，积文成林……故家流风所为与国几焉者也……后世或因以一人之事知其乡，因以一家之事知其国。其为宝也不亦大乎"[②]，很清楚地指出了家族文化蕴含的社会与时代的面貌及意义。因此，研究文化史上的这种"中国特色"，是解析和认识中国文化发展历程不可缺少的。文学世家则从一个侧面展示出文化史上的这种"中国特色"。

---

　　① （清）陆明桓：《松陵陆氏丛著序》，见《松陵陆氏丛著》卷首，苏斋刻本，1927。
　　② （明）汤显祖：《汤显祖诗文集》卷二十九，徐朔方笺校，1009～1010页，上海，上海古籍出版社，1982。

六、　文化个体或家族群体的发展有赖于社会文化群体

沈氏文学世家并不是封闭的孤立存在的，其与明清文坛有相当广泛的联系，在它的背后有一个庞大的文学家群体。马克思曾经说过："一个人的发展取决于和他直接或间接进行交往的其他一切人的发展。"[①]一个文学世家的发展也同样如此。譬如说沈璟、沈自晋的曲学。沈璟一生交往的曲学家很多，重要的有孙鑛、王骥德、冯梦龙、吕天成等。他与孙鑛讨论过声律音韵问题，与王骥德、吕天成诸所著撰往来商榷更是极平常的事。他的著名曲著《南词全谱》，就是在王骥德的建议下撰写的。[②] 他与王世贞为儿女亲家（沈璟长女大荣适王世贞之弟王世懋子王士骕），彼此也有厚交（图 8-5）。沈自晋与明末清初曲家的交往也极广泛，他的《南词新谱》就得到过冯梦龙的指点，并吸收了冯氏《墨憨词谱》的内容。他在《重定南词全谱凡例续纪》中记云：

> 适顾甥来屏寄语：曾入郡，访冯子犹先生令嗣赞明，出其先人易箦时手书致嘱，将所辑《墨憨词谱》未完之稿，及他词若干，畀我卒业。六月初，始携书，并其遗笔相示。翰墨淋漓，手泽可把，展

---

① 马克思、恩格斯：《德意志意识形态》，见《马克思恩格斯全集》第 3 卷，515 页，北京，人民出版社，1995。

② 参见(明)王骥德《曲律》卷四："作谱，余实怂恿先生为之。"，转引自集成本（四），169 页。

图 8-5 （明）王世贞致沈璟书札（《弇州山人续稿》，明万历刻本）书影

玩怆然，不胜人琴之感。虽遗编失次，而典型具在，其所发明者多矣。先是甲申冬杪，子犹送安抚祁公，至江城，即谆谆以修谱促予。予唯唯……予忘故人乎？而故人乃以临死未竟之业相授，乃不潜心探索寻其遗绪而更进竿头不几幽冥中负我良友。于是即予所衰辑，印合于《墨憨》，凡论列未备者，时从其说，且捐己见而裁注之，必另注冯稿云何，非余见所及也。（《南词新谱》卷首）

从这段记述可知，沈自晋的《南词新谱》曾得到冯梦龙的很大帮助。

其他如沈位、沈倬与唐宋派诸家，沈自炳、沈自然与复社同人，沈永馨与惊隐诗社的顾炎武、归庄，沈绣裳与吴伟业（图 8-6）、沈自南与

钱谦益、沈永隆和沈永禋与朱鹤龄、沈时栋与浙西派词人，沈彤与桐城派和吴中考据学家，以及沈永启与金圣叹、沈始树与朱彝尊、沈永群与汪琬、沈培福与戴名世，等等。这些，拙文《吴江沈氏文学世家作家与明清文坛之联系》已有探讨[①]，此处不赘。若论沈氏文学世家与其他文学名门之家的交往，最有代表性的则是同邑的叶氏文学世家。叶氏有《午梦堂集》，沈氏有《吴江沈氏诗集录》，两家数代联姻，交往非同一般。集中作品互见者时而有之，一些作家如沈宜修、沈宪英、沈树荣，既为沈氏，也属叶家，彼此相得益彰。如果说“吴兴骚雅，领袖江南”，也有吴江叶氏文学世家的一份，大概也是不无道理的。

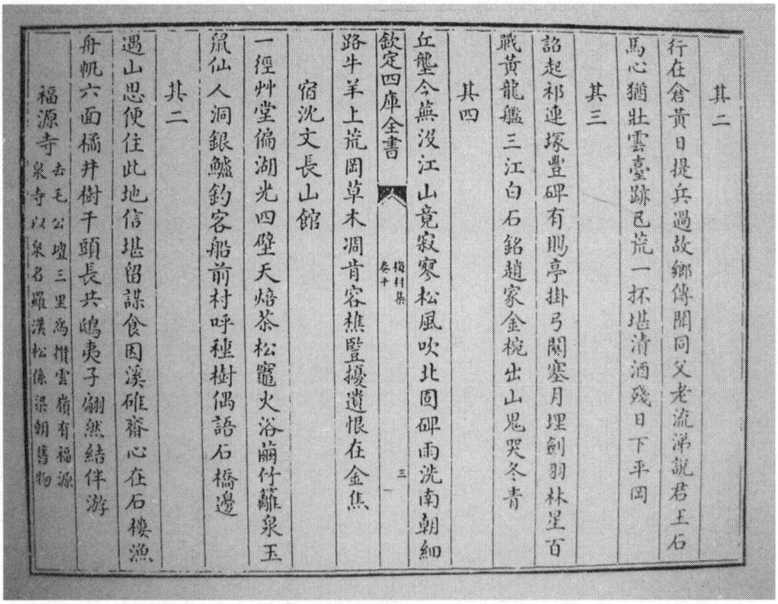
其二
行在倉黄日提兵過故鄉傳聞同父老流涕說君王石
馬心猶壯雲臺跡已荒一抔堪清酒殘日下平岡
其三
詔起祁連塚豐碑有賜亭掛弓閑塞月埋劍羽林星百
戰黃龍艦三江白石銘趙家金椀出山鬼哭冬青
其四
丘壟今蕪沒江山竟寂寥松風吹北固碑雨洗南朝細
欽定四庫全書 梅村集 卷十 三一
路牛羊上荒岡草木凋肯容樵豎擾遺恨在金焦
宿沈文長山館
一徑艸堂偏湖光四壁天焙茶松竈火浴繭竹籬泉玉
鼠仙人洞銀鱸釣客船前村呼種樹偶語石橋邊
其二
遇山思便住此地信堪留課食因溪碓舂心在石樓漁
舟帆六面橘井樹千頭長共鴟夷子翩然結伴游
福源寺 去毛公壇三里爲攢雲嶺有福源泉寺以泉名羅漢松係梁朝舊物

图 8-6 (清)吴伟业《宿沈文长(绣裳)山馆》
(《梅村集》，清《四库全书》本)五律二首书影

---

① 李真瑜：《吴江沈氏文学世家作家与明清文坛之联系》，载《文学遗产》，1999(1)。

沈氏文学世家与明清文坛的广泛联系，表现了一种文化上的互动关系，没有这种文化上的互动，"吴兴骚雅，领袖江南"则是不可能的。

七、 文学与政治、 道德等因素密切关联

在注重忠孝立身、诗书传家的中国封建社会，就文化个体而言，社会重其文，更重其人。同样，社会对家族群体的态度也是如此。在"吴兴骚雅，领袖江南"的背后，还有这个家族在政治、道法等方面赢得的社会尊重，这正如沈德潜在《吴江沈氏诗集录序》中说的：

> 且宇内推吴江沈氏者不独以诗，如太常公（汉）之直言谏诤，颠跌不悔；检讨公（位）之根柢学术，发为文章，光禄公（璟）之请立国本；佥事公（瓒）之析狱平恕；副使公（玩）之端本化民；副宪公（珣）之抚驭方略。或载于《明史》，或载于名贤墓志谏状与学士多闻者之传述，具有磊磊不可磨灭者在。（沈祖禹、沈彤《吴江沈氏诗集录》卷首）

在《吴江县志》卷二十七、二十八"名臣"中，沈氏世家有沈汉、沈璟、沈瓒、沈琦、沈珣、沈自铉、沈自友、沈永裎八人有传；在卷三十"孝友"，沈氏世家有沈奎一人有传；在卷三十一"节义"，沈氏世家有沈自炳、沈自炯、沈自铤三人有传；在卷三十三"隐逸"，沈氏世家有沈自晋、沈自东、沈永隆、沈永馨四人有传。在《震泽县志》卷十七"孝友"，

沈氏世家有沈士哲一人有传。

在《吴江县志》卷十"墓域"，还分别记载了沈奎、沈汉、沈璟、沈玩、沈珣、沈自征、张倩倩七人的墓域，并云："志书之载墓域者，重其人，因重其墓。"

另据《家谱》记载，沈瓒、沈位分别于天启二年（1622）和康熙三年（1664）崇祀乡贤祠；沈琦于崇祯元年（1628）和崇祯二年（1629）崇祀山东淄川县学名宦寺、陕西三原县学名宦祀；沈玩于崇祯二年（1629）和三年（1630）崇祀山东沂州县学名宦祀、山东东昌府学名宦祀。

在国家政治层面，发挥过重要作用的则有沈桂芬。据《清史稿》本传记载，他在同治、光绪两朝历官户部、吏部，擢都察院左都御史，兼总理各国事务大臣，也是有清以来第一位命为军机大臣的汉族官员，是李鸿章之前清政府掌管洋务的重臣。沈桂芬卒后，李鸿章撰联："二十年封圻宰辅，以清慎孚众望，以忠勤作官箴，诏祀贤良，枢密谋猷荷天鉴；数万里筹度经营，为军国任艰难，为时局致疑谤，功成底定，荩臣心事少人知。"[1]对其为官政绩和为人道德风范颇多赞誉。

由此可见，吴江沈氏世家为世之所重，不独在文学，还有社会政治、道德等，这些也是沈氏文学世家承载和传递的文化内容之一。

---

① 参见李根源：《吴郡西山访古记》，苏州，古吴轩出版社，2015。

外　编

第九章 | 沈氏家族十二代作家谱系述略

　　自吴江沈氏五世孙沈奎始，终至清光绪间（1875—1908）十七世孙沈桂芬一辈，"沈家文学"共有作家十二代[①]，一百三十九人，其中仅在《吴江沈氏诗集录》（以下简称《沈氏诗录》）中留下作品的就有诗人九十一位。根据清乾隆间沈光熙重修的《吴江沈氏家谱》（后文简称《家谱》），沈氏这十二代一百四十位作家，皆属始祖沈文次房第一支莼庄公（篪）派和次房第三支廷和公（篔）派。

　　莼庄公篪有子四：沈奎、沈璧、沈翼、沈轸。廷和公篔有子三：沈泰、沈乾、沈坤。沈奎有子一：沈

---

　　① 由沈奎至沈桂芬共十三代，因沈氏十六世无作家可考，故沈氏世家实有作家十二代。

汉。沈汉有子五：沈嘉猷、沈嘉谟、沈嘉谋、沈嘉绩、沈嘉禾。[1] 此五人与沈奎弟沈璧孙沈嘉祜、沈轸孙沈嘉节、沈奎堂弟沈泰孙沈嘉会，又构成沈氏世家三至十二代作家的八个支派。沈文至沈嘉猷七世，总谱系如下图：

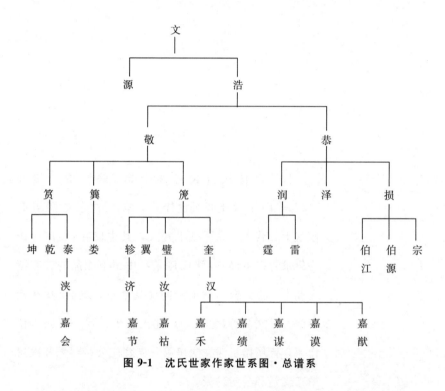

图 9-1　沈氏世家作家世系图·总谱系

本书《引言》中曾言，文学世家与文学流派的不同之一就在于"它是由同属于一个家族的几代文人构成的文学家群体"，即存在着血缘纽带。毫无疑问，家族的这种血缘纽带，同诸文化因素与家族在文化上形成的

——————

[1]　周绍良《吴江沈氏世家》一文谓沈汉"有三个儿子"，即沈嘉谟、沈嘉谋、沈嘉猷。此说不确。今据《家谱》卷二考知，沈汉有五子。

文化链密切相关，使沈氏世家的作家彼此间有一种无法割开的联系，清乾隆间沈祖禹、沈彤编辑《沈氏诗录》十二卷和沈氏自明嘉靖至清中叶多次纂修家谱，就是极好的说明。这种血缘纽带，也成为沈氏世家文脉绵延四百年不绝的主要原因之一。正如潘光旦在《明清两代嘉兴的望族》中说的：家族"血缘网，不能不说是一个产生人才的集体"①。

在本章，我们将循着吴江沈氏世家八个支派的这种血缘纽带，考清各支派作家，以略见沈氏一门十二代作家之全貌。

一、 沈嘉猷支派

沈嘉猷支派共有作家十四人。其中，《沈氏诗录》记载的作家有沈瑾、沈士哲、沈永令、沈澍、沈菠绉、沈廷扬、沈咏梅七位；此支派不见于《沈氏诗录》记载的作家，可考者有沈化、沈皆自、沈永导、沈永弼、沈辛梂、沈吐玉、沈叔度七位。

沈瑾（1552—1604），《沈氏诗录》卷二记载：

> 公名瑾，字忍之。太常公（汉）曾孙。浙江归安诸生。有隐德，喜为诗古文词，顷刻立就。稿极多，今仅存诗十余首。（沈祖禹、沈彤《沈氏诗录》卷二）

---

① 潘光旦：《明清两代嘉兴的望族》，96 页，上海，上海商务印书馆，1947。

周绍良《吴江沈氏世家》一文[①]，引《沈氏诗录》记载，谓沈瑾"系出哪一支也没有说明"。考《家谱》卷四，瑾为沈嘉猷孙，沈化长子，属吴江沈氏次房第一支莼庄公派。

沈士哲（1575—1645），《沈氏诗录》卷五记载：

> 公名士哲，字若生，一字若宇。客庵公（瑾）第三子。万历乙卯举人。授浙江永嘉教谕。时以登临觞咏自娱。丁继母忧归。起补昌化，公诗所谓"斗绝山城一径能，于菟白日啸生风"者也。迁江西南康知县，有善政。事继母以孝称。著有《燕游草》《泼翠轩稿》《百忍堂集》若干卷，皆亡，仅从残帙中得此。

沈永令（1614—1698），《沈氏诗录》卷七记载：

> 公名永令，字闻人。南康公（士哲）次子。以手有枝指自号一指。登顺治戊子浙江副榜，授陕西韩城知县、潼关道副使。睢阳汤公斌称为有才长者。以忧归，起补高陵。公诗文词曲书画皆有名，而画葡萄、松鼠尤工。著有《深柳堂集》若干卷。

沈澍（1648—1725），《沈氏诗录》卷十记载：

> 公名澍，字泂闻。高陵公（永令）第二子。国子监生。南北客

---

① 周绍良：《吴江沈氏世家》，载《文学遗产》，1963（12）。

游，到处为诗，多立就。有《浣桐稿》千余首。

沈蓝纫（生卒年不详），《沈氏诗录》卷十二记载：

  硕人名蓝纫。高陵公（永令）次女。十二三岁能吟咏。适诸生吴君梅。梅早卒，硕人守志，临殁谓其弟浣桐曰："得诗二句'病多未得专医肺，瘦尽何须独论腰'。"遗稿散失，浣桐力为搜辑，仅得百之一二。

沈廷扬（1661—1718），《沈氏诗录》卷十记载：

  公名廷扬，字天将。客庵公（瑾）曾孙。县学生。诗多警句，填词亦工。

考《家谱》卷四，廷扬为沈嘉猷五世孙，沈永冀次子。

沈咏梅（生卒年不详），《沈氏诗录》卷十一记载：

  咏梅硕人，浣桐公（澍）长女。适钱君楷。有《学吟稿》。

沈嘉猷支派不见于《沈氏诗录》记载的作家，可考者为：

沈化，《家传·笠川公传》记载：

  笠川公讳化，柏庵公（嘉猷）之次子也……博极群书，文名籍甚，虽数奇不偶，卒不以此堕其志。尝汇集古今诸名家文，手披口诵不辍……有《古文汇钞》《儒宗正脉》藏于家。《蒙训编》刻行于世。（沈始树《吴江沈氏家传》）

考《家谱》卷二，**沈化**生于明嘉靖六年（1527），治《书》，国子监生。卒于万历二十八年（1600）。

沈皆自，《家传·观宇公传》记载：

> 观宇公，字无逸，讳皆自，客庵公（瑾）第六子也……晚年构数楹，种竹浚泉，操弦搦管，间作一二韵语自娱，然止与兄弟辈酬和。公盖拙于趋名，而未尝有所传世云。

考《家谱》卷四，**沈皆自**生于明万历二十年（1592）。治《书》，补邑庠生。卒于清顺治七年（1650）。

沈永导，生平较少记载。明崇祯十五年（1642）曾为沈静专《适适草》诗集作序，今存。考《家谱》卷四，永导为沈嘉猷四世孙，沈自镕长子。生于明万历三十二年（1604）。秀水县庠生，行劣，黜。卒年缺。

沈永弼，《家传·元方公传》记载：

> 元方公，讳永弼，字中郎。若宇公（士哲）长子也。丰姿秀郎，文艺优长……崇正（祯）戊寅以应试南归病殁客舍，年三十有四……所著《雄飞馆诗文稿》，板片散失无存，为可惜也。

考《家谱》卷四，沈永弼生于明万历三十三年(1605)，治《书》，补邑庠生。卒于崇祯十一年(1638)。作品不存。

沈辛枺，著有《沈龙媒散曲》一种，《南词新谱·古今入谱词曲传剧总目》著录，未有传本。作品今存小令一首。

考《家谱》卷四，沈辛枺字龙媒，号镜湖，为沈嘉猷五世孙，沈永弼次子。生于明崇祯四年(1631)，治《书》，补嘉兴府庠生。卒于清康熙三十四年(1695)。

沈吐玉，生平事迹较少记载。曾助袁景辂辑《国朝松陵诗征》卷十六。著述未有集。今存《重修族谱系图说》文一篇。

考《家谱》卷四，沈吐玉字一士，号逸墅，为沈嘉猷七世孙，沈之炳次子。生于清雍正元年(1723)。治《书》。乾隆三十五年(1770)岁贡。卒于乾隆四十八年(1783)。

沈叔度，《江震人物续志》卷十《沈叔度传》云：

> 沈叔度，字云洲。明太常卿汉裔孙。诸生。性淡定不与世务。工行楷，并善墨梅。著有《学庸显秘》《云洲诗集》。

考《家谱》卷四，沈叔度字履中，号云洲①。《续志》谓"字云洲"，不确。为沈嘉猷八世孙，沈培锦次子。生于清雍正元年(1723)，卒于乾隆四十八年(1783)。

上述沈嘉猷支派中著名的作家有沈永令。

---

① （清）赵兰佩：《江震人物续志》，刻本，清光绪。以下引用此书不再说明版本。

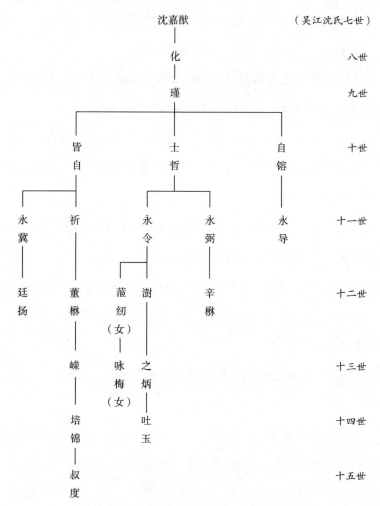

图 9-2　沈氏世家作家世系图·沈嘉猷支派

二、　沈嘉谟支派

沈嘉谟支派共有作家七十人，人数居八大支派首位。其中，《沈氏诗录》记载的作家有沈嘉谟、沈位、沈倬、沈琦、沈玩、沈珣、沈自昌、沈自籍、沈自继、沈自征、张倩倩、李玉照、沈自炳、沈自然、沈自炯、沈自南、顾孺人、沈宜修、沈智瑶、沈自晓、沈自东、沈自友、沈永达、沈世伊、沈关关、沈永启、沈永群、沈宪英、沈华鬘、沈永义、沈永礼、沈永智、沈永信、沈永孝、沈永禋、沈少君、沈静筠、沈世槑、沈祝槑、沈御月、沈友琴、沈时栋、沈时懋、沈俞碬、沈三槑、沈始树、沈士楷、沈重熙、金法筵、沈始熙、沈祖尹、沈熊、沈培福五十三位。此支派不见于《沈氏诗录》记载的作家，可考者有沈永迪、沈宪槑、沈克槑、沈丹槑、沈祖禹、沈彤、沈凤鸣、沈凤翔、沈光熙、沈懿如、沈斯盛、沈培生、沈英、沈培玉、沈钦道、沈绮、沈南一十七位。

沈嘉谟、沈位、沈倬、生平已见本书第一章，不赘。《沈氏诗录》卷一，卷二分别辑录其诗作。

沈琦(1558—1606)，《沈氏诗录》卷三记载：

公名琦，字仲玉，号韫所。涵台公(倬)长子。万历乙未进士。除山东淄川知县。为政宽而敏，人不可干以私。民有讼者，片言立决，非犯大禁，时有所纵舍不治。尝曰："吾视淄人，无一可笞者矣。"丁母尤归，起补陕西高陵，调三原，其治一如淄川。以礼部主事征入，寻卒。淄川三原并祀之学官。有诗一卷。

沈珫(1562—1622)，《沈氏诗录》卷三记载：

公讳珫，字季玉，号懋所。涵台公（偁）第二子。与兄韫所同榜登第。由凤阳府学教授迁南国子监学正，升南刑部主事，历郎中，出知山东东昌府。廉介率属，治民以孝弟礼义为先。有讼至庭，为开陈曲，譬令归自省，不事刑罚，民辄愧悔。期年，父老咸诫其子弟曰："毋生事以劳太守。"狱庭草生，寻以治行第一擢兖东道按察司副使。值大凶，赈荒擒盗，招抚流亡。踰年致仕，兖州士民攀车悲泣罢市，公改衣易舆始得去。卒，东昌祀之学官，乡贤祠亦祀焉。少好禅理，致仕归，屏居吴山，益潜心内典，所遗诗仅若干首。

沈珣(1565—1634)，《沈氏诗录》卷四记载：

公名珣，字幼玉，号宏所。涵台公（偁）第三子。万历甲辰进士。授中书舍人，选山东道御史，巡按贵州，转福建参政，三迁至山东布政使，擢都察院右副都御史，巡抚山东。议增兵设防及戢刘兴治乱军，具有方略。公多藻思，善清谈而内行甚修。时与韫所、懋所二公称"三凤"。所著有《按黔抚齐二疏》稿及《净华庵诗稿》二卷行世。

沈自昌(1576—1637)，**《沈氏诗录》卷五记载：**

公名自昌，字君克。礼部公(琦)子。国子监生。

沈自籍，《沈氏诗录》卷五记载：

公名自籍，字君嗣，号啸阮。礼部公(琦)第四子。顺治庚寅岁贡生。授无为州训导，升武进教谕。性恬淡，读书三遍辄上口，诗赋词悉能为之。有《啸阮集》若干卷。

沈自继(1585—1651)，**《沈氏诗录》卷五记载：**

公名自继，字君善。副使公(珫)第二子。国子监生。别自号碍影居士。当从副使公谒高僧紫柏可公莲池，宏公悦之，欲弃家学佛。年三十即为祝发图见志。乙酉岁，竟作浮屠。以紫柏莲池皆姓沈，镌私印曰"江东沈姓第三僧"。遂隐居平坵以卒。公性耿介，或佚诞似晋人。多读书，有雄辩，好为骈体文，千言不休。为诗词喜集唐句，一如已出。兼善音律，族兄鞠通生辑《南词新谱》，颇资分刊。著《平坵集四种》行世。

沈自征(1591—1641)，**《沈氏诗录》卷五记载：**

公讳自征，字君庸。副使公(珫)第三子。国子监生。怀奇负气，慕鲁仲连为人。游京师十年，公卿达官争招致之。多倜傥之画策，难释纷解，即离去。崇祯庚辰，国子祭酒荐公于朝，以贤良方正科辟，不就。公淹通今古，为诗文立就，无定体，尤长乐府。尝为《渔阳三弄》自寄。王阮亭、朱竹垞诸先生莫不盛称之。学者遂号公为"渔阳先生"云。

张倩倩，《沈氏诗录》卷十一记载：

> 硕人字倩倩，一字无为。渔阳公（自征）配。赠待诏公基曾孙女，父名世学。硕人幼工诗词，年十七来归。生子女皆不育，素与宛君安人善，遂女其女小鸾琼章。琼章夙惠，儿时能诵毛诗、楚辞，硕人教之也。渔阳公好游燕京塞外，硕人幽居食贫，年三十四病卒。诗词作即弃去，琼章记忆其数首。琼章亡，安人悼其女，追怀硕人为作传，并录琼章所记诗词附传中，谓才情不出李清照下。钱牧斋悉编入《列朝诗集》。

生年失载。考《家谱》卷五"沈自征"名下所记，张倩倩卒于明天启七年（1627）十月二十二日，年三十四岁。由此推知，当生于万历二十二年（1594）。

李玉照，《沈氏诗录》卷十一记载：

> 硕人字玉照。浙江会稽人。渔阳公（自征）继室。年二十五，公卒，抚孤守节三十八年。诗词秀整，并嗣美张硕人云。

生年失载。考《家谱》卷五"沈自征"名下所记，李玉照卒于清康熙十八年（1679）十一月二十四日，年六十三岁。由此推知，当生于万历四十五年（1617）。

沈自炳（1602—1645），《沈氏诗录》卷五记载：

公名自炳，字君晦，号闻华。副使公（玩）第五子。博学而属词富丽，于复社为眉目。以恩贡生荐授中书舍人。乙酉没于师。公家居梅里，近太湖。性孝友，为丹棘堂、春草池塘诸胜以寄情。社中诸名士造，公辄置酒赋诗，临望湖山为笑乐。没后数年，诸名士复过之，每徘徊掩泣作诗以吊。吴平阳有涯诗云："家亡亦为君恩重，池馆当年何处来。"诵者无不感叹。著有《丹棘堂集》若干卷。

沈自然（1605—1642），《沈氏诗录》卷六记载：

公名自然，字君服。副使公（玩）第七子。县学生。有至性，孤峭绝俗。家贫虽疏食不给，闭门讽咏不辍。与潘木公、史弱翁、徐介白、俞无殊齐名，号"松陵五才子"。于人少所许可，凡世所称贤豪长者，一言不合，辄谩骂去。独山阴祁公彪佳倾心于公，每造请燕饮，相与商榷不倦。居母丧，以哀毁疾卒。友人私谥曰"孝介先生"。时崇祯之季，公年三十八耳。有《来思》《闲情》二集，颇散佚，今存者仅百余篇。

沈自炯（1606—1645），《沈氏诗录》卷六记载：

公名自炯，字君牧。副使公（琬）第八子。仁和县学生。读书数十万言，为文章立就。诸兄弟多习徐庾体，而公独喜学司马子长，故其文有奇气。貌枯羸如削，然性跌宕有才略，所结交皆当世豪杰士。与兄闻华同殁于师。著有《亡友五君传》《贺铁庵传》《兄君庸公传》，共七篇行世。论者比诸李太白《溧阳贞义女碑》、陈同甫《中兴遗传》云。他所著多散佚，诗仅若干首。

沈自南（1612—1667），《沈氏诗录》卷七记载：

公名自南，字留侯，号恒斋。副使公（琬）第十子。性恬静，不慕荣利。弱冠举于乡，知县叶公翼云以真孝廉目之。顺治乙未成进士。家居十余年，始谒选授山东蓬莱知县。清介自矢，一以恩抚民。所著有《艺林汇考》一百七十一卷、《历代纪事考异》、《乐府笺题》等书，钱牧斋序《艺林汇考》称公博通今古，其书为经籍之禁御，文章之圃田。诗有《恒斋稿》及《集陶》。

顾孺人，《沈氏诗录》卷十一记载：

孺人蓬莱公（自南）配。雪滩先生有孝姊。素不以诗词名，然有才思，尝咏墨绣锦缠道一阕，检讨徐先生釚极称之。二诗致逸情闲，亦张硕人之亚也。

生年失载。考《家谱》卷五"沈自南"名下所记："康熙辛未年五月十日卒，年七十九岁。"辛未，乃康熙三十年(1691)。由此推知，顾孺人生于明万历四十一年(1613)。

沈宜修，《沈氏诗录》卷十一记载：

> 安人名宜修，字宛君。副使公(玧)长女。适工部主事叶君绍袁，封安人。孝顺俭勤，事事克尽妇道。夙通经史，尤娴风雅。生三女：长曰纨纨，次曰小纨，次曰小鸾，皆有文藻。安人闲居，与工部及三女更迭倡和，各抒性情，甚乐也。已而纨纨、小鸾相继夭殁，安人哭泣憔悴，伤悼之怀时见篇什。又三载而卒。所著诗赋杂文曰《鸝吹集》，亦名《午梦堂遗集》。

生卒年失载。考叶绍袁《叶天寥年谱》万历二十六年和《亡室沈安人传》，沈宜修当生于明万历十八年(1590)，卒于崇祯八年(1635)。

沈智瑶，《沈氏诗录》卷十二记载：

> 硕人名智瑶，副使公(玧)幼女。适陈君国斑。才思俊赡，与宛君安人有姊妹连珠之目。

生年无考。考叶绍袁《年谱别记》，卒于崇祯十七年(1644年)。

沈自晓(1609—1673)，《沈氏诗录》卷六记载：

> 公名自晓，字君初，副使公(玧)第九子。县学生。

沈自东（1612—1688），《沈氏诗录》卷七记载：

公名自东，字名君山。副使公（玧）幼子也。自号恬静公子。补浙江嘉善学生。为人孝弟醇谨，好读儒家书，赋诗著文不辍。有《小斋杂制》十余种，惟《贞志赋》（一名《七晋》）、《丹宬箴》、《謏美篇》刊行于世。

沈自友（1594—1654），《沈氏诗录》卷七记载：

公名自友，字君张。副都公（珣）子。承荫入国子监。以文学得佳公子称。诗宗大历，尺牍古雅具魏晋人风致，书法居苏、米间。诗有《绮云斋稿》。

沈永达（1600—1648），《沈氏诗录》卷七记载：

公名永达，字孝振。礼部公（琦）孙。浙江秀水学生。有《贵我斋诗稿》。

考《家谱》卷五，永达为沈嘉谟四世孙，沈自昌次子，出为叔父自允后。

沈世伃（1624—1706），《沈氏诗录》卷七记载：

公名世伃，字献臣。副使公（玧）孙。县学生。

考《家谱》卷五，世侔为沈嘉谟四世孙，沈自凤次子。

沈永启（1621—1699），《沈氏诗录》卷七记载：

> 公名永启，字方思。宝威公（自继）子。敦气谊，为文章立就。一子二妇，皆娴诗词，暇辄命题分韵相唱和，子女有名句，则回环歌讽以为欢笑，家无儋石不知也。著有《选友斋集》二卷。

沈关关，《沈氏诗录》卷十二记载：

> 硕人名关关，字宫音。宝威公（自继）幼女。母杨氏名卯君，字云和，工绣佛，用发代线，号为墨绣。硕人传其技，兼缔山水人物，更得画家气韵。尝为顾茂伦先生刺《雪滩濯足图》，尤悔庵、朱竹垞，陈其年诸名流题咏，皆深赏之。适浙江乌程王君。

生卒年无考。

沈永群（1640—1703），《沈氏诗录》卷九记载：

> 公讳永群，字涣吉，一名人龙。浙江秀水学生。渔阳公（自征）次子。二岁而孤，及长，读父书辄涕泣。著有《叩霄斋诗余》一卷。诗则兴到间作，云房山店往往有之而不自收拾，存稿甚少。

沈宪英，《沈氏记录》卷十二记载：

硕人名宪英，一字兰支。中书公（自炳）长女。适诸生叶君世
俗，即工部公（绍袁）第三子也。婚三载夫亡，守节四十五年卒。

生卒年失载。考叶绍袁《清明祭文》和《［乾隆］吴江县志》，沈宪英当
生于明天启元年（1621），卒于清康熙二十四年（1685）。

沈华鬘，《沈氏诗录》卷十二记载：

硕人名华鬘，一字兰余。中书公（自炳）次女。幼而能诗，兼晓
绘事。适诸生丁君彤。居家有法，嗣子愈娶彭氏侍讲访濂定求妹
也，素不亲米盐，硕人与之议酒食，讲说诗礼，彭氏遂渐次服劳，
能佐中馈，访濂撰妹行状，尝述其事。有诗稿一卷。

生年失载。据所作诗《悼宛君姑》题下注："时年十四。"知其较沈宪
英小一岁，当生于明天启二年（1622）。卒年无考。

沈永义（1630—1701），《沈氏诗录》卷九记载：

公名永义，字二闻。蓬莱公（自南）次子。县学生。为人孝友，
勤问学。客游燕、齐、晋、楚，皆有吟咏，风骨在唐中晚间。著
《姓氏类编》二十余卷，诗集若干卷。

沈永礼（1640—1675），《沈氏诗录》卷九记载：

公名永礼，字三友。蓬莱公（自南）第三子。

沈永智(1641—1702)，《沈氏诗录》卷九记载：

公名永智，字四明，一名志。县学生。蓬莱公（自南）第四子。少与弟偕赋诗舅氏雪滩顾先生有孝，即并称焉。尝作艳词数首，以轻脱见疑于人，及访族兄保昌署，有美婢，夜入房挑之，公坚卧不应，人始服其操。著有《柳庵稿》一卷。

沈永信(1643—1699)，《沈氏诗录》卷九记载：

公名永信，字五玉。蓬莱公（自南）幼子。

沈永孝(1637—1715)，《沈氏诗录》卷九记载：

公名永孝，字符功。君山公（自东）长子。

沈永裡(1637—1677)，《沈氏诗录》卷九记载：

公名永裡，字克将，一字醒公。君张公（自友）第二子。县学生。为诗及八分书皆有祖风。著《聆缶词》一卷，一时推为吾郡词人冠。诗曰《选梦亭稿》。

沈少君，《沈氏诗录》卷十二记载：

淑女字少君。君张公（自友）女。小时即工诗词，未字而夭。有
《绣香阁集》，烬于火。今录其附见周勒山铭《林下词选》者二绝。

生卒年无考。

沈静筠（生卒年不详），《沈氏诗录》卷十二沈少君传附见：

又淑女三从姊妹玉霞硕人，为检诗公（位）曾孙女，名静筠。适
浙江石门吕山人律，殁后尝降乩作诗词与吕酬答。《林下词选》称其
语意超旷，飘飘欲仙。然其诗今不可得见矣，姑附记于此。

《沈氏诗录》卷十二谓"其诗今不可得见矣"，不确。考殷增辑《松陵
诗征前编》卷十二，有《赠吕山人》律诗一首。

沈世楙（1619—1684），《沈氏诗录》卷十记载：

公名世楙，字旂美，一字初授，号默斋。潜予公（自昌）孙。少
孤力学。甲申后绝意进取，与顾雪滩、周梅坡诸先生赋诗饮酒，以
卒岁月。事母至孝，过五十犹承欢如孺子。卒之日，友人私谥曰
"贞孝先生"。广阳刘继庄献廷称公人晋而诗唐，文亦不在南宋下。
著有《听斫斋集》若干卷。

考《家谱》卷五，世楙为沈嘉谟五世孙，沈永迪长子。

沈祝楙（1653—1707），《沈氏诗录》卷十记载：

公名祝，字松友，副使公（琬）曾孙。浙江同乡学生。

考《家谱》卷五，祝楸庠名祝，号觉庵。为沈嘉谟五世孙，沈永邠长子。

沈友琴（生卒年不详），《沈氏诗录》卷十二记载：

硕人名友琴，字参荇。旋轮公（永启）长女。性淑慎，与妹纤阿俱工诗词，号称连璧。适周君钰。有《静闲居稿》一卷。

沈御月（生卒年不详），《沈氏诗录》卷十二记载：

硕人名御月。旋轮公（永启）公次女。适皇甫君锷。有《空翠轩稿》一卷。

沈时栋（1656—1722），《沈氏诗录》卷十记载：

公名时栋，字成厦。旋轮公（永启）子。少承先业，诗赋词曲，骈体文皆能为之，而尤工于词，所刻《瘦吟楼词》一卷，意新律细。彭羡门、尤悔庵为序，盛称焉。其《美人十声》诸咏尤见推同人，有"前有张三影，后有沈十声"之誉。诗稿亦多，仅录其百之一。

沈时懋（1659—1725），《沈氏诗录》卷十记载：

公名时懋，字禹让。渔阳公（自征）孙。康熙癸巳恩科举人。

考《家谱》卷五，时懋为沈嘉谟五世孙，沈永卿长子。

沈俞锻（1659—?），《沈氏诗录》卷十记载：

公讳俞锻，字锡纯，一名济国。崇明学生。晚香公（永群）子。

沈三棶（1644—?），《沈氏诗录》卷十记载：

公名三棶，字天安。中书公（自炳）孙。改名金镕，补浙江嘉兴学生。后客游奉天，又改名楞，补海城学生，食饩充岁贡。教习满州，才名大著。有《青溪堂诗稿》。

考《家谱》卷五，三棶为沈嘉谟五世孙，沈永荪长子。

沈始树（1658—1737），《沈氏诗录》卷十记载：

公名始树，字景冯，别号雨壑。柳庵公（永智）长子。好读经史九流百家之书。自少至老，非清谈啜茗，听鸟观花，览山水之胜无一时辍。以博洽推之。长洲陈君景云称公诗古文格律并高。然平生不多作，作亦辄自毁弃，存者仅若干篇。

沈士楷（1660—1738），《沈氏诗录》卷十记载：

公名士楷，字御膺。柳庵公（永智）第二子。有诗稿一卷。

沈重熙（1650—1722），《沈氏诗录》卷十记载：

公名重熙，字明华。贞孝先生（世楸）子。有《珠树堂稿》。

金法筵，《沈氏诗录》卷十二记载：

硕人名法筵。六书公（重熙）配。吴县诸生圣叹公人瑞（一名采）季女也。七岁能诗，圣叹爱之，为赋"左家娇女惜余春"之句。于归后，遂以"惜春"名其轩。纺绩之余，辄事吟咏。有《惜春轩稿》一卷，词意老成，时有道气，惜零落仅存十一。

生卒年失载。考《家谱》卷五"沈重熙"名下所记，金法筵当生于清顺治八年（1651），卒于康熙四十四年（1705）。

沈始熙（1666—1707），《沈氏诗录》卷十记载：

公名始熙，字复生。达夫公（永寅）孙。县学生。髫年即能赋诗，与族父冬呈公廷楸相唱和，各有佳句，人目为两神童。冬呈公早卒，诗无存。公有《虚船草》一卷。

考《家谱》卷五，始熙为沈嘉谟六世孙，沈师楸子，出为世父沈宪后。

沈祖尹（1691—?），《沈氏诗录》卷十记载：

> 莘有名祖尹，鹿崖公（余畯）第三子。诗笔颇健，亦能书。惜
> 早卒。

沈熊（1690—1724），《沈氏诗录》卷十记载：

> 恒如名熊。五玉公（永信）孙。

考《家谱》卷五，熊为沈嘉谟六世孙，沈机长子。

沈培福（1682—1738），《沈氏诗录》卷十记载：

> 元景名培福。六书公（重熙）幼子。国子监生。七岁能属
> 文。……尝辑先代诗文稿若干卷，将编次总集，以客游未果。竟卒
> 于蜀。诗有《东溪诗稿》。

沈嘉谟支派不见于《沈氏诗录》记载的作家，可考者为：

沈永迪，生平较少记载。《［乾隆］震泽县志》卷三十一书目著录《南村遗稿》一种。

考《家谱》卷五，永迪字德振，号南村。为沈嘉谟四世孙，沈自昌长子。生于明万历二十四年（1596）。国子监生。卒于崇祯十三年（1640）。

沈宪林，生平较少记载。《南词新谱·古今入谱词曲传剧总目》著录《沈西豹散曲》一种，未有传本。今存小令一首。

考《家谱》卷五，宪楸原名宪，字禄天，号西豹。为沈嘉谟五世孙，沈永达长子。生于明天启六年(1626)，卒于清康熙三十二年(1693)。

沈克楸，袁景辂《国朝松陵诗征》卷十三记载：

> 沈克楸字缵文。明诸生。自晓孙。府学生。有《娱情集》。朴村云：此《沈氏诗录》所无者。笔意清稳，无愧雅音。

考《家谱》卷五，克楸为沈嘉谟五世孙，沈永襃长子。生于清顺治十七年(1660)。治《书》，补府庠廪膳生。卒于雍正元年(1723)。

沈丹楸，生平较少记载。著述未有集。沈时栋《古今词选》卷一存词一首，并见《笠泽词征》卷八。

考《家谱》卷五，丹楸字凤歧，号井同。为沈嘉谟五世孙，沈永禋次子。

沈祖禹，沈彤《族兄怡亭诗集序》记载：

> 怡亭兄……喜为诗，但学少陵，其笔健词达，无哀艳之篇。……其志之正，品之高，而不同于流俗。(沈彤《沈果堂全集》卷五)

考《家谱》卷五，祖禹字所揆，号怡亭。为沈嘉谟六世孙，沈俞嘏长子。生于清康熙二十一年(1682)。国子监生。卒于乾隆十六年(1751)。

沈彤，《家传·果堂公传》记载：

果堂公讳彤，字冠云。真崖公（始树）长子也。总角能文，举止方正，有声庠序间，屡入棘闱不售。举博学宏词科，召试保和殿，又报罢。荐修《三礼》《一统志》，书成授九品，不就而归。以诸生终。……所著有《果堂集》十二卷，已采入《四书》。《周官禄田考》三卷，及群经小疏，亦久行世。未刻者，又有《果堂杂著》《气穴考略》《内经本论》若干卷。

考《家谱》卷五，彤生于清康熙二十七年（1688），卒于乾隆十七年（1752）。

沈凤鸣，《国朝松陵诗征》卷十六记载：

沈凤鸣字翰飞，号迁父。蓬莱令自南曾孙。县学生。有《迁父偶存草》。

考《家谱》卷五，凤鸣为沈嘉谟六世孙，沈模长子。生于清康熙三十四年（1695）。治《书》，补吴江邑庠廪膳生。卒于乾隆三十二年（1767）。

沈凤翔，《国朝松陵诗征》卷十六记载：

沈凤翔字翼飞，一字亦斐。诸生。凤鸣弟，有《南游诗草》。

考《家谱》卷五，凤翔生于清康熙三十五年（1695），卒于乾隆十六年（1751）。

　　沈光熙，生平较少记载。著有《吴江沈氏家谱》，另有《重修家谱后序》文一篇。

　　考《家谱》卷五，光熙字明高，号松亭。为沈嘉谟六世孙，沈裕植长子。生于清康熙五十年（1711）。乾隆十八年（1753）以五经中江宁乡试副榜。卒于乾隆五十二年（1787）以后。

沈懿如，《国朝松陵诗征》卷十七记载：

　　沈懿如，字介眉。诸生。克梀从子。袁扶九云：介眉沈丈居斜川课耕陇亩间，岁时伏腊，斗酒自劳，间为诗歌，取适情不求闻达于人，人亦罕知之者。

　　考《家谱》卷五，懿如为沈嘉谟六世孙，沈光扬长子。生于清康熙四十六（1707）。治《书》，补吴江邑庠生。卒于乾隆三十四年（1765）。

　　沈斯盛，《江震人物续志》卷十记载：

　　沈斯盛，字西京。明太常汉裔孙。诸生。少有文名，屡试乡闱不售。沉酣韵学，为诗闲适达意，性喜奖励后进，尤敦族谊。著有《柳塘后处士诗集》。

　　《江震人物续志》未详其世系。考《家谱》卷五，斯盛为沈嘉谟六世孙，沈栋长子。生于清康熙四十二年（1703）。治《书》，补吴江邑庠生。卒于乾隆四十二年（1777）。

沈培生，生平事迹较少记载。著述未有集，皆散佚不传。曾参与编辑《国朝松陵诗征》卷十四。

考《家谱》卷五，培生字骏天，号逸溪。为沈嘉谟七世孙，沈勋长子。生于清康熙六十年(1721)。治《诗》，补吴江邑庠生。卒于乾隆五十二年(1787)以后。

沈英，《[道光]苏州府志》卷九十五人物儒林《沈彤传》附：

> 嗣子英，字海谷。邑诸生。硁硁自好，颇精禅学。著有《诵芬楼诗稿》。

《[道光]苏州府志》未详其世系。考《家谱》卷五，英初名培本。为沈嘉谟七世孙，沈凤鸣子，出为沈彤后。生于清雍正二年(1724)，卒于嘉庆二年(1797)以后。

沈培玉，《江震人物续志·补遗》记载：

> 培玉，诸生。为诗归真反朴，恬愉冲淡，雅近归季思一流。著有《息吹草》。

《江震人物续志·补遗》未详其家世。考《家谱》卷五，培玉字季英。为沈嘉谟七世孙。沈斯盛第四子。生于清乾隆五年(1740)。治《春秋》，补吴江邑庠生。卒于乾隆五二十年(1787)以后。

沈钦道，生平事迹较少记载。《[光绪]苏州府志》卷一百三十八艺文三著录《买山楼诗稿》一种。

《［光绪］苏州府志》未明其家世。考《家谱》卷五，钦道字右文。为沈嘉谟八世孙，沈均长子。生于乾隆十六年(1751)。治《书》，补吴江邑庠生。卒于乾隆五十二年(1787)以后。

沈绮，字素君。沈文九世孙自征之裔孙女。《家谱》未载。费庆善《松陵女子诗征》卷七云："沈绮，字素君。自征裔孙女，居尚湖。"江苏江阴殷塽妻。生卒年无考。年二十六卒。一说年二十一卒。

生平事迹较少记载。工诗善文，博通经史。所作《寄女兄》诗道："腕底多情笔底知，阿兄工画我能诗。题诗与订黄花约，画取秋风欲起时。"（费庆善编《松陵女子诗征》卷七）《松陵女子诗征》卷七引郭麟语云：

> 澄江殷耐甫塽老，诗人也。以其亡室沈夫人绮《环碧轩图》属题。……夫人少孤，凤慧，塾师训之识字，一过辄不忘。生时著作甚伙。诗文外兼通星纬夕桀之学。年二十六而卒。

同卷又引恽珠语云："素君读书，数行并下，博通经史律历之学……"

考《松陵女子诗征》等，著作有：《环碧轩诗集》四卷，今存清蔡殿齐辑《国朝闺阁诗钞》本，但仅有诗十首，并非全帙；《四六》二卷，未见；《唾花词》一卷，未见；《管窥一得》十二卷，未见；《徐庾补注》四卷，未见。费庆善辑《松陵女子诗征》卷七录诗十首，其中二首不见于《环碧轩诗集》和《松陵女子诗征》，姑录之如下：

暑随三伏尽，秋入五更知。潮到疑吞岸，云飞欲动山。秋雨秋风夜，思君思我时。

绮树每愁花落去，登楼又见燕归来。青山半向云边出，黄鸟多从雨后啼。

沈南一，名号、生卒年均不详，南一乃其字。生平未见记载。陈去病《笠泽词征》卷二十一《沈彤传》有云："彤字冠云，号果堂。去病案：先生覃精经术，为世鸿儒而亦兼工倚声，洵自有宋时斋以来一人而已，亦见词隐先生遗泽之长……可胜叹慕。厥后南一又以儒生工于填词，诚松陵沈氏佳话也。"据此可推断沈南一当为沈彤之后裔。

上述沈嘉谟支派中著名的作家有沈位、沈自征、沈宜修、沈时栋、沈彤等人。

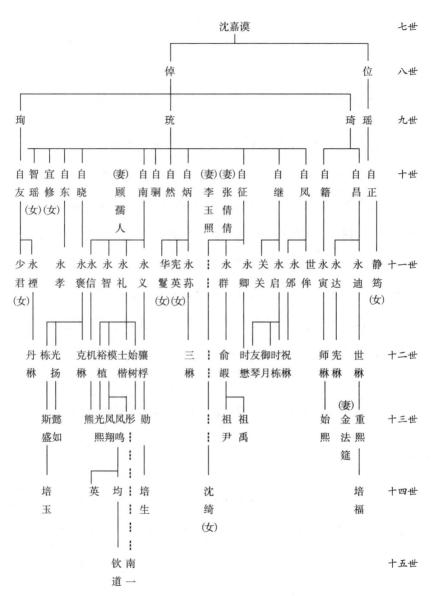

图 9-3 沈氏世家作家世系图 2·沈嘉谟支派

三、 沈嘉谋支派

沈嘉谋支派共有作家三十人，人数居八大支派第二位。其中，《沈氏诗录》记载的作家有沈嘉谋、沈侃、沈璟、沈瓒、沈自铉、沈自铨、沈大荣、沈倩君、沈静专、沈媛、沈自铤、叶小纨、沈世潢、沈永馨、沈永溢、沈树荣、沈宜楙、沈俊、沈枋十九位；此支派不见于《沈氏诗录》记载的作家，可考者有沈肇开、沈绣裳、沈永宥、沈廷楸、沈炯、沈廷光、沈宗德、沈墀、沈钦复、沈钦霖、沈桂芬十一位。

沈嘉谋，生平已见本书第一章，不赘。《沈氏诗录》卷一辑诗二首。

沈侃（1533—1600），《沈氏诗录》卷一记载：

> 公名侃，字道古，号瀛山，上林公（嘉谋）长子。以子璟贵赠奉直大夫。

凌敬言《词隐先生年谱及其著述》谓侃为嘉谋第三子[①]，不确。考《家谱》卷二和《家传·瀛山公传》，侃为沈嘉谋长子。

沈璟（1553—1610），《沈氏诗录》卷二记载：

> 公名璟，字伯英，一字聃和，号宁庵，又自号词隐生。奉直公

---

① 凌敬言：《词隐先生年谱及其著述》，载《燕京大学文学年报》，1939(5)。

(侃)长子。万历甲戌进士。除兵部主事，改礼部转员外郎，复改吏部。上疏请立储并封王恭妃，忤旨，降行人司正。迁光禄寺丞。乞归。天启初赠光禄寺少卿。公通六书，工行草字。晚年寄情乐府，与汤若士齐名。所撰《南词全谱》《正吴编》《论词六则》等书，并为审音者所宗。诗文有《属玉堂稿》二卷。

沈瓒(1558—1612)，**《沈氏诗录》卷三记载**：

公名瓒，字孝通，一字子勺，号定庵。奉直公(侃)次子。万历丙戌进士。除南京刑部主事，历郎中。断狱平恕，出为江西按察司佥事。告归，家居二十年。多所撰述。起补广东按察司佥事。为人醇古澹泊，笃于伦理，事兄如父，立义庄以赡族人。卒祀乡贤祠。诗有《静晖堂集》六卷行世。

沈自铉(1583—1615)，**《沈氏诗录》卷五记载**：

公名自铉，字穉声。光禄公(璟)子。县学生。与周忠毅公善。早卒。忠毅为文祭之，盛称其文行。

沈自铨(1585—1629)，**《沈氏诗录》卷五记载**：

公名自铨，字樨衡。光禄公(璟)子。万历丙子举人。

沈大荣（生卒年不详），《沈氏诗录》卷十二记载：

> 硕人名大荣。光禄公（璟）长女。适太仓举人王君士骐。晚年学佛，自号一行道人。尝为宛君安人序遗集，兼善草书。

沈倩君（生卒年不详），《沈氏诗录》卷十二记载：

> 硕人名倩君。光禄公（璟）次女。适浙江乌程监生范君信臣。

沈静专（一作静专），《沈氏诗录》卷十二记载：

> 硕人名静专，字曼君。光禄公（璟）幼女。适诸生吴君昌逢。遭家坎轲，为诗词多凄激之音。昌逢字适之，故所著名《适适草》。亦好学佛，自号上慰道人，撰《颂古》一卷，人称其会宗门第一义。

生年无考。崇祯十五年（1642），沈静专曾自序其诗集《适适草》。据此推知其卒年在本年以后。

沈媛（生卒年不详），《沈氏诗录》卷十二记载：

> 硕人名媛。佥事公（瓒）长女。适诸生周君邦鼎。

沈自铤（1618—1680），《沈氏诗录》卷七记载：

公名自铤，字公捍，一字闻将，号南庄。上林公（嘉谋）曾孙，父广东潮州骖将宜庵公璨也。少颖悟，与僚婿徐臒安崧同学为诗，臒安自谓不及。后以荐授行人司行人。著有《钓闲集》《南庄杂咏》。

考《家谱》卷六，自铤为沈璨第三子。

叶小纨，《沈氏诗录》卷十一记载：

硕人名小纨，字蕙绸。诸生翼生公永桢配，南荣公（自铉）次媳，工部仲韶公女也。硕人少与姊昭齐、妹琼章以诗词相唱和。迨姊妹相继夭殁，硕人痛伤之，乃作《鸳鸯梦》杂剧寄意，舅氏渔阳公（自征）以贯酸斋、乔梦符比焉。诗极多，晚岁自汰去，仅留二十之一，名曰《存馀草》。已畦先生，硕人幼弟也，尝称硕人诗情辞黯淡，过于姊妹二人。

考《家谱》卷六"沈永桢"名下所记，小纨卒于清顺治十四年（1657）。[1] 生年，见叶绍袁《自撰年谱》："（万历）四十一年（1613）癸丑……四月，次女小纨生，字蕙绸。"（叶绍袁《叶天寥年谱》卷一）

沈世潢（1629—1691），《沈氏诗录》卷八记载：

公名世潢，字茂宏。县学生。金事公（璜）孙，父国子监生云门公肇开也。云门公能近体诗及诗余，有《语石斋稿》，今亡。公所著

---

① 参见拙文《明代戏剧家叶小纨生卒年及作品考》，载《文学遗产》，1989(2)。

《静绿轩诗草》《钓梭集》《枫江峦影词》各一卷。

考《家谱》卷六，世潢为沈嘉谋五世孙，沈肇开长子。

沈永馨（1632—1680），《**沈氏诗录**》卷八记载：

> 公名永馨，字建芳，一字天选。耕道公（世潢）弟。兄弟并隐居，好为诗歌，四方高士恒造访其庐，相与赠答。有《通晖楼诗稿》一卷、《采芝堂诗稿》四卷。

沈永溢（1637—1716），《**沈氏诗录**》卷八记载：

> 公名永溢，字三益。遁庵公（永馨）弟。国子监生。有《桐斋诗稿》。

沈树荣（生卒年不详），《**沈氏诗录**》卷十二记载：

> 硕人名树荣，字素嘉。翼生公（永桢）女。适副榜举人叶君舒颖，即工部公（叶绍袁）从孙也。所著诗词家庭酬唱居多，全稿为其女携归嘉善，无从索取。

沈宜楙（1657—1728），《**沈氏诗录**》卷十记载：

> 公名宜楙，字允彪。云东公（自铨）孙。

考《家谱》卷六，宜椒为沈嘉谟五世孙，沈绣裳长子。

沈俊(1650—?)，《沈氏诗录》卷十记载：

> 公名俊，字士伟。耕道公(世潢)次子。吴学生。为文章色古气
> 茂，好作阁体书。诗有《鸿野集》。

考《家谱》卷六，俊一名范俊，号苞山。卒年缺。

沈枋(1669—1712)，《沈氏诗录》卷十记载：

> 公名枋，字掌公。桐斋公(永溢)第三子。国子监生。

沈嘉谋支派不见于《沈氏诗录》记载的作家，可考者为：

沈肇开，《松陵绝妙词选》卷二记载：

> 沈肇开，字令贻，定庵(瓒)之子。有《语石轩稿》。沈词以秀折
> 曲致自属香奁中胜境。

考《家谱》卷六，肇开生于明万历三十七年(1609)。治《书》，国子监
生。卒于清顺治十五年(1658)。

沈绣裳，生平较少记载。《南词新谱·古今入谱词曲传剧总目》著录
《沈文长散曲》一种，未有传本。今存小令一首。

考《家谱》卷六，绣裳为沈嘉谋四世孙，沈自铨长子。生于明万历四
十八年(1620)。治《书》，补邑庠生。卒于清康熙四年(1665)。

沈永宥，生平较少记载。著述未有集，有《重修家谱后序》《家谱后记》文二篇。

考《家谱》卷六，永宥字三密，号竹斋。为沈嘉谋四世孙，沈自铤长子。

沈廷楸，袁景辂《国朝松陵诗征》卷十一《沈始熙传》附见：

> （始熙）与族父廷楸相唱和，各有佳句，人目为两神童。廷楸早卒。诗稿无存。

考《家谱》卷六，廷楸字冬呈。为沈嘉谋五世孙，沈永宥长子，出为从父沈永逢后。生于康熙十年（1671），卒于康熙二十八年。

沈炯，《江震人物续志》卷十记载：

> 沈炯，字逊扬。明金事瓒元孙。诸生。性沉静，寡言笑。考订书籍，一字之讹必加厘正。辑《禹贡纂注》，与《水经注》互为发明，从兄彤极称之。著有《南游草》。

《续志》未详其世系。考《家谱》卷六，炯为沈嘉谋六世孙，沈畅长子。生于清康熙三十二年（1694）。治《书》，补邑庠生。卒于乾隆十四年（1749）。

沈廷光，《家传·恬斋公传》记载：

> 恬斋公，讳廷光，字兼立。寓濠公（棻）之子也。……雍正乙卯

中乡魁，联捷南宫，授广东仁化县知县也。……燕集赋诗，吟咏甚多，时有入少陵之室者，惜乎，今皆不存。纲罗散失，实有望于后之人焉。

考《家谱》卷六，廷光生于清康熙三十一年（1692），卒于乾隆二十五年（1760）。《家传》谓其诗"今皆不存"，不确。考袁景辂《国朝松陵诗征》卷十五小传云"有《恬斋遗稿》"，并辑其《白莲》七绝一首。

沈宗德，《松陵见闻录》卷三记载：

　　沈宗德，字羽为，号庚亭。历署靖江、上海教谕。①

《见闻录》未明其家世。考《家谱》卷六，宗德为沈嘉谋七世孙，沈焯长子。生于乾隆五年（1740）。国子监生，五十四年（1789）乡试第八十五名。卒于嘉庆八年（1803）。另据沈桂芬《庚亭公诗后记》和《［光绪］苏州府志》卷一百三十八艺文三，有《勤补书庄诗抄》两卷。

沈墀，《家传·寄庐公传》记载：

　　寄庐公讳墀，字庚伯。行窝公（文灿）长子也。……壮举于乡，三上公车，以直隶州同知分发粤西题补奉仪州掌印。……所著诗古，有《合颐语》八卷，未梓。

_____

① （清）王旭楼：《松陵见闻录》，刊本，清道光。

考《家谱》卷六，墀生于清康熙五十九年。乾隆十五年（1750）举江宁乡试第三十九名。卒于四十九年（1784）。

沈钦复，据沈桂芬《庚亭公诗后记》记载，有《酉山公诗抄》四十四首。

考《家谱》卷六补记，饮复字见出，号酉山。为沈嘉谋八世孙，沈宗德长子，出为伯父兆基子。生于清乾隆三十年（1765）。国子监生。卒于嘉庆九年（1804）。

沈钦霖，《［光绪］苏州府志》卷一百七人物三十四记载：

> 沈钦霖，原名钦临，字仲亨。弱冠与父宗德同举于乡。嘉庆辛酉成进士，授内阁中书。道光十年，转福建平漳同知。……未几，调署台湾海防同知……十二年，授安徽卢府知府，留台总办军需报销，以积劳卒于官。①

考《家谱》卷六补记，钦霖生于清乾隆三十四年（1769），嘉庆六年（1801）中进士。卒年失载，据《［光绪］苏州府志》小传推知在道光十二年（1832）以后。另据《［光绪］苏州府志》卷一百三十八艺文三著录，有《织帘居士诗钞》一种。

沈桂芬，《清史稿》卷四百三十六《沈桂芬传》记载：

> 沈桂芬，字经笙。顺天宛平人，本籍江苏吴江。道光二十七年

---

① （清）李铭皖等：《［光绪］苏州府志》，刻本，清光绪。

进士。……累迁内阁学士。(同治)六年，起礼部右侍郎，充经筵讲官，命为军机大臣。历户部、吏部，擢都察院左都御史，兼总理各国事务大臣。迁兵部尚书，加太子少保。光绪元年，以本官协办大学士。……晋太子太保。……六年，卒，年六十有四。①

《[光绪]吴江县续志》卷十四记载：

> 沈桂芬，顺天宛平籍。现协办大学士军机大臣。②

《清史稿》和《续志》均未详其家世。据沈桂芬《庚亭公诗后记》，桂芬为沈欣霖孙。父不详。生年失载，据《清史稿》本传记载，卒于清光绪六年(1880)，年六十四岁，由此推知其生年在嘉庆二十二年(1817)。

上述沈嘉谋派中著名的作家有沈璟、叶小纨等。

---

① 赵尔巽等：《清史稿》，12365～12366 页，北京，中华书局，1977。
② (清)余福曾：《[光绪]吴江县续志》，刻本，清光绪。

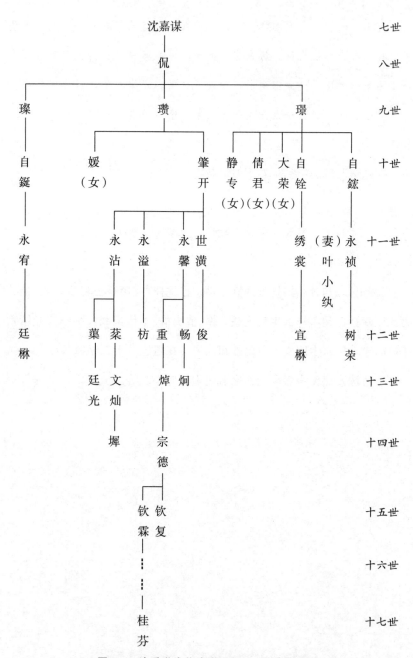

图 9-4　沈氏世家作家世系图 3·沈嘉谋支派

四、 沈嘉绩支派

沈嘉绩支派共有作家十一人。其中,《沈氏诗录》记载的作家有沈自晋、沈丁昌、沈永隆、沈蕙端四人;此支派不见于《沈氏诗录》记载的作家,可考者有沈瑄、沈珂、沈自普、沈永瑞、沈永乔、沈安、沈君平七位。

沈自晋(1583—1665),《沈氏诗录》卷五记载:

> 公名自晋,字伯明,晚字长康。太常公(汉)元孙。弱冠补诸生。乙酉弃去,隐吴山。别自号鞠通生。鞠通者,古琴中食桐蛀,有之能令弦自和曲者也,公善度曲,故以自况云。初,族父词隐先生为乐府精于法律,临川汤若士先生则尚意趣,两家相胜也而不相善。公谨守家法,而词旨加秀润,若士亦击赏无间言,一时词家如上海范香令、秀水卜大荒、吾吴冯犹龙、袁令昭诸君,并推服之。著《广辑词隐先生南词谱》等书行世,诗未成集。

《沈氏诗录》未详其世系。周绍良《吴江沈氏世家》一文说:"在《沈氏诗录》中……有两支人物无法归纳,一支就是沈自晋。……只说是沈汉的玄孙,而他系出那一枝呢,却没有交代,别的书上也无从考。"[1]周文

---

① 周绍良:《吴江沈氏世家》,载《文学遗产》,1963(12)。

谓"别的书上也无从考"，不确。考《家谱》卷七，沈自晋为沈嘉绩曾孙，沈珫长子。生于明万历十一年（1583），治《书》，补邑庠生。卒于清康熙四年（1665）。

沈丁昌（1621—1683），《沈氏诗录》卷七记载：

> 公名昌，字子言，号圣勣。太常公（汉）五世孙。顺治戊子副榜，授广东保昌县丞。诗文词曲，皆与一指（永令）齐名。著有《史书辨论》《闲余阁诗稿》。

考《家谱》卷七，丁昌为沈嘉绩四世孙，沈自曜长子。《家传》有传。

沈永隆（1606—1667），《沈氏诗录》卷十记载：

> 公名永隆，字治佐。西来公（自晋）长子。县学生。从父隐居吴山。支于庶弟。诗文词曲皆见称于人。

沈蕙端，《沈氏诗录》卷十二记载：

> 硕人名蕙端，字幽馨。适嘉兴府学生顾君必泰。太常公（汉）五世孙女也。能诗词，尤精曲律。尝作小令挽昭齐、琼章，为时人所传，时年二十。

生年失载。考叶绍袁《琼花镜跋语》、沈宛君《季女琼章传》、叶声期《祭亡姊昭齐文》等，琼章、昭齐二人先后卒于明崇祯五年（1632）十月和十二月。由此推知，沈蕙端当生于明万历四十一年(1613)。卒年不详。

沈嘉绩支派不见于《沈氏诗录》记载的作家，可考者为：

沈瑄，《家传·容襟公传》记载：

> 容襟公讳瑄，春洲公(象道)第三子也。……弱冠补邑弟子员，
> 从事帖括……终以数奇不偶。顾公通儒术，达大礼，器局渊茂无涯
> 涘。非世之录章摘句者比也。……肆力古学，凡纂录古今正史及百
> 家稗官野乘不下数十卷，题曰《阅古笔记》。

考《家谱》卷七，瑄为沈嘉绩孙。生于明嘉靖四十三年(1564)，卒于明崇祯十五年(1642)。

沈珂，《家传·虚室公传》记载：

> 虚室公讳珂。春洲公(象道)第四子也。……弱冠蜚声黉序，每
> 试辄高等，自谓云霄可一蹴至，不意其啬于命也。……既老厌弃帖
> 括，寄情声韵，兴之所至，时拈一二小词，欣然自喜。

考《家谱》卷七，珂为沈嘉绩孙。生于明嘉靖四十四年(1565)，治《书》，补邑庠生。卒于明崇祯三年(1630)。另据《南词新谱·古今入谱词曲传剧总目》，著有《沈巢逸散曲》一种。

沈自普，生平较少记载。《吴骚合编》卷二引岭樵随笔语称其所作【南吕·宜春令】《幽期》套曲"天然风度，绝无脂粉气。……如此等词，散曲中信不易得。至于韵调和谐，尤其剩技"。[①]

---

① （明)张楚叔编：《吴骚合编》，《四部丛刊续编》影印本。

考《家谱》卷七，自普字则平，号闻喜。为沈嘉绩曾孙，沈瑄次子，其兄即沈自晋。生于明万历十七年（1589）。治《书》，补邑庠生。卒于崇祯十四年（1641）。

沈永瑞，生平较少记载。通词曲。《南词新谱·古今入谱词曲传剧总目》著录《沈云襄散曲》一种，未有传本。今存小令一首。

考《家谱》卷七，永瑞字云襄。为沈嘉绩四世孙，沈自晖长子。生于明万历二十三年（1595），卒于清康熙六年（1667）。

沈永乔，生平较少记载。据《南词新谱·古今入谱词典传剧总目》著录，有《丽鸟媒》传奇一种。此外，《传奇汇考标目》别本附录据《海澄楼书目》著录《玉带城》传奇一种。庄一拂《古典戏曲存目汇考》未详其生卒年等。

考《家谱》卷七，永乔字友声。为沈嘉绩四世孙，沈自星长子。生于明崇祯二年（1629），卒于清康熙十九年（1680）。

沈安，袁景辂《国朝松陵诗征》卷八引陈行之语云：

> 静园……沦落不偶，为人记室。尝游豫章、南粤间，多登临凭吊羁旅无聊之作。诗律工整、雄秀，克绍其家学云。著有《静园诗钞》。

《诗征》未明其家世。考《家谱》卷七，安字又安，号静园。为沈嘉绩五世孙，沈丁昌长子。生于清顺治四年（1647）。国子监生，考授县丞。卒于清康熙四十六年（1707）。

沈君平，生平较少记载。有《重修族谱后跋》文一篇。

考《家谱》卷七，君平字明安，一字冀含。为沈嘉绩八世孙，沈培礼长子。生于清雍正七年(1729)。治《书》，补震泽邑庠生。卒于乾隆二十一年(1756)。

　　上述沈嘉绩支派中著名的作家有沈自晋。

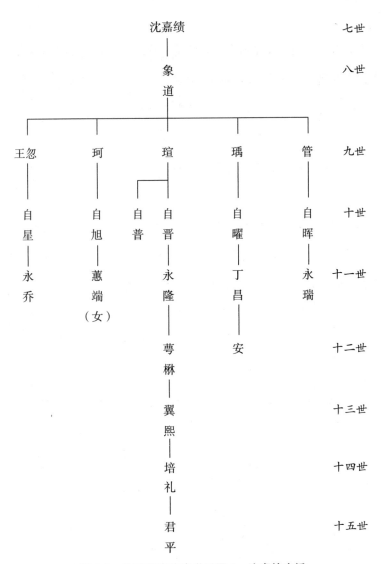

图 9-5　沈氏世家作家世系图 4·沈嘉绩支派

五、 沈嘉禾支派

沈嘉禾支派共有作家六人，即沈琏、沈永济、沈岳楸、沈崧楸、沈岩楸、沈道熙，均见于《沈氏诗录》记载。

沈琏（1630—1689），《沈氏诗录》卷四记载：

> 公名琏，字进王。太常公曾孙。

《沈氏诗录》未详其世系。考《家谱》卷二，琏号恒庵。为沈嘉禾孙，沈修长子。

沈永济（1631—1697），《沈氏诗录》卷八记载：

> 公名永济，字介寿。太常公（汉）五世孙。

《沈氏诗录》未详其世系。考《家谱》卷八，永济为沈嘉禾四世孙，沈自禄长子。

沈岳楸（1638—1705），《沈氏诗录》卷十记载：

> 公名岳楸，字尧臣。太常公（汉）六世孙。

《沈氏诗录》未详其世系。考《家谱》卷八，岳楸为沈嘉禾五世孙，沈大昌长子。

沈崧楸(1647—1696)，《沈氏诗录》卷十记载：

公名崧楸，字式章。笠泽公(岳楸)弟。

沈岩楸(1654—1711)，《沈氏诗录》卷十记载：

公名岩楸，字松来。翰周公(崧楸)弟。

沈道熙(1666—1691)，《沈氏诗录》卷十记载：

公名道熙，字朱传。朝霞周公(崧楸)子。早卒。

上述沈嘉禾支派中无著名作家。

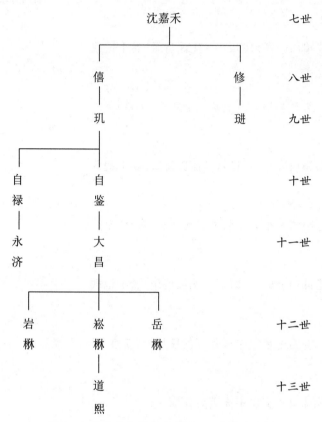

图 9-6　沈氏世家作家世系图 5·沈嘉禾支派

六、　沈嘉祐支派

　　沈嘉祐支派共有作家二人，即沈储、沈璘，均不见于《沈氏诗录》记载。

　　沈储，《家传·冲台公传》中记载：

　　　　冲台公讳储，麓野公（嘉祜）之长子也。生平无貌言饰行……念
宗支散漫无纪不再传，必有一本而涂人视者，乃殚精几阅岁，继太
史（位）而辑成《谱牒》。

除《谱牒》外，有《续修家谱后序》文一篇。考《家谱》卷二，储字道用。生
于明嘉靖三十四年（1555），卒于明天启七年（1627）。

　　沈璘，生平较少记载。有《续修家谱后序》文一篇。

　　考《家谱》卷九，璘字文甫，号鲁沙。为沈嘉祜孙，沈储长子。生于
明万历七年（1579）。治《书》，补邑庠生。卒于明崇祯十五年（1642）。

　　上述沈嘉祜支派中无著名作家。

图 9-7　沈氏世家作家世系图 6·沈嘉祜支派

七、　沈嘉节支派

　　沈嘉节支派有作家仅沈俊一人，见于《沈氏诗录》记载。

　　沈俊（1544—1626），《沈氏诗录》卷二记载：

公名俊，字道雅。征仕公（奎）族曾孙。《诗录》未详其世系。考《家谱》卷二，俊为沈奎弟沈轸曾孙，沈嘉节长子。

上述沈嘉节支派中无著名作家。

沈嘉节　　　　　　　　　七世

俊　　　　　　　　　八世

图 9-8　沈氏世家作家世系图 7·沈嘉节支派

八、　沈嘉会支派

沈嘉会支派共有作家四人，即沈良友、沈永、沈曰枚、沈曰霖，均不见于《沈氏诗录》记载。

沈良友，《江苏诗征》卷一百一十七记载：

沈良友，字笠岑，号畏叟。吴江诸生。《江苏诗事》："畏叟好读书，工篆隶，笔法遒劲，直追汉唐。诗则和平敦厚，深得风人之旨。

《诗征》未明其家世。考《家谱》卷十，良友为沈嘉会四世孙，沈自显长子。生于清康熙六年（1667）。治《易》，补长洲邑庠廪膳生，后归籍。

卒于乾隆十四年(1749)。

沈永,《江震人物续志》卷十引《江震续志稿》记载:

> 沈永,字雷渊。自显次子。岁贡生。性诚朴,敦内行,嗜宋儒书。

《江苏诗征》卷一百一十九谓沈永"字敬斋,一字雷渊",并选其诗一首。《诗征》和《续志稿》均未详其世系。考《家谱》卷十一,永为沈嘉会四世孙,沈自显次子。生于清康熙十八年(1679)。治《易》,补邑庠生。乾隆六年(1741)岁贡。八年(1743)卒。

沈曰枚,生平较少记载。《国朝松陵诗征》卷十六存诗一首。未明其家世。考《家谱》卷十,曰枚字青箱,号安庵。为沈嘉会五世孙,沈良友长子。生于清康熙五年(1666)。治《易》,补府庠生。卒于乾隆二十九年(1764)。

沈曰霖,《[道光]苏州府志》卷一百二人物·文苑七记载:

> 沈曰霖,字骥展,号纫芳。吴江人。祖自显,字子发。父永,字雷渊,岁贡生。曰霖工愁善病,长于骈体,惊才绝艳,无语不新。……有《粤游词》二卷及《粤西琐记》,又著《小潇湘诗草》若干卷、《晋人麈》二卷。

考《家谱》卷十,曰霖生于清康熙三十五年(1696)。治《易》,补府庠生。卒于乾隆二十七年(1762)。所著《晋人麈》二卷(图16),被收入清人所编《昭代丛书》中。

沈嘉会支派中较著名的作家有沈曰霖。

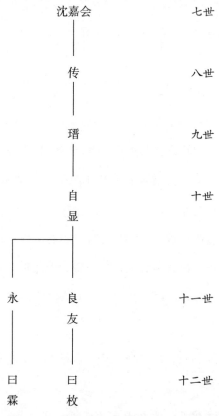

图 9-9　沈氏世家作家世系图 8·沈嘉会支派

上述吴江沈氏世家八个支派的一百多位作家（加上沈奎、沈汉），形成了一个庞大的作家群体，但这还不是沈氏世家作家的全部。因为，沈氏世家家谱自十三世孙沈光熙于清乾隆五十二年（1787）重修后，至清同、光已历百年而未再续修，十七世孙沈桂芬曾意识到"重修之役，盖不可缓"，可是最终也未能付诸实施，仅重刻了"《谱》中《水西谏疏》及

《家传》以志诵芬述德之私"①，所以这百年间的沈氏世家人物情况几乎不得而知。上文据《家谱》补记仅考证出沈宗德、沈钦复、沈钦霖、沈桂芬四人。好在同、光以前的一百多位作家的生平及创作活动基本上是可考知的，因此，并不妨碍我们对"沈家文学"做出比较全面的分析与评价。

张慧剑《明清江苏文人年表》载录吴江沈氏世家作家五十四人，周绍良《吴江沈氏世家》一文钩稽沈氏世家作家四十九人；两作所载作家，去其相重者二十七人，共有七十六人。本章所考吴江沈氏家族十二代作家共得一百三十九人（包括第一章中的沈奎等人），可补张、周著述之缺。

---

① （清）沈桂芬：《重刻〈家传〉后记》，见（清）沈始树：《吴江沈氏家传》卷末。

第十章

沈氏家族作家集外作品存目

本章所收为吴江沈氏世家作家现存作品的目录。收入范围为：其一，《吴江沈氏诗集录》所收作家未见于该诗集中的作品；其二，《吴江沈氏诗集录》未收作家的作品；其三，作家专集以外的作品。

一、沈汉

文十一篇：《广圣德疏》《终所言疏》《慎刑狱疏》《专任老臣疏》《崇先贤疏》《驳正章奏疏》《费氏宗谱序》《上毛尚书伯温书》《大中大夫四川布政司右参政维石吴公墓志铭》《争观德殿疏》《争皇号疏》。(《松陵文集》卷二十二、《吴江沈氏家传》，《明世宗实录》，《明史旧稿》)

二、　沈位

文九篇：《宗子说》《与茅鹿门》《与朱柱峰》《与蒋生》《上徐存翁》《答陈静听》《经筵赋》《沈氏家谱后序》。（《松陵文集》卷三十二，《吴江沈氏家谱》）

诗一首：《游白马寺》。（《松陵诗征前编》卷五）

三、　沈储

文一篇：《续修家谱后序》。（《吴江沈氏家谱》）

四、　沈瑾

诗一首：《初夏》。（《松陵诗征前编》卷六）

五、　沈琦

文三篇：《重兴敕建殊胜寺殿宇碑记》《华阳顾君像赞》《见鲁顾君像

赞》。（《松陵文集》卷四十二）

诗一首：《偶成》。（《松陵诗征前编》卷六）

六、 沈玧

文一篇：《戒杀训示子孙》。（《慈心宝鉴》卷二）

七、 沈珣

文五篇：《粲花馆诗集序》《续置饭僧田记》《吴节妇范太孺人使》《外父乡进士涵泉公暨外母屠孺人墓志铭》《古村顾君像赞》。（《松陵文集》卷四十四，《［乾隆］黎里志》卷十五）

诗四首：《题顾道行谐赏园松化石》《郑州道中》《送邹虎臣南归》《周绮生卜居江上赋赠二绝》其二。（《松陵诗征前编》卷五、卷六，《本事诗》卷五，《闲情集》卷五）

八、 沈璟

文四篇：《吴江县重建儒学记》《致郁蓝生书》《词隐先生手札二通》。（《松陵文集》卷三十五，杨志鸿抄本《曲品》，王骥德《新校注古本西厢

记》卷六）

诗一首：《劳惟明别号箕山为题其扇头画菊》。（《松陵诗征前编》卷六）

词四首：【捣练子】《本意》；【减字木兰花】《题情》；【如梦令】"昨夜酒深眠重"；【水调歌头】《警悟》。（《松陵绝妙词选》卷一）

散曲套数四十二篇：【仙吕·八声甘州】《集杂剧名》；【仙吕·皂罗袍】《别恨》；【仙吕·皂罗袍】《别情》；【仙吕·皂罗袍】《闺情》；【羽调·四季花】《题情》；【正宫·刷子序犯】《丽情》；【正宫·普天乐】《书怀》；【正宫·白练序】《咏美人红》；【中吕·泣颜加】《秋怀》；【中吕·石榴花】《春恨》；【中吕·驻马听】《秋闺》；【中吕·古轮台】《闺怨》；【中吕·古轮台】《问月下老》；【南吕·梁州序】《赠外》；【南吕·季遍满】《思情》；【南吕·懒画眉】《复欢》；【南吕·懒画眉】《题情》；【南吕·绣带引】《题情》；【南吕·琐窗寒】《秋思》；【黄钟·画眉序】《忆旧》；【黄钟·太平歌】《春恨》；【黄钟·降黄龙】《赠张宗瑞〈疏帘淡月〉词》；【商调·二郎神】《闺情》；【商调·二郎神】《论曲》；【商调·集贤宾】《集旧曲句》；【商调·集贤宾】《惜春》；【商调·集贤宾】《伤春》；【商调·集贤宾】《男思情》；【商调·山坡羊】《怨忆》；【商调·莺啼序】《丽情》；【商调·金梧桐】《相思曲》；【商调·金梧桐】《丽情》；【商调·金梧桐】《寄情罗帕》；【商调·金瓯线解醒】《招梦》；【商调·黄莺儿】《客怀》；【仙吕入双调·步步娇】《秋思》；【仙吕入双调·步步娇】《闺思》；【仙吕入双调·步步娇】《告杜鹃》；【仙吕入双调·步步娇】《离情》；【仙吕入双调·江头金桂】《思情》；【仙吕入双调·江头金桂】《寄郁蓝生》；【杂调·巫山十二峰】《代武陵友人悼吴姬》。（见徐朔方辑校《沈璟集》）

散曲小令十七篇：【仙吕·二犯桂枝香】《代友作》；【仙吕·解袍歌】《代友怀人》；【仙吕·醉罗歌】《思情》；【仙吕·醉归花月渡】《代友赠人》；【中吕·驻马听】《一见娇姿》；【南吕·金络索】《赠妓粉英》；【南吕·梁溪刘大娘】《九日代友作》；【南吕·浣纱刘月莲】《丹桂枝》；【南吕·浣纱刘月莲】《闺情》二首之一《拥孤衾》；【南吕·浣纱刘月莲】《闺情》二首之二《欹剩枕》；【南吕·宜春乐】《银筝按》；【商调·山坡羊】《思情》；【商调·山坡羊】《学取刘伶不戒》；【商调·莺啼序】《由来旅思难奈》；【仙吕入双调·步步娇】《思情》二首；【仙吕入双调·松下乐】《佳人玉腕枕香腮》。（见徐朔方辑校《沈璟集》）

九、 沈瓒

文三篇：《池亭记》；《太学生吴字甫元配董孺人墓志铭》；《吴母朱氏墓志铭》。（《松陵文集》卷四十一）

诗三首：《勘灾歌》；《芙蓉驿雨望》；《莲花庵》。（《松陵诗征前编》卷六）

词三首：【汉宫春】《雪夜》；【菩萨蛮】《送女北出阁》；【满江经】《雪后对新柳》。（《松陵绝妙词选》卷一）

散曲套数七篇：【仙吕·醉扶归】《姻缘套》；【南吕·双凤衔花】《见美人晒鞋》；【商调·二犯梧桐树】《咏白莲》；【仙吕入双调步步娇】《离情》；【正宫·白练序】《离情》；【商调·集贤宾】《闺情》；【商调·集贤宾】《空词》。（《太霞新奏》，《吴骚合编》）

散曲小令一篇：【商调·金络索】《翻北词咏白莲》。(《太霞新奏》)

十、　沈珂

散曲小令一篇：【南南吕·太师接学士】"禅窟中藏其用"。(《南词新谱》卷十二)

十一、　沈璘

文一篇：《续修家谱后序》。(《吴江沈氏家谱》)

十二、　沈士哲

残诗二句："斗绝山城一径通，于兔白日啸风生。"(《沈氏家传·若宇公传》)

十三、　沈自籍

词三首：【贺新郎】《紫牡丹开觅尊赏之》；【虞美人】《五十自寿》；

【满庭芳】《乐寿堂寓意》。（《松陵绝妙词选》卷二）

十四、 沈自继

文一篇：《重辑南九宫十三调词谱述》。（《南词新谱》卷首）

词七首：【西江月】《杨长倩卜居西郊谱赠》二首；【南乡子】《寿神宇从兄七十》；【南乡子】"香饭进胡麻"；【临江仙】《哭僚媚张原章》三首（《松陵绝妙词选》卷一，《古今词选》卷三，《笠泽词征》卷二十七）。

散曲三篇：【南南吕·宜春令】《自题祝发小像》套数；【南正宫·芙蓉满江】"鱼肠死建文"套数；【南正宫·太平小醉】"朝槿"小令。（《太霞新奏》卷六，《南词新谱》卷四）

词赋一篇：《亡妹宛君叶安人哀辞》。（《午梦堂集·鹂吹附集》）

十五、 沈自征

文三篇：《鹂吹集序》《祭甥女琼章文》《鸳鸯梦小序》。（午梦堂集）卷一、卷四，《午梦堂集·返生香附》）

词一首：【凤凰台上忆吹箫】《阅古今名媛诗集》。（《古今词选》卷六）

散曲二篇：【双调新水令】套数；【新样四时花】《燕都上元赠妓》小令。（《南词新谱》卷二十五，《太霞新奏》）

十六、　张倩倩

诗一首：《春日》(《列朝诗集》卷四，《闲情集》卷五)。

词三首：【浣溪沙】《几日轻阴冷翠绡》；【忆秦娥】《风雨咽》；【蝶恋花】《漠漠轻阴笼竹院》。(《午梦堂集·伊人思附》，《林下词选》)

十七、　李玉照

诗二首：《挽宛君姑叶安人》"生小愚痴不知愁"；"失姑谁是最亲人"。(《松陵女子诗征》卷一，《午梦堂集·鹂吹集附》)

词四首：【渔歌子】《愁思索怀懒赋诗》；【忆王孙】《幽闺深闭日如年》；【如梦令】《夜坐》；【醉公子】《忆梦中美人》。(《笠泽词征》卷二十一)

十八、　沈自炳

文四篇：《伯姊叶安人宛君遗诗序》《梅花诗序》《返生香序》《哀威甥文并诔》。(《午梦堂集》)

诗十五首：《送人入朝》；《乌栖曲》五首；《四时白苎歌》四首；《豫

章行》；《车遥遥》；《甥女叶琼章哀词》；《七哀诗》；《吴江竹枝词》。（《午梦堂集》，《启祯两朝遗诗》卷九、《明诗综》卷七十六、《松陵诗征前编》卷六）

词十一首：【南乡子】《翠榭沾纤雨》；【清平调】《夜随风辇上林园》；【浣溪沙】《秋闺》；【中兴乐】《芙蓉池上露初凉》；【更漏子】《忆情人》；【虞美人】《春景》；【踏莎行】《秋恨》；【兰陵王】《秋日书怀》；【玉楼春】《秋怨》，【薄命女】《闺情》；【柳梢春】《春思》。（《笠泽词征》卷五，《松陵绝妙词选》卷二）

十九、 沈自然

诗二十二首：《哭亡姊叶安人》二首；《悼亡甥叶威期》十首；《周文襄公大棚车行》；《董姬哀词》；《四时行乐词》"清息春来入帝畿""簇欢娱斗锦营""广庭闲敞树交柯""重檐曲槛对江津""碧空无际月初圆""疏钟晓听隔云撞""蜀锦团花问紫貂"；《检卜孟硕遗集》。（《午梦堂集》，《[乾隆]震泽县志》卷二十三，《本事诗》卷七，《闲情集》卷五，《乾隆盛湖志》卷十四引《来思集》）

二十、 沈自炯

词一首：【雨霖铃】《寄怀吴日生》。（《松陵绝妙词选》卷一）

二十一、　沈自南

文二篇：《鞠通乐府序》；《重定南九宫新谱序》。（《鞠通乐府》，《南词新谱》）

诗二首：《春暮钱宗伯牧斋过访因赠》；《律陶》"未知止泊处"。（《国朝松陵诗征》卷二）

词一首：【鹧鸪天】《茗战》。（《古今词选》卷三，《笠泽词征》卷二十七）

二十二、　沈宜修

诗一首：《哭三女小鸾》。（《午梦堂集·返生香附》）

词一首：【霜叶飞】《题君善兄祝发图》。（《古今词选》卷九）

二十三、　沈智瑶

词一首：【谢池春】《晓起见梨园将谢感赋》。（《众香词·乐集》）

二十四、 沈自友

文一篇：《鞠通生小传》。（《南词新谱》附录）

诗一首：《威期甥相法，才而不寿，曾向友人言之，不幸言而中矣。仲韶姊丈哀恸之余，为索挽诗，业以不文辞，而情又难已。夫数既不移，悲之何益。首借公明之语，用蠲浚冲之伤》。（《午梦堂集·灵获集附》）

词二首：【南歌子】《偶赠》；【鹧鸪天·茉莉】。（《松陵绝妙词选》卷二）

二十五、 沈大荣

文一篇：《叶夫人遗集序》。（《午梦堂集·鹂吹集》）

二十六、 沈倩君

诗七首：《悼宛君姊》"晕月阴霾天欲重""忆昔寻梅十载前""一展齐纨一怆然""绿窗积尘冷瑶笺""词坛名擅女相如"；《悼甥女叶昭齐》"一栏依旧景融融"；《悼甥女叶琼章》"羡君才貌为君哀"。（《午梦堂集》；《松陵女子诗征》卷一）

二十七、　沈静专

诗四十九首：《悼外》"苍苍白露"；《别故居感亡》；《秋夜有感》；《秋怀》；《春日怀智可》；《哭钟伯敬先生》；《为琼桢赋》；《过君庸六兄家漫咏》；《晚景》；《新秋病起》；《山窗秋感》；《春日送别鸳湖女伴》；《赠姗姗嫂》；《新月》；《得信》；《小窗口占》；《晓起看梅》；《雨窗晚眺》；《病中》；《冬日同琼桢泛舟》；《竹枝词》"北牖清季带雨来""妾住横塘小有天""行春桥下水流长"；《悼外》"落魄无聊三十年""枫树萧疏惊老秋"；《哭君庸兄》"一生落魄误灵芬""禅悦无惭梁法雪""世事堪悲类转蓬"；《妮女郁沉鸳湖，诗以哭之》"明玉亭亭翠羽翔""翠落轻蛾秋借妆"；《芙蓉》；《悼宛君姊》"云度依稀十载前""绿窗尘积冷瑶笺""词坛名擅女相如""秋老霜青惨北邙"；《悼甥女叶昭齐》"云晓翔鸾降紫渊""画阑依旧景融融""无赖衔哀上青天""西风一夜剪芳红""双凤空嗟秦女箫"；《悼甥女叶琼章》、"不见妆台宁玉姿""驾返翔鸾日影寒""敲句春宵剪玉虫""灵山分笑散花仙"；《春日闻熏绸游快风阁赋此戏赠》"春风恬翠淡于烟"；《别熏绸》；《寒宵口占》；《夜泛》；《春日郊游》；《水扉》。（《松陵女子诗征》卷一，《江苏诗征》卷一百七十四）

词八首：【长相思】《春愁》；【菩萨蛮】《春晓》；【菩萨蛮】《寒夜》；【画堂春】《春感》；【蝶恋花】《蛱蝶花》；【蝶恋花】《春愁》；【凤凰台上忆吹箫】《冬闺》；【南乡子】《闻笛》（《林下词选》卷八），《笠泽词征》卷二十一，《众香词·乐集》。

散曲小令一篇：【南吕·懒莺儿】《舟次题秋》。（《南词新谱》卷十二）

二十八、 沈肇开

词一首：【菩萨蛮】《春怨》。（《松陵绝妙词选》卷二）

二十九、 沈缓

诗二首：《挽叶昭齐甥女》"红香昔已澹妆楼"；《挽叶琼章甥女》"冷然疏韵与云期"。（《松陵女子诗征》卷一，《午梦堂集·彤奁续些》）

三十、 沈自铤

诗三篇：《过绮云斋忆君张七兄》；《刘公塘》；《湖浦闲步》。（《国朝松陵诗征》卷三，《平望志》卷十五，《［道光］苏州府志》卷一百四十）

三十一、 沈自晋

诗二首：《和子犹辞世原韵》二首。（《南词新谱凡例续纪》）

词二首：【鹧鸪天】《美人》；【鹧鸪天】《别顾八公》。（《松陵绝妙词选》卷二）

三十二、　沈自普

散曲套数三篇：【南吕·宜春令】《幽期》；【仙吕·八声甘州】《代章生泣送非月》；【仙吕入双调·步步娇】《寄情》。（《吴骚合编》卷二，《太霞新奏》卷一、卷十二）

三十三、　沈永导

文一篇：《适适草序》。（《适适草》）

三十四、　沈永令

诗十首：《天津晚泊》《再次淮上对月》《咸阳寓中》《登华》《避寓湖干》《泊舟湖口》《虎牢》《除夕》《柳枝词》《分水龙王庙》。（《清诗别裁》卷一、卷三十三、《国朝松陵诗征》卷一，《江苏诗征》卷一百一十七）

散曲小令一篇：【南仙吕入双调·月上古江儿】《月夜渡江》。（《南词新谱》卷二十三上）

三十五、 沈静筠

诗一首：《赠吕仙人律》。（《松陵诗征前编》卷十二）

词二首：【满宫花】《秋闺》；【鹧鸪天】《乩上示元洲》。（《众季词·乐集》，《林下词选》卷十四）

三十六、 沈关关

词一首：【临江仙】《春暮》。（《林下词选》卷十二，《闲情集》卷三，《国朝词综》卷四十七，《笠泽词征》卷二十三）

三十七、 沈水启

词二十三篇：【金缕曲】《送春次韵》；【忆秦娥】《酒阑时月》；【玉楼春】《仲秋晦夜效温飞卿体》；【玉楼春】《漫言》；【临江仙】《独坐偶成》；【虞美人】《雨阴莲泾》；【天仙子】《孤灯独坐》；【满江红】《文将叔归隐南庄》；【雨中花慢】《哭醒公弟》；【木兰花慢】《将归平圲留别孙商声道兄》；【水龙吟】《遣怀》；【尉迟杯】《书闷》；【惜余春慢】《重阅叶蕙绸表妹遗稿》；【摸鱼儿】《来止兄凿池既毕草庐落成属咏》；【浪淘沙慢】《中秋月

夜》；【贺新郎】《壬戌夏五月张焕文道兄邮寄〈四愁全集〉，冬暮余遄归故
里不获一晤，谱此代别》；【贺新郎】《归想故园，用南庄叔投赠原韵》；
【贺新郎】《秋日闻退密师抱恙都中，谱此志怀》；【水龙吟】《辛卯中秋傲
居湖上忆旧》；【木兰花慢】《秋杪将返平坻留别吴友、陈再三两表弟》；
【沁园春】《才子侄从余肄业三载，庚寅春将负笈于舅氏叶云期，余己丑
冬暮解馆书此为别》；【沁园春】《庚寅秋日，馆中得内子札，书此答之》；
【沁园春】《挽许节妇金夫人》。（《松陵绝妙词选》卷四，《古今词选》卷十
二，《笠泽词征》卷二十八）

散曲小令一篇：【南南吕·春溪刘月莲】《美人坐月》。（《南词新谱》
卷十二下）

三十八、　沈宪英

诗十四首：《和舅大人初度诗原韵》"绕山寒色满藤庐"，"天霄一望
水云迷"；《哭威期婿》二首；《绝句》十首。（《松陵女子诗征》卷二，《午
梦堂集·灵获附》）

词六首：【点绛唇】《忆琼章姊》；【点绛唇】《早春》；【虞美人】《留别
兰馀妹》；【水龙吟】《胥江竞渡》；【满庭芳】《中秋同六婶及素嘉甥女坐
月》；【水龙吟】《哭少君姑姑以沉水死》。（《林下词选》卷十一，《全清词
抄》卷三十，《笠泽词征》卷二十二，《众香词·乐集》，《今词初集》卷下）

三十九、 沈华蔓

词二首：【调笑令】《归》；【减字木兰花】《题画眉》。（《众香词·乐集》）

四十、 沈永智

诗一首：《送安大己》。（《国朝松陵诗征》卷五，《江苏诗征》卷一百一十八）

四十一、 沈永信

诗一首：《送余岫云年伯归龙游》。（《江苏诗征》卷一百一十八）

四十二、 沈永禋

诗一首：《和愚庵先生牡丹诗》。（朱鹤龄《愚庵小集》）

词十五首：【菩萨蛮】《秋夜》；【宴清都】《经过里值梨花盛开感赋》；

【满江红】《乙酉下第后作》二首；【西江月】《八月十八日闻有贵游胜集吴山闻玮勤山同游，赋词率和》；【虞美人】《春尽》；【望湘人】《茉莉》；【木兰花慢】《冬日过谐赏园感旧》；【忆江南】"江村好"；【眼儿媚】《秋夜不寐》；【南乡子】《闺情》；【鹧鸪天】《闺怨》；【南乡子】《咏紫藤花》；【踏落行】《春恨》；【贺新郎】《感忆》。（《松陵绝妙词选》卷四，《古今词选》卷一、卷三、卷四，《国朝词综》卷十三，《笠泽词征》卷六、卷二十八）

四十三、　沈少君

词一首：【谢池春】《晓起梨花将谢感赋》。（《林下词选》卷八，《笠泽词征》卷二十三）

四十四、　叶小纨

词十一首：【浣溪沙】《为侍女随春作》；【浣溪沙】《新月》；【浣溪沙】《春日忆家》；【踏莎行】《过芳草轩忆昭齐先姊》；【踏莎行】《暮春感旧》；【水龙吟】《愁思和母韵》；【菩萨蛮】《暮春倒句》；【蝶恋花】《杨柳迎风丝万缕》；【蝶恋花】《立秋》；【蝶恋花】《咏兰》；【疏帘淡月】《秋夜》。（《林下词选》卷七，《笠泽词征》卷二十二，《古今词选》卷一，《众香词·乐集》）

四十五、 沈绣裳

散曲小令一篇：【南仙吕入双调】《泣咏近事》。（《南词新谱》卷二十三下）

四十六、 沈世潢

诗一首：《由支研入华山登莲峰怀朱山人白民，峰下颓垣古洞即山人读书处》。（《国朝松陵诗征》卷五，《江苏诗征》卷一百一十八）

词二首：【减字木兰花】《秋夜梦兰溪别业》；【临江仙】《闲居》。（《笠泽词征》卷六，《松陵绝妙词选》卷三）

四十七、 沈永馨

散曲小令一篇：【南吕仙入双调·桂花遍南枝】《感怀岩桂堂作》。（《南词新谱》卷二十三上）

四十八、　沈永宥

文二篇：《重修家谱后序》《家谱后记》。（《吴江沈氏家谱》）

四十九、　沈永瑞

散曲小令一篇：【南吕入双调】《游燕作》。（《南词新谱》卷二十三下）

五十、　沈丁昌

诗一首：《三水道中夜遇袁四其学博》。（《国朝松陵诗征》卷一，《江苏诗征》卷一百一十七）

散曲套数一篇：【南南吕·太师解绣带】《乙酉秋尽舟行》。（《南词新谱》卷十二下）

五十一、　沈永隆

文一篇：《南词新谱后序》。（《南词新谱》卷首）

诗二首：《过朱白民书屋》；《奉赠八方父迁居梅里》。（《国朝松陵诗征》卷一，《江苏诗征》卷一百一十七）

散曲五篇：【南仙吕·妆台解罗袍】《咏新枕》小令；【南正宫·双红玉】《甲申除夕咏》小令；【南南吕·画眉溪月琐塞郎】《寄答来屏》小令；【南仙吕入双调·步步娇】《甲申作》套数；【南越调·小桃下山】《赋乙酉近事》套数。（《南词新谱》卷一、卷四、卷十二、卷十六）

五十二、 沈蕙端

诗一首：《怅怅词》。（《午梦堂集·彤奁续些》）

散曲六篇：【南南吕·针线箱】《暮春晓起欢雨》小令二首；【南商调·金络丝】《夏日闺中》小令；【南商调·金梧桐】《咏佛手柑》小令；【南仙吕入双调过曲·封书寄姐姐】《他娘在锦机》小令；【南仙吕·醉扶归】《挽昭齐、琼章》套数。（《午梦堂集·伊人思》，《午梦堂集·彤奁续些》，《南词新谱》卷十八、卷二十三下）

五十三、 沈永乔

传奇《丽乌媒》残套一篇：【莺满园林二月花】"长干客邸如泛槎"。（《南词新谱》卷二十五）

五十四、　沈良友

诗三篇：《题阮容画兰》；《题看云居图赠声碧上人》《初举岁寒会病未能赴感而有作》。(《国朝松陵诗征》卷十三，《江苏诗征》卷一百一十七)

五十五、　沈永

诗一首：《孤云》。(《国朝松陵诗征》卷十三，《江苏诗征》卷一百一十九)

五十六、　沈辛榤

散曲小令一篇：【南仙吕入双调】《遇艳即事》。(《南词新谱》卷二十三下)

五十七、 沈澍

诗四首：《黄河口》；《海丰道中》；《饶州》；《七里滩即事》。（《国朝松陵诗征》卷十，《江苏诗征》卷一百一十九）

五十八、 沈廷扬

词一首：【念奴娇】《对影》。（《古今词选》卷七，《笠泽词征》卷二十七）

五十九、 沈世楙

诗二首：《苕溪晓发》；《方思叔客秦》。（《江苏诗征》卷一百一十八）

词一首：【虞美人】《小楼蕉雨丝丝冷》。（《松陵绝妙词选》卷三）

散曲一篇：【南黄钟·恨更长】《梦未成》小令。（《南词新谱》卷十四）

六十、 沈宪楙

散曲一篇：【南中吕驻云听】《偶咏》小令。（《南词新谱》卷八）

六十一、　沈友琴

诗一首：《姑苏杨柳枝词和汪钝翁》。(《国朝松陵诗征》卷二十,《江苏诗征》卷一百七十四)

词九首：【临江仙】《为烈女顾季繁赋》;【减字木兰花】《风前杨柳》二;【浪淘沙】《月下桃花》;【南乡子】《庚子除夕元旦和百末词二阕》二首;【少年游】《春闺》;【子夜歌】《鸣鸠柳外催新雨》;【南乡子】《感悼》。(《古今词选》卷一、卷二,《国朝词综》卷四十七,《笠泽词征》卷二十三,《众香词·乐集》,《瘦吟楼词》)

六十二、　沈御月

词七首：【南歌子】《画扇赠女伴》;【虞美人影】《送春和韵》;【南乡子】《爆竹破寒烟》;【南乡子】《晓起动梳妆》;【潇湘夜雨】《寄怀王树百表妹》;【虞美人】《对雪》;【南乡子】《元夜和百末词》。(《古今词选》卷二,《林下词选》卷十三,《国朝词综》卷四十七,《众秀词·乐集》,《瘦吟楼词》,《笠泽词征》卷二百三十一)

六十三、 沈时栋

文一篇：《古今词选自序》。（《古今词选》卷首）

诗一首：《禊饮江东古祠》。（《国朝松陵诗征》卷十一，《江苏诗征》卷一百一十九）

词二十二首：【减字木兰花】《题美人便面傍有梅花水月》；【减字木兰花】《题东墙壁》；【巫山一段云】《浈江道中》"晓霞依危石"；【山花子】《绿绮晨光一线过》；【柳梢春】《前题原韵》《低空珠帘》；【鹧鸪天】《记忆》"玉作精神雪作肌"；【春去也】《本意叠冬呈原韵》；【踏莎行】《斗草得"笑"字》；【拂霓裳】《却扇》"俏菱铜"；【满庭芳】《遣兴》"隙地栽花"【八声甘州】《柬柯亭》；【东风第一枝】《月夜探梅用史梅溪春雪韵》"素彩融看"；【月华清】《前题原韵》"玉粒频喂"；【贺新郎】《讯陈亦然翁时年八十》；【摸鱼儿】《题张太史雪霁南辕图叠新定毛鹤龄先生原韵》；【浣溪沙】《柬家威音》"兰谱追陪兰砌底"；【水调歌头】《激水署中闻促织》；【八声甘州】《登灵岩追和吴梦窗原韵》；【八声甘州】《追和柳屯田韵》；【月华清】《白鹇同虹亭韵》；【木兰花慢】《送春》"把春心万种"。（《瘦吟楼词》）

六十四、 沈三懋

词一首：【菩萨蛮】《回文》。（《松陵绝妙词选》卷四）

六十五、　沈克懋

诗三首：《南楼雨》《招隐园感旧》《咏菊》。(《国朝松陵诗征》卷十三)

六十六、　沈丹懋

词一首：【浣溪沙】《柬焦音兄》。(《古今词选》卷一)

六十七、　沈树荣

词五首：【临江仙】《病起》；【点绛唇】《怀吴夫人庞小宛》；【如梦令】《秋日》；【满庭芳】《中秋同三妗母、六妗母坐月，和三妗母韵》；【水龙吟】《初夏避兵惠思三妗母栖 凤馆有感追和外祖母忆旧原韵》。(《林下词选》卷十三，《古今词选》卷三，《昭代词选》卷三，《今词初集》卷下，《众香词·乐集》，《笠泽词征》卷二十三)

六十八、 沈安

诗一首：《渡赣江》。（《国朝松陵诗征》卷八，《江苏诗征》卷一百一十九）

六十九、 沈曰枚

诗一首：《反乞巧诗》。（《国朝松陵诗征》卷十六）

七十、 沈曰霖

诗二首：《送春》《效高青邱补芷秀药华曲和元韵》。（《国朝松陵诗征》卷十七，《江苏诗征》卷一百二十一）

词六首：【祝英台近】《抵石门》；【齐天乐】《古松》；【师师令】《游龙头山》；【鬈云松】《游天山》；【风入松】《游棋盘岩》；【洞仙歌】《游仙人峰》。（《昭代词选》卷二十七，《国朝词综补》，《笠泽词征》卷十）

散曲小令六篇：【南商调·黄莺儿】《等第》"一等最高标""二等也奢遮""三等便尫尫""四等没头奔""五等更难言""六等一身轻"。（《全清散曲》）

七十一、　沈咏梅

诗二首：《春雨》《九日怀归》。(《松陵女子诗征》卷三，《国朝松陵诗征》卷二十，《江苏诗征》卷一百七十四)

七十二、　金法筵

诗一首：《家兄归自辽左感赋》。(《国朝松陵诗征》卷二十，《江苏诗征》卷一百七十一，《松陵女子诗征》卷二)

七十三、　沈始熙

诗一首：《过南庄祖居》。(《国朝松陵诗征》卷十一，《江苏诗征》卷一百一十九)

七十四、　沈彤

文一篇：《赠阿广庭序》。(《国朝文稿录》卷四十四)

词一首：【月中地】《夜雨不寐》。（《古今词选》卷二，《笠泽词征》卷二十七）

七十五、 沈凤鸣

诗二首：《和朱放题竹林寺》《晓枕闻蟋蟀》。（《国朝松陵诗征》卷十六）。

七十六、 沈凤翔

诗三首：《渡钱塘江》《晚泊赵家河》《岭外怀兄》。（《国朝松陵诗征》卷十六，《江苏诗征》卷一百一十九）

七十七、 沈光熙

文一篇：《重修家谱后序》。（《吴江沈氏家谱》卷首）

七十八、　沈懿如

诗一首：《白莲》。（《国朝松陵诗征》卷十五，《江苏诗征》卷一百二十一）

七十九、　沈吐玉

文一篇：《重修族谱系图说》。（《吴江沈氏家谱》卷首）

八十、　沈培福

诗五首：《偶作》；《蜀道杂咏》二首；《望终南山》；《过潼关》。（《国朝松陵诗征》卷十五，《江苏诗征》卷一百二十）

八十一、　沈绮

诗二十一首：《录别》三首；《闻笛》；《大风泊舟包山》；《登莫厘峰绝顶》；《题次升姊妹秋林小景》；《废庄吊古仿李贺体》,；《江树》；《喜山阴潘氏表姊月下见过》；《秋夕》；《春日山庄杂兴》；《寄外》；《家居》；
《寄女兄》二首；《送外》二首；《赠侍婢云娃》；《无题》"暑随三伏尽"；
《无题》"倚树每愁花落去"。（《松陵女子诗征》卷七）

八十二、 沈钦霖

文二篇：《连卍川君家传》。（《松陵文录》卷十八）《吴江赵氏诗存
序》。（《吴江赵氏诗存》卷首）

八十三、 沈君平

文一篇：《重修族谱后跋》。（《吴江沈氏家谱》卷末）

八十四、 沈桂芬

文四篇：《重刻〈水西谏疏〉后记》；《重刻〈家传〉后记》；《重刻〈诗
录〉后记》；《庚亭公诗后记》。（《吴江沈氏家谱》卷末）

第十一章 | 沈氏家族作家传记

　　吴江沈氏世家作家，今已考知的有 139 人。现将其中部分作家的传记汇为一编，一可观其生平及学艺之大略，二可为进一步研究之助。

一、 沈奎

　　《半闲公传》：

　　半闲公讳奎，字天祥。莼庄公之长子也。少而知学，为文辞不失矩度。性孝友，母尝目眚，医工谓不治矣，公亟舐之，如是，乃数月良愈。及莼庄公寝疾，公侍之，衣不解带。于是，疫疠方炽，所睹教公宜少就外舍洗沫，公不可，因戒其家勿以一切事关我，而公卒无恙。人以为孝。昆弟四人同居，有无相通，无片言相忤。亲戚有所不是，往往取办于公，一弟与妹夫且死，抚其子尤有恩。公既好施与，复不能事产也，家用中衰，或以为规公，辄谢曰："使后者贤于我，虽无所遗可也。如其不贤，遗之何益？"于时，东平王公为都御史，行县及吴江，闻公名，檄县旌公。其后公益自晦，以故所居让与诸弟，而自筑室于县北三里之柳胥村，自号半闲。编篱樊圃当太湖诸山之胜，每宾客过从，则撷蔬行酒相与歌呼为乐，累日然后去。以此终其身，卒年五十有七。嘉靖初以子贵赠刑科给事中。

（《吴江沈氏家传》）

二、 沈汉

《太常公传》：

太常公讳汉，字宗海，号水西。半闲公之子也，少贫力学，倜傥有志略。身长七尺，美须髯，善谈论，人见之无不敬者。为诸生有名，然逡巡庠序二十年，至正德丙子始举于乡，又三年庚辰中会试。值武宗南巡，明年辛巳始廷对，起家刑科给事中，则公年四十有二矣。后进户科给事中。时肃宗即位，言路方开，公以谏诤为己任。中官马俊，王堂久废，忽逢南京召至将复进用，公竟论罢之。又言改元诏蠲四方逋税半饱奸囊，请以民间已纳米解者作来年正课；又请以籍没奸党赀数千万悉发以补岁入之不足，并见采纳……李福达狱起，词连武定侯郭勋，勋营庇甚力，理官持法者皆下狱。公疏言：祖宗之法不可坏，权幸之渐不可

长，大臣不可辱，妖贼不可赦。于是，勋喉孚敬并治公廷杖，诏狱消籍
为民。后十余年赦复原官。（汉谓）……古人云人各有志，仆今志在山
水，不能从公于台鼎黼扆之侧也，伯温高其志，卒如公请。居家二十年
而殁。殁后二十年，穆宗立赠太常寺少卿，庄烈帝追录谏臣，予专祠编
入例祭。所著有《谏疏十三篇》行世。

（《吴江沈氏家传》）

《沈汉传》：

沈汉，字宗海。吴江人。正德十六年进士。授刑科给事中。中官马
俊、王堂久废，忽自南京召至，汉论止之。改元，诏书蠲四方逋税，汉
以民间已纳者多饱吏囊，请已，征未解者作来年正课；又言近籍没奸党
赀数千万，请悉发以补岁入之不足之数，并见采纳兴献。帝议加皇号，
疏陈不可。嘉靖二年，以灾异指斥时政，尚书林俊去位，复抗章争之，
天下翕然，称敢言户部。郎中牟泰坐吏盗官帑，下诏狱贬官，汉言吏为
奸在泰未任前，事败，泰发之，泰无罪。因言刑狱宜付法司，毋委镇
抚，不纳。霍韬欲变官制，疏斥其谬。张寅狱起，法司皆下狱，汉言祖
宗之法不可坏，权幸之渐不可长，大臣不可辱，妖贼不可赦。遂并汉收
系，除其名。家居二十年，卒。

（王鸿绪《明史稿》列传八十五《马录传》附）

三、　沈位

《虹台公传》：

虹台公讳位，祗庵公之长子也。以邑庠增广生，中嘉靖甲子南畿第

一人。隆庆戊辰试南宫居第七，选庶吉士。庚午授翰林院检讨，与修世庙实录。辛巳奉使肃藩。明年报命至邠州，舟人才与漕卒哄，卒横甚，舟人尽匿。公闻，便服出舟次谕止之，悍仆从公腋傍复出指骂，漕卒愤，立水中持白榰挝仆，仆仍逸入舟，榰着公胫，又从舻头击我篙师。公以身护篙师，卒掷梧挝蒿师，篙师逸而榰复着公肩。后蚁附登舟欲拥公去，舟中妇女多人挽之甚，力与漕卒两相持而不虞彼之释手也，于是公以群挽之势从船舷跌蹐舱中，高下相去五六尺而公以此得重伤矣。地无良医，误以己意服补中益气汤一剂，越宿而殂……公盛德美官，富文学……初，公为童子时不甚了慧，及长潜心嗜学，文必集众美如五金入大冶中矿砂脱胎精金射目，经史二学及古文辞靡不研究体裁，褒集菁英，日置几案怀袖间尹吾不休，夜既就榻，复手一编，令童子执烛榻旁，以缉余力至目瞑册堕而止……与异母弟涵台公亲爱独至，以文学自相师友……所著有《族谱》《都邑便览》《柔生斋集》，藏于家。初，公语人曰：吾梦官至付使，寿为四十四者，再必八十八也。及肃藩之役，公充付使以行，卒之年仅四十四耳，盖公口吃，鬼神故重之以示隐语云。

（《吴江沈氏家传》）

《沈位传》：

公名位，字道立，号虹台。祗庵公长子。性孝友，能拯人之急。嘉靖甲子乡试第一。隆庆戊辰进士，选庶吉士，授检讨。以付使册封肃王，还道卒，年四十四。公自少力学强识，长与唐荆川、茅鹿门二先生游，得其指授。为古今体诗文，皆见重于时。所著《柔生斋稿》四卷及《沈氏族谱》等书。愚庵朱先生鹤龄称公古文兼庐陵、眉山体法；竹垞朱先生彝尊称公诗丽以则，而并惜其不永龄，可以识公之所造矣。诗作于馆阁者多。五言古体师晋宋，近体宗盛唐。

（《吴江沈氏诗集录》卷一）

《沈位传》：

沈位字道立，汉孙。嘉靖甲子举乡试第一，戊辰成进士，选庶吉士，授检讨。赴京为漕卒所伤，卒于道。位居家善事后母，与弟倬友爱，赒族赡友，不蓄余资。早游唐顺之、茅坤门。工古文词。惜天促之年，未见其止。

（《［乾隆］苏州府志》卷六十四）

四、沈倬

《涵台公传》：

涵台公讳倬，祗庵公次子也。少而颖异，属对记诵皆不劳师力，诸父兄咸叹赏之。及长淹通经史，旁及古文辞诗赋诸体，矢口信笔，如堕云霄不从人间来。弱冠游黉于督学公吴、耿两御史，皆受国士之知。耿公留置宾幕携以行部，凡所评骘取藉焉。时同被礼遇者，娄东管金宪志道，金陵焦太史竑，与公仅三人耳。公既饩于庠，每试辄居首，文名震烁一时，而犹不自足，遇文章宗匠必北面师事之，若归安茅副使坤，金坛张太守祥鸢是也。是时检讨公新义出流辈而公道文缛藻与相焕烂，海内翕然称二公不减陆氏机、云也。公自辛酉迄丁卯，累不售，而志益励，文誉益张，视一第不啻若探囊。及庚午赴都试，疾大作，不入棘而归，归两月逝矣。公彩眉犀齿，鸢肩鹤步，风流神彩，所至倾座，微吟短咏，闻者心折，谑语之中时杂韵语，期期而出，捷若飚风，画如印泥，令人慄然不得反其意。礼法之士虽或有所不满，而好事少年辈述为美谈焉。性至存。……盖公所得于天者奢而才不获试，所期于世者锐而志不获酬，固宜长发其祥于之子哉！

（《吴江沈氏家传》）

《沈倬传》：

公名倬，字道奉，号涵台。祗庵公次子。事亲及兄以孝友闻。读书过目成诵。学文于归安茅副使坤，学诗于金坛张太守祥鸢。每有作，操笔立成，咸中纪律。武进吴助教锬、徐给事常吉，皆惊服折辈行与交。为诸生，负重名而连不得举，乃寄情诗酒，游览山川，遂沂江汉，登太和，历齐云，泛西湖以归。到处辄为咏歌，时皆传诵。年三十一卒。以子琦、琓、珣贵，累赠通奉大夫。诗有《纪志稿》三卷。古体五言得魏晋神理，七言及近体得唐中盛诸家之胜。竹垞先生称公诗清远秀逸，品格甚高，与七子同时而不染其习者也。

（《吴江沈氏诗集录》卷二）

五、 沈璟

姜士昌《明故光禄寺丞沈伯英传》：

沈公讳璟者，吴江人也。字伯英。年二十一举于乡。明年成进士第三人，授兵部职方司主事，以祖母丧乞差移疾归。癸卯，补礼部仪制司主事，升员外郎。辛巳，改吏部考功司员外郎。以封公忧归。服除，补验封司员外郎。丙戌春，上方以风霾求直言。户科给事中姜应麟，言恭妃诞育元子，独不得并皇贵妃封，非制也；且言储事。奉旨降边方杂职，得山西广昌县典史。公与刑部主事孙如法各疏争之力。于是奉旨降行人司正，孙降广东潮阳县典史。吏部雄司也，公所忧者国本至计，又谓言官不当以言被遣，不惜一官争之，盖一日名重天下矣。予于是时与兵部主事刘复初、刑部主事李懋桧先后各上疏争，疏留中。亡何，公同考顺天乡试。于时柄文者偶举执政子婿，致群哗，公殊不自意以同考被疑，然公不置一语辩也。公升光禄寺丞，谒告归，所谓执政子婿者，竟举于南宫，谒选得令，以抗税使罢。于是人往往有谅公者矣。

公里居，绝无当世志，第以其感慨牢骚之气发抒于诗歌及古文辞。然郁郁不自得，竟卒。

姜生曰：沈公高志节、恬进取人也。既被推择居铨衡地，遭遇天子明圣，偕诸君子发抒其忠义慷慨，谪散秩小官，有洛阳少年风，九牧之士多慕称之。沈公恒用肮脏自快，长者为行，殊不使人疑，乃不幸为柄文者累，人亦竟疑沈公，沈公能无怏怏赍志长逝哉！"夸者死权"，沈公自信平生，夷然不屑；"烈士狗名"，沈公竟不免。悲夫！娄江王冏伯，与公先后同署，直道君子也。居恒以予言为然。予顷晤公仲子孝廉君自铨于公里第。公可谓有贤子。语及公生平，因为公传。

（《雪柏堂稿·杂著》）

潘柽章《沈璟传》：

沈璟字伯英，汉曾孙。数岁颖悟，有神童称。及长，颜哲朱颜，眉目如画。万历二年举进士。授职方司主事，以病免。寻补礼部仪制司，进员外郎。调稽勋司，历验封、考功二司，以父丧归。复补验封。十四年二月，上疏为王恭妃请封号。忤旨，左迁行人司正。十六年为顺天同考官。迁光禄寺丞。明年，以疾乞归。归二十余年卒。

璟居兵、礼、吏三部时，边徼厄塞及各将领主名，皆有手记入夹袋中。亲较宗藩名封诸籍，不入吏手。询访人才，不令人知。顺天所得士有长洲李鸿，为申少师时行婿，言者以为私。璟不自白。及鸿举进士，知上饶，与税监忤。言者始息。

璟性谦谨慎，而能任事。晚乃习为和光忍辱。有非意相加者，笑遣之。因改字"聃和"以自况。性喜诵读，精六书。日亲卷帙，遇误字悉厘正。工诗文及行草书。生平不善饮，兼少交游。晚年，杜门谢客，寄情乐府。先是邑人沈义甫著《乐府指迷》，璟复整齐旧章，鸠集诸家，增订《九宫曲谱》，及撰《论词六则》《正吴编》，并皆为审音者所宗。自号词隐生。天启初，追录国本建言诸臣，赠光禄少卿。

（《松陵文献》卷九）

《宁庵公传》：

宁庵公讳璟，奉直公之长子也。生而韶秀玉立，颖悟绝人。数岁属对，应声如响，授之章句，日诵千言，有神童之称。及长，顾皙靓俊，眉目如画，虽卫洗马、潘黄门，不过是也。十六补邑弟子员。十八饩于庠。二十一举于乡。明年为南宫第三人，赐进士二甲五名。授职方主事。奉使归，移疾。出补仪制主事。升本司员外郎。庚辰会试为授卷官。辛巳调吏部稽勋司，历验封、考功。壬午冬丁奉直公忧。乙酉起复，仍补验封。丙戌春，上疏为王恭妃请封号，左迁行人司正。戊子为顺天同考官。其年八月，升光禄丞。明年仍以疾乞归。疾愈，而林泉之兴甚浓。虽无癸巳之察，固亦不出矣。

公之垂髫也，奉直公率之游归安唐一庵、陆北川两先生之门。两先生甚器赏之。其为诸生也，太守广平蔡公、司理泰和龙公、御史南昌刘公，皆以国士待之。文誉蔚兴，人共指为异日庙堂瑚琏之器。即其科第官资所至，世犹以为遇未酬望也。

为兵、礼两曹时，边徼厄塞及各将领主名，皆有手记入夹袋中；各宗藩名封等册，亲自校勘，不入吏手，老吏抱牍尝之后，每咋舌退。为吏部询访人材，不令人知。若管富阳之选侍御史，其一也。公阅文具只眼。家居时邑中校士，从学师借数十卷至，独赏一人，为学师亟称之。其人为邑中所遗。学师述公言，邑为附名上郡。郡院两试皆高等，其秋遂隽，辛丑成进士，竟以文学政事知名。即吕金宪纯如也。其时家甚贫，年甚少，且未知名，故以为难云。

戊子顺天之役，公所得士有长洲李鸿者，为申少师婿。谈者以为私，公不自白。及少师归，而鸿以乙未成进士。上饶之政，为世名臣。谈者始息。其他祁宪长光宗、郭吏部存谦，皆公戊子门人，尤其表表者。

公能任事。从祖少西公卒，逆奴私侵其财，宗人竞攘其产。公承父奉直公之志，力为捍护，置奴于法，虽以此得罪诸父昆弟不恤也。晚乃更习为和光忍辱。即恶声相加亦笑遣之，不与校。改字聊和，非无谓矣。

公孝友天植，事王父母、父母皆得欢心。晚事母卜太宜人，尤尽色养。事诸父、从祖及诸宗长，谦抑卑逊，不异为童子时。久而宗人化之，凌犯之风衰焉。至其为长，宁屈己居下，若示之标准以作其弟者。其丧葬王父母及奉直公，皆独任之，不以累诸弟。与闵宜人白首相庄，终身无赪颜谇语。斯皆人情所难也。

公性喜读书。闭门手一编，悠然自得。一日不亲缥缃，若无所寄命者。公不善饮，又少交游。晚年产益落，户外之屦几绝。乃以其兼长余勇，尽寄于词。所著有《论词六则》《正吴编》及诸传奇杂咏，并增订《九宫词谱》行于世。自元明诸名家以来，未有集成如公者也。夫公之文企班、马，诗宗少陵，书则行、楷久珍于世，乃一不以自炫，而徒以词隐名。此其意其浅夫所能窥哉！

壮年犹不废山水花月之游，晚则屏居深念，与世缘渐疏，意默默不自得矣。丙午，次子自铨举于乡，人皆为公喜。公乃不久遘疾，三年余不起。诗文若干卷，未刻。天启初，追录国本建言诸臣，赠光禄寺少卿。

（《吴江沈氏家传》）

六、 沈瓒

《定庵公传》：

定庵公讳瓒，奉直公次子也。与兄宁庵公少有机、云、轼、辙之目。生而丰硕白皙，灼然玉举，早岁不露机颖，父兄皆以为不慧。十岁始就外傅，十三学为文，思理秀茂，师奇之。十六为诗以呈兄，兄宁庵公惊喜击节，奉直公见之，诧为吾家休文，由是知名。十九补邑弟子员。二十入太学。二十五举北畿经魁，其冬丁奉直公之艰。二十九释褐南京赐进士二甲八名，授南京刑部主事进郎中。凡五年，出为江西按察金事，在任二年，乞身归里，年仅三十七耳，归五年而病。……居家十八年，抚按交章论荐复起补广东金事，入境病作，卒于广州之海珠寺，春秋五十有五。公孝友……平生事宁庵公如父，病则分痛，调药，殁则衰绖为位，哭之极哀，其敦伦好义，盖性之所安，非矫饰以沽名也。公素工于诗。……岁在丁酉，公以宁庵公从事音律，二子未免失学，因躬为塾师以课之。一门之内，一征歌度曲，一索句寻章，论者比之顾东桥兄弟云。所著有《静晖堂集》《节演世范敷言》行世，《近事丛残》二卷，藏于家。殁后十年，邑中士民举公祀乡贤，入祠之日，路人追唏公德有感慨泣下者。公可谓不朽矣。

（《吴江沈氏家传》）

《沈瓒传》：

瓒字孝通，一字子勺。吴江人。万历丙戌进士。除南京刑部主事，历郎中，出为江西按察金事，告归，起补广东金事。有《静晖堂集》。李伯远云：子勺诗，格苍以古，致冲以远，高者何减魏、晋，次亦不失为陈、谢。

（《明诗综》卷五十五）

七、沈士哲

《若宇公传》：

若宇公讳士哲，客庵公第三子也。少豪迈不羁，壮乃折节自励。性警悟，九岁失恃，客庵公独钟爱，公谓为吾家千里驹。弱冠补秀水弟子员，试辄高等。公亦捉鼻谓巍科鼎甲可唾手得。同伯兄神宇公执经袁了凡先生之门，究心理学，凡朱陆以下诸异同及近代姚江、白沙、庄渠诸家，无不折衷参伍根究宗旨、帖括之暇旁及人官物曲、星纬图记以逮五花八门之属，公盖欲为大儒，不仅以科名取世资也。甲辰丁客庵公艰。丙午起复，入南雍。乙卯登贤书。自丙辰迄戊辰凡五上公车不售，己巳谒选授永嘉教谕，时两台监司暨学使并属年雅世谊邑今郡伯每式庐过问，侪辈荣之，公处之泊如也。日与诸同事登临觞咏，穷计太乙容飞霞孤屿罗浮华盖诸胜。府教授关右苓集堂俊往来唱和，尤称心交云。庚午丁继母钱孺人忧。癸酉服阕补昌化教谕。昌于武林为末，属居万山中，风俗朴陋，学宫顷圮，公诗有"斗绝山城一径通，于菟白日啸风生"之句，亦足见广文之无聊赖矣。于是立社课诸生，缮修文庙殿庑，焕然一新。丙子冬迁南康令，康为江西边缴，辖五岭之北壤龙永青峒，杂处时出攻掠为患，公单骑驰谕咸解散。又清前任中胥和逋二万有奇。康俗喜讼，公以一二语折之，无不立服。对簿毕即濡笔定爱书，笔定爱书，长则连彷，短或数语，靡不抉精中髓，洞见隐微，《祥刑小记》若干卷，法律家所奉为着鉴也。公长子诸生永弼，善读书，晓经济，簿书案牍多佐公所未逮，以赴试南还卒于旅次，戊寅四月讣音至署中，公于是宦情顿淡，遂乞骸归林下。初，笠川公以博奕破产，子孙俱相聚于庐，竟不知笔墨为何物。公独以文艺砥励，自是诸子弟恂恂闲雅联痒序，则公以一人振衰起敝，所系非小矣。……又好学不倦，晚年日坐一榻，研朱涂碧，凡《左》《国》诸史及百家稗官内典方书无不博览标识。乙酉避乱湖干，泥垣篱壁，位置楚楚，即舟楫迁徙，手一编，吟咏不置，胸中坦夷，不言人过，大节所在凛不可夺。寿七十一而卒。所著《公车草》《泼翠轩唐昌集》《家乘考》《百忍堂集》《南野公余》《祥刑小纪》，刻行于世。

（《吴江沈氏家传》）

八、　沈自籍

《啸阮公传》：

啸阮公讳自籍，字君嗣，韫所公第四子也。幼颖悟，为韫所公所钟爱。年十一，从叔中丞公宦游赴京邸，与史君张公键户读书，了不与世事相接。十七岁，游黉宫，旋食饩，六试棘闱，荐拔者再，而终以故黜落屈首诸生二十年。至顺治庚寅始贡于朝，授无为州学博，孳孳以奖劝人才为务，识拔张名世等四人，皆登弟。后迁武进教谕，未任，为同僚有力者所排挤，当事有知之者欲代公白，公坚辞之，其人遂得公缺。未几，海寇大扰，武进残破，其人举家罹害，不知所之，人咸多公之能以恬退获福也。公为人谨厚，澹于世务，生当一门全盛之时，伯叔五人皆成进士为显官，诸兄弟头角崭然名声蔚起，天下论人才者有"三凤八龙"之目，宾客沓至，诗坛酒社无虚日，群羡为一时豪举。而公独萧然物外，布衣疏食，纸窗木榻，奉母萧夫人承欢养志以终天年。公年未四旬而有鼓盆之戚，人咸劝公续娶。公愀然曰：吾不忍诸儿复母事事人，遂绝意不再娶。晚年卜居邑之梅里，屋数椽，隙地三四亩，环屋皆碧梧翠竹，涛声山色映带左右。公吟咏其间，陶然自得。生平不妄交一人，与之接则蔼如也。与人饮酒，虽兴酣耳热，怡怡温克，终席不少乱。尝自言曰：一生光阴消沉于沾哗而不能博一第以继家声，惟兢兢为寡过之人而已。卒年七十有六。

（《吴江沈氏家传》）

《沈自籍传》：

沈自籍字君嗣，号啸阮。明祠部琦子。岁贡生，官武进教谕。有《啸阮集》。周勒山云："君嗣乌衣世胄，少岁隽才，晚年好为平淡之调，令读者回环无尽。"朴村云："广文诗纵笔所之，不事镂琢，是得太傅一体者。"

（《国朝松陵诗征》卷一）

九、 沈自继

《沈自继传》：

宝威公讳自继，字君善。懋所公第二子也。平湖县庠生，别自号碍影居士。工诗文，尤善集唐，性耿介，不喜俗，时佚诞似晋人，手悬一小牌，上镌"不语戒"三字。曾有贵人访之，出牌示之，不交一语。贵人去。适周安期、顾茂伦及其弟留侯来，相与倾倒，雄辩四出。或讥其太过，君善指其口曰："天生我口，不解与伧（父）语；见快人不与语，又安用我口耶！"

（《松陵绝妙词选》卷一）

十、　沈自征

《君庸公传》：

君庸公讳自征，懋所公第三子也，颖悟绝人。懋所公为南刑部郎时，公年十五，锁之书室，夜必穴牖而出，明旦复卧室中，父摘所课书，令背诵，不差一字。家藏书故不多，每访友不值，即入其室取书，点次览毕，便能复意，故未尝下帷而淹通今古。曾有一友于全史若未易竟读，乃更番置几上，侯公至，诡他适，属家人供公糜以恣评阅，积久丹黄遂遍，乃合全帙示公，公始知之，相对大笑。公少年即自负，喜谈兵，为大言。父懋所公授以田五十亩，乃叹曰"吾家祖业故丰，父以清苦结百姓欢，载家租往饷官厨，而先业堕焉。有世上男子而五十亩者耳？"一朝尽弃之，得二百金，赒亲党，乡宾客，立尽。天启末，入京师。崇祯三年，遵化永平破兵使张椿闻公知兵事，聘入幕府，公为计平复遵化，又慨然慕鲁仲连之为人，长揖策蹇去。时督师袁崇焕拥兵不朝，大司马募能入袁营探得其情者予上赏，公慨然应募。司马欲予骑三百，公曰："不可。崇焕无反心，某往必不敢加害，苟欲害某，三百骑奚益？徒滋疑耳。如崇焕杀某，则反状明白，公知所措矣，某何惜一死以报。"司马乃授以令箭，夜缒城出，至袁营，厉声呼曰："大司马有语致督师。"诸军执弓注矢欲射，视之一人耳，乃不疑，令入。公说曰：天子新践祚，即不次擢公。固知公必不负朝廷，但今列营城外而不入朝，天下何从识公之忠诚哉？且公往年杀毛文龙，人心至今未嗛，稍不尽节则天下争脔公肉矣!"崇焕改容谢，请即日入朝。公曰："误矣，城中人情恐惧，未测公怀，若骤焉入朝，此虞杞所以阻怀光也。俟某入城具以情复，苟得诏宣召而后入观，则上下之礼咸得矣。"崇焕唯唯听命，公入城具道于大司马，于是天子始召见焕，赐貂裘、玉带；继召见，遂下焕狱。居京师十年，为诸大臣筹画兵事无不切中机宜，名声大振。乃其寓月迁日改，变幻不常。或见名媛丽姬数十环待，极绮罗歌管之胜，或见其独卧败席棐上，惟盐齑数茎，又或见峨冠大盖，三公九卿前席请教，又或呼卢唱筹，穷市井谚詈以为欢，终莫定为何如人。后归姑苏，出橐中千金置房舍于阊门，甚宏丽，又置良田千亩，给昆弟宗族及故交数百金。已而念母早丧，未尝一日养，即取所置房舍田亩悉归释氏宫资母冥福。仍作窭人，隐居吴江之西乡，茆屋躬耕，豁如也。崇祯七年，同乡叶御史绍颙巡按广东，值海寇刘香作乱，遣使问策，公密函授计，于是绍颖悬招降令，说其党自相诛击，两广遂平。庚辰，国子监祭酒某荐公于朝，以贤良方正辟召同甲科录用，公喟然曰："肆志归田，岂能带腰冠首，受墨吏束缚耶？"辞不就，竟以诸生终。公为文不录稿，散失莫记，惟仿元人为《鞭歌妓》《霸亭秋》《簪花髻》三曲，慷慨激昂，朱竹垞、王阮亭皆盛称之，公盖借以自寓者也。

（《吴江沈氏家传》）

邹漪《沈文学传》：

公名自征，字君庸，南直吴江人也。幼磊落自负，大言雄辩无所愧阻。父为南刑郎，公年十五锁之书室，夜必穴牖出，明旦复安卧室中，父摘其课书令读，了不差只字，故无所疑。已授田十亩，公笑曰："吾家祖业恒丰，自父筮仕以冰蘗自厉，载家租往饷官厨，先业遂堕焉。有世上男子而以五十亩者耶?"遂尽弃去。顾性尤好兵家言,九边形胜,握尘麈,详略本末如锦一轴。家无半册书,每访友不值即入其室取书,点次览毕,便能复忆,故未尝下帷而淹通古今。一友有全史,苦未易竟读,更番置几上,侯公至,诡他旁,嘱家人供公糜以资评阅,积久丹黄遂遍,其友乃合全帙示公:如知之,相对大笑不止。为文据案直书,格无定体,尤长北剧,世所传《霸亭秋》《鞭歌妓》《簪花髻》,合名《渔阳三弄》者是也。崇祯三年,遵化永平破兵使者张椿闻公知兵事,聘居幕府,公为计复遵、永,事定后长揖策蹇去之京师。时督师袁崇焕据重兵壁城下,疑其有外心,大司马募士能入袁营探实者予上赏,公慨然应募。司马欲予骑三百,公曰:"不可。崇焕无反心,某往必不敢加害,敬欲害某,三百骑亦不能求,徒滋疑耳。如崇焕敢杀某,则反状明白,公即知所攸矣,某又何惜一死报君父。"司马乃授以令箭,夜缒城出,至袁营,厉声呼曰:"大司马有语致督师。"诸军注弓执矢欲射,视之一人耳,乃不疑,令入。公说曰:"天子新践祚,即不次攫公,可谓公知己。固知公必不负朝廷,但公列营城外而不入朝,天下何从识公忠诚哉?台省含沙,明主投杼,公族无噍类矣。且公往杀毛文龙,人已疑公。方今公立功名自赎,稍不尽节,天下且争斋,公不畏与?"崇焕改容谢,请即日入朝。公曰:"误矣,城中人情汹汹,苟骤焉入朝,此虞杞所以阻怀光也。俟某入城具以情告而后进,则君疑尽释,公安于泰山矣。"崇焕唯唯惟命。公具道所以于大司马,于是天子始召见崇焕,赐貂裘、玉带、慰安之;继召见,遂下焕狱,族诛焉。居京师十年,其寓月迁日改。友访之,或见其名媛姬数十环待,极绮罗珍错;或见其独卧败席灶上,惟盐虀数茎,又或见其峨冠大盖,三公九卿前席请教;又或见其呼卢唱筹,穷市井谚詈以为欢，终莫定其何如人。年四十二，京邸费馀简囊中犹数千金，归而置椽金闬，层檐叠栋，雕栏危石，殚力营缮，复市良田千亩，给散宗族故交凡数百金。已而念母氏早丧，未尝尽一日养，即取新构及千金田产悉归祥院赀母冥福。仍作窭人，隐吴江，僻地茆屋，躬耕无悔也。庚辰，大司马荐之天子，以贤良方正辟，辞不就。同乡叶御史绍颙巡按广东，值海寇横扰，问策，公密函授计，于是悬降令，说其党自相诛击，两广遂平。仍隐吴江西乡而卒。

论曰，明南北剧不下数百家，其仿佛铜琵琶铁绰板唱大江东去者，惟徐文长《四声猿》称独步。读君庸公《渔阳三弄》，悲壮激越，与之并驾而沉郁又过焉。已读君牧传君庸事，意气无双，洵宇宙奇男子，然抑何类文长也。文长遭遇胡公，尊礼无匹，白鹿一表，英主动色。君庸虽出入兵间，抗颜幕府，时无襄懋，故名不大显。然枫江笠泽布衣终老，视狂易杀妻缧线幸免者祸福竟何如哉！特文长集赖中郎以传，君庸诗文散佚，闻有《冬青树》一剧不减燕市悲歌，亦复化为异物，安得世有为君庸中郎者物色斗间使丰城狱中物复拭以华阴士乎？呜呼！此词坛吊古问奇之士所以闻《广陵散》名而三叹也。

（《沈君庸先生集》卷首）

《沈自征传》：

沈自征，字君庸，副使玠子也。幼自负，好大言。父玠授以田五十亩，乃笑曰："吾家祖业恒丰，自父以清苦结百姓欢，载家租往饷官厨，而先业堕焉。有世上男子而五十亩者耶？"一朝尽弃之，得二百金，赒周乡，飨宾客，立尽。好兵家言。崇祯二年，永平副使张椿闻其名延致幕府，征为椿尽谋，事既，慨然慕鲁仲连为人，一人夜策塞去。时督师袁崇焕拥兵不朝，大司马募能入袁营探得其情者予上赏，自征出应募。大司马予骑三百，自征曰："无庸。征承命往，崇焕必不敢加刃。苟欲杀征，百骑奚益？如焕杀征，则反状明白，公知所备矣。征何惜一死以报？"乃夜缒城出，说焕曰："天子新践祚，知公不负朝廷。但今列营城外而不入朝，天下何从识公之忠诚哉？且公往年杀毛文龙，人心至今未嗛，稍不尽节则天下争脔公肉矣！"焕改容，谢曰："明日即入朝。"自征曰："不可。城中人情恐惧，未测公怀，骤入朝，此虞杞之所以阻怀光也。俟征入城具以情复，苟得诏宣召而后入觐，则上下之礼咸得矣！"焕允之。自征入城具道于司马，于是天子始召焕，赐貂裘，玉带；继召见，遂诛焕，自征一说之力也。居京师十年，橐中累千金，乃归姑苏，装市居甚宏丽，市良田千亩，给昆弟宗族及故交。已念母早丧，未尝一日养，即所市居及田翻归释氏宫资母冥福。仍作篓人，居吴江之野，苫屋躬耕，无悔色。庚辰大司马之朝，以贤良方正科辟，自征唱然曰："肆志已久，岂能带腰冠首受墨吏束缚耶？"辞不就，竟卒。自征颖悟绝人，为文立就不录稿，散失莫记，惟仿元人为《渔阳三弄》曲，其友梓之行世，盖其借以自寄也。

（《［康熙］吴江县志·文苑》）

十一、　沈自炳

《闻华公传》：

闻华公讳自炳，字君晦，副使公第五子也。庠禀膳生，少有志操，及长，博学工文词，下笔千言立就。在复社，号为眉目。家居梅里，近太湖，为棘堂春草池塘诸胜以寄其孝友之意。社中诸名士造访辄置酒赋诗，临望湖山以为乐。崇祯甲申，福王立南都，诏求人才，公献赋阙下，以恩贡授中书舍人。复渡江往扬州与弟君牧公参阁部史可法幕。居月余，史公谘才于公，公即以史公赞画推官崇德吕原良之子宣忠荐，史公问其状，公曰：宣忠为人英敏刚方，年虽少，可任大事。史公亟召之，未至，而南都陷。宣忠乃走谒鲁王，王授参将，使从吴易等起兵，后败，不屈死。人贤宣忠之节，而重公之知人。初，兄君庸公知天下有变，造渔般千艘于湖，及易谋起兵，君庸公已殁。公与弟君牧适自扬州归，与易合谋遂部任诸乡民，收其船以集兵。公乃更造箭艘，别立营，与易为声援。后两军皆败，易亡走，公赴水死。没后数年，诸名士复过其居，每徘徊掩泣作诗以吊。吴平阳有句云："家亡亦为君恩重，池馆当年何处来。"诵者无不感叹。著有《丹棘堂集》若干卷。

（《吴江沈氏家传》）

《沈自炳传》：

沈自炳，字君晦。吴江人。副使玳子。博学工文词。在复社，号为眉目。福王立南部，诏求人才，自炳献赋阙下，以恩贡授中书舍人，往扬州与弟自炯同参史可法幕。归与吴易同起兵，及败，赴水死。

（《［道光］苏州府志》卷九十）

《沈自炳传》：

沈自炳，字君晦，号闻华，官中翰。舍人家世清华，一门鼎盛，父子兄弟，皆擅词藻。所著诗馀，如百宝流苏，光彩焕发，惜全稿失传。

阮亭先生云："零膏余馥，座间犹留三日香，诚惜之也。"

（《松陵绝妙词选》卷二）

十二、　沈自然

《君服公传》：

君服公讳自然。懋所公第七子也。邑诸生。有至性，工歌诗，家甚贫，虽蔬食不给，闭门讽咏不辍。尝赋《双燕》《金屋》等诗，纤靡浓丽，并驱西昆，其《四时》诸词，直堪与玉溪生方驾。时与潘一桂、史元、徐白、俞南史齐名，号"松陵五才子"。然天性孤峭绝俗，于人少所许可，凡世所称贤豪长者，一言不合辄谩骂去，以故名不出于吴。山阴祁公彪佳官吴中，雅知其才，每造请燕饮，商榷不倦。乃竟以苦吟眉发尽落。居母丧，神伤骨立，数月而卒，时年未四十也。族人私谥曰：孝介先生。妻严孺人素贤，以痛公故数月亦卒。又无嗣，诗稿散佚，至流落卖饼家，朱长儒见之，以钱易而归，竟无人能梓行之也，后又不知若何矣。呜呼，世无退之，公之穷乃更于东野乎！

（《吴江沈氏家传》）

《沈自然传》：

沈自然，字君服。吴江人，有《来恩》《闲情》二集。《本事诗》："君服才藻纷披，集多丽句，纤靡秾艳，驾轶西昆，不仅步温李后尘也。"

（《明诗纪事》卷二十二）

《沈自然传》：

沈自然，字君服。琭子。沈氏世有文采，自然独工歌诗，有至性，孤峭绝俗，家贫虽蔬食不给，闭门讽咏不辍。于人少所许可，竟以苦吟眉发尽落。居母丧，神伤骨立，数月而卒。族人私谥"孝介先生"。

（《［乾隆］苏州府志》卷六十五）

十三、 沈自炯

《君牧公传》：

君牧公讳自炯。副使公第八子也。为诸生有名，貌枯羸，而性跌宕好任侠，所交皆奇杰士。时四方兵起，公屡以救时切务陈当事，而东南尚宴安，人莫之用。未久岁歉，乱民兴，公即所居杨愤村行朱子社仓法赈贷贫乏，不数年旁近诸多民咸附焉。其在史阁部幕，见阁部躬细务过，人呴妪，以为非戡乱才，故去而归里，既辅易起事。以易不谨斥埃日置酒高会数谏不听，辄仰天号恸。及兵溃，亦赴水死。

（《吴江沈氏家传》）

《沈自炯传》：

沈自炯，字君牧，君庸之弟，君牧逸气坌涌，其词有楚风，固小山之匹也。

（《松陵绝妙词选》卷一）

十四、　沈自南

《恒斋公传》：

恒斋公讳自南，字留侯，懋所公第十子也。少孤，刻苦力学，崇祯丙子举于乡，益闭户读书不辍。知县叶翼云以真孝廉目之。甲申乙酉间，隐居同里湖滨，绝迹城市，以律陶诗四十首以见志。顺治乙未成进士。家居十五年始谒选，授山东蓬莱县知县，清介自矢，又素性简亢，尝谒大吏，大吏雅闻公名以所作诗文示之，公览毕，盛称其家官美政。大吏曰："以诗文示子，子称某居官何也？"公曰："知公勤于政事，那有闲心检点及此。"由是失大吏意，竟被劾而罢，无何卒于宦邸。邑绅沙尚书澄为文以吊，有"清官可为不可为，苍天可问不可问"之句。公为人风流潇洒，词令韶秀，有晋人风度，虽捷南宫而淡于宦情，兀坐著书，不与世务。每当良朋聚会，饮酒赋诗，清言娓娓，彻夜不倦。公曾为族叔祖道凝公嗣孙受嗣，祖母吴太孺人抚育之，恩甚深，子孙世守祭祀不废。所著有《艺林汇考》二百余卷，实为经籍之禁脔，文章之圃田，以卷帙浩繁，先梓三十八卷行世；又有《历代纪事考异》《乐府笺题》等书。

（《吴江沈氏家传》）

《沈自南传》：

沈自南，字留侯。玠少子。顺治乙未进士，选授蓬莱知县，清介自矢。失上官意，谕邑民讦知县罪竟无应者，益怒，遂劾免之，自南处之怡然。寻卒。少与诸兄皆以文学有盛名，其免也，乡里以为美谈。所著有《世林》二百余卷，《历代纪事考异》《乐府笺题》等书。

（《［乾隆］苏州府志》卷六十五）

十五、 张倩倩

《张倩倩传》：

倩倩，吴江士人沈自征君庸之妻，即宛君之姑之女也。宛君少长于其姑，倩倩小宛君四岁，明眸皓齿，说礼惇诗，皆上流女子也。倩倩归君庸，生子女，皆不育，遂女宛君之季女琼章。琼章夙慧，儿时能诵毛诗、楚词、倩倩教之也。君庸少年裘马，挥斥千金，自负纵横捭阖之材，好游长安塞外。倩倩美而慧，幽居食贫，抑郁不堪。年三十四病卒。工诗词，作即弃去，琼章记忆其数首。琼章亡，宛君悼其女，追怀倩倩，为倩倩作传，并录琼章所记诗，附传中。

（《列朝诗集·闰集》）

《表妹张倩倩传》：

余季女琼章幼抚于妗母张氏，张字倩倩。余弟君庸之元配，即余姑之次女，余表妹也……倩倩小余四岁，凡簸钱斗草，弄雪吹花，嬉游燕笑，无不同之……庚戌，倩倩年十七，三星入户，贲实宜家。姑以倩倩香襼既结，俗缘都完……甲子，君庸为贫鬼揶揄，送穷无策，蒯缑一剑，北游塞上。时倩倩已将愁潘之年矣。居岑寂，兴怆怀人，感飞蓬之叹，赋采绿之章，恹恹抱病，忽忽多愁。丙寅，余伤其幽居无伴，邀至家中数月。尝言及炎凉世态，悲感不胜，相顾泣下沾衣，余因赠词，有

"留语待王孙"之句，岂意王孙归时不能语矣。丁卯初夏，余于君晦家复与倩倩数日款接，然此时病已沉绵，郁抑不堪之状，余亦无可奈何。……忽于十月之二十二日，返驾瑶京，年三十有四岁，伤哉！……倩倩姿性颖慧，风度潇洒，善谈笑，能饮酒。生三女一子，俱早亡。以余季女琼章为女。琼章小时，即教之读《离骚》、古今诗词，故清才旷致，殊有妤母风焉。倩倩亦自工诗词，作即弃去，琼章生时所能记忆者止一二耳。余不忍忘，今并录之。有《咏风》云……又《忆旧》云……又《过行春桥》云……又《春日》云……词则有【忆秦娥】云……【浣溪沙】云……【蝶恋花】云……其才情如此，岂出李清照下乎！

（《鹏吹集》卷下）

十六、 沈静专

《沈静专传》：

沈静专，字曼君，吴江人，宛君之妹，即词隐先生幼女也。先生尝称其才类眉山、长公；而坎壈困阨，亦颇似之。故其诗词多激烈之音，适吴适人。所著名《适适草》，小词附其后，别撰《颂古》一卷，于宗门会第一义，知其得于顿悟者滚矣，自号上慰道人，为三峰法嗣云。

（《林下词选》卷八）

十七、 沈宜修

叶绍袁《亡室沈安人传》：

沈氏名宜修，字宛君，宪副沈公长女。八岁丧母顾恭人，茕茕嫛
疭，即能秉壶政，以礼肃下，闺门穆然，从父少参公甚异之。公与先大
夫同籍，雅深契厚，语先大夫曰："家季玉有女，（宪副公字。）甄后弄书
之岁耳，母亡而条条媞媞如也，长必贤，是有贵征，曷以字若子。"先大
夫喜甚，即为余缔樱襁之盟焉。十六岁归于余，顾然而长，鬒泽可鉴。
先太宜人孤灯子影，借以娱色，爱逾于女，昕夕非妇在侧，涤瀡弗甘
也。性好洁，床屏几椸，不得留纤埃。经史词赋，过目即终身不忘。喜
作诗，溯古型今，几欲追步道蕴、令娴矣。时先大夫早谢世，宦橐如霜
明，身后几不能谋生。强宗悍族，又以余弱子，日寻诸穿墉，以故太宜
人望余，不啻朝青霄而夕紫闼也。恐以妇诗分呫哔心，君因是稍拂太宜
人意。君既不敢违太宜人，又憪憪然恐失高堂欢也，清宵夜阑，衫袖为
湿，其性孝而柔如此。

余少时，携箧笈，从游若思诸君子，肄业为常，不甚居家中，即居
家中，亦不敢一私入君帏，非太宜人命，寒簷夜雨，竹窗纸帐，萧萧掩
书室卧耳。盖太宜人止余一子，且又早孤，然爱深训挚，以慈闱兼父道
焉。即通籍后，余夫妇夒夒齐栗，三十年一日也。君因太宜人不欲作
诗，遂弃诗，清昼虚寂，闲庭晏然，彤管有炜，兀兀为余录帖括耳。余
时发愤下帷，覃精伏生之书，每一义就，即倩君指下，裒积成帙，友人

览者，靡不欢卫夫人遗风，端丽可爱也。时家季若与余比庐而居，同席而学。余文，妇书之；季若文，亦其妇书之，兄弟相对语此，亦贫士一乐。今我两人俱幸成进士，徼半通之纶，荣施及妇，而两妇俱于一岁中相继沦殒，天欤何哉！

君明鉴量宏，节概美志，行乐慷慨，外父冰蘖苦操，甚无奁具，君大度豁如也。有友人计营一椽，殊生束晳之欢，私筹于余，余曰："我母严，我弗敢言，当谋诸妇耳。"私念妇又鲜嫁时资装，奈何！试与之言，君曰："贫友以急告，而不能周，愧也。"即脱簪珥，鬻数十金予之。余曰："去此，君箱箧益空，宁无怨色。"君曰："桓少君鹿车布裳固自可，君何弗及鲍宣。"余喜谢曰："异日当以翟冠翠翘、霞裾珠帔报若德耳。"君笑曰："我哀王孙而进食，岂望报乎？且既委身于君，翟茀珩璜分也，又何云报？"君既婉娩太宜人左右，柔颜曼色，葴菅緐綦之属，晨昏无少离。丙夜，太宜人犹刺刺女红不休，君不以罢或先止，太宜人命之入，乃入，然摅幽寄是嘅、黯风飒雨时，莺花写闷，雁影摛愁，方絮尺蹏，盈奁格矣。太宜人雅命小婢侦之，云"不作诗"，即悦；或云"作诗"，即仳仳形诸色。君由是益弃诗，究心内典，竺干秘函，无不披睹，楞伽维摩，朗晰大旨，虽未直印密义，固已不至河汉。

戊午以后，儿女累多，禅诵之功或偶辍也。家奉杀戒甚严，蚬螺诸类，未尝入口，蟒蠕虽微，必护视之。湖蟹甚美，遂因绝蟹不食，他有血气者又更无论。儿女扶床学语，即知以放生为乐。四五岁，君即口授《毛诗》《楚辞》《长恨歌》《琵琶行》，教辄成诵，标令韶采，夫妇每以此相慰。余秋风一度，一为报罢，长干里中尘征衣染数升矣。君低眉蹙黛，又恐伤余怀，只顾影呜唈耳。

乙丑，附竿南宫，交相藉幸矣。然秦淮石头，随宦冶城止五月，太宜人不欲入燕，余孤琴独剑，往返高渐离市上二三载，君留事暮年高堂，曲尽勤瘁。既以莺镜无双，锦食空烂，不无天涯梦远，他乡药砧之思，且又家计萧条，羞囊馨涩，凡为堇荁免甍，俱极焦心剂处之。玑珰组紃，襦鸟炉匦，无不征价贸市，百苦支持。追忆至此，泪潸潸下不能止矣。戊辰，余在都门，太宜人忽婴危疾，君昼夜汤药，衣不解带，呼天泣祷，蟒首蓬飞，迨及余归，不知有母病也。俯仰三十年，忽忽如瞬，前后诸境尽若此尔，有几日开颜快意者邪！

君待人慈恕，持己平易，下御婢仆，必为霁容善语，即有纰缪，悉洞原其情之所在，故无攘和之怒，亦无非理之谴。室故悬磬也，人有求者必应，曰：“我犹患贫，何况若辈。我贫犹能支吾，彼无控死耳。我故不忍其饥寒死，然亦终不责其偿也。”余有从子某某，家徒四壁立，君恒念不置，每问余知二人近状否，恐必冻馁，曷稍赈之。居恒日用经费，或酬估值，或市器具。饮食非精缪，必不与人。家无藏金，俱从鬻钿卖衣中来，稍有低恶，必付匠家镕去渣滓而后乃用。用时微虽寸铢，必羡弗短也。岁荒于潦，佃者相告，余于常额外倍加减去，君更命主计者，改置小量收之。君仁心卓鉴，诸如此类。故君亡，婢女哭于室，僮仆哭于庭，市贩哭于市，村妪、农父老哭于野，几于春不相、巷不歌矣。

君性识弘远，姿度高朗，诵薄瀚我衣，即曰：“后妃尚尔，我辈岂宜靡奢。”殊有桓车骑着故衣之想，经年不一更换。初婚时，一翠绡床幙，垂三十年，寒暑不易，色旧而洁整如新，然亦欲易屡矣，计值须及二金，以伤费故止。太宜人捐背，余欲改用芼，君曰：“闺中姑用罗耳。"始以白罗易之。未及半载，君遂奄然。至今罗幰飘飘，覆空床也。俭德若彼，福薄又若此，天乎何可问哉！余自庚午陈情，归养太宜人，家殖益荒落，君曰："贫固不因弃官，即弃官贫，依依薤阶下，与关山游子，不庸胜乎？愿君永不作春明梦，即夫妇相对，有余荣矣。"其安于淡泊，又尔尔也。往时余所从贷之家，以贷久不偿，恐又复言贷，尽塞耳避走，故自赋归来，仅仅征藉数亩之入，君或典钗枇佐之，入既甚罕，典更几何？日且益罄，则挑灯夜坐，共诵鲍明远《愁苦行》，笑以为乐。诸子大者与论文，小者读杜少陵诗，琅琅可听。两女时以韵语作问遗，琼章未嫁，耀倾城之姿，晻映樽琴风月间，太宜人又榆景，强匕箸，君语我曰："慎勿忧贫，世间福已享尽，暂将贫字与造化藉手作缺陷害耳。"然哉然哉，昊天不庸，琼章首殒，浸寻三载，家祸频仍，君亦随以身殉之。嗟乎！安得宛君而更与我语贫也。岂不悲哉！

君于古今事理，载籍疑义，无不悉洞玄解。风仪详整，神气爽豁，潇洒旷逸之韵，如千尺寒松，清涛谡谡，下荫碧涧，纤草可数，世俗情法，夷然不屑也。浓眉秀目，长身弱骨，生平不解脂粉，家无珠翠，性亦不喜艳妆，妇女燕会，清鬒淡服而已。然好谈笑，善诙谐，能饮酒，日莳佳卉，药栏花草，清晨必命侍女执水器栉沐。桐阴映窗，帘横一几，焚香独坐，有荀令君之癖。吟咏余暇，或共琼章飘姚药径，恒有履迹焉，贫居无聊，故寻清寂之趣。

自两女亡后，拾草问花，皆滋涕泪，兴亦尽灭矣。且又恒与病缘，癸酉以来，终日恹恹药铛间耳。然甲戌春病起，犹为尼德安书《西方庵碑文》，遒逸端整，其耽情翰墨如此。拟乙亥秋书《楞严经》，资太宜人冥福，适遂遭疾，疾竟不起也。疾时作诗《呈渤师》云："一灵若向三生石，无叶堂中愿永随。"亦可谓恬然去就之间，脱然生死之际矣。九月四日，犹与余对谈，但稍气弱耳。至子夜，息如睡者。须臾，侧卧而逝，不作儿女子片言也。伤哉！

嗟乎，古之隐于朝者，东方曼倩，滑稽玩世，虽寄意细君，不足述也。隐于市，则临邛酒垆，挟一文君，以慢世之妇而无容，士大夫而不好才者。我固不能隐于山林，王儒仲夫妇高矣，不能不愧容于令狐子伯，我亦非其伦耳。其宗炳、张愈乎？宗妇罗、张妇蒲，俱以高情协趣，贤淑有文。然张死蒲为之诔，宗以悼亡，伤衣过甚，则余于少文为似也。君以我言何如哉？

君诗多悲凉凄惋之音，夫诗以穷故工，一穷愁之况，已足工诗，矧又离别之怀，哀伤之感，诗宁能不工耶！故宜伊郁快况，与匣镜缕裙，并作九嶷断肠也。集名《鹂吹》，与《梅花诗》共三卷。

君归我，贫贱三十年，庚午岁，一叩思对安人云。生卒子女，俟载志中。

叶子曰：荀奉倩云："妇人才德皆不必论，故当以色为主。"余之伤宛君，非以色也。然秀外惠中，盖亦雅人深致矣，泐师云："来自蓬瀛，非凡女子，一念好事，遂堕五浊。"然邪？非然邪？我不敢知。但师方以台宗四仪，弘示宝筏，岂其先陷妄言之而欺我哉！

（《午梦堂集》）

《沈宜修传》：

沈宜修，字宛君，吴江人，山东副使沈珫之女，工郎中叶绍袁仲韶之妻也。仲韶少而韶令，有卫洗马、潘散骑之目。宛君十六来归，琼枝玉树，交相映带，吴中人艳称之，生三女：长曰纨纨，次曰蕙绸，幼曰小鸾。兰心蕙质，皆天人也。仲韶偃蹇仕官，跌宕文史。宛君与三女相与题花赋草，镂月裁云。中庭之咏，不逊谢家；娇女之篇，有逾左氏。于是诸姑伯姊，后先娣姒，靡不屏刀尺而事篇章，弃组纴而工子墨。松陵之上，汾湖之滨，闺房之秀代兴，彤管之诒交作矣。小鸾年十七字昆山张氏，将行而卒。未几，纨纨以哭妹来归，亦死。叶氏宛君神伤心死，幽忧憔悴，又三载而卒。仲韶于是集宛君之诗曰《鹂吹》，纨纨之诗曰《愁言》，小鸾之诗曰《返生香》，及哀挽伤悼之什，都为一集，而蕙绸《鸳鸯梦》杂剧伤姊妹而作者，亦附见焉。总曰《午梦堂十集》，盛行于世。

（《列朝诗集·闰集》）

十八、　沈倩君

《沈倩君传》：

倩君，吴江人，词隐先生季女。词隐有从孙女蕙端，字幽馨，精曲律，作小令挽二女，为时人所传。时年二十。

（《列朝诗集·闰集》）

十九、　沈自铤

《沈自铤传》：

沈自铤，字公捍，一字闻将。明参戎璨子。官行人司行人。有《钓闲集》，《南庄杂咏》。周安节云："闻将少精敏，有才略，思为世用，遭乱未展厥志，屏居邑之南村，种松莳秋，啸咏自娱以终其身。"朴村云："南庄诗如初秋杨柳，风情婀娜中时带萧疏之气。"

（《国朝松陵诗征》卷三）

二十、 沈大荣

《沈大荣传》：

硕人，名大荣，光禄公长女，适太仓举人王君士骈。晚年学佛，自号一行道人。尝为宛君安人序遗集，兼善草。

（《吴江沈氏诗集录》卷十二）

二十一、 沈自晋

《鞠通公传》：

鞠通公讳自晋，字伯明，晚字长康，为容襟公长子。初生时，其大父春洲公梦金山一僧来投寄，故又自号西来公。少而颖朗，饬躬清瑾，弱冠补博士弟子员，恂恂弱弱不胜衣，无王谢轻浮习气。骤即之，落落穆穆然；徐察之，温温然；已而论说古今，扬榷风雅，纚纚忘倦，能令听者眉飞肉舞。生平敦尚气谊，见义必为，凡族党公举，鹡鸰急难，靡不竭蹶以赴，如定庵公捐立义庄，鲁沙公重修族谱，公皆左右赞成之。

于书无所不鉴，而尤精通音律，锦囊彩笔，尝随其从伯词隐先生为东山之游，一时海内词家，如范香令、卜大荒、袁幔亭、冯犹龙诸君子，群相推服。卜与袁为作传奇序，冯所选《太霞新奏》推为压卷。范有"新推袁沈擅词场"及"幸有钟期沈袁在"之句，其心折为何如！所著《翠屏山》《望湖亭》二剧，久已脍炙人口；又广辑词隐《南九宫十三调词谱》二十六卷，较原本益精详，至今词曲家奉为金科玉律；其他杂著则有《财墅馀音》《越溪新咏》《不殊堂近稿》及《续耆英会》剧本，撰述甚伙，老笔常新，真可谓词场佳语也。晚年隐居吴山，别自号鞠通。鞠通者，古琴中食桐蛀，有之，能令弦自和曲者也。公所度曲，意新神远，安腔稳贴，押韵尖新，名优唱其词，如"黄河远上"诸什，壁不胜画矣，岂止如琴中之蛀，仅能和曲于既殚之后哉！

（《吴江沈氏家传》）

《沈自晋传》：

沈自晋，字伯明，别自号鞠通生。太常汉元孙。明诸生。为人谦和孝谨，工诗词，通音律。乙酉后隐居吴山，年八十三卒。所著有《广辑词隐先生南九宫十三调词谱》二十六卷，较原本益精详，至今词曲家通行之。

（《［乾隆］吴江县志》卷三十三）

沈自友《鞠通生小传》：

癸巳春前一日，伯兄谓予曰："七十老而传。传者，传其行事也，兹幸逾期，其有以传我。"予惊谢曰："兄执词坛牛耳，岂无硕俊鸿裁，而假手于沦落无闻之子？"兄曰："否，否，子知我。昔人有言：'外人那得知？'且班马二史实武春秋，咸以其家传殿国史，即曰古今人不相及，宁不慕而企之？"予益谢不敏，辞之再三不获，作《鞠通生传》。

生名自晋，字伯明，又字长康，鞠通则别号也。少而颖朗，饬躬清谨，纯孝性成，色养无怠，赴鹡鸰之难，感泣路人，敦葛藟之恩，谊深急难。懿行难悉书，书其概耳。为人恂恂弱不胜衣，无王谢轻浮风气。聚即之，落落穆穆也；徐而察之，温如也；已征其谭说古谊，扬榷风雅，纚纚忘倦，令人眉舞肉飞。弱冠补博士弟子员，声噪黉序，不屑府首帖括，沉深好古，旁及稗官野乘，无不穷蒐。乃若夙世心通，毕生偏嗜天授非人力者，则词曲一途，固鞠通所以自命者也。海内词家旗鼓相当，树帜而角者，莫若吾家词隐先生与临川汤若士，水火既分，相争几于怒詈，生蝉缓其间，锦囊彩笔，随词隐为东山之游。虽宗尚家风，著词斤斤尺䙆而不废绳简，兼妙神情，甘苦匠心，朱碧应度，词珠宛如露合，文冶妙于丹融，两先生亦无间言矣。一时名手，如范、如卜、如表、如冯，互相推服，卜与袁为作传寄序，冯所选《太霞新奏》推为压卷，范有"新推袁沈擅词场"及"幸有钟期沈袁在"之句，诸君子之心折何如。其牙室利灵，笔颠便倩，安腔稳贴，押韵尖新，名优爱唱，其辞如"黄河远上"诸什，壁不胜画矣！鞠通者，岂独聪于琴哉！实能聪人之耳。今者俗调滥觞，病谵梦呓，听之闷憒欲呕，及闻一曲清商，乃知《广陵》犹在人间，《霓裳》恍疑天上，足为词坛振聋之铎，则起衰之功，宁出昌黎下？而市上胡琴，尽堪碎矣！生有子而才，能世家其家，沧桑悲感，早裂青衫，于是不为扣牛歌，而为鸣鹤之和。芝华疗饥，《黍离》赓咏，酒间击缶，镫下缺壶，相乐也；已而相泣。父子墙东之隐，欲与首阳争峻；彼王霸高眠，反为其妻所诮，良足愧矣！作史者如范詹事，"独行""文苑"，分二传，应兼取收哉！所著文辞甚富，《翠屏山》《望湖亭》二剧久行世；散曲如《赌墅余音》《越溪新咏》《不殊堂近稿》及《续词隐九宫谱》《耆英会》诸剧，亦将次刻行。老笔常新，撰述正无纪极也。

（沈自晋《南词新谱》附）

《沈自晋传》：

公名自晋，字伯明，晚字长康，太常公玄孙，弱冠补诸生，乙酉弃去，隐吴山。别自号鞠通生。鞠通者，古琴中食桐蛀，有之能令弦自和曲者也。公善度曲，故以自况云。初，族父词隐先生为乐府，精于法律，临川汤若士先生则尚意趣，两家相胜也，而不相善。公谨守家法，而词旨加秀润，若士亦击赏无间言。一时词家，如上海范香令、秀水卜大荒、吾吴冯梦龙、袁令昭诸君，并推服之，著《广辑词隐先生南词谱》等书行世，诗未成集。

（《吴江沈氏诗集录》卷五）

《沈自晋传》：

沈自晋，字伯明，号鞠通生。《重订九宫谱》行世。鞠通精于曲律，其词宫商悉合，与世之涂抹者自异。

（《松陵绝妙词选》卷二）

二十二、　沈永令

《沈永令传》：

沈永令，字闻人，父士哲。性颖悟，弱冠县试，知县熊开元阅其文谓他日必以风雅名世。顺治五年中浙江副榜，以覃恩入国子监，选授陕西韩城知县。时前令负帑累民，邑豪梁、吉两姓鼓众匿险抗公差，当事将提兵进剿，永令单骑至其巢，推诚招抚，皆罗拜泣服。其后又叠揭清除滩粮，潼关道副使汤斌称为有才长者。明年，以母忧去官。服阕，补高陵，被劾罢归。永令为诗赋典赡藻丽，间作小词，直窥辛稼轩之奥；书画并入能品，其所写蒲萄、松鼠最有名于时。家居四十余年卒，年八十五。所著有《退思目录》《深柳堂集七种》。

（《[乾隆]震泽县志》卷十九）

《沈永令传》：

沈永令，字闻人，江南吴江人。顺治戊子副榜。官高陵知县。初知韩城县时，汤文正为潼关道，以循良重之，其政治可知也。诗亦宗仰唐人，不染竟陵习气。

（《清诗别裁集》卷二）

《沈永令传》：

沈永令，字文人，号一指，贡士，官龙门令。工绘事，兼善音律，其词颇窥稼轩之奥，至秾情逸韵，则蕙草雪消不足方也。

（《松陵绝妙词选》卷三）

《沈永令传》：

沈永令，字闻人，号一指，明南康令士哲子。顺治戊子副榜，贡生，官高陵知县，有《深柳堂集》。朴村云：《沈氏诗录》所载自太常以后十世中工诗者七十人闺秀又二十一人。风雅之盛，萃于一家，海内所希有也。而明之虹台、涵台、定庵、宏所、孝介，国朝之一指、恒斋，尤能卓然成一家言。一指古诗驱使富有，五七言近体声华格律直追中盛

唐，无一字一句落元和后。尔时钟、谭盛行，而吾邑诗派不堕蛙声，皆
先生砥柱之力也。

（《国朝松陵诗征》卷一）

二十三、　沈永启

《沈永启传》：

沈永启，字方思，祖玩。永启性颖敏，诗文词皆立就，而词尤工。
师事郡人金采。顺治中采以事株累系江宁狱，他弟子皆避匿，永启独与
圣寿寺僧敦厚往询候。采被刑，永启收其遗骸，棺敛之；复奉棺置所居
吴家港家庵中，与从兄永辰等上食，皆号哭失声，人重其气谊。子时
栋，字成厦，亦能诗，以词赋名，所著《瘦吟楼词》，袁孙遹，尤侗为
序，皆盛称之。

（《［乾隆］震泽县志》卷二十四）

《沈永启传》：

沈永启，字方思，号旋轮。明副使玩孙。有《逊友斋集》。周笠川
云：方思性颖敏，诗文立就。师事郡人金采。采以事株累系江宁狱，他
弟子皆避匿，独方思往询候；采被刑，敛其遗骸，复奉棺置所居吴家港
家庵中，人重其气谊。貌古朴，喜禅理，即之若悃愊者；与之谈诗文，
辄如悬河倾注不竭。朴村云：《沈氏诗集录》称先生与一子二女皆工词
藻，暇辄分题偶和，子女有好句则回环歌咏以为乐。子即成厦，女即参
荇、纤阿也。谢庭咏絮，千古夸为韵事。吾乡前所《午梦堂》，后有《逊

友斋》，呜呼盛哉！

（《国朝松陵诗征》卷三）

二十四、 沈永义

《沈永义传》：

沈永义，字二闻，蓬莱令自南次子。县学生。费开歧云：二闻性孝友，勤问学，客游燕齐晋楚，皆有吟咏，风格在唐中晚间。所著有《姓氏类编》二十卷，考据详明，尤征博洽。朴村云：蓬莱五子，以仁义礼智信命名，二闻行二，以兄名补学官弟子，故诸选本作永仁，而《沈氏诗录》作永义。其诗工于言情，浅浅语说来自能动人。蓬莱昆仲六人，并以才藻知名，二闻与诸弟又能嗣响，吴兴多才，副使之后尤独盛云。弟永礼，字三有，诗以工秀胜。

（《国朝松陵诗征》卷四）

二十五、 沈永信

《沈永信传》：

沈永信，字五玉，蓬莱令自南第五子。朴村云：恒斋诸子皆工近体，惟五玉独以五古擅长，气清词达，妙在绝不摹仿前人。

（《国朝松陵诗征》卷五）

二十六、 沈永禋

《克将公传》：

克将公讳永禋，君张公之次子也。邑诸生。为人风流蕴藉，仪度春容，尘俗鄙亵之谈不露齿角，纨绔之习屏涤殆尽，真乌衣之俊流也。少工制举义，有声场屋，其策问尤为时辈所推。诗及八分书皆有祖风。旋以数奇累试不第，遂淡于进取，筑室湖干，啸歌自尚以终。所著有《选梦亭诗》一卷，《聆缶词》一卷。

（《吴江沈氏家传》）

《沈永禋传》：

沈永禋，字克将，号醒公，有《渔庄词》。沈郎风神澹远，才藻翩翩，世其家学者也。其词最为雅驯，"三影"之流利，"三变"之纤颖，斯足嗣响矣。

（《松陵绝妙词选》卷四）

《沈永禋传》：

沈永禋，字克将，一字醒公，号渔庄，明中丞珣孙。县学生。有《选梦亭诗》周安节云：醒公风流蕴藉，仪度春容，尘俗之谈不露齿角，纨绔之习屏涤殆尽，真乌衣俊流也。少工举子业，有声场屋，以数奇不售，遂淡于进取，筑室湖干，啸歌自尚以终。陈行之云：渔庄所居在邑之南郊，向称柳堂别业，中有绮云斋、翠娱堂、滕花阁、天缋楼、梅圃、荷池、小山诸胜，即宏所中丞旧第也。至今修廊曲槛，犹映带水云竹树间，过之者想见往日林亭觞咏之盛，辄徘徊不能去。朴村云：渔庄风度流洒，情致缠绵，与之相接者如对灵和殿前柳。诗尚韵致，而性情因之以出。

（《国朝松陵诗征》卷四）

二十七、 沈少君

《沈少君传》：

沈少君，吴江人，中丞沈宏所孙女，太学沈君张女。幼工诗词，未字而殀。遗稿有《绣香阁集》，惜与劫火同烬，不传于世，盖亦香奁之恨事也。今于伊弟醒公处觅得【谢池春】一阕，并《梨花》《柳枝》两绝句。其《梨花》云："冰肌玉骨是天成，不向秾华斗色新。最是娇香无着处，梦随蝴蝶堕中庭。"其《柳枝》云："春粉墙高弱柳低，柳烟拖碧转双鹂。叮咛似与行人说，滕取藏身几个枝。"

（《林下词选》卷八）

二十八、 叶小纨

《叶小纨传》：

叶小纨，字蕙绸，诸生沈永祯妻。幼端慧，与昭齐，琼章以诗词相唱和，后相继夭殁，小纨痛伤之，乃作《鸳鸯梦》杂剧寄意，有贯酸斋、乔梦符之风。诗极多，晚岁汰存二十之一，名曰《存余草》，情辞黯淡，过于姊妹二人。女树荣，字素嘉，亦工诗词，适叶舒颖，与吴锵妻庞蕙纕善，所赠答盛称于时。

（《[乾隆]吴江县志》卷三十四）

《叶小纨传》：

叶小纨，字蕙绸，沈宛君次女，适同邑诸生沈永祯，是为词隐先生孙妇。精于曲律，所著有《鸳鸯梦》杂剧，附《午梦堂集》。女树荣，亦工诗词，今编《国朝》卷中。

（《林下词选》卷七）

《叶小纨传》：

叶小纨，字蕙绸……叶燮曰：往年我先安人刻《午梦堂集》，是时我伯姊昭齐及季姊琼章皆先我母卒，故集中有《愁言》《返生香》二种，皆安人手论定入刻者也。仲姊蕙绸归于沈，其殁也，后我母二十余年。然余伯仲季三娣氏自幼闺中相唱和，迨伯季两姊氏早亡，仲姊终其身如失左右手，且频年哭母，哭诸弟，无日不郁郁悲伤，竟以忧卒焉。其婿学山简其遗稿，有诗若干首，自题曰：《存余草》，盖其生平所存仅二十之一，学山乃次而梓之。

（《松陵女子诗征》卷二）

二十九、　沈世潢

《耕道公传》：

耕道公讳世潢，字茂宏，云门公长子也。邑诸生，工书法，风期隽雅，日以琴书茗椀自娱。年四十以后，筑室湖滨，有飘然尘外之想，所往来者惟二三素心而已。诗近韦、柳，不事雕绘。所著有《钓梭集》《枫江峦影词》二卷。

（《吴江沈氏家传》）

《沈世潢传》：

沈世潢，字茂弘，一字耕道。有《东轩稿》《东轩词》，闲适自放，极能道幽居之乐。

（《松陵绝妙词选》卷三）

《沈世潢传》：

沈世潢，字茂弘，一字耕道，明佥事瓒孙，县学生。有《钓梭集》。朴村云：耕道嗜好殊俗，遇希见之书与法书名画，不惜重价购之。又嗜茶，客至折松枝煮，折足铛相与品题赏鉴，入其室者几不知有尘世事也。诗亦悠然绝俗，无意悦人。

（《国朝松陵诗征》卷五）

《沈世潢传》：

沈世潢，字茂弘，佥事瓒孙。风期隽雅，以琴书自娱。年四十后筑室湖滨，与二三素心往来而已。诗近韦、柳，不事雕绘。所著有《钓梭集》《枫江峦影词》二卷。

（《［乾隆］吴江县志》卷三十七）

三十、沈永馨

《天选公传》：

天选公讳永馨，字建芳。年十三值明亡，遂志于高隐，卜居邑之麻溪，寄情诗歌，日与四方高士相赠答。有《通晖楼诗稿》行世，《麻溪诗草》藏于家。

（《吴江沈氏家传》）

《沈永馨传》：

沈永馨，字建芳，一字天选。诸生，世潢弟。有《通晖楼采芝堂集》。朴村云：建芳天爵自尊，不求闻达，筑别墅于麻溪之上，啸歌自得，二三知交外，车骑访之，不见也。诗格朴老，无粉饰炫耀之习。

（《国朝松陵诗征》卷五）

三十一、沈丁昌

《圣勷公传》：

圣勷公讳丁昌，字子言，方洲公之子也。少多病，父母以独子故，绝爱怜之。十岁始就外傅，十八岁始发愤读书，凡子史百家靡不研究，博览得其精奥。为诗文，落笔数千言恒不假思索，兼工于填词，与族兄一指公称为双璧。年二十二占籍浙江，以幼曾抚于姑丁姓，遂以其姓游庠；越三载，应顺治戊子乡试，主司目为奇才，偶嫌文内用《周易》"颜氏之子"四字以为轻佻，乃屈置副本，一指公亦登其列，遇覃恩偕贡大廷。一指公自愤怀才不售，就选韩城。公独不屑小试烹鲜，愈励志棘闱，卒之数奇不偶。家道寝微，乃自悔半生碌碌不能及早禄仕娱亲，遂谒选，于康熙丁未补粤东南雄郡之保昌县丞。时兵戈乍息，岭缴粗安，兼之署冷曹闲，簿书之暇，惟检点奚囊，寄情吟咏而已。上官荐辛亥贡茶入都，便道省亲，值母吴孺人七袠诞辰奉觞上寿，亲朋毕集，又经理示了葬事并得治西祖基三凤室居之，门庐稍整，事竣回任。秩满当选，岁甲寅题升程乡县令。适逆藩吴三桂谋叛南雄，正当孔道军事倥偬，公带衔在原任听候差调。迨丁巳事平，遂不赴程乡任而归。又数年而卒。所著有《历朝史论》《闲余阁诗稿》《岭外集》《明史弹词》诸种，名手录，底本藏于家。

（《吴江沈氏家传》）

《沈昌（丁昌）传》：

沈昌，字子言，太常汉五世孙。顺治五年浙江副榜，贡授广东保昌县丞。诗文词曲与族兄永令齐名。著有《史书辩论》《闲余阁诗稿》。

（《［乾隆］吴江县志》卷三十七）

《沈昌（丁昌）传》：

沈昌，字子言，一字圣襄，明太常卿汉元孙。顺治戊子副榜，贡生，官保昌县丞。有《闲余阁集》。朴村云：圣襄诗工稳静细，其于诗律如法吏之慎守三章，未尝稍出入也。《诗录》称其诗与闻人齐名。圣襄于闻人为弟，词亦当兄事闻人。

（《国朝松陵诗征》卷三）

三十二、　沈永隆

《洌泉公传》：

洌泉公讳永隆，字治佐，鞠通公长子也。邑诸生。鞠通公以词曲名家，公克嗣其音，尝续范香令未完传奇，宛然范香令也，识者谓可与《望河亭》并传①。诗格直逼盛唐，洗尽肥腻，其幽深高洁处往往令人作烟霞物外想，娄水陆寄斋亟称之。不幸遭回禄，遗书悉为煨烬，所存者惟《焚余草》一卷而已。晚年从父隐吴山，以吟咏自娱。鞠通公遗产三百亩，祗自取其瘠者三十亩，余尽以让诸庶弟，事载邑志《隐逸传》，此真堪与古贤者相颉颃矣。

（《吴江沈氏家传》）

《沈永隆传》：

沈永隆，字治佐，号洌泉。自晋子。诸生。乙酉后从父隐居吴山。工诗词。父遗产三百亩，自取其瘠者三十亩，余尽以让诸庶弟。年六十二卒。

（《复社姓氏传略》卷二）

《沈永隆传》：

沈永隆，字治佐，号洌泉。鞠通生自晋子。县学生。有《不珠集》。

---

① 按，沈永隆父沈自晋著有《望湖亭记》传奇，故此处所言《望河亭》当为《望湖亭》之误。下同。

陆寄斋云：《不殊集》格调直逼盛唐，其幽深高洁处往往令人作烟霞物外想。朴村云：鞠通生以词名家，冽泉克嗣音，尝续范香令传奇，识者谓可与《望河亭》并传。晚隐吴山，以吟咏自娱。所遗《不珠集》，清刚隽上，洗尽肥腻，律句中往往以古气行之，其古体必有可观者，令散佚不传，可惜也。

（《国朝松陵诗征》卷一）

三十三、 沈澍

《沈澍传》：

沈澍，字泂闻，号浣桐，高陵令永令子。国学生。有《浣桐诗稿》。朴村云：浣桐少工诗，连不得志于有司，遍游南北，所至名山巨川、荒祠古迹，莫不以诗纪之，集中登临怀古之作居十之八九。诗法唐人，不染流易纤巧诸派，盖高陵遗集字字唐音，浣桐得力固有在也。

（《国朝松陵诗征》卷十）

三十四、 沈蕊纫

《沈蕊纫传》：

沈蕊纫，字蕙贞，吴江人，诸生吴梅室。王乃敏云：蕙贞矢志柏舟，临殁谓其弟浣桐曰："顷得诗二句：'病多未得专医肺，瘦尽何须更论腰。'"真可悲也。惜遗稿散失，兹从王夫人《凝香阁笔记》录出。

（《江苏诗征》卷一百七十三）

三十五、 沈廷扬

《沈廷扬传》：

沈廷杨，字天将，号柯亭，明邮赠太常卿汉裔孙。县学生。费开歧云：柯亭天分胜人，幼即嗜学，其以冠军采藻年未弱冠。后迁吴门，与郡中诸名士往来唱和，击钵豪吟，而于家乡稍为疏落，故遗诗颇少。《沈氏诗录》云，诗多警拔，填词更工，知非阿私所好。

（《国朝松陵诗征》卷十一）

三十六、 沈世楙

《初授公传》：

初授公讳世楙，南村公之子，韫所公曾孙也。好古力学，工于诗。事亲以孝闻。乙酉后绝意进取，弃其城西旧第，奉母避兵下乡，与同邑顾有孝、吴旦、周安等偕隐相唱酬，人以隐士目之。母治家严肃，稍拂意即怒，甚不食，公长跪榻前，不命之起不敢起，年过五十承欢如孩提。没之日，宗人私谥"贞孝先生"。有诗文若干卷。

（《［乾隆］震泽县志》卷二十）

《沈世楙传》：

沈世楙，字旃美，一字初授，号默斋，明祠部琦曾孙。有《听斯斋集》。刘继庄云：默斋人晋而诗唐，文亦不在南宋下。

（《国朝松陵诗征》卷八）

三十七、 沈时栋

《沈时栋传》：

沈时栋，字成厦，号焦音，永启子。朴村云：焦音工词，有"前有张三影，后有沈十声"之誉，盖集中"羡人十声"诸咏为时所推重也。诗肉中有骨，非靡靡之音，尤为词家所难。

（《国朝松陵诗征》卷十一）

三十八、 沈友琴　　沈御月

《沈友琴传》（附沈御月）：

沈友琴，字参荇，沈永启长女，同邑周钰妻，与妹御月（字纤阿）俱工诗词，以和长洲汪琬《姑苏杨柳枝词》得名，时称连璧。

（《［乾隆］震泽县志》卷二十四）

三十九、 沈树荣

《沈树荣传》：

沈树荣，字素嘉，吴江沈永祯女，叶蕙绸其母氏也。适同邑诸生叶舒胤即仲韶先生从孙。其所制家庭酬唱居多，可想见渭阳之韵事矣。

（《林下词选》卷十三）

四十、 沈曰霖

《沈曰霖传》：

沈曰霖，字骥展，号纫芳，府学生。有《纫芳词》《粤游词》《粤西琐记》。杨复吉云：先生工于诗馀，入粤时曾有《粤游词》二册，铿锵幽渺，苍古悲凉，直可衙官辛、柳。此外，嘈嘈细响，更当重唾涕弃之矣。文憎命达，沉没巾箱，剑气珠光日就消歇，又安得顾曲周郎岂诸梨枣令词坛另建一帜耶！

（《笠泽词征》卷十）

《沈曰霖传》：

沈曰霖，字骥良，号纫芳，明经永子。府学生。朴村云：纫芳工愁善病，长于骈体，惊才绝艳，无语不新。尝以客授远游桂林，予友陈易门怀之，有诗曰："鼓瑟湘江韵孰聆，美人迟暮惜娉婷；秋风万里南征客，木落霜寒过洞庭。"亦可知其牢落不偶矣。

（《国朝松陵诗征》卷十）

《沈曰霖传》：

沈曰霖，字骥展，号纫芳，吴江人。祖自显，字子发；父永，字雷渊。岁贡生。曰霖工愁善病，长于骈体，惊才绝艳，无语不新。于新其年、吴蔼次、章岂绩外另树一帜。尝客游桂林，有《粤游词》二卷及《粤西琐记》，又著《小潇湘诗草》若干卷，《晋人麈》二卷。生前处境独恶，竟以无嗣终。同邑杨进士复吉采其《粤西琐记》及《晋人麈》入《昭代丛书》。

（《［道光］苏州府志》卷一百〇二据《江震续志稿》）

四十一、 沈咏梅

《沈咏梅传》：

沈氏字默林，监生澍女，钱楷妻。喜读书，好吟咏，性爱梅花，时与楷联吟，一夕各得诗三十首。著有《学吟稿》。

（《江震人物续志》卷十）

四十二、 金法筵

《金法筵传》：

硕人名法筵，六书公配，吴县诸生圣叹公人瑞（一名采）季女也。七岁能诗，圣叹爱之，为赋"左家娇女惜余春"之句。于归后，遂以"惜春"名其轩。纺绩之余，辄事吟咏。著有《惜春轩稿》一卷，词意老成，时有道气，惜零落仅存十一。

（《吴江沈氏诗集录》卷十二）

《金法筵传》：

金法筵，吴县人，吴江沈六书室。《名媛绣针》：法筵七岁即能诗，父爱之，比于左家娇女。《竹静轩诗话》：法筵"惜余春"句，于归后遂以"惜春"名其轩，著《惜春轩稿》。

（《江苏诗征》卷一百七十一）

四十三、 沈彤

《果堂公传》：

果堂公讳彤，字冠云，真崖公长子也。总角能文，举止方正，有声庠序间，屡入棘闱不售。举博学鸿词科，召试保和殿，又报罢。荐修《三礼》《一统志》，书成授九品官，不就而归，以诸生终。性孝友，居母丧，呕血数斗；爱育两弟，辛勤备至……平生交契皆一时名流。少请业何侍读义门，学制义，取先正；继游仪封清恪、江阴杨文定之门，究心宋五子书；中岁善方阁学望溪，商订三礼书疏，往复辨论精核。李侍郎穆堂折节定交。何尚书南村特延请训其子。又雅好山水，尝游齐鲁，登岱宗，临泗水，谒孔陵，拜颜子墓，至南阳陟桐柏，访淮源，多所考证；再渡钱塘，历山阴，登越王台，谒禹陵，问贺监故宅，经旬忘返。

夫公以师友之益，江山之助，又沉酣典籍，故发为文章淳厚古朴，吴中言古文者必屈指焉。所著有《果堂集》十二卷，已采入《四库全书》，《周官禄田考》三卷及《群经小疏》，亦久行世。未刻者，又有《果堂杂著》《气穴考略》《内经本论》若干卷。六十五卒，门人私谥"文孝先生"。

（《吴江沈氏家传》）

沈廷芳《皇清征士文孝先生墓志铭》：

吾宗有醇儒名彤，字冠云，吴江人也。少补诸生，从何义门学士游，且久后登张清恪、杨文定两公之门。讲学不倦，故经义宏深而于程朱之传尤身体而力行之。尝言：经者，天地之心，圣人之情，而彝伦之伦也。人不穷经则悖，文不根经则驳。盖其行修于家，文重于艺林，江南之人群宗之。雍正间至京师，望溪方公见其所疏三经，谓得圣人精奥，读其文又谓气格直似韩子。乾隆初元方辑《三礼义疏》，遂荐入馆，名动辇下。其为人，接之凝然以静，久与处温然以和，叩其学渊然以深，呜呼，可称粹美君子矣。客京师数载，惟与一二耆儒商订往籍，而不肯登贵人之门。召试博学宏词，栖迟书局，终以不遇，其介节如此。后以亲老归，适父先数日亡，居庐哀泣三年，群叹丧礼久废，未有克尽古制如先生者，洵足为乡邦矜式。尝登贷宗观日出，探桐柏之淮源，为文以纪之。过望诸之乡，上黄金之台揽古，徘徊不忍去。晚居邺园，生徒日众，益以礼法自持而专志于著述，为文务造其极。有《三经小疏》九卷，《周礼禄田考》三卷，《果堂集》十二卷，杂著若干卷。年六十五终于乾隆壬申十月二十五日，其年十二月二十九日葬于里中之朱村。士友门人追称"文孝先生"。娶顾氏，无子，以从弟子诸生英为后。余与先生同族同举，用学行相切劘者垂二十载，视予无异群季，又尝表先大夫墓，未几闻其丧，盖绝笔云。予既刊其经疏而序之，英复来请铭，曰：此先志也。予乌足以重先生？英克家子请再三，予其敢辞？铭曰：君之先自吴兴迁，枫江着望历有年。七世祖汉直谏传，高曾珫自南俱贤。给事副使蓬莱仙，三进士胥能其官。永智始树清修绵，乃祖乃父学有源。毓兹巨硕踰孝先，群经纷纶义以宣。大文发耀敷瀛壖，有韫无施造化权。克自树德人非天，儒林他日留史编。朱村松柏先人阡，袝有道孙何峃然，深藏密固永不刊。

（《沈果堂全集》附）

惠栋《沈彤墓志铭》：

乾隆十七年十月二十五日，吴江沈君果堂以疾卒，越两月，孤子培本将葬君于邑之朱村先茔，乞余铭其墓。君行谊卓构，经传洽孰，推为纯儒。余与君交虽晚，而契独深，数年以来，以道义相助，学业相证，知余者莫若君，知君者亦莫余若也，其忍以不文辞哉！君讳彤，字冠云，别字果堂。系出吴兴，自元季迁吴江。七世祖汉。明正德庚辰进士，刑科给事中，以直谏忤旨，廷杖系诏狱，隆庆初赠太常少卿。六世祖嘉谟，五世祖倬，俱以孙若子贵赠通奉大夫。高祖讳珫，万历乙未进士，山东兖东道，曾祖讳自南，国朝顺治乙未进士，山东蓬莱知县，以清惠称。祖讳永智，考讳始树，生三子，君其长也。君少方古，举止若成人。弱冠从学士何公焯游，始邃于理学，继而啧意五业。著《群经小疏》若干卷，凡所发正咸有义据，侍郎方公苞绝重之。晚节尤精三礼，以周官分田制禄之法向多疑滞，因为列法数以明之，成《禄田考》三卷，二千年聚讼，一朝而决。其为文神似昌黎。有《果堂集》十二卷。生平敦孝友，抚育诸弟，辛勤櫬裲，亲丧，居庐称服称情。与人交，以至性相感，不侵然诺。呜呼，自古理学之儒滞于禀而文不昌，经述之士泪于利而行不笃，君能去两短集两长，非纯儒之行欤！余行不逮君而才亦诎，然好古所得往往与君同。如《尚书》后出，古文通人皆知其伪，独无以郑氏二十四篇为真古文者，余撰《尚书考》力排梅赜而扶郑氏，君见之称为卓识；又《易》为王、韩所乱，汉法已亡，余学《易》二十年，集荀、郑、虞诸家之说作《周易述》。先以数卷就正于君，君曰：此书成，《易》道明矣，惜吾不及见也。曩以君言戏耳，孰谓竟成谶耶！悲哉，悲哉！君之成《禄田考》也，读者疑、信分焉，余为序而辨之。君笑谓余曰：子吾之桓谭也。君先举宏词科，报罢最后，余亦膺经述之荐谒举主丹崖黄公，公询余天下通经之士孰为最，余首举君。黄公欲荐君而未果，此事余未语君，君亦弗及知，然余与君相契之深，不忍终默也。君生于康熙二十七年戊辰，得年六十有五。配顾孺人无子，立从弟子培英以后。君女二：长适丁日曜，次适顾后澂。君之卒也，门人述其体行，谥曰"文孝先生"。铭曰：

君敦善行，学不为人。群公休之，羔雁成群。既举大科，又预志局。君有远志，不肯碌碌。飘然归隐，辨章六经。钩稽官秩，识过康成。唯余与君，爰如与石。何期辰已，一旦易箦。告谥于枢，以征大名。吾谁与归，爰志九京。

（《果堂集》附）

沈德潜《沈彤传》：

君讳彤，字冠云，别字果堂，先世自吴兴迁江城，七世祖汉，正德庚辰进士，刑科给事中，直谏廷杖，隆庆初赠太常寺少卿。六世祖嘉谟，五世祖倬，并赠通奉大夫。高祖玩，万历乙未进士，山东按察使司副使，与兄春曹琦、弟中丞珣，称"枫江三凤"。曾祖自南，顺治乙未进士，山东蓬莱知县。祖永智，诸生。考始树，肆力学古，为时闻人。君总角能文，有声庠序，屡入棘闱不售。举博学鸿词，召试保和殿，不遇。荐修《一统志》《三礼》，书成授九品官，不就。以诸生终。性孝友，年逾成童教科生徒，供洁白养。母殁，哀痛呕血数斗。事考，先意承志；爱育两弟，为之婚娶。考病，自都门奔视，及归考殁，哀号五昼夜，几灭性。三年中不茹荤，不内寝，朝夕奠必哭，岁时荐新必哭，远近叹息，谓居丧者仅见。平生交契者皆一时名流。少请业何侍读义门学制义，取法先正。继游仪封张清恪，江阴杨文定之门，究必宋五子书。中岁善方阁学望溪，商订三礼书疏，往复辨论精核。李侍郎穆堂折节定交，阿尚书南村特延归训其子。雅好山水，尝游齐鲁，登岱宗，临泗水，谒孔陵，拜颜子墓，至南阳陟桐柏，访淮源，多所考证，再渡钱塘，历山阴，登越王台，谒禹陵，问贺监故宅，经旬忘返。君胚胎前先加师友之益，江山之助，又沉酣典籍，故发而为文深厚古质，吴中言古文者必屈指。君慨自古文之敝：尚法律者求工于波澜意度而根抵无存，宗考据者罗列故实惟恐不尽而性灵不属，情与文不相生焉。君本之乎六经，斟酌乎唐宋大家，专精殚思，穷年继晷，成一家言，以期不朽，岂不难哉！岂不难哉！年六十五卒，门人私谥"文孝先生"。著有《群经小疏》《果堂杂著》《气穴考略》《内经本论》若干卷。其刊行者，《周官禄田考》三卷、《果堂集》十二卷。子培英，能继父业。论曰：有明季年，娄东王弇州文名天下，归震川以庸妄子目之。及震川没，弇州比以韩、欧阳而自悔己作。惟震川之文根本六籍不尚词华也。果堂之文一归淳朴，当世有弇州必有推为可续震川者，况内行焯焯，孝亲信友，足以扶纲植常者哉！薄身厚志，身晦名彰，果堂其不死已。

（《沈果堂全集》卷首）

《沈彤传》：

彤字冠云，号果堂。去病案：先生覃精经术，为世鸿儒而亦兼工倚声，洵自有宋时斋以来一人而已，亦见词隐先生遗泽之长。而承平闲暇得从容讲艺也，可胜叹慕。厥后南一又以儒生工于填词，诚松陵沈氏佳话也。

（《笠泽词征》卷二十七）

《沈彤传》：

沈彤，字冠元，号果堂，诸生始树子。县学生。私谥"文孝先生"。有《果堂集》。

沈归愚先生云：果堂少受业于何义门，继游学张清恪，杨文定之门，既得师友之助，又沉酣典籍，故发而为文深厚古质，吴中言古文者必屈指焉。曾举博学鸿词不遇，荐修《一统志》《三礼》书，书成授九品官，不就，以诸生终。

惠松岸云：果堂邃于经学，晚年尤精《三礼》，以周官分田制禄之法向多疑滞，因为列法疏以明之，成《禄田考》三卷，二千年聚讼，一朝而决。

费开歧云：邑志自叶横山纂定后越六十年无人修辑，是时江震新分，文献尤宜两属，果堂膺邑侯之聘，各分缕析，考据详明，三载成书，人称定本焉。

朴村云：吾邑古文者，昔推改亭先生，继三者稼堂，石里两太史，后虽有作者皆非专家。果堂征君概然自任，以六经为根柢，唐宋大家为准则，专精殚思，穷年继晷，务成一家言。今读其文，法律谨严，气味朴茂，而考论诸作尤能援经据疏，别是非而归于至当，洵吾邑四十年来一作手也。诗非其心力所聚，然尚气骨远浮靡，望而知为有本之言。

（《国朝松陵诗征》卷十四）

《沈彤传》：

沈彤，字冠云，一字果堂。七世祖汉见前志名臣传。乾隆元年，内阁学士吴家麟荐举博学鸿辞，复荐修《一统志》《三礼》书，授九品官，不就，归。彤为学以穷经为务，贯穿古人之异同而求其至是。为文章不事文饰，务蹈理道。始授业于何学士焯，继游张清恪伯行、杨文定名时之门。中岁与方侍郎苞商订《三礼》。在京师时，阿文成桂从受学焉，及归则与徐灵胎善。其所著书入《四库全书》及附存目录见《艺文志》。又尝为吴江、震泽二县志。震泽，吴江分邑也，分邑后修志自彤始，全氏祖望谓二志经纬分合有法，可为分邑修志者式云。彤性至孝，母殁，哀痛呕血；父病，自都门奔视，及归，哀号五昼夜几灭性，三年不内寝，不茹荤。卒年六十五，私谥"文孝先生"。

（《［光绪］吴江县续志》卷十六）

四十四、　沈培福

《东溪公传》：

东溪公讳培福，字符景，六书公第三子也。公外笃于师友，内孝于亲。平居无事，恂恂似无他奇，及当患难死生之际则一种敦崇恳挚之性，有非人所能及者。曾有受业师因事在缧绁继，平昔缟纻交皆坐观不一藉手，即二三周亲亦徒扼腕叹，莫可如何也。惟公以一身周旋其间，晨夕具橐饘，不少懈迨。陆平原情悲鹤唳，嵇中散调绝广陵。公又为之具棺敛醵金归葬，当时知其事者无不哀其义而曲全之。

公七岁能属文，少有声于童子场中，后以奔走四方，遂授例入北闱，然不得售，乃需次州司马，内外大僚多公才识，争延致幕中为上宾。当在蜀中臬署时，有藩司某公旧车笠盟也，为当事所诬刻祸且不测，舆情共骇，公闻之即急往抚宪戟门求见，具白其冤，抚宪亦为感动，事赖以寝，公于师友间慷慨仗义大率类此。其居家孝谨承颜，禀命务得亲欢心。母病剧，割股肉和药以进，人或谓公曰：此非不敢毁伤之正义也。公泣然曰：吾知其母耳，不暇顾身也，奚知其它哉！处昆弟间亦怡怡和顺，财产毫无所竞，公之孝友亦略可见矣。年五十七，卒于蜀旅，衬归，诸先达咸作诗以挽之。吾乡李玉洲先生绝句六章，具道其孝亲、事师、交友诸大节，可考而知也。生平著作甚富，《诗录》所选，特全豹之一斑耳。尝辑先代诗文若干卷，将付梓，以久客不果，今藏于家。

（《吴江沈氏家传》）

《沈培福传》：

沈培福，字符景，始熙从子。七岁属文，弱冠师事戴名世，名世贵，招之入都；未几，名世见法，无以敛，培福与其所亲醵金棺敛而归葬之。其侍母疾，尝剜股肉和药以进。后客游蜀，竟卒。

（《［乾隆］震泽县志》卷二十四）

四十五、 沈钦霖

《沈钦霖传》：

沈钦临，改名钦霖，字仲亨，号芝堂。内阁中书，充庚午湖南副主试，出任福州府同知。

（《松陵见闻录》卷二）

《沈钦霖传》：

沈钦霖，原名钦临，字仲亨。弱冠与父宗德同举于乡。喜庆辛酉成进士，授内阁中书。道光十年转福建平漳同知，邑多盗，钦霖选捕役设巡船，盗为敛迹。又于沿海隙地谕民垦种杂粮数百顷，邑以大治。委署兴化府知府督办木兰坡工程，未几，调署台湾海防同知，时台运内地兵俗积压二十万石，钦霖设法疏通之。十二年，嘉义逆匪张丙倡乱，股匪林海犯郡，钦霖率众击走之，以城守功赏戴花翎，授安徽庐州府知府，留台总办军需报销，以积劳卒于官。

（《［光绪］苏州府志》卷一百〇七）

四十六、 沈桂芬

《沈桂芬传》：

沈桂芬，字经笙，顺天宛平人，本籍江苏吴江。道光二十七年进士，选庶吉士，授编修。咸丰二年，大考一等，擢庶子。累迁内阁学士。先后典浙江、广东乡试，督陕甘学政，充会试副总裁。八年，丁父忧。服阕，补原官。晋礼部左侍郎。同治二年，出署山西巡抚，明年实授。连上移屯、练兵诸疏，并称旨。桂芬以山西民食不敷，自洋药弛禁，栽种罂粟，粮价跃增。于是刊发条约，饬属严禁。疏陈现办情形，上趣之，颁行各省，著为令。旋丁母忧。六年，起礼部右侍郎，充经筵讲官，命为军机大臣。历户部、吏部，擢都察院左都御史，兼总理各国事务大臣。迁兵部尚书，加太子少保。光绪元年，以本官协办大学士。京畿旱，编修何金寿援汉代天灾策免三公为言，请责斥枢臣，喻交部议。桂芬坐革职，特旨改为革职留任。旋复原官，充翰林院掌院学士，晋太子太保。桂芬遇事持重，自文祥逝后，以谙究外情称。日本之灭琉球也，廷论多主战，桂芬独言劳师海上，易损国威，力持不可。及与俄人议还伊犁，崇厚擅订约，朝议纷然；桂芬委曲斡旋，易使往议，改约始定，而言者犹激论不已。桂芬久卧病，六年，卒，年六十有四，赠太子太傅，谥“文定”。桂芬躬行谨饬，为军机大臣十余年，自奉若寒素，所处极湫隘，而未尝以清节自矜，人以为难云。

（《清史稿》卷四百三十六）

参考书目^①

沈氏作家古籍

[1]（清）沈祖禹、沈彤编：《吴江沈氏诗集录》十二卷，刻本，1740（清乾隆五年）。

[2]（清）沈祖禹、沈彤编：《吴江沈氏诗集录》十二卷，重刻本，1867（清同治六年）。

[3]（清）沈光熙修：《吴江沈氏家谱》十卷首末各一卷，国立北平图书馆传抄清乾隆五十二年刻本，1931。

[4]（清）沈始树：《吴江沈氏家传》一卷，《吴江沈氏家谱》附抄本。

[5]（明）沈汉：《水西谏疏》二卷，《吴江沈氏家谱》附抄本。

[6]（清）沈始树：《吴江沈氏家传》一卷，沈桂芬重刻本，1867（清同治六年）。

[7]（明）沈璟：《增定南九宫曲谱》二十一卷，文治堂刻本，明。

---

① 古籍标注卷数，仅限于吴江沈氏家族作家编撰的作品。

[8]（明）沈璟：《增定南九宫曲谱》二十一卷，传抄明龙骧校刻本。

[9]（明）沈璟：《红蕖记》，《古本戏曲丛刊三集》影印明刊本，北京，文学古籍刊行社，1957。

[10]（明）沈璟：《埋剑记》，《古本戏曲丛刊初集》影印明继志斋刊本，北京，文学古籍刊行社，1954。

[11]（明）沈璟：《双鱼记》，《古本戏曲丛刊初集》影印明继志斋刊本，北京，文学古籍刊行社，1954。

[12]（明）沈璟：《义侠记》，《古本戏曲丛刊初集》影印明继志斋刊本，北京，文学古籍刊行社，1954。

[13]（明）沈璟：《桃符记》，《古本戏曲丛刊初集》影印清抄本，北京，文学古籍刊行社，1954。

[14]（明）沈璟：《坠钗记》，《古本戏曲丛刊初集》影印清抄本，北京，文学古籍刊行社，1954。

[15]（明）沈璟：《博笑记》，《古本戏曲丛刊初集》影印明天启元年刊本，北京，文学古籍刊行社，1954。

[16]（明）沈璟著，徐朔方辑校：《沈璟集》，上海，上海古籍出版社，1991。

[17]（明）沈瓒：《近世丛残》一卷，《明清珍本小说集》，北京，广业书社，1928。

[18]（明）沈宜修：《鹂吹集》二卷、附《梅花诗百绝》一卷，明崇祯《午梦堂集》。

[19]（明）沈宜修编：《伊人思》一卷，（明）叶绍袁：《午梦堂集》本（中册），北京，中华书局，2015。

[20]（明）沈璟著，（清）沈自晋删补：《重定南九宫词谱》二十六卷，

影印清顺治十二年沈氏不殊堂刻本，北京大学出版组，1936。

[21]（清）沈自晋著，吴梅辑：《鞠通乐府》三卷，饮虹簃刊本，1928。

[22]（清）沈自晋：《望湖亭记》，《古本戏曲丛刊二集》影印明末刻本，北京，文学古籍刊行社，1955。

[23]（清）沈自晋：《翠屏山》，《古本戏曲丛刊二集》影印清抄本，北京，文学古籍刊行社，1955。

[24]（明）沈自征：《霸亭秋》，影印诵芬室《盛明杂剧》翻刻本，北京，中国戏剧出版社，1958。

[25]（明）沈自征：《鞭歌妓》，影印诵芬室《盛明杂剧》翻刻本，北京，中国戏剧出版社，1958。

[26]（明）沈自征：《簪花髻》，影印诵芬室《盛明杂剧》翻刻本，北京，中国戏剧出版社，1958。

[27]（明）沈自征：《沈君庸先生集》二卷，国立北平图书馆抄本。

[28]（清）沈自南：《艺林汇考》二十四卷，刻本，清康熙。

[29]（清）沈自南：《皇明五朝国史纪事本末》十八卷，抄本，清。

[30]（清）叶小纨：《鸳鸯梦》，《午梦堂集》重刻本，1758（清乾隆二十三年）。

[31]（清）叶小纨：《鸳鸯梦》，叶德辉重辑：《午梦堂全集》。

[32]（清）叶小纨：《存馀草》一卷，（明）叶绍袁：《午梦堂诗抄》，清康熙。

[33]（清）沈永令：《嗅霞阁词》一卷，绿荫堂刻《百名家词钞》本，清康熙。

[34]（清）沈时栋著，吴梅辑：《瘦吟楼词》一卷，饮虹簃刊

本，1928。

［35］（清）沈时栋编：《古今词选》十二卷，沈氏瘦吟楼刻本，1716（康熙五十五年）。

［36］（清）沈时栋编：《古今词选》十二卷，扫叶山房石印本，上海，1921。

［37］（清）沈彤：《沈果堂全集》十二卷，吴江沈氏刻本，清乾隆。

［38］（清）沈彤纂：《吴江县志》五十八卷，刻本，1747（清乾隆十二年）。

［39］（清）沈彤纂：《震泽县志》三十八卷，重刻乾隆十一年本，1893（清光绪十九年）。

［40］（清）沈彤：《周官禄田考》三卷，《四库全书·经部九十五》。

［41］（清）沈彤：《尚书小疏》一卷，《四库全书存目丛书·经部第60册》，济南，齐鲁书社，1997。

［42］（清）沈彤：《仪礼小疏》一卷，《四库全书·经部二十》。

［43］（清）沈彤：《春秋左氏传小疏》一卷，《四库全书·经部二十九》。

［44］（清）沈彤：《释骨》一卷，杨复吉、沈楙惪续编：《昭代丛书》，清道光。

［45］（清）沈培本辑：《慈心宝鉴》四卷，重刊清乾隆刻本，1923。

［46］（清）沈曰霖：《粤西琐记》一卷，杨复吉、沈楙惪续编清道光《昭代丛书》本。

［47］（清）沈曰霖：《晋人麈》一卷，杨复吉、沈楙惪续编清道光《昭代丛书》本。

［48］（清）沈宗德：《勤补书庄诗钞》二卷，刻本，清道光。

[49](清)沈欣霖:《织帘居士诗钞》一卷,刻本,清道光。

[50](清)沈欣复:《酉山公诗抄》一卷,刻本,清道光。

[51](清)沈绮:《环碧轩集》一卷,刊蔡殿奇辑《国朝闺阁诗钞》本,1844(清道光二十四年)。

1949 年之前排印本古籍

[1](明)叶绍袁编:《午梦堂集》,刻本,1639(明崇祯十二年)。

[2](明)叶绍袁编:《午梦堂集》,重刻本,1758(清乾隆二十三年)。

[3](明)叶绍袁编:《午梦堂集》,叶德辉重辑《午梦堂全集》本。

[4](明)张栩编:《彩笔情词》,刻本,明天启。

[5](明)胡文焕编:《群音类选》影印明刻本,北京,中华书局,1980。

[6](明)王骥德校注:《新校注古本西厢记》,富晋书社影印明万历刻本,北平,1930。

[7](明)沈泰编:《盛明杂剧》影印诵芬室翻刻本,北京,中国戏剧出版社,1958。

[8](明)孟称舜编:《古今名剧合选》,《古本戏曲丛刊四集》影印明刊本,北京,商务印书馆,1958。

[9](明)周用:《周恭肃公集》,刻本,明嘉靖。

[10](明)茅坤:《茅鹿门先生文集》,刻本,清。

[11](明)王世贞:《弇州山人四部稿》,世经堂刻本,1577(明万历五年)。

[12](明)王世贞:《弇州山人续稿》,刻本,明。

[13](明)孙鑛:《姚江孙月峰先生全集》,孙元杏刻本,1814(清嘉

庆十九年）。

[14]（明）孙鑛：《居业次编》，刻本，清。

[15]（明）吕天成：《曲品》，杨志鸿抄本，清乾隆。

[16]（明）冯梦龙编：《太霞新奏》，民国影印清刻本。

[17]（明）李维桢：《大泌山房全集》，刻本，1611（明万历三十九年）。

[18]（明）潘一桂：《中清堂集》，刻本，明崇祯。

[19]（明）丁元荐：《西山日记》，抄本，清。

[20]（明）张大复：《梅花草堂笔谈》，上海杂志公司铅印本，1935。

[21]（明）叶绍袁：《叶天寥四种》，上海杂志公司铅印本，1936。

[22]（明）顾炎武：《亭林诗集》，刻本，清。

[23]（明）归庄：《归玄恭遗集》，刻本，清。

[24]（明）姚阶编：《词雅》，汪氏刻本，1798（清嘉庆三年）。

[25]（明）吴应箕辑：《复社姓氏》，吴孟坚抄本，1712（清康熙五十一年）。

[26]（明）邹漪：《启祯野乘》，故宫博物院图书馆铅印本，北平，1936。

[27]（明）文震孟：《姑苏名贤小记》，蒋氏心局斋校刊本，1882（清光绪八年）。

[28]（明）莫旦纂修：《[弘治]吴江志》影印明弘治元年刻本，台北，成文出版社，1983。

[29]（明）曹一麟修，徐师曾、沈启纂：《[嘉靖]吴江县志》，刻本（间有抄补），1561（明嘉靖四十年）。

[30]（明）祁彪佳：《祁忠敏公日记》，绍兴县修志委员会铅印本，绍

兴，1937。

[31]（清）钱谦益编：《列朝诗集》，重刊本，1910（清宣统二年）。

[32]（清）钱谦益：《牧斋有学集》，《四部丛刊》。

[33]（清）吴伟业：《梅村家藏稿》，武进董氏诵芬楼刻本，1911（清宣统三年）。

[34]（清）朱鹤龄：《愚庵小集》，《四库全书》。

[35]（清）朱鹤龄：《愚庵小集》，铅印本，北平，燕京大学图书馆，1940。

[36]（清）周永年：《周忠毅公集》，刻本，清。

[37]（清）叶燮编：《午梦堂诗钞》，叶氏二弃草堂刻本，清康熙。

[38]（清）叶燮：《己畦集》，叶氏二弃草堂刻初印本，清康熙。

[39]（清）尤侗：《艮斋倦稿》，刻本，清。

[40]（清）毛奇龄：《西河合集》，重刊本，清乾隆。

[41]（清）叶舒胤：《叶学山诗集》，刻本，清。

[42]（清）刘云份编：《翠楼集》，野香堂刻本，清初。

[43]（清）卓尔堪编：《遗民诗》，刻本，清康熙。

[44]（清）陈济生编：《天启崇祯两朝遗诗》影印清抄补本，北京，中华书局，1958。

[45]（清）潘柽章编：《松陵文献》，潘耒刻本，1693（康熙三十二年）。

[46]（清）徐轨编：《本事诗》，枫江徐氏重刻本，1757（清乾隆二十二年）。

[47]（清）陈维崧编：《今诗篚衍集》，华绮校刻本，1761（清乾隆二十六年）。

［48］（清）朱彝尊编：《明诗综》，刻本，清康熙。

［49］（清）朱彝尊：《曝书亭集》，刻本，1814（清嘉庆十九年）。

［50］（清）朱彝尊：《静志居诗话》，扶荔山房刻本，1819（清嘉庆二十四年）。

［51］（清）朱彝尊：《静志居诗话》，上海文瑞楼石印本，1913。

［52］（清）沈雄编，江尚质增辑：《古今词话》，宝翰楼刻本，1689（清康熙二十八年）。

［53］（清）顾有孝编：《闲情集》，刻本，1670（清康熙九年）。

［54］（清）周铭编：《松陵绝妙词选》，刻本，清。

［55］（清）周铭编：《林下词选》，周氏宁静堂刻本，1671（清康熙十年）。

［56］（清）周铭：《华胥语业》，《松陵绝妙词选》附刻本。

［57］（清）顾贞观编：《今词初集》，刻本，清康熙。

［58］（清）王瑞图：《琅琊凤洲两公年谱合编》，刊东仓书库丛刻本，清光绪。

［59］（清）徐釚：《词苑丛谈》，宝翰楼刻本，1688（清康熙二十七年）。

［60］（清）沈辰垣等编：《历代诗余》，刻本，1707（清康熙四十六年）。

［61］（清）沈德潜编：《明诗别裁》，刻本，1739（清乾隆四年）。

［62］（清）沈德潜：《沈归愚诗文全集》，刻本，清乾隆。

［63］（清）沈德潜编：《国朝诗别裁集》，刻本，清乾隆。

［64］（清）陆耀：《切问斋文钞》，金陵钱氏刻本，1869（清同治八年）。

［65］（清）沈廷芳：《隐拙斋集》，年则经堂刻本，1757（清乾隆二十二年）。

［66］（清）汪琬：《姑苏杨柳枝词》，汪钝翁诗文全集重刻本，1765（清乾隆三十年）。

［67］（清）汪琬：《尧峰文钞》，上海集成图书公司铅印本，1910（清宣统二年）。

［68］（清）吴山嘉：《复社姓氏传略》，南陔堂刻本，1831（清道光十一年）。

［69］（清）蒋重光编：《昭代词选》，经鉏堂刻本，1767（清乾隆三十二年）。

［70］（清）徐乃昌编：《闺秀词钞》，刻本，1909（清宣统元年）。

［71］（清）张维屏：《国朝诗人征略》，南海岳雪楼刻本，清。

［72］（清）徐树敏、钱岳编：《众香词》，上海，大东书局影印清刻本，1934。

［73］（清）王旭楼：《松陵见闻录》，刊本，1829（清道光九年）。

［74］（清）王晫：《今世说》，广智书局铅印本，1934。

［75］（清）永瑢等：《四库全书总目提要》（影印清刻本），北京，中华书局，1965。

［76］（清）王国宪编：《海忠介公年谱》，浣雪斋绿丝栏抄本，清。

［77］（清）徐鼒：《小腆纪年》，刻本，1878（清光绪四年）。

［78］（清）王豫编：《江苏诗征》，焦山海西庵诗征阁刻本，1821（清道光元年）。

［79］（清）袁景辂编：《国朝松陵诗征》，爱吟斋刻本，1767（清乾隆三十二年）。

[80]（清）殷增编：《松陵诗征前编》，吴下重刻本，1883（清光绪九年）。

[81]（清）符葆森编：《国朝正雅集》，京师半亩园刻本，1856（清咸丰六年）。

[82]（清）赵作舟辑：《吴江赵氏诗存》，刻本，清道光。

[83]（清）陆明桓辑：《松陵陆氏丛著》，苏斋刻本，1927。

[84]（清）李元度：《国朝先正事略》，上海图书集成印书局铅印本，1899（清光绪二十五年）。

[85]（清）陆懋修辑：《国朝苏州府长元吴三邑科第谱》，刻本，1906（清光绪三十二年）。

[86]（清）赵诒琛等编：《乙亥丛编》，刻本，清。

[87]（清）丁绍仪：《听秋声馆词话》，上海医学书局铅印本，1937。

[88]（清）凌淦编：《松陵文录》，吴江凌氏刻本，1833（清同治十三年）。

[89]（清）张潮编，杨复吉、沈楙惪续编：《昭代丛书》，吴江沈氏世楷堂刻本，1834（清道光十四年）。

[90]（清）完颜恽珠编：《国朝闺秀正始续集》，红香馆刻本，1831（清道光十一年）。

[91]（清）胡孝思、朱珖编：《本朝名媛诗钞》，凌云阁刻本，1766（清乾隆三十一年）。

[92]（清）蔡殿齐编：《国朝闺阁诗钞》，瑯嬛别馆刻本，1844（清道光二十四年）。

[93]（清）鲍友恪辑：《国朝闺秀诗选》，朱丝栏抄本，清。

[94]（清）王鲲辑：《盛湖诗粹》，家刻本，清咸丰。

[95]（清）沈云辑：《盛湖竹枝词》，铅印本，1918。

[96]（清）沈云辑：《盛湖杂录》，铅印本《盛湖竹枝词》附，1918。

[97]（清）姚椿编：《国朝文录》，上海扫叶山房石印本，1900（清光绪二十六年）。

[98]（清）王旭编：《国朝词综》，三泖渔庄刻本，1802（清嘉庆七年）。

[99]（清）丁绍仪编：《国朝词综补》，刻本，1883（清光绪九年）。

[100]（清）郭琇修，叶燮纂：《［康熙］吴江县志》，刻本，1684（清康熙二十三年）。

[101]（清）周炳麟修，邵友濂纂：《［乾隆］余姚县志》，刻本，1781（清乾隆四十六年）。

[102]（清）丘浚等修：《［乾隆］济南通志》，刻本，1736（清乾隆元年）。

[103]（清）王赠芳等修：《［乾隆］济南府志》，刻本，1840（清道光二十年）。

[104]（清）雅尔哈善等修，习寯等纂：《［乾隆］苏州府志》，刻本，1748（清乾隆十三年）。

[105]（清）徐达源纂：《［嘉庆］黎里志》，刻本，1805（清嘉庆十年）。

[106]（清）蔡丙圻纂：《［光绪］黎里续志》，刻本，1898（清光绪二十四年）。

[107]（清）纪磊、沈眉寿纂：《［道光］震泽镇志》，刻本，1844（清道光二十四年）。

[108]（清）翁广平纂：《［道光］平望志》，重刻道光本，1887（清光绪十三年）。

［109］（清）黄兆柽纂：《［光绪］平望续志》，刻本，1887（清光绪十三年）。

［110］（清）宋如林等修，石韫玉等纂：《［道光］苏州府志》，刻本，1824（清道光四年）。

［111］（清）李铭皖等修：《［光绪］苏州府志》，刻本，1883（清光绪九年）。

［112］（清）李昱修、陆心源纂：《［光绪］归安县志》，刻本，1881（清光绪七年）。

［113］（清）周之祯纂：《［嘉庆］同里志》，铅印嘉庆十七年刻本，1917。

［114］（清）仲廷玑辑：《［同治］盛湖志》，重刻同治十三年本，1923。

［115］（清）仲虎腾辑：《［光绪］盛湖志补》，重刻光绪二十六年本，1923。

［116］（清）金福曾修，熊其英纂：《［光绪］吴江县续志》，刻本，1879（清光绪五年）。

［117］（清）柳树芳辑：《分湖小识》，刻本，1847（清道光二十七年）。

［118］（清）赵兰佩：《江震人物续志·补遗》，刻本，清光绪。

［119］费庆善编：《松陵女子诗征》，吴江费氏华萼堂铅印本，1928。

［120］陈去病编：《松陵文集》，百尺楼丛书本，1922。

［121］陈去病编：《笠泽词征》，铅印本，1914。

［122］赵经达：《归玄恭年谱》，赵氏又满楼刻本，1924。

［123］潘光旦：《明清两代嘉兴的望族》，上海，商务印书馆，1937。

1949 年之后排印本古籍及出版图书

[1](明)茅坤著，张大芝、张梦新校点：《茅坤集》，杭州，浙江古籍出版社，1993。

[2](明)魏良辅：《曲律》，《中国古典戏曲论著集成》，北京，中国戏剧出版社，1959。

[3](明)徐渭：《南词叙录》，《中国古典戏曲论著集成》，北京，中国戏剧出版社，1959。

[4](明)吕天成：《曲品》，《中国古典戏曲论著集成》，北京，中国戏剧出版社，1959。

[5](明)吕天成撰，吴书荫校注：《曲品校注》，北京，中华书局，1990。

[6](明)何良骏：《曲论》，《中国古典戏曲论著集成》，北京，中国戏剧出版社，1959。

[7](明)王世贞：《曲藻》，《中国古典戏曲论著集成》，北京，中国戏剧出版社，1959。

[8](明)王骥德：《曲律》，《中国古典戏曲论著集成》，北京，中国戏剧出版社，1959。

[9](明)沈德符：《顾曲杂言》，《中国古典戏曲论著集成》，北京，中国戏剧出版社，1959。

[10](明)徐复祚：《曲论》，《中国古典戏曲论著集成》，北京，中国戏剧出版社，1959。

[11](明)凌蒙初：《谭曲杂札》，《中国古典戏曲论著集成》，北京，中国戏剧出版社，1959。

[12](明)张琦：《衡曲麈谭》，《中国古典戏曲论著集成》，北京，中国戏剧出版社，1959。

[13]（明）沈宠绥：《度曲须知》，《中国古典戏曲论著集成》，北京，中国戏剧出版社，1959。

[14]（明）祁彪佳：《远山堂曲品》，《中国古典戏曲论著集成》，北京，中国戏剧出版社，1959。

[15]（明）祁彪佳：《远山堂剧品》，《中国古典戏曲论著集成》，北京，中国戏剧出版社，1959。

[16]（明）黄周星：《制曲枝语》，《中国古典戏曲论著集成》，北京，中国戏剧出版社，1959。

[17]（清）李渔：《闲情偶寄》，《中国古典戏曲论著集成》，北京，中国戏剧出版社，1959。

[18]（清）徐大椿：《乐府传声》，《中国古典戏曲论著集成》，北京，中国戏剧出版社，1959。

[19]（清）李调元：《雨村曲话》，《中国古典戏曲论著集成》，北京，中国戏剧出版社，1959。

[20]（清）焦循：《剧说》，《中国古典戏曲论著集成》，北京，中国戏剧出版社，1959。

[21]（清）梁廷枏：《曲话》，《中国古典戏曲论著集成》，北京，中国戏剧出版社，1959。

[22]（清）杨恩寿：《词馀丛话》，《中国古典戏曲论著集成》，北京，中国戏剧出版社，1959。

[23]（清）姚燮：《今乐考证》，《中国古典戏曲论著集成》，北京，中国戏剧出版社，1959。

[24]（清）黄文旸：《重订曲海总目》，《中国古典戏曲论著集成》，北京，中国戏剧出版社，1959。

［25］（清）钱谦益：《列朝诗集小传》（排印本），上海，上海古籍出版社，1959。

［26］（清）李斗：《扬州画舫录》，北京，中华书局，1960。

［27］（清）张廷玉等：《明史》（排印本），北京，中华书局，1977。

［28］（清）赵尔巽等：《清史稿》，北京，中华书局，1977。

［29］叶恭绰编：《全清词钞》（重印本），北京，中华书局，1982。

［30］赵景深：《明清曲谈》，上海，上海古典文学出版社，1957。

［31］赵景深、张增元编：《方志著录元明清曲家传略》，北京，中华书局，1987。

［32］古本戏曲丛刊编委会编：《古本戏曲丛刊初集》，上海，商务印书馆，1954。

［33］古本戏曲丛刊编委会编：《古本戏曲丛刊二集》，上海，商务印书馆，1955。

［34］古本戏曲丛刊编委会编：《古本戏曲丛刊三集》，上海，商务印书馆，1957。

［35］凌景埏、谢伯阳编：《诸宫调两种附撷芬室文存》，济南，齐鲁书社，1988。

［36］凌景埏、谢伯阳编：《全清散曲》，济南，齐鲁书社，1988。

［37］陆萼庭：《昆剧演出史稿》，上海，上海文艺出版社，1980。

［38］王守泰：《昆曲格律》，南京，江苏人民出版社，1982。

［39］庄一拂：《古典戏曲存目汇考》，上海，上海古籍出版社，1981。

［40］胡文楷：《历代妇女著作考》，上海，上海古籍出版社，1985。

［41］张慧剑：《明清江苏文人年表》，上海，上海古籍出版

社，1986。

[42]蔡毅编：《中国古典戏曲序跋汇编》，济南，齐鲁书社，1989。

[43]朱万曙：《沈璟评传》，北京，中国戏剧出版社，1992。

[44]徐朔方：《晚明曲家年谱》，杭州，浙江古籍出版社，1993。

[45]李修生主编：《古本戏曲剧目提要》，北京，文化艺术出版社，1997。

[46]李真瑜：《明清吴江沈氏文学世家论考》，香港，香港国际学术文化资讯出版公司，2003。

后　记

关于吴江沈氏家族文学之研究，余旧有《明清吴江沈氏文学世家论考》（香港国际学术文化资讯出版公司 2003 年 4 月出版）一种及拙文数篇。本书就是在上述研究基础上完成的，其于原有研究之延伸已见于书中，恕不一一表述。

李真瑜

2004 年夏

又：

此书完稿于 2004 年年初，后出版遭遇变故，延宕至今。此番得以出版，首先要感谢文学院出版基金的支持，其次要感谢北师大出版社和为出版付出辛勤工作的禹明超和张柳然两位编辑。

李真瑜

2020 年夏补记

图书在版编目（CIP）数据

吴兴骚雅，领袖江南：吴江沈氏家族四百年文学史：1480—1880 / 李真瑜著 . — 北京：北京师范大学出版社，2021.1

ISBN 978-7-303-25587-0

Ⅰ. ①吴… Ⅱ. ①李… Ⅲ. ①家族 – 文化 – 关系 – 地方文学史 – 古代文学史 – 吴江 – 1480–1880 Ⅳ. ① I209.953.3

中国版本图书馆 CIP 数据核字（2020）第 009559 号

吴兴骚雅，领袖江南：吴江沈氏家族四百年文学史（1480—1880）

WUXING SAOYA LINGXIU JIANGNAN WUJIANG SHENSHIJIAZU SIBAINIAN WENXUESHI

李真瑜　著

策划编辑：禹明超　责任编辑：张柳然
美术编辑：王齐云　装帧设计：王齐云
责任校对：康　悦　责任印制：陈　涛

出版发行：北京师范大学出版社	开本：787mm × 1092mm　1/16	版次：2021 年 1 月第 1 版
印刷：北京京师印务有限公司	印张：27.5	印次：2021 年 1 月第 1 次印刷
经销：全国新华书店	字数：450 千字	定价：68.00 元

北京师范大学出版社　　　　　　**版权所有·侵权必究**

http://www.bnup.com　　　　　　　　反盗版、侵权举报电话：010-58800697
北京市西城区新街口外大街 12-3 号　　北京读者服务部电话：010-58808104
邮政编码：100088　　　　　　　　　　外埠邮购电话：010-58808083
营销中心电话：010-58805602　　　　　本书如有印装质量问题，请与印制管理部联系调换。
主题出版与重大项目策划部：010-58805385　印制管理部电话：010-58808284